中国当代侦探推理悬疑小说精选系列

后面有人

吴建发 著

群众出版社
·北京·

图书在版编目（CIP）数据

后面有人／吴建发著．—北京：群众出版社，2018.6

（中国当代侦探推理悬疑小说精选系列）

ISBN 978－7－5014－5832－5

Ⅰ.①后…　Ⅱ.①吴…　Ⅲ.①推理小说—中国—当代　Ⅳ.①I247.5

中国版本图书馆CIP数据核字（2018）第117794号

后面有人

吴建发　著

出版发行：群众出版社

地　　址：北京市丰台区方庄芳星园三区15号楼

邮政编码：100078

经　　销：新华书店

印　　刷：北京市泰锐印刷有限责任公司

版　　次：2018年6月第1版

印　　次：2018年6月第1次

印　　张：12.5

开　　本：880毫米×1230毫米　1/32

字　　数：290千字

书　　号：ISBN 978－7－5014－5832－5

定　　价：40.00元

网　　址：www.qzcbs.com

电子邮箱：qzcbs@sohu.com

营销中心电话：010－83903254

读者服务部电话（门市）：010－83903257

警官读者俱乐部电话（网购、邮购）：010－83903253

文艺分社电话：010－83901330　010－83903973

目　录

第一章　度公失踪

1

妹妹要出嫁，珧珧推掉了几起案子，回到阔别四年的老家刘箩村。

母亲见到大女儿回来，心口挂钥匙——开心，仿佛突然站到了高山之巅，酷暑中迎来阵阵清凉的山风。她盯着女儿端详了又端详，左看右看上看下看，眯笑的双眸，闪光的面颊，合不拢的嘴，看了好长好长一阵子，这才站起身，一阵风似的飘了出去，不久又飘了进来，再看上几眼，又飘了出去。宛若风中的柳条，在珧珧的面前晃来晃去。

“吃吧，这是你以前常吃的兔子肉，我放了点虎尾轮煲汤。

虎尾轮养胃，胃好了，什么都能吃，身体就壮。快凉了，赶快吃。兔子是自己养的，虎尾轮是我在石崇坪挖回来的，野生的。野生的味道浓、甘。现在墟上卖的全是种的，种的不好，没有味道；野生的好，很难找得到的。喝，先把汤喝了……”母亲将一碗兔子肉搁在陆珧珧的面前，唠叨个没完没了，几乎忘掉了小女儿要出嫁的大事。

“慧儿，你回来了？”父亲走进屋子，目不转睛地盯着自己的大女儿问了一句。

珧珧小时候的名字叫陆小慧，现在的名字是上大学时自己改的。高中那几年，她吃了不少苦，却悟出了一个道理：“人生路遥遥，不能不努力。”于是，她就取“路遥遥”的谐音，把自己的名字改为陆珧珧，可父亲叫惯了，总是改不回来。他一眼见到珧珧，便惊喜地说：“慧儿，你回来得正好。我去找你度公，怎么找也找不到，不知道他跑哪儿去了，打了几次手机都关机。明天你妹出嫁，肯定会有些亲戚朋友来贺喜，估计会有一两百人，其他的事我都安排好了，就是找不到一个会写毛笔字的。你度公找不到，我正急呢，你回来正好。”

“我哪会写毛笔字？我现在用电脑，连钢笔都很少用。”珧珧说的是实话，她已经意识到父亲是要她干自己承担不了的重任了。

“写得好不好无所谓，见红就好，红纸黑字就是吉利，反正我们山野之人也不懂什么书法。”父亲说。

“那我写什么？”

“你在大堂挂一个大大的双囍，在大门挂一副对联，明天要是有人送红包，你就收了，然后把他们的名字写在一张红纸条上，贴到大门旁，算是张榜公布。就这么简单。”

“天啊，这还简单呀？”珧珧瞪着双眼，张大嘴，“我快十几年没拿过毛笔了，您还说简单？对联写什么啊？”

“写什么都行，你爱怎么写就怎么写，没多少人会看懂的。”父亲说，“没办法，以前村子里的这些事都是你度公在做，现在找不到人，只有你识字，识字就行，随便你怎么写，不会有人嫌你字不好。噢，对了，来贺喜的人要是送了红包，你就收了，登记在本子上，以后我们得还人家的情。”

“还是再找找度公吧，说不定他晚上就回来了。”珧珧实在是承担不起这样的重任，她寄希望于度公能够在这个时候回来。

度公与冇婆同住在田螺崎，从珧珧家过去走路只要五分钟。珧珧一大早起来就跑去田螺崎，问冇婆：“看到度公了吗？”

冇婆心不在焉地回答说：“没有。”然后拉着珧珧的手左看右看，就是看不够，还问长问短，想说的话宛如满满的一集装箱准备卸货。珧珧哪有心思与冇婆说话，度公没回来，父亲交代的那些事她得马上去做，要不然再过两个小时客人就来了，家里还冷清清连一张喜字都没有，那像什么话？可冇婆是长辈，对她老人家又不能太冷淡。珧珧正不知道如何是好，没想到冇婆善解人意，意识到自己不能与她谈得太久，赶紧说：“对，对，对，你今天忙，没时间与冇婆聊，赶紧回去，回去吧！”

“那我回去了，冇婆，有时间我再找你好好聊聊天。我走了。”

“走吧，走吧，你赶快回去。”冇婆突然又抓住了珧珧的一条手臂，“慧儿，有句话我还得说，你年纪也不小了，小妹都要嫁了，你也得赶紧找个婆家。”

“我会的。”珧珧羞涩地笑了笑，回头走了，一边走还一边转过身来朝冇婆挥手，“冇婆，等等到我家去吃喜酒喽。”

“会的，会的，我会去的。”冇婆满脸笑容地目送着珧珧离去。

2

珧珧离开冇婆家，走下了石阶，正要过桥，见一辆摩托车从公路上头急驶而下。珧珧抬眼一望，骑车人是村长陆仰福。珧珧挥动手臂高喊一声：“仰福哥——”本想叫住他，请他到家里来喝喜酒。可陆仰福好像浸水的爆竹——不声不响，顺着下坡绝尘而去。

“这个村长，明明见他抬头看了我一眼，怎么就对我视而不见？”珧珧立足木板桥上，颇感纳闷，眼望着陆仰福的摩托车拐过大弯，消失在崇山峻岭茂林修竹之中。

珧珧没再理会，过了桥，往上走了一段路，回到自己的家中。之后，她赶紧拿来一张黄纸，剪了一个“囍”字，贴在一张大红纸上，然后挂到厅堂正中。院子里的喜庆气氛骤然而生，弥漫开来。“还需要一幅红对联。”珧珧喃喃自语，“度公不在家，这事自己不做不行了，就算是赶鸭子上架，也只得硬着头皮了。”可她真的不知道要写什么好，拿来笔和纸，就是不知如何下笔。突然她灵机一动，想到事务所里的大秀才老洪，便掏出手机给老洪打了电话。老洪想都没想，脱口便说：“上联写，映日红莲开并蒂；下联写，同心伴侣喜双飞；横批是，喜气洋洋。”珧珧照着老洪给的词句写完了之后，怎么看怎么不满意，句子还算不错，就是字写得太差劲，本想试着再写一副，可父亲是个急性子，跑过来便拿去贴在大门两边了。

大红对联刚刚贴好就有客人来了，没想到第一个来的就是村长陆仰福。

陆仰福穿一件蓝色的 T 恤，一条黑色的短裤，一双塑料凉鞋，头发蓬松，汗水涔涔。他将一个红包搁在珧珧面前的桌子上：“小意思，不成敬意。我很忙，先来道贺，还得回去一下，等等再过来喝喜酒。慧妹，等你出嫁，我一定从头跟到尾。这么大的喜事，不好意思，我真的很忙。”

“仰福哥，你也太客气了，过来喝酒就是了，还送什么红包啊？”珧珧抬头看了他一眼。

“小意思，小意思，应该的。”陆仰福说着，转身就要离去。

“仰福哥，这么早，你去石岽坪了？”珧珧“噌”地一下子站了起来，从陆仰福的肩头上捏起一片树叶问道。

“没，没有啊，噢，对对对，我……”陆仰福显得十分紧张，汗水涔涔的脸上又多冒出了几颗汗珠。他本想否认，但又缺乏底气，心里想，这丫头怎么会知道我去了石岽坪，一定是瞎蒙的吧？于是便坚定了口气，“没有啊，我只是去了鹧鸪坪，到那边挖了几颗麻笋。”

“仰福哥，你别骗我，喏，你看，这是一片水杉叶子。”珧珧手上晃着从他肩上捏下来的那片树叶说，“这是水杉叶，水杉是珍稀树种，我们这一带方圆几千公里就石岽坪那地方有两棵。仰福哥，你不去石岽坪，怎么身上会有水杉叶子？”

陆仰福窘若囚拘，没料到这小丫头的眼睛会这么尖，一片小小的树叶就能联想到一个人的行踪。为了掩盖刚才的谎言，又想为自己开脱，他瓮声瓮气地说：“我是去鹧鸪坪挖笋，顺便到石岽坪看看有没有更嫩的笋，那边没有，我就回来了。”

珧珧知道他在撒谎，人的嘴巴会说谎，但眼睛不会，说真话时眼光向左，说谎话时眼光向右。珧珧不知道他为什么要说谎，但也并不想揭穿他，毕竟他是村长，父母官，就说：“噢，那你坐一会儿吧，我给你泡杯茶。”

“不了，我得赶紧回去，家里还有很多事呢，等等再来喝你们家的喜酒。”陆仰福说完，如犯人蒙赦，逃也似的离去了。

珧珧把他送到庭院门口，紧接着便有一拨又一拨的人前来道喜。十点半开始吃喜酒，也是一拨又一拨的，一直忙到下午日头下山，小妹被新郎官的彩车接走了，客人也差不多都回去了。这时，天已经断黑，珧珧坐到庭院门口的石块上，刚想歇会儿，突然发觉，冇婆好像没有来喝喜酒。“人来了那么多，会不会是自己没注意到？应该不会才对。”珧珧不是那么敢肯定，就跑去问父亲，父亲说他也没见到冇婶，又跑去问母亲，母亲给的也是同样的答案。珧珧紧张了起来，清晨自己去找度公时，冇婆亲口答应要来喝喜酒的，两家子又是这么亲，别人都来了，她怎么会没来呢？是不是出什么事了？珧珧急了，在家里拿了只手电筒，只身一人又去了冇婆家。

田螺崎依山而建，原本是一个自然村，有十几户，四十多口人。20 世纪 70 年代在公路边建了一座大圆楼，大家全都搬进圆楼了，现在只剩下陆度荒一家三口和管牛的冇婆。陆度荒是没钱参与建新房，冇婆却是因为不愿与儿子儿媳一起住，四个人所以才这样留了下来。

同字形的鹅卵石围墙内是一个很大的庭院，地面铺的也是鹅卵石。月亮从右面的山头上露出脸来，银白色的月光洒在老宅上，洒在庭院里，洒在周边的百年老树身上。一座四层高的方形土楼，在月光中显得雄伟而又有些神秘。土楼墙体上的白灰大部分已脱落，露出暗红色的方形土块。土块在风雨岁月的侵蚀下，留下不少深浅不一的墙洞，像无数只狰狞的眼睛。左右两排平房，一排四个房间，也是土墙黑瓦，当地人叫“护厝”，一派凋零衰败的景象，只有昔日的辉煌余威犹存。

因为左侧护厝有个房间的屋里灯亮着，珧珧便推门而入。里面是光滑的瓷砖地板，洁白的墙壁，挂着蜘蛛网的铝合金窗。墙角一张床，床边一只桌，有一个小女孩正趴在桌上做作业。

小女孩七八岁，头发散乱，见有人进屋，抬起头，睁着一双迷茫的大眼睛。

“媛媛，你阿爸呢?”按辈分，珧珧本该叫她“媛姨”，只因她年龄实在太小，叫不出口。

媛媛摇了摇头，表示她不知道。

这时，对面的一间小屋亮起了灯。是冇婆听到珧珧的说话声，赶紧从床上爬了起来。她边穿衣服边从屋子里走出来。

珧珧在媛媛的额头上吻了一下，便朝对面亮了灯的房间走去。走到门口，珧珧便急着问：“冇婆，您怎么没去我家喝喜酒?”

“我本来是想去的，可是，可是……”冇婆吞吞吐吐，开了隔壁厨房的门，把珧珧引了进去。

“发生什么事了？冇婆，您慢慢说。我顺便给您带来了两听王老吉和一些吃的，要不您喝口王老吉吧。”珧珧说着，将自己带来的鸭肉、猪蹄、香肠等一袋子的食物搁在桌上，又随手打开一听王老吉，递给冇婆。

3

冇婆浑身哆嗦，显得心有余悸的样子。她仰起脖子将一听王老吉一饮而尽，然后抹了几下胸口，再把那空罐子藏在饭桌底下，长长地吐出一口粗气，才说：“早晨你从我这里离开后，我就去牛圈放牛，本来是想把牛放到石岽坪，然后就去你家喝喜酒，可是，可是……哎呀，我实在说不出口。”

珧珧很想知道到底发生了什么事，这下可成了拉石灰车的遇到了倾盆雨——心急如焚，但她又不敢逼冇婆太紧，只好默然地等着。过了好长的一段时间，冇婆才说：“你们家办喜事，可我晦气，本来是不应该说的。”

“没关系，冇婆，有什么事您就直说吧，我吃政府饭，不封建。”珧珧似乎意识到了什么，心里萌生了一种不祥的预兆。

“那我就说了，”冇婆咽了一口气，“我在石岽坪，看到了一条人腿。”

珧珧愣了一下，这么大的事，冇婆怎么不早说呢？可转念一想，冇婆也是好心，在这个村子里，谁都知道冇婆有一副菩萨心肠，她什么事都是先替别人着想。冇婆七十多岁了，她保守、封建，她以为自己见到死人，沾了晦气，不敢去珧珧家喝喜酒，又觉得珧珧家正在高高兴兴地在办喜事，要是把这事说了出来，整个村子就会惊爆，搅人家的局，那可不行，所以才一直捂着没说出来。可珧珧急了，村里出了人命案，自己是学法律的，不能袖手旁观：“冇婆，那您赶紧带我去看看。”

“可是……”冇婆还是有些迟疑不决。

“走吧，冇婆，没事，我妹妹已经嫁出去了，喜事也办完了，跟这事无关。”

“那就去。”冇婆拿了一支手电筒，牵上她养的那条取名花花的大狼狗，带珧珧去了石岽坪。

冇婆把珧珧带到一条坑沟里，找到一丛麻竹，说：“喏，就在这里。”

冇婆弓下腰，一手握着手电筒，另一只手扒开杂草。

电光下果然露出一只人脚，毛茸茸的毫无血色，就像是藏在地窖里的白萝卜，又如在冰柜里存放久了刚刚拿出来的一只牛蹄。能叫人一眼分辨出是人脚的是那几个坚硬的脚指头，五指并拢，直挺挺地往上翘着，仿佛在展现它想要刺破青天的倔强。

惊悚，太惊悚了。珧珧不由自主地感到一阵毛骨悚然。

“冇婆，别再动它。这些杂草……”珧珧的声音颤抖着。

“这些杂草是我给盖上去的。”冇婆反倒显得比珧珧冷静得多，说，“早晨我把几头牛牵到这里来，远远地就看到一条腿，没遮没盖，一眼就看到了。我本不相信，以为应该是一条牛腿，可心里又想，这地方怎么会有牛腿呢？走进一瞧，看到了脚板子，我慌了，再仔细一看，确实是一条人腿。我回过头就跑，本想去找治保主任陆栋梁，把这事告诉他。可我又想，我们村治安好，是什么来着……”

“社会治安综合治理省级模范村。”

“对，对，是模范村。我嫁到这里来也有五十多年了，从没听到过有杀人的事，这事要是说了出去，整个村子一定要闹翻了的，而你们家又正在办喜事，就是你爸你妈不怪我，我自己也会很过意不去。我就找了些杂草把它盖了起来，本想明天一早再说……”

冇婆还在那里唠叨，珧珧已经掏出了手机，向当地派出所报了案。

圆圆的月亮悬挂高空，泄下的月光如水，无处不及。山上竹篁在月光下变成一片黑色，间或不知道从什么地方忽然冒出一两声“唰唰”的响声。响声过后，万籁俱寂，片刻之后又再次响起，声音不大，却因为急促、突然、短暂、沉闷，且出现的频率越来越高而令珧珧感到恐怖。她的心提到了嗓子眼儿，浑身起满鸡皮疙瘩，屏气凝神，尽可能地不去管它，不去想它，可越是想不去听，不去管，响声却越发要引起她的注意，叫她受刑似的难以忍受，两条腿已经在发抖了，且越抖越厉害……

“冇婆，我们离开这里吧！”珧珧拉着冇婆的手臂，飞跑着逃离了那搁着一条人腿的山坳，靠在一棵大树上，喘着粗气。

“慧儿，你是不是害怕？”

“没，没有。”珧珧撒了个玻璃质的谎。

“不害怕就好。”

“冇婆，您说那条人腿会不会就是度公的?”

“应该不会吧？你度公就是懒，爱管闲事，可他从不与人吵架，待人可好呢，有谁会杀他?”

“冇婆，您告诉我，度公是什么时候离开村子的?”

恐惧逐渐离珧珧远去，她慢慢地镇静了下来，开始关心起这起命案。

“五月十五，”冇婆口气坚定地回答，“那天早上我拜菩萨，烧完的金箔纸还来不及收拾就上山去放牛了。下午太阳下山前我从山上回来，把牛圈了，煮了晚饭，正要去收拾金箔纸灰，看到度荒他穿着整齐，背着一个大挎包正要出门。他问我有吃的吗，我饭菜还没做好，就让他吃了几个拜菩萨的米糕。吃完后他喝了杯开水，嘴一抹就走了。他只交代说要我帮他看好媛媛，其他的没说什么，那以后就再也没有见过他。”

“您没问他要去哪儿?”

“问了，我说天都快黑了，你这时出门要去哪儿？可他没有告诉我。我想，他就是告诉我，我也不会明白他所做的事，就没继续追问。”

冇婆说的五月十五无疑是农历，也就是七天之前，阳历六月十六日。已经过去七天了，可看那条人腿，还很新鲜，不像是七天前的。珧珧的脑袋瓜子轱辘辘地转了起来，会是度公吗?如果是，他怎么会被杀呢？又是什么时候被杀的？会是谁杀了他？她的脑子就像是充满谜的一口古井，不断冒泡似的出现一个又一个的大问号。这些问号堆积起来，仿佛一大堆乱七八糟的鸡毛。

4

刘箩村是荆江的发源地。相传很久很久以前，一个兵荒马乱的岁月，官兵土匪烧杀掳掠无恶不作，平民百姓实在活不下去了，只得离乡背井拖儿带女走上了族群离散的逃亡路。一个姓陆的男子，腰里别着一个木头刻制的刀夹子，刀夹子上插一把砍柴刀，肩上挑一副篓筐，篓筐里放着两个小男孩，身后紧跟着他的妻子。妻子头戴斗笠，肘上挂一个包袱，跟随着丈夫走啊走，不知走了几天几夜，也不知爬了多少座山，越过了多少沟沟坎坎。一天傍晚，妻子实在走不动了，蹲在地上问走在前面的丈夫："我们到底要去哪儿呀?"丈夫自己心中也没有目的地，不知道如何回答妻子，一时语塞。妻子性起，就在丈夫踌躇发愣的一瞬间，从丈夫的后腰上抽出砍柴刀，嚓嚓，将他身后篓筐上的四条绳子齐刷刷地刈断，随手一甩，将绳子丢进溪涧里。汹涌的流水冲走了篓绳，丈夫无法继续前行，只得在附近找了块平地，盖了两间茅草屋，一家子就这样安顿了下来。丈夫说："如果老天爷有心要我在这里传宗接代，以后这地方就叫刈篓坳吧。"果然，姓陆的一家人不仅活下来了，还真传宗接代，人丁兴旺，于是便有了刈篓坳，以后叫刘箩大队，如今叫刘箩村。

传说终归是传说，没人去考证故事的真伪，但刘箩村的男人们都姓陆，且都有辈分之分清清楚楚，这倒是不争的事实。

珧珧四年前的那一次回家，是政法大学刚毕业时。后来她当上了律师，就再也没时间回来过。四年了，四十八个月，一千四百六十天，三万五千多个小时，珧珧的人生完成了一次如同破茧成蝶的飞跃，她现在已经不再是一个青涩的女孩，而是万吉市一名小有名气的律师了。

这次回家，她感觉家乡并没有多大的变化，山依然是那样的山，水还是那样的水，厝也还是原来的那些厝，唯一的不同是人没有过去那样多了，比四年前还少了不少。

物换星移，面貌依旧。城市里日新月异，十八个月就能耸立起一座万达广场，而小山村就像龙钟的老人，无人眷顾，一天比一天衰老。

天一亮，平静的小山村一定会闹得沸沸扬扬，“人腿”事件马上就会成为一颗无形的原子弹，在这里爆炸。

突如其来的一条人腿，与度公的失踪会有联系吗？这条人腿会不会就是度公的？

珧珧又想起了度公。

度公的大名叫陆度荒，生在 20 世纪 60 年代初，那时正是“三年自然灾害”时期，可山里人并没感觉到什么自然灾害，只知道挖蕉头充肌闹度荒，就抱着这个生不逢时的小孩一口一个“度荒”地叫了起来，叫多了叫久了也就成了他的大名。其实，陆度荒比珧珧的父亲还要小一岁，可是村里人都是同一个祖宗，按照辈分称呼，珧珧得叫他“度荒公”，“度荒公”叫起来很不顺口，就改叫“度公”了。

度公不怎么做农活，是个老上访户，一年到头都在上访，当地派出所对他很头疼，把他看作一个特别难缠的人。去年夏天省里开一个很重要的会议，村干部都不知道开的什么会，可他知道，说要趁开会之际到省城上访。这下可急坏了县里和镇上的领导，书记、镇长叫派出所赶紧把他抓起来。可上访又不是违法的事，怎么抓？没法抓啊！后来派出所想了一个两全其美的好招数，将他请到县城的一家四星级酒店里，供他吃住，还派三四个人日夜陪着他打扑克、走象棋，等到省里的会议开完了才放他回家。

度公之所以喜欢上访，是因为十年前的一件事。那时候老村长陆严字要出租村里果园。果园是学大寨的时候村民开垦荒山种的，是村里唯一的大宗财产，二百多亩，四千多株柑橘，陆严字拍板要一次性收取五万元租金租给一个外地人，一租五十年。度公认为那是村民的财产，不能由陆严字一人说了算，就开始上访，后来上面派人下来调查，查出陆严字收了人家两千元的好处费，就将他的村长职务给免了。可人家村长有个侄儿是县委书记的秘书，叫陆仰贵，通过这一层关系，陆严字很快就被调到镇林场当场长去了。陆度荒不服气，为此又上访了好几年，最后不了了之，从此落下了爱上访的"病根"。

陆度荒喜欢上访，还因为他上访也曾经尝到过甜头。

那是五年前的事。

刘箩村因为四十几年没发生刑事案件，一直是全省社会治安综合治理的模范村。以前都是写写材料往上一报，那代表荣誉的奖状就发下来了，可那一次不一样，省里突然说要派人下来验收。陆度荒知道后就跑出来搅局。他写了一大沓材料，十几页稿纸，列举了村里一些蝇营狗苟的事，有的是捕风捉影，也有几件事言之凿凿。当时镇领导听说陆度荒要出来搅局，慌忙赶紧报告县里。县委邓培树书记就派自己的秘书陆仰贵回到老家来全权处理。邓书记对陆仰贵说："你是刘箩村的，你回去处理，不管花多大的代价，也要叫那个陆度荒闭嘴。"仰贵回来了，连同镇长一起登门造访，与陆度荒交涉。陆度荒也很干脆，就一句话："我闭嘴可以，你们将我住的四间房子装修一下，窗要换成铝合金的，地板要铺瓷砖，内外墙都重新抹白灰。"镇长二话没说立马答应了他。后来，陆度荒果然没有出来搅局，模范村的验收也顺利通过了。

陆度荒热衷于上访，日子却过得糊里糊涂。后生们有会读书的是读了一个出去一个，陆度荒那一代人，和比他更早的，基本都不识字，于是，陆度荒便成了村子里唯一的一个“无产阶级知识分子”。山野之人，字识多了有时是祸不是福，陆度荒就因为识几个字，田里的、山上的活他懒得干，过年时给村民写写春联，谁家有红白事请他帮帮忙，有时也帮人写个状子什么的，就靠这个收下几个糊口的钢板，一日三餐连顿正经饭都谈不上，好在有同他住在一起的冇婆在帮他。

5

珧珧给派出所打的那个电话，仿佛在人的动脉上注射了酒精，随即传导全身，每一条血管都火热了起来。派出所的沈小冰所长随即报告了县局，之后又打电话给村治保主任陆栋梁，要他派人先行赶去保护现场，与此同时，沈小冰还把所里的警员一个个从床上叫了起来，发动了警车，准备进住刘箩村。而县局刑警大队也在通知法医、痕迹技术员和侦查员……

天上稀疏的星星边上沾满霜花，周身发着冷光，刘箩村沉浸在恐怖的寂静之中。珧珧和冇婆不敢离开石崇坪，又没什么事好做，便天南海北地聊了起来。

刘箩村从村头到村尾有六七里路，零零落落的老厝新宅全都建在溪涧两边的山坡上。连接这一个个小村落的是从村长陆仰福家门口的水泥路延伸出来的一条土路，弯弯曲曲，路面坑坑洼洼的，与奔流不息的刘箩溪相随相伴。如此封闭的小村庄，基本与外面隔绝。村民出村最常去做的便是到镇上赶集，当地人称之为“下墟”，往返二十六公里，不管是骑摩托车、坐手扶拖拉机还是步行，都会在众目睽睽之下。与刘箩村相毗邻的只有山竹崎村，也要在出村三公里的地方从一条岔道进去，再走一个多小时的山路，骑摩托车也要半个小时。那条小路很窄，连手扶拖拉机都进不去。村里的媳妇们大都是从那边嫁过来的，山竹崎村也像刈箩村一样，男人与闺女就一个姓，全都姓魏。冇婆的娘家也在山竹崎，她也姓魏，户口本上的名字叫魏冇。

冇婆管六条耕牛，农忙时一条牛出租耕地一天能赚十元，她的钱很多，花不完。陆度荒论辈分应该是冇婆的小叔子，一辈子浑浑噩噩，没吃的找冇婆，没钱花也找冇婆，村里的几个中学生背地里叫他是孔二己，说是孔乙己的弟弟。他的妻子叫魏红素，也是从山竹崎那边嫁过来的，比他小二十多岁。

珧珧虽说是本村人，可她十四岁就到镇上读中学，打那时候起就很少在家，这些事她以前从没听说过。

“媛媛这孩子可怜，”冇婆说，“四岁时母亲就不要她了，去年才上小学。我们山沟沟里的女人就是这样，以为被人养着，吃穿不愁，不用上山不用下地不被日晒雨淋就是幸福，你度公没法给她幸福，红素就跟了仰福，住到仰福家去了。唉……”冇婆的一声叹息拉得很长，在浓密的夜幕下散开，黑黝黝的群山都为之震颤。

“仰福哥不是有老婆吗？菜花嫂她……”陆仰福的老婆名字叫魏菜花，陆珧珧一直叫她菜花嫂，听冇婆这么一说，她还以为菜花嫂是不是已经不在人世了。

“菜花又老又丑，人倒很勤奋，公鸡一啼就忙，忙到天黑，像个老妈子。我们山沟里的女人就是这样，勤奋的就老得快，被男人养着整天不做事的女人才会细皮嫩肉如花似玉。仰福看上了又白又嫩的红素，嫌弃菜花，就给了间茅草屋让她自己过。”

珧珧这次回来，感觉一切依旧，村容村貌并没有多大的变化，没想到还会有这么多的故事，山不变水不变可人在变啊……她本想再问些事，却突然发现沟口来了两道闪光，以为是派出所的人来了，可转念一想，应该没那么快，会是谁呢？一老一少在凝固了的夜幕中静候了好一阵子，两束电光越来越近，已经可以听到说话声了。原来，来的两个人一个是治保主任陆栋梁，另一个是村长陆仰福。

第二章　村长

1

陆栋梁接到派出所所长的电话后就一直没能在惶惑中平静下来，他赶紧去找村长，拉着陆仰福两人一起赶到石宗坪来。见到珧珧和冇婆，他还在一个劲儿地唠叨一路上不知重复了多少遍的那句话："怎么会呢？怎么会呢？听到沈所长给我打的电话，我就是不相信，怎么会呢？怎么会发生这样的事？不可能吧？"

这也难怪，当了十二年的治保主任，他是第一次碰到这样的事。

陆栋梁束手无策，不知如何是好，倒是村长陆仰福显得镇静些。“慧妹，我正想告诉你，早晨我到山上来挖麻笋，也看到过很像人体尸块的东西，只是我没仔细看，不敢肯定。”陆仰福说着，脸上露出一丝诡谲的神色，只是在黑不溜秋的夜里，谁也没能发现，被淹没了。

“在什么地方?”珧珧绷紧了神经。

“在后洞。离这里……”

“那地方我知道。走，我们俩去看看。”珧珧转身对陆栋梁说，“栋梁叔，你和冇婆就在这里候着，估计派出所的人很快就会来了，我与仰福哥去后洞看看。”两人上路后，珧珧又问仰福，“你说你是早晨看到尸块的，为什么到现在才说?”

“我没仔细看，好像是，自己也不敢肯定，你们家又在办喜事，我不敢说，怕……”

“怕什么?我们家办喜事是我们一家子的事，你可是村长哪，人命关天的事你居然能够捂在心里一整天没说出来，我真是服了你。”

她心里在想：既然没仔细看清，干吗这时来对我说?显然，他是看清楚了，只是出于某种考虑才捂了一天。至于说是因为自己家在嫁妹妹，才没说出来，这只不过是一种借口，一种托词。他与冇婆不一样，冇婆是真的封建。冇婆连喝喜酒都不敢去，他不是也去了吗?一号米养百种人哪！有人凡事从自己的利益出发考虑问题，有人正好相反，首先想到的是公众的利益。作为村长，他本应该是后者，可他偏偏却是前者。不管他是出于什么样的考虑，他本来就不应该捂着一整天不说，他不该这样做，可他这样做了，你不服也得服。

月亮躲藏在厚厚的云层里，曲折的山路在夜色中只给人一个模模糊糊的行走方向，根本无法看清路面。

珧珧在前仰福在后，两人深一脚浅一脚，借着手电筒上微弱的光摸黑缓慢前行。

翻过了一座山，正在下坡，珧珧突然一脚踩空，整个人栽进一个深坑里，树枝、杂草、荆棘，还混杂着不少泥土扑面盖头而来……

珧珧的脑袋里自然而然地蹦出了一个概念：陷阱。她很清楚，村里的人喜欢在深山老林里挖陷阱，是用来抓野猪、狸猫、山羊等一些野兽的。九岁那年，她就曾经有一次不小心掉进陷阱里……已经容不得她再多想了，她的整个身子垂直而下，两只手臂本能地挥舞着。

掉进井底，珧珧才发现自己的左手臂不知被什么东西割破了一道长长的口子，钻心钻心地疼。

鲜血流在她的手臂上，衬衫的袖管湿了，黏稠稠地紧贴在肌肉上。

血又从袖口流出来，顺着她的手心和手背往下落，再一滴一滴地滴到她的大腿上。片刻工夫，连裤子的一条腿也湿透了，同样是黏稠稠地贴着腿上的肌肉。再后来，袜子也湿了，血淤积到鞋里，也是黏稠稠的，脚丫子就像浸泡在温热的烂泥塘里。

还好，灵魂还在，大脑依然清醒，没有伤及生命。珧珧颇有点庆幸："仰福哥，仰福，仰福哥……"她仰起头大声喊叫，希望陆仰福能帮她找根竹竿或者找条藤什么的来救她上去。

然而，她再怎么高声呼叫也没人回应，耳边响起的却是滚雷似的——自己喊话的回音。

她很失望，伸手去掏裤袋里的手机，可手机已经丢了，手电筒也不见了。她用脚在井底踩了几下，想看看能不能踩到手机或者手电筒，可是，除了几粒石子、树枝、树叶与杂草，什么也没有。这陷阱有两米多深，自己是爬不上去的，只能指望陆仰福能发现她的失踪，跑过来救她了。但她等了大半个时辰，时间一秒一秒地流走，等到心都冷了，也没等来一点能给自己带来希望的响声。

上头黑压压的夜空，乍明乍暗的疏星……

她失望了，听天由命吧，她心里想着，很是沮丧，感觉又困又饿。又过了大半个时辰，头顶上的黑幔裂开了一条缝，像明晃晃的刀在上面划了一下。黑幔裂开，电光从裂缝中喷射出来，一闪而过，眨眼间黑幔又合拢了，紧接着便是轰隆隆的一声巨响。响声过后，一阵短暂的沉静，珧珧禁不住一阵阵地寒战，心收紧了，身上的神经末梢全都收紧了，脑子里变得空荡荡的。她已经不是失望，差不多要绝望了。突然，又是接二连三的闪光、巨响……

噼里啪啦，大雨终于下起来了，还夹杂着不断的闪电和雷鸣。

被困在深井底里的珧珧，被恐怖笼罩着，陷阱已经不是陷阱，更像是坟墓，被埋在里面，除了灵魂还在，一切都死了。

她饿了，肚子里像有只青蛙在呱呱呱地叫个不停……

她突然想起上大学时读过的一本书，叫《阿伽门农》，里面有句诗：

> 嗟呼！众生之命途！一时青云独步，
> 不过像浮光掠影，一旦堕入泥涂，
> 只需湿海绵一抹，便抹掉这画图……

眼下，要抹掉她的不是湿海绵，而是这半米见方、两米多高的陷阱……

原来，人是如此的渺小，如此的无能，一不小心，眨眼间就会陷入绝境，自己救不了自己……

想着想着，珧珧睡着了。她实在是太困了，自从回到刘箩村，她就没有真正意义上的睡过觉。之前那是因为妹妹要出嫁，心里高兴，睡不睡觉无所谓，可现在是掉落陷阱，生死未卜，要么饿死，要么困死。她想开了，身子贴在井背上，像一摊烂泥糊着，渐渐地便到“爪哇国”去了。

时间不知流去了多少，珧珧也不知自己睡了多久，恍惚中突然听到有人在喊：“慧儿，慧儿。”声音越来越清晰，终于听到了，是真的有人在叫她。“慧儿，慧儿，慧儿”，声音由近而远，又由远而近，时而清晰时而模糊。

不是在梦里，她真真切切地听到了，听到有人在叫她的小名。

她从“爪哇国”回来了，拉长耳朵细细地听，终于听清楚了，是父亲和母亲。“父亲和母亲在找我。”珧珧的眼泪掉了下来。泪水是热的，滚烫滚烫地热，“这个世界上，只有父亲和母亲才是我最亲最亲的亲人。”她心里想着，一阵狂喜，赶紧抬起头高喊：“爸，妈，我在这里，我在这里。”

然而，没人回应。

“爸，妈，我在这里……”

她接连又喊了好几声，可呼叫她的声音并没靠近，反而远去了。很显然，爸爸和妈妈并没有听到她的声音，还没有发现她掉进的这个陷阱。她急了，有些失望，与失望相伴而来的是无助、无奈、沮丧、忧伤、焦虑……各种心情一齐袭来，眼泪再一次往下掉落。这一次不是激动的热泪，是悲伤与痛苦的泪水，像雨帘似的，接连不停地往下落。

“慧儿，慧儿……”呼叫她的声音又靠近了，珧珧重新拾得了希望，赶紧再次仰起脖子，高喊：“爸，妈，我在这里，我在这里！”接连喊叫了几声，终于有了回应：“慧儿，你怎么掉到井里了?”她抬头看到了井口上一张脸，是父亲那张满是皱纹饱经沧桑的脸，倏忽间，又多了一张脸，是母亲憔悴与焦急的脸。

琲琲欣喜若狂，破涕为笑，笑得像一朵灿烂的玫瑰。

她的父母找到了她，同样异常兴奋。父亲大概是早有准备，他带来了一条尼龙绳，一头拴到树上，另一头从井口放了下去。

琲琲赶紧抓住尼龙绳想往上爬，可她浑身乏力，实在是力不从心。

细心的父亲想得周到，他再次趴到地上，在井口上露出脸对她说：“别着急，我先给你点吃的。”说完父亲站起身，用另外一条较细的绳子绑着一个塑料袋垂落下来。塑料袋里有鸡肉和一壶热茶、两个肉粽。

琲琲就在井底吃了鸡肉和粽子，喝了热茶，休息片刻，恢复了体力，这才抓住尼龙绳，爬上井口。

母亲一个箭步冲了上来，把浑身湿漉漉的女儿搂到怀里，泪流满面地叫着：“慧儿，我的慧儿……”

“怎么了，还哭?女儿得救了，你不高兴是不是?”父亲斥责了母亲一声，母亲这才止住泪水，上上下下仔细端详起女儿来：“伤了没有?”

“划破点皮，没什么。”

“没伤到要害就好。”母亲说着，跑到涧底去抓来几片树叶，放进嘴里嚼碎，然后吐在手心，贴住琲琲手臂上的伤口，拿几片树叶盖着，再从自己的衣角上撕下一块布条，将伤口扎紧。

“爸，妈，你们怎么会找到这里来?”琲琲看着母亲细心为她所做的这一切，着急地问。

父亲似乎是累极了，坐在地上掏烟抽，没有回答女儿的话。

“是栋梁跑来告诉你爸的，栋梁说了，公安的那个常队长也派人在找你，漫山遍野地找，就是人手不够，没找着。”母亲替父亲回答女儿的问题，“你爸问了仰福、栋梁和冇嫂，问他们你是怎样失踪的，他们说你和仰福离开石崇坪要去后洞，半路上突然就不见了。你爸想了很久，他知道这里有好几口陷阱，就料想你一定是掉进陷阱里了，所以我就和你爸找上来了。”

“那么说，仰福哥他没想到我会掉进陷阱里？”

“鬼知道！”父亲愤愤不平，“嗖”地一下子从地上站了起来，把手上的烟蒂恨恨地丢到地上，集全身的愤怒之气用脚挼磨，将烟蒂磨成齑粉，说，“他肯定知道，他肯定能想到这里有好几口陷阱。他这种人说谎不怕歪了嘴，说他不知道，我才不信。他一定是故意带慧儿到这里来的，等等回去了，我一定揍他个臭死。”

“爸，您可别乱来。”

“算了，”母亲也说，“我们回去吧，平安就好，孩子没啥大碍，是我们的福气。人在做，天在看，别人爱怎么作孽，是别人的事。我们回去吧。”

“爸，我还想问您一件事。”珧珧似乎没有要马上回家的意思，她掉进陷阱里后就曾想过一个问题，现在终于有机会问问她的父亲了，“仰福哥他在鹧鸪坪有种麻笋吗？”

“哪会？胡扯。”父亲愤愤地回答，“他有那么勤快？他会到鹧鸪坪种麻笋，那狗也有四脚裤好穿。他开店，做生意，他说他搞的是商品经济，向来就瞧不起我们这些搓锄把的，哪有可能去种麻笋？”

“昨天早上他送红包到我们家来，我看他身上有片水杉叶子，问他是不是去了石崇坪，他说是去鹧鸪坪挖麻笋，顺便到石崇坪看了一下，我就不大相信。”

“他肯定是说谎，鹧鸪坪和石崇坪那个地方哪有他种的麻笋好挖，那里的麻笋都是有主的。说不定他就是去抛尸的，冇嫂看到的那条人腿，有可能就是他撂的。”

“爸，您也不要乱说，不是亲眼看到的事不能乱讲。”

“你爸就是这样，”母亲也责怪起丈夫来，“这种事怎么能胡乱猜疑？人命关天的事，传到仰福的耳朵里，看不被他把你揍成肉酱。”

“我也只是在我们自家人的面前说。”父亲有些尴尬，像犯了错误的孩子似的，赶紧转移话题，“慧儿，这是你的手机，在那个井口上发现的，你拿去。”说完他收拾了从家里带来的东西，下山走了。

珧珧与母亲紧随其后，三人一起回了家。

路上，珧珧给那个刑警队的常队长打电话，说自己已经获救了，并把获救的过程简单地说了一下。

常队长说：“没事就好。我这里正忙，你就在家里好好休息，我有事再与你联系。”

2

次日一早，珧珧再次给常队长打手机，问他们昨晚住在什么地方。常琪告诉她，他们就住在陆度荒家。珧珧随便喝了两碗母亲一大早就起来做的稀饭，匆匆地赶了过去。

县公安局来了八个人，加上派出所一共有十二人，而陆度荒家虽有四个房间，却只有两张床，技术员邢妮妮是女的，便讨了个便宜，给了她与媛媛同睡一张床的“特权”。派出所的老张年纪大了，又有腰椎间盘突出的毛病，被照顾睡陆度荒的床。带队的易副局长是个领导，正好冇婆那边还有一个空房间，床也闲着，就去睡那个“单间”。其他人全都打地铺。珧珧赶来时，大家都还在呼呼大睡。累了一整天，睡得都很沉。常琪也是被她的手机铃声给吵醒的。两人害怕影响大家睡觉，就到庭院的围墙外去谈话。庭院的大门两边有两块石头，他们一人坐块石头，交谈了起来。

常队长告诉珧珧说：“前天夜里我们凌晨三点多赶到石崇坪，村长陆仰福说你失踪了，当时确实是人手不够，只好叫治保主任陆栋梁负责叫了几个村民去找你，仰福带我们去寻找另外的尸块。其间我与陆栋梁用手机通了几次话，他一直说没找到……”

“你们去寻找另外的尸块，找到了吗?”珧珧打断他的话，急着问。

“找到了一部分，”常琪是荆县的重案中队队长，高中时大陆珧珧两届，办案时与当律师的她又有过几次交往，彼此不能算知根知底，但还是互相了解的。他不想对她隐瞒什么，回答说，“在后洞找到了死者的另一条腿，在鬼仔坑发现了两只手臂，还有躯干和头颅没发现。”

“鉴定了?”

“初步。”常琪回答，“男性，五十岁左右，身高一米六六，体重大约一百来斤。”

“那肯定是了……”珧珧低头深思，喃喃自语。

“你说是谁啊?”

“度公，陆度荒，特征很吻合。”

“已经从陆度荒的房间里找到了一些 DNA 检材，拿回去做鉴定了，等结果一出来，就能证明死者到底是不是陆度荒了。”常琪停顿了片刻，接着说，“我们从陆度荒的房间里发现了一大堆的上访材料，从最新的几份材料来看，陆度荒近期正在为自己的老婆被村长陆仰福给霸占的事不停地上访。”

“那死亡时间呢，确定在什么时候?”珧珧脑海里突然跳出了这个问题。

“法医确定的死亡时间是六月二十四日凌晨。距离冇婆发现尸块的时间大约有六七个小时。”

“六月二十四日，对，农历五月二十二，那天我妹妹出嫁，清晨我来这里找度公，想请他帮我家写对联，就在下面，”珧珧指着山脚下的公路，“喏，在那边上，我看到了陆仰福，他骑着摩托车从上面下来，我就站在桥上，就在那边，我喊他，他明明抬头看了我一眼，却装着没看见，急驶而去。当时是凌晨五点半多六点还不到。三个小时后，他到我家送红包，我看到他身上有一片水杉叶子，我问他是不是去了石岽坪，他不敢否认，却说是去挖麻笋，可我问了我爸，他根本就不种麻笋，肯定是说谎。他到石岽坪，会不会就是去抛尸的?”

“你的怀疑当然不能排除，但目前我们没有证据可以证实。你看，”常队长随手抓了个土块，在地上画了起来，说，“这里是村口，陆仰福家就在这里，这里是石岽坪，这里是后洞，鬼仔坑在这里，既然仰福骑的是摩托车，那摩托车只能停在这个地方，从这个地方上山，不管是从石岽坪到鬼仔坑再到后洞，还是从后洞到鬼仔坑再去石岽坪，至少都得有一个小时的时间，如果再加上杀人和肢解尸体的时间，那就得用上五六个小时。你说你是五点多六点之前见到他，往前推，真的是他杀人抛尸的话，那他就必须在凌晨一点多开始动手……现在我们有很多很多的事要做，首先是查明死者的身份，其次要找到尚未发现的其他尸块，更重要的是寻找第一现场，还得查一查陆仰福是不是真的有作案时间……千头万绪啊！饭要一口一口地吃，事要一件一件地做，我说的这些如果不能一一搞清楚，就无法确定侦查方向。”

“那你们准备怎么办?”

“我叫沈小冰负责去调查陆度荒失踪这几天来到底去哪里了，做了些什么事。如果死者真的是陆度荒，而他又是在二十四日凌晨被害的，那在二十四日凌晨前的六七天时间里，他的行踪肯定要留下痕迹的，查清楚了，证明他是在返回村子里的这天凌晨被害的，同时DNA鉴定又能证明死者确实是陆度荒，那这起案件就简单了。我的当务之急是查找第一现场，还有一件比较重要的事是先查一查陆仰福有没有作案时间。对了，珧珧，你是本村人，与陆仰福也熟，要不你去找他，不动声色，旁敲侧击，了解一下他到底有没有作案时间。我们现在还没有任何证据，我不想惊动他，这事由你去办再合适不过。想不想当一下编外警察？”

“行，没问题。”珧珧爽快地答应，突然转了个话题，“那今天早上大家的早饭……”

3

两人正谈论吃早饭的事，治保主任陆栋梁却突然来了。他的大嗓门儿在庭院里一叫，屋里睡着的人全都给吵醒了，陆陆续续从各自的房间里一个一个出来。

“院子后面有个水龙头，纯净的山泉水，有点凉，不怕冷的，就到那边去洗脸、刷牙。需要热水的，魏冇的厨房里有，脸盆就在魏冇和度荒的家里随便拿。我们山里人没什么规矩，大家也用不着拘谨。洗漱完了，到村长家吃早饭。”陆栋梁振臂一呼，俨然像个后勤部部长。

“干吗去他家吃，得走那么远的路，何必呢？就在这里叫冇婆煮点稀饭。”派出所所长沈小冰对着陆栋梁大声说。

“不，不，不，我已经安排好了。”陆栋梁面露难色，反驳说，“你们不是都有车嘛，六七里路算什么？”

“要不就到我家去吃，”珧珧插嘴说，“我家离这里近，三分钟就到了，不用开车。”

“对，对，去珧珧家吃。”沈小冰兴致勃勃朝珧珧说，“到你家来了，不请大家吃顿饭，你慧儿以后还怎样做人？”

“去你的，什么慧儿，慧儿是该你叫的吗？你得叫我慧姑。”

珧珧白了他一眼。当年她在省城读政法大学时，沈小冰正在那里念警校，那三年时间里，两人因为是同乡的关系常常在一起，沈小冰有两三次放假时亲自开车把珧珧送到家里，对她有点暗恋的意思，珧珧也不置可否地接受了。作为念法律的大学生，她喜欢警察，但谈不上喜欢沈小冰。毕业后，两人各奔东西，那段朦朦胧胧的感情也随之“毕业”，没再联系过。沈小冰知道她原来的名字叫陆小慧，村里的长辈们都叫她慧儿。可珧珧不喜欢他这样称呼自己，呛了他一句，然后朝大家接着说：“我先回去准备一下，等等大家都到我家去吃早饭。”

“不，不，不行。”陆栋梁把珧珧堵在大门口，“还是去村长家吃吧，他的饭馆里饭都做好了，菜也准备了，不吃浪费。”

“那是你的事，”沈小冰跺了下脚，朝陆栋梁吼叫，“你安排吃饭为什么不和我商量？”

其实，沈小冰心里头是不愿意到村长陆仰福的饭馆里吃饭，一百个不情愿。对村长这个人，他沈小冰是白玻璃瓶里装清水——看透了，见到陆仰福就讨厌，怎么可能去他家吃饭呢？

陆仰福在村口开的那家饭馆，平时也没什么客人，除了夜晚一些小青年去那边喝酒猜拳，基本没生意，就是巴不得县城和镇里来干部。十来人吃一顿饭，派出所会给他交饭钱，他当然不敢多收，可事后却会开出一张狮子大开口的收据向村财务报销补贴费，那个狮子口里吐出来的数字常常会把人吓倒。曾经有一次，一个姓牛的副县长带一个秘书和一个驾驶员来村里办事。那时候要吃猪肉和猪内脏得到镇上去买，路又没通，很不方便，陆仰福就叫人杀了头猪，招待他们三人吃了一顿晚饭。事后，陆仰福就随手写了一张报账收据："牛吃猪一只，两千元。"两年后镇上的会计站派人到村里审计账户，发现这张报账收据，从此就有"牛吃猪一只"的大笑话在群众中广为流传。

治保主任陆栋梁要大家去村长家的饭馆里吃饭，说心里话他也不是很情愿，可他有他的难处。所有进村的干部，食宿都得由村长一手安排，这是本村的一条不成文的规矩。自从陆仰福当上村长后，这条潜规则就成了村里不可动摇的"基本国策"，与"计划生育"有着同等的地位。四五年前村里的支部书记叫陆栋才，是陆栋梁的一个堂兄。有一次接待县农业局来的几位种茶的技术员，因为要住十来天，人多时间长，书记就安排他们在村部吃住，派人煮饭。陆仰福有一个在县委书记手下当秘书的弟弟陆仰贵，闻听此事后，仗势欺人，手持木棍气势汹汹地跑到村书记陆栋才家，责问他为什么私自安排进村干部的食宿，还动手将陆栋才的一条腿给打断了。陆栋才没敢吭声，之后就向镇里递交了辞职书，说村书记他不干了。镇里很快就同意了他的辞职，转头又任命了一个新的。作为治保主任的陆栋梁实在是看不下去了，认真了起来，打电话给陆仰福的弟弟陆仰贵，说："你哥把人打伤了，不赔偿也不道歉，这事真的就这样算了吗？你看着办吧，要不要我叫派出所把你哥哥抓起来判他三五年？"陆仰贵急了，立马从县城赶回来，替他哥哥向陆栋才道歉，赔了陆栋才一万多元医疗费，又将他安排到县城一家民营企业管大门，这事才算了结。此后，就再也没有哪个村干部胆敢私自接待县上或镇里来的干部。陆栋梁心里清楚，沈所长不喜欢村长陆仰福，也了解这个小沈一旦有了主意就有一股九条老牛也拉不动的犟劲儿，但村长陆仰福他也是得罪不起，为了维护和谐，他不能不坚持，不能不不折不扣地贯彻落实村里的“基本国策”。正要与沈小冰再进行一番争执，见易副局长从房间里走出来，如同见到了救星似的，陆栋梁一个箭步冲了过去，在易副局长的耳朵边小声说了几句什么。

“那就去村长家吃吧。”副局长易柏露一锤定音，如同终审法官的最后判决。

沈小冰也不敢再争了，愤愤地说：“那你们去吧，我有事要办，不吃了。”说完悻悻然走进房间，拿了自己的行李，下山走了。

4

村长陆仰福家是村子里最繁华的地方。

刈箩村其实就是一条弯弯曲曲的溪涧和一条与之结伴同行的土路串起的山坡两边一垞一垞的小村落。土路在村口连接一条出村的水泥路，直达联桥镇。村长的家就在这土路与水泥路的衔接处。

一座四层高的钢筋混凝土小洋楼，与小村落那些清一色的土墙黑瓦老厝新宅相对照，便是唯一的、绝无仅有的、独一无二的地标性建筑，颇具现代感，也特别显眼，好像比别人前进了好几世纪，同时也会叫人看上一眼便要留下好多好多的遐想。

小洋楼的底层有四个店面，第一间卖杂货：牙膏、牙刷、烟、酒、油、盐、酱、醋等，还有专供小学生用的文具，爱美的女人也可以在这里买到自己喜欢的发夹、红头绳什么的，经营理念无疑是“一切从实际出发”，大宗商品见不到，连衣服也只有短裤和背心。第二间卖的是海产和猪肉、猪内脏，还有巴浪鱼、白带鱼、海带、紫菜等这些饭桌上常见的海货，就连黄瓜鱼、牡蛎、虾、蟹这些山里人不怎么能吃得起的生猛海鲜也有一些，只是数量不多，有的养在水池里，有的存在冰柜中。西头的两间却被称之为饭馆，顾客——当然都是些外头进村办事的人，主要是下乡的镇干部和进村收购茶叶的生意人，全都在这里用餐；其中二楼是餐厅，三楼、四楼自己住。

小洋楼的旁边有块空地，隔三岔五这里会放映一两场电影；村子里的一些青少年会时不时地聚在村长的饭馆里喝酒划拳；闲暇之人会来此地聊天、打扑克、搓麻将；买完东西的媳妇们会围着站在一起谈论村里村外发生的一些花边新闻。总之，这村长的家既是商场、菜市场，也是公园、饭馆、娱乐中心，集多项功能于一体。

吃过了早饭，大家该干什么干什么去了，只有珧珧没走，她心里挂着常队长交代她办的事，因此留了下来，找陆仰福聊天。

“仰福哥，你这房子好气派，什么时候建的?”

“建了六七年了。”陆仰福发现珧珧有想与他聊天的意思，热情了起来，转头朝楼梯上面喊了声，“红素，你下来给客人泡茶。”紧接着又转回头面对着珧珧，装作一副很谦虚的样子说，“哪有什么气派，才花了十来万，还不如你们城里的一座公共厕所。”平时要是有人夸他的房子有气派，他的虚荣心马上就会膨胀起来，会滔滔不绝地介绍起建房时自己有多努力，动用了多少人际关系，省了多少钱，县里镇里的哪位领导帮了他多少忙……

今天，他熊瞎子学绣花——装模作样，忽然谦虚了起来，全然是因为他心里清楚，珧珧是城里人，见多识广，自己再怎么瞎吹也吹不进她的心，倒不如低调些，也好让对方明白，自己虽然身居深山沟，但并非是一介草莽。他为自己的谦逊颇有几分得意。他觉得与城里人说话就得这样，不能夸夸其谈，那样反倒会叫人反感。与什么样的人说什么样的话，这是做人的基本要领，他的弟弟陆仰贵就经常这样开导他。

这时，楼梯上有一个年轻的女子款款而下，如仙女下凡，飘然而至，朝珧珧这边走来，给珧珧一种犹如舞台上的明星大腕从幕后走向前台那一瞬间给人的震颤。山沟沟里怎么会有这样的大美人？珧珧抬头用诧异的眼光瞥了她一眼。确实很美，瓜子脸白白嫩嫩的，穿着红色的衬衫和白色的直筒裤，半尺来高的高跟鞋也是红色的，前凸的胸脯上一条深深的乳沟宛如峡谷，峡谷两侧不像是两座小山包，更像是两只狮子躲藏在里面蠢蠢欲动。随着她的到来，一股呛人的香水味顿时弥漫了整个房间。

她就是魏红素，当地人称之为村长的“老二”，古早人叫“妾”，文化人称之为“情人”，时髦的说法叫“二奶”，法学界更喜欢用“第三者”来称呼。

“你是魏红素？”珧珧不经意地问了一句。

魏红素点点头，瞄了珧珧一眼便迅速地收回目光，然后就开始泡茶。她泡茶的动作十分生硬，神色也不大自然，显得心猿意马，好像做错了事准备接受老师训斥的小学生，又有如丑媳妇第一次面见公婆的那种忐忑不安。

“她是你度公的老婆，”陆仰福介绍说，“从山竹崎那边嫁过来的，论辈分你得叫她素婆，不过，这样叫不好，红素还小你一岁呢。哈哈，哈哈哈，就叫名字吧，魏红素。”陆仰福笑得东倒西歪，前仰后合。

“对啊，我正想问，红素，你知道度公这些天去哪儿了吗？”珧珧脸朝红素说。本来她不敢如此冒昧地发问，但有陆仰福如此毫不忌讳的介绍，她也就没什么不好意思的了。

魏红素没回答，陆仰福却抢着说：“他啊？鬼才知道。整天没个正经事，溜溜逛逛，娶了个老婆也不知疼，三餐都吃不饱。要不是我把红素叫来我店里做点事，一家子恐怕早就饿死了。”

“去你的，尽说丧气话。”魏红素嗔怪地说，苗条的身子不由自主地扭了一下，朝陆仰福白了一眼。

“是我嘴臭，是我嘴臭，呵呵。”陆仰福赔笑着，伸手摸了下她那翘得很高的臀部。

“欸，仰福哥，刚才吃的那个炒笋丝，真好吃，入口有点甘，轻轻一嚼，又脆又甜，还有些辣。你是怎么做的？是用鲜笋做的，还是用腌过的麻笋做的？”珧珧不喜欢别人在自己面前打情骂俏的场面，赶紧换了个话题。

“鲜笋，鲜笋，我不是跟你说过了吗？我昨天大清晨去了一趟鹧鸪坪和石岽坪，挖了几颗麻笋，交给师傅，他怎么炒的我就不清楚了。”陆仰贵说着，目光朝右散射，显然又是在说谎。

“那你在石岽坪一定种了很多麻笋喽？等几天我回市区，能不能送我几颗？”珧珧说。

“嘻嘻，其实那笋不是我种的，是老婆子种的，你想要，找她拿。”陆仰福把珧珧的要求挡了回去。

“行，等等我就去找菜花嫂。怎么炒的？能不能介绍我认识一下你饭馆的师傅，我想学学。”

“我带你去，”红素说，显得兴致勃勃，“师傅是我的堂兄，叫魏艺聪，是我介绍过来的，手艺很棒。他在省城上过学，就是专门学烹饪的。”

魏红素像变了个人似的，突然开朗了起来，刚才的那种拘谨、忐忑与尴尬从她的身上一扫而光，那个花瓶一样供人欣赏的小美人形象骤然间也灰飞烟灭，这下显得更像纯朴的山沟里的女人，本性中的那种清纯与热情释放了出来，仿佛找到了

"组织"，有了依靠，胆子大了起来，说话的声音也响亮多了。

她把珧珧带到楼下，再将烹调师傅从厨房里叫了出来，介绍说："她叫珧珧，大律师，早上吃了你做的炒笋丝，觉得很好吃，想学学你的手艺。"

"这也要学啊，哈哈，很简单，我给你说说你就会了。"魏艺聪有些腼腆，端来了一只小缸，"喏，就这样，将新鲜的麻笋切成四块，不能横着切，只能竖着切，在锅里煮熟，然后连水一起倒进缸里，放盐，盐要多放些，腌三天以上，再拿出来切成丝，旺火热炒，炒时加调料，五香粉、黄酒、白糖，鸡精是一定要的，放多放少因各人的口味而异，就这么简单。"

"欸，你说是用腌笋炒的，可刚才仰福哥怎么说是用鲜笋炒的?"

"他不知道。"

"那他昨天早上给你新鲜的麻笋了?"

"哪有?"魏艺聪说，"这些麻笋是四五天前腌制的，是向菜花婶买的，以后我们饭馆就再也没有鲜笋进货。"

"菜花嫂? 他们不是一家人吗，几颗笋也要买?"珧珧大惑不解。

魏艺聪沉默不语。魏红素也不再说话，低下头，脸涨得菲红，手足无措，窘态十足。珧珧看在眼里，心里全都明白了。她也不想再问什么，说了声"谢谢"，便离开了村长家。

5

珧珧自个儿去找菜花嫂。

几年不见，菜花嫂老得也真快，原本就是一个身材矮小衣着随便的农妇，这些年来脸上又布满了细细密密的皱纹。她一头灰白的头发，宽大松弛的脸是黄色的，但有几处颜色较暗，犹如一枚久藏在地底下的铜币，突然被人挖了出来，锈迹斑斑，叫人很难相信她才四十岁出头。虽然身子单薄，但体格结实，站立端端正正，迟钝的眼睛目光迷茫，表情腼腆，大概是从不与读书人交往的缘故。虽说珧珧不是外人，但多年没有接触，还是有些生分。

她自己一人住在小洋楼旁边的一间茅草房里，里面乱得想找个搁脚的地方都得花费不少心思。门后面搁着一个蓄尿水的塑料桶，桶里有三分之一的尿水。锅台上放着一把锄头，锄把上还沾着泥。床头码着两包尿素。唯一的一小块活动的空间就是屋子中间，也很随意地放着一对粪箕，粪箕里有少许豆荚，上面还穿着一根扁担。

看到珧珧走进来，菜花嫂窘得束手无策。她很少招待客人，今天贵客从天而降，却连个坐的地方都没有，实在不知怎么办才好。可她的心里是很高兴的。慧儿从小就懂事，又会读书，现在奔前途去了，回来一趟不容易，还知道抽空来看自己。她简直就是受宠若惊，兴奋得就像当年进京要接受毛主席接见的红卫兵。

“菜花嫂，你忙?”

“不忙，不忙。”她本来蹲在粪箕旁边剥豆荚，看到珧珧时才从地上站了起来，本想说“你坐，你坐”，可她这里实在没个坐的地方，愣了一下，见珧珧脸上笑眯眯的并没有丝毫的抱怨，也就不再感到尴尬了。她盯着珧珧看了很久，突然一个箭步冲了上来，顺势将自己两只带泥的手掌在衣服上蹭了两下，然后紧紧抓住了珧珧的手臂，“慧儿，你越长越好看了，找婆家了吗?”

“还没。”珧珧脸上飞起两片红云。

“这事可不能拖，你妹都嫁人了，你也要赶紧点。你爸你妈就常常唠叨你的事。赶紧找一个，不要太挑，长相过得去就行，心一定要好，不要太有钱，现在有钱人都黑心……”菜花嫂话匣子一打开就没完没了，弄得珧珧像个小地方来的女贵族，脑袋瓜里糊里糊涂，羞答答的不知说什么是好。

“菜花嫂，你剥豆荚？我来帮你。”珧珧赶紧找了个话题，说着就要往地上蹲。

“不，不，不，那可不行。”菜花急了，紧抓着她的手不放，“那可不是你干的，你能来看你菜花嫂，我已经很高兴了。”

“要不，我们找个地方好好聊聊？”

“好啊，”菜花嫂兴奋了起来，但很快脸色又暗了下去，“可我这地方……”

“不要紧，把东西挪一挪，就可以坐了。”

菜花嫂也想挪出一个位置来，她把地上的豆荚扫进粪箕里，把粪箕提着拿到门外，腾出一个小小的空间。屋里只有一张小凳子，菜花要珧珧坐，珧珧却要菜花坐，说：“你坐吧，我年轻，站着就行。”

“那不行，你是客人，你坐。”菜花坚决不肯。

珧珧不得不坐了下来。可菜花嫂站在身边，她如坐针毡，又站了起来：“菜花嫂，还是你坐，我站着就行。”

“去阿呆家吧，她那里有好茶，嫂子给你泡茶。”菜花嫂突然有了好主意，兴奋得就像幼儿园里的小朋友分到了巧克力，喜滋滋乐颠颠马上就要过小年似的。她的眼睛眯成三角形，脸上又增添了些平时很少出现的新皱纹。

阿呆是菜花的堂妹，也是从山竹崎那边嫁过来的，她现在是刘箩村的妇女主任，为人爽直，爱交朋友，跟谁都很谈得来，有如陆仰福的弟弟陆仰贵常常开导陆仰福那样，遇到什么样的人说什么话，能够准确把握住“做人的基本要领”，村里的姐妹们都喜欢她。

她的家就在魏菜花的茅草屋后面的山坡上。菜花拉着珧珧的手来到阿呆家。阿呆不在家，她下墟去了，但门没上锁，菜花嫂也不客气，就在客厅里给珧珧泡茶，两人坐到木沙发上开始聊天，越聊越起劲儿。

“菜花嫂，听说你在鹧鸪坪和石崇坪种了不少麻笋?”聊着聊着，珧珧把谈话引入了正题。

“是啊，种了二十多丛，一年能卖千把块钱。”菜花嫂颇有点得意。

“早上我们吃了炒笋丝，又脆又嫩，很好吃，听说那些笋就是你卖给他们的。”

“是的，”菜花嫂嘴角挂着骄傲，“我辛辛苦苦种的，有劳有得嘛。”

“仰福哥说他前天早晨去石崇坪挖笋……”

“乱讲，他敢偷挖我的笋？他不敢!”菜花嫂脸露愠色，“鹧鸪坪和石崇坪那里的麻竹全是我和阿呆种的，他要用，就得向我买，还得我高兴卖给他呢。”

“那他昨天清晨是不是去石崇坪了？”

“好像是，”菜花嫂踌躇着说，“昨天一大早天还没亮，我听到摩托车的声音，就从窗口望出去，看到那个死鬼用摩托车载着阿佑和阿仲出村。后来又听到摩托车的声音，我正在做早饭，天刚刚才亮，我看到那死鬼骑摩托车刚刚回来。当时我也没太在意，也没想太多，不知道他干什么去了。”

“你说的阿佑和阿仲是谁?”

“是两个中学生，在镇上读书，那天夜里在饭馆里闹了一整夜，划拳喝酒打扑克，一直闹到天亮。对了，慧儿，”菜花嫂眼睛突然亮了起来，“听说石岽坪那个地方发现了一条人腿，是怎么一回事？哎，这世道……”说着眼神又暗淡了下去。

“是有这回事，最先是冇婆发现的，她带我去看了，后来公安的人在后洞和鬼仔坑又找到了尸块，不知道是谁干的，也不知道被害人是谁。”

“慧儿，你说会不会是那个死鬼做的孽？”

“你是说……”

“仰福啊，他这个人是个凶煞鬼，在我们这个村子里，除了他，还会有谁敢杀人？”

“我也不知道是谁干的，公安正在破案呢。不过，看起来不像是他。刚才你说他送阿佑和阿仲去镇上读书，骑摩托车一来一回要两个小时，如果他杀人、分尸，再到石岽坪、后洞和鬼仔坑去抛尸……”珧珧沉吟着摇了摇头，“时间那么短，他干不了。”

“说的也是，”菜花嫂是一个从不皱眉头的人，这下也哲学家似的颦眉深思了好一阵子才说，“那会是谁呢，作孽啊！”

第三章　黑哩潭遇险

1

珧珧同菜花嫂分手后，随即将魏菜花反映的情况转告常队长，常琪马上叫派出所的老张去与陆仰福接触。陆仰福说的与魏菜花说的基本相符。常琪同时还叫派出所的人去镇上中学找阿佑和阿仲，两人说的也一致。

综合起来分析，大体情况是：二十三日晚上，阿佑与阿仲在陆仰福的饭馆里喝酒，之后就同陆仰福、魏红素两人一起打扑克，一直闹到凌晨三点，小歇片刻，四点左右陆仰福用摩托车载阿佑和阿仲到镇里上学。估计他返回村里至少要在五点以后，而六点之前珧珧就亲眼见陆仰福从石崇坪那边下来，以后他就没有离开家，直到去珧珧家送红包，可那时冇婆已经在石岽坪发现尸块了。尽管可以肯定陆仰福说他去石岽坪挖麻笋是谎言，但在这期间，他要完成杀人、分尸，再分别到三个地方抛尸，整个过程一个多小时的时间显然不够用。由此看来，陆仰福缺乏作案时间，他的嫌疑基本可以排除。问题是：他为什么要说谎？为什么要编造挖麻笋的谎言？他去石岽坪到底干了些什么？当然，还有一个可能，那就是死者是早些时候就被杀了，他只是去抛尸。这样解释是说得过去的，可问题又出来了，尸检结果法医认定死亡时间就是二十四日凌晨……

常琪和珧珧都觉得，这案子开始变得扑朔迷离。

这天半夜，珧珧突然发高烧，烧得意识也蒸发了，整个人迷迷糊糊的都不知道自己是谁，口中却一个劲儿地气若游丝地叫着："常队，常队……"

母亲被吓坏了，把珧珧的父亲喊来。

父亲也束手无策，不知道女儿口里喊着"常队"是什么意思。

"叫柏松叔啊，快去。"母亲清醒得多，她要丈夫赶紧去叫乡村医陆柏松。

陆柏松的诊所在村口，六七里路，一来一回骑摩托车也要一个小时，父亲急中生智，拿了女儿的手机给陆柏松打电话。

医生毕竟是医生，尽管是"乡村的"，到底要比珧珧的父亲镇静得多。陆柏松详细地询问了情况，说："可能是伤口感染，村子里不是还有警察吗？赶紧叫一辆警车把你女儿送下来，我给打一针，然后赶紧送镇卫生院。"

父亲这才明白，女儿口里不停地喊着"常队"，就是要那个叫常琪的警察把她送去医院。他想用手机打常琪的电话，可又不知道号码。女儿迷迷糊糊的，也没办法问……管不了那么多了，他知道常琪就住在冇婆的院子里，急速地奔跑了过去。

常琪一听，也紧张了起来，说：“我马上去发动警车，你赶紧去把她背到公路上。我们分头行动，抢点时间。”

珧珧在柏松诊所打了一针，然后被送到镇卫生院，醒来时，发现自己躺在病房里，满屋子的阳光，床头挂着吊瓶，母亲、父亲，还有常琪，三个人陪伴左右，感觉很温暖。都快三十岁了，有生以来她还是第一次这样被人呵护。

病房里飘荡着一股古怪的独特的气味，似乎在向每一个人强调，这里就是医院。珧珧想起忘了在哪本书上看到过一句话：医院是生命的维修站，一时搞不清楚自己到底怎么了，为何会被送到这“生命的维修站”里来。

“我怎么了？是不是把你们给吓坏了？”她扫了一眼父亲和母亲，又转过头来盯着常琪。

母亲泪流满面，她焦急地守护了一个晚上，看到女儿苏醒过来，她这才松了一口气。

父亲脸上却露出了笑容。昨晚紧张了一夜，一直惶恐不安，现在看到女儿没事了，悬着的心放了下来，紧锁了一夜的眉头也舒展开来。

母亲看到女儿两眼甜甜地盯着常琪，目不转睛，嘴角上还挂着开心的微笑，她自己的心也像砂糖蘸上了蜂蜜，甜透了。母亲心里在说，这小伙子不错，高高壮壮的，眼睛有神，没有斯文气，与我们慧儿站在一起倒是很般配，就是不知道他是不是有家室。

常琪没有注意到珧珧母亲那哲学家似的目光正在注视自己，倒是注意到了珧珧那含情脉脉的眼光，可他没怎么放在心上，以为她是在感激自己。不就是半夜里开一趟车送她来卫生院吗？小事一桩，不值得她感激，他心里想着。因为有太多的事还在脑子里搁着，不能久留，见珧珧醒过来了，他便说：“你是掉进陷阱时受了伤，伤口没有及时处理好，被细菌感染了。打过针吃了药，休息几天很快就会好的。我先走了，有事给我打电话。”

珧珧由衷地说了声“谢谢”，微笑着朝他点了点头，目送他走出病房。

母亲赶紧一个箭步冲了过去，去帮常琪开门，口里连连说：“谢谢，多谢你了。”然后还执意要把常琪送到楼下。

常琪离开后，珧珧肚子饿得咕噜噜地叫，便对母亲说：“妈，给我弄点吃的吧。”

“好好好，我去煮。你想吃什么？”母亲一生最高兴的事就是给两个女儿做好吃的，可她真的不知道要煮什么好。

“随便吧，清淡点就行。”

“那我去了，去你姨家，先泡点藕粉过来，再弄点赤肉汤。”母亲说完后也走了，病房里只剩下珧珧和她的父亲，还有隔壁床上的一个病友。

那个病友也是女性，三十出头，比珧珧大几岁的样子。刚才看到一屋子里热热闹闹的，一直静默无语，只用眼睛说话，这下看到人大多走了，便转过头来说：“大妹子，你真幸福，一家人围着你转。我就没你那么幸运了，你看我，差点连命都没有了，也没人来看我，连个影子也没有。”

珧珧闻声也转过头，听她这么一说，心里觉得好温馨，问：“这位大姐，不是我们联桥镇人吧？”

“我是万吉市区的，叫颜冬虹，开出租车的。前天来你们联桥，返回时我的车被辆大货车给碰了，车翻了，弄得我浑身全是口子。呵呵，还好是往里翻不是往外翻，要是往外翻，掉进深沟里，骨架子都散了，现在恐怕已经被烧成灰了。”

“大姐你还真风趣。”

“不风趣不行啊！做人难哪，女人想要自己养活自己，真的是不容易。大妹子，你家是在……”

父亲见女儿与那个病友谈得起劲儿，感觉自己待在房里没啥意思，就说他要去买包烟，顺便透透气，走了。

“我们是刘箩村的。”珧珧在父亲离开后回答说。

“刘箩村？哦，那是个好地方，山清水秀、空气新鲜、风景迷人，就是偏僻了点，路不好走。我这次就是去刘箩村，想多赚那么四十块钱，可差点连命也赔了进去。”

“哦，你去我们村？找谁啊？”

“妹子你不是刘箩村的吧？细皮嫩肉的，刘箩村的女人哪会像你这样清秀。你穿戴也时尚，不，不，我不相信你是刘箩村的。”颜冬虹没有回答珧珧的问题，她连对方的名字都不知道，不想说得太多。

“我真的是刘箩村的，我在市区做事，这次是回家来办点私事，我叫珧珧。”

“原来还是个大干部！我这人没多大的本事，但认人的本事还是有的，看上一眼我就能猜出个八九不离十，就知道你不是刘箩村的。”

“那么说，你是经常去我们刘箩村喽，所以才会一眼就认出我与刘箩村人不同。”

“哪里，就去这么一次。”

“那你是……”

“是有个客人寄了一包货，四五十斤重，交代给中转站。我正好有客人要到联桥镇来，中转站就给我打电话，要我顺路跑一趟刘箩村，给四十元。我觉得来回多跑二十二公里，四十块也划算，就答应了。”

“什么货啊？交给谁？”

“这位妹子，你不会是警察吧，问得这么详细？我就有好几次碰到警察问事儿。当警察的有职业病，问什么事总是问得连根上的细毛都要刮出来。”

“没有没有，我不是警察，我只是随便问问。”

颜冬虹没再说话。珧珧见她不愿意回答自己的问题，也不好意思再问什么。

沉默了好一阵子，病房里一片寂静，只能听到两个人的呼吸声，还有从日光灯上发出来的“嗞嗞嗞”的响声。

母亲回来了。颜冬虹又活跃了起来：“珧珧妈，你还真勤快，这么快就把好吃的给带来了？都做了些什么好吃的？”

山里人本来就好客，听到隔壁床上颜冬虹说话，珧珧妈一下子便与她拉近了距离：“也不是什么好吃的，就是弄点藕粉，煮了点赤肉汤。这位妹子，我看你也饿了吧，还好，我多带了一副碗筷，你也吃点吧？”

颜冬虹也不客气，便说：“好啊，我平时就爱吃赤肉汤，藕粉就不要了，给我一碗赤肉汤就行了。”

珧珧妈把藕粉给了女儿，盛了一碗赤肉汤送到颜冬虹的床边。

两人津津有味地吃了起来，边吃边交谈着市区里最近发生的一些事。

珧珧妈没能听懂她们说什么，听着听着，都不知道自己是在云里还是在雾里。但母亲见女儿这么快就交了新朋友，心里高兴，也把对方当成亲人了。

颜冬虹吃完了，珧珧妈要再盛一碗给她，可她执意不要，说：“已经很饱了，吃不下了。”一个劲儿地称赞珧珧妈做的赤肉汤好吃，“你们内山人就是热情、纯朴，不像我们城里人，住同一个单元都好几年了还叫不出对方的名字。赤肉汤真香，清爽可口，以后有机会一定去你们刘箩村再吃几碗。”

“那好啊。”珧珧说。

三个人都显得很兴奋，病房里弥漫着浓浓的人间真情。

第二天，颜冬虹要出院了，她有些依依不舍，给珧珧留下自己的电话号码，要珧珧回到市区一定去找她。

珧珧也把自己的手机号码告诉了她，答应回市区一定找她聊天。

2

珧珧病愈出院后回到刘箩村，马上去找常琪，问他死者是不是陆度荒。

常琪摇着头说：“不是。”

珧珧不相信。她原本以为死者一定是度公。度公失踪都十天了，至今连个影子也没见到，把他的失踪与尸块联系在一起是一件很自然的事，突然要她把这种联系拆开，她懵了：“凭什么？怎么证实的？”

“不是对你说过吗？我们在陆度荒的房间里找到了几根毛发和一些皮屑，经 DNA 鉴定，排除了与死者的联系。”

“那毛发会不会是媛媛的？度公的房间除了媛媛和有婆，不会有其他人进去的，你们应该确认毛发到底是谁的，要是媛媛的，不就……”

“这我知道。昨天晚上才拿到媛媛的 DNA 检材，正在做，结果明天才能出来。”

“那度公失踪的情况，你们调查清楚了吗？”

“基本查清。”常琪回答说，“陆度荒因村长陆仰福长时间霸占他的妻子，为这事他上访好几年了。上头的批示像雪花似的飘来，万吉市信访局为这事操了不少心。信访局找到副市长邓培树。邓副市长本来就是分管信访工作的，当事人陆仰福的弟弟陆仰贵又是邓副市长的秘书。邓副市长就指示陆仰贵负责把这事处理好。可是处理来处理去处理了几年，始终没个结果。陆仰福说陆度荒的老婆魏红素是自愿跟他的，他不是拐骗，更不是霸占。陆度荒却死缠着不放。信访局要陆度荒到法院去起诉，可他说没钱打官司只能求政府。一个月前，陆度荒又去了一次信访局，因当时邓副市长已经允诺半个月内解决，信访局的岳科长就约他六月十七日再去。十七号是星期一，信访局当时备了两套方案，一是等待邓副市长那边能给上访人一个满意的答复，不行就实施第二个方案，准备联系有关部门对信访人进行法律援助，由政府出资帮他聘请律师。”

“冇婆说，陆度荒是农历五月十五离开村子的，也就是六月十六日，看来，他是准备第二天一早上班就去市信访局。他去了没有？”珧珧问。

“不知道，从那时候起，他就失踪了。”

“奇怪啊，”珧珧陷入了沉思，“石岽坪、后洞和鬼仔坑的尸块死者死亡时间是六月二十四日凌晨，如果死者就是度公，那他有八天的时间不知去向，毫无踪迹。”

“对啊，这是一个谜，把这迷雾拨开了，案情也就清楚了。当然，还有一个可能，死者根本就不是陆度荒，而是另有其人，如果真的是这样，那案情就复杂了。”

正说着，法医从县局给常琪打来电话，说在陆度荒屋子里找到的那些新的检材，从血型上分析，基本可以确定是陆媛媛的，如是要做 DNA，那还得过些时日。

“血型也可以分析出血缘关系，你们分析了吗？”常琪在电话里问。

“分析了，基本排除。死者血型是 AB 型，不管他的配偶是 A 型、B 型还是 AB 型，所生子女只能是 A 型、B 型或 AB 型；如果配偶是 O 型血，所生子女只能是 A 型或者 B 型，都不可能是 O 型。而陆媛媛的血型正好是 O 型。如果一定要做 DNA 亲子鉴定，那得报批，要有法律手续，我看也没那个必要。”法医在电话里说。

常琪把法医在电话里说的转告了珧珧。珧珧更迷茫了：“难道死者真的不是度公？不是度公又会是谁？不是度公，那度公哪儿去了？”

珧珧心头这下子全乱了，乱成一团麻。

原本她的脑海里甚至还有一张很清晰的图：度公六月十六日傍晚出村，又上访去了，当晚他或许住在镇上，或许去了县城，或许直接到了万吉市区，反正有一点可以肯定，他是准备第二天星期一一上班就到信访局的。同过去一样，他的上访毫无结果，六月二十三日夜里，或者是二十四日凌晨，度公回来了，半路上碰到了村长陆仰福，或者是陆仰福早知道他会这个时候回来，在村外的某个地方等候，之后就将度公杀了，肢解了尸体，然后分几处抛尸……现在，她心里头的那张图已不再清晰，变成了一幅三岁小孩的涂鸦，乱七八糟的。

夜里，她睡不着觉，老想着这件事，却弄不明白到底是怎么回事，直到下半夜，她才迷迷糊糊地入睡。刚刚进入梦乡，她就看到了度公。度公带媛媛去了游乐园，他要牵媛媛的手，媛媛不让他牵，要抱媛媛，媛媛也不让他抱。度公说：“爸爸来背你。”媛媛自个儿朝前冲，回过头来瞪了度公一眼说：“你不是我爸爸。”度公流泪了，掩面而泣……

珧珧从梦中醒来，躺在床上仔细追忆了一遍刚才的梦境，突然有所顿悟。记得参加高考的那阵子，她常常会为一道方程式得不到解而冥思苦想好几天，而突然有一天，做了个梦，方程的解就有了。四百年前德国士兵笛卡尔不也是在梦中发现了坐标系？今晚的这个梦，会不会就是……

珧珧睡不着了，感觉大脑异常的清醒，异常的兴奋，她看了下表，是凌晨四点一刻。“冇婆年纪大了，总是早睡早起，这时一定起床了。”她心里想着，从房间里悄悄地溜了出来，去找冇婆。

冇婆果然已经起床，正在厨房里做早饭。

“慧儿，你这么早找我……”冇婆拉着珧珧的手坐到饭桌前。

“冇婆，我想问你一个问题，媛媛是度公亲生的吗?”

珧珧的这一问破坏了屋子里原有的和谐气氛。

冇婆脸色骤变，原先的热情随之消失，刚刚还笑眯眯的眼睛顿时睁得大如铜铃，脸上的皱纹全拉直了，像横七竖八的干树枝，正要为珧珧沏茶的手，提着一把铜水壶在半空中停下，仿佛一架找不到停机坪落不了地的直升机：“你听到什么了?”冇婆盯着珧珧的脸，口气生硬地责问了一声，像是抛过来一块又脏又硬的臭石头。

“冇婆，您别生气，是这样的，”珧珧平心静气地说，“您发现的那条人腿，政府那边认为很有可能就是度公的……”

珧珧突然变得笨嘴笨舌，讲不清自己心里想要说的话。在法庭上侃侃而谈的那个律师不见了。在冇婆的面前，她不能说“血型”和“血缘关系”之类的话，说了冇婆也听不懂，可不说又能咋办？她急了，心一急，眼角上的泪珠便挤了出来。

冇婆见她掉泪，自己的心如同油条掉进豆浆里，软了下去：“慧儿，你怎么了？你真的很想知道，是吗?”

“是的，冇婆，我是很想知道。”珧珧用衣角擦了眼泪，破涕为笑，笑自己为何会如此不争气。

“哎——这事只有我、你度公和红素三个人知道，就是害怕被嫒嫒知道。”

冇婆七十好几了，没文化，却是个明事理的老妪，听到珧珧这么一说，她长长地叹了一口气。“红素是我的外甥女，长得太漂亮，在娘家山竹崎村时就是一朵招蜂惹蝶的花。女人长得太漂亮其实是祸不是福。”冇婆似乎觉得这样说打击面太大了些，转过头瞅了珧珧一眼，赶紧补充了一句，“我不是说你，慧儿，你们有文化，与我说的女人不一样。”

珧珧开怀大笑，冇婆从小就夸自己漂亮。别人说她漂亮，她从不在意，可冇婆夸她，她心里高兴，赶紧给冇婆端上一杯茶。

“我的这个外甥女年幼无知，十七岁那年与一个外地来的包工头怀上了孩子，”冇婆接着说，“三个多月了才被她的父母发现。这下可不好了，传出去会被人戳破脊梁骨的。她母亲找我，要我赶紧替孩子找个男人，快快地嫁了。那时我看你度公也都四十好几了，还没个女人，就把他俩给牵在一起了。你度公知道这事，但他不嫌弃。嫒嫒出生后一家子日子过得挺甜蜜的，你度公也变了个人似的，变得很勤快，种了一大片地瓜。哎——要不是仰福那个饿鬼使了坏心眼……”

冇婆说不下去了，眼眶盈满泪花。

珧珧这下明白了，原来，嫒嫒与陆度荒没有血缘关系。

3

珧珧将冇婆说的情况反馈给常琪，告诉他嫒嫒不是陆度荒的亲生女儿。常琪听了感到很惊讶。绕了一个大圈子，原来所有的一切全都是白费力气。

“我看你们必须重新提取陆度荒的 DNA 检材，再做一次检验。”琡琡建议说。

“可是，”常琪面露难色，“你看，陆度荒的这个家实在是太乱了，根本分不清什么东西是陆度荒的，什么是媛媛的，只有几件衣服可以分辨出来。我们原先收集的那些皮屑和毛发，就是从陆度荒的衣服上提取的，本以为会是陆度荒的，没想到却是媛媛的。你说，我们再做一次，有意义吗？”

“这——”琡琡听了也觉得难办，“那就没有其他办法了？”

“不想把自己绑死在一棵树上，只得另辟蹊径了。”常琪说。

“那你们准备怎么办？”

“当务之急是寻找第一现场和另外还没找到的尸块。”常琪说，“至于死者是不是陆度荒，陆仰福的嫌疑有多大，我相信随着发现的线索越来越丰富，慢慢会浮出水面的。”

琡琡点了点头，觉得他说的有道理，暗下决心要帮助常琪他们。她相信一切全都发生在村子里面，死者一定是本村人，凶手也一定是本村人，第一现场极可能也就在村子里面，另外那些还没发现的尸块也有可能就在村子里的某个地方搁着或藏着。她更相信自己的直觉，直觉告诉她，死者就是失踪了好几天的度公，而嫌疑最大的就是陆仰福。她觉得自己没有选择，只有帮助常琪他们把案情搞个水落石出。不这样做，九泉之下的度公会死不瞑目，自己日后也会活得很难受。她决定按照自己的思路去帮助警察。自己是本村人，这里的山山水水沟沟坎坎她心里一清二楚，寻找第一现场和另外还没发现的尸块，自己要比常队长他们更方便，更有把握。她想，如果死者是度公，他很可能是在村口的某一个地方被杀的，并且只能是在出村不远的某个地方，不可能在村子里头。度公与仰福有心结，不可能上他的当，被他骗到某个没人的地方下手，而要在村子里面作案，那可是在众目睽睽之下，陆仰福没有那么大的胆子。当然，又不能离村口太远，太远了抛尸不方便。

她的脑袋里又一次出现了原先设想的那个画面：二十四日凌晨，度公从外面回来，仰福早就知道，在村口的某个地方等他。路上，仰福把度公打晕，拖到溪里，杀了度公，肢解尸体……

仰福是个蛮汉，四肢发达头脑简单，以他的智力，他只能这样做。山沟里少有人对警匪片感兴趣的，就算他陆仰福早有预谋，但就凭他的那一点点智商，看几部警匪片也难有长进。她越想越觉得这种可能性极大，至少在百分之七八十以上。可作案时间呢？想到这个问题，她的心又乱了，实在是想不通，几乎要否定了自己的设想。然而，她又是怎么也否定不掉，直觉硬是把她拉回到原先的设想图上……

“慧儿，帮我把花花拴在柱子上。”冇婆在庭院里喊她。

“噢？”珧珧思绪猛然间被冇婆的一声呼叫拉回到现实中来。她从陆度荒的房间里冲了出去，从冇婆的手里接过狗绳。

花花不停地摇着尾巴，在她的脚边转来转去，对她显得十分亲昵。花花是她当年在荆县一中上高二时从县城的菜市场上买的，抱回来后送给了冇婆，都这么多年过去了，花花长大了、长高了、长壮了，但还认得她。可珧珧却有些心不在焉。她漫不经心地做着拴狗的动作，心思却并不在那条狗上。

“冇婆要我帮她，对，帮……”

就这么一个“帮”字，点亮了她心中的火把，使得她仿佛在黑夜里看到了光明，心中豁然开朗了。她想，陆仰福也许有人帮他，帮他在村口杀了度公，并把尸体肢解了，在他骑摩托车送阿佑和阿仲到镇里上学后返回来时，顺路将尸块运回，然后实施抛尸……如果是这样子，那时间之谜就有了谜底，一切就都顺理成章了。

她心头掠过一丝的喜悦，决定自己去寻找第一现场。

4

珧珧回家吃了午饭，小睡了片刻，然后骑上父亲那辆破旧的雅玛哈摩托车出了门，摩托车如同响尾蛇似的拖着“嘟嘟嘟”的响声，朝村口驶去。出村口三四百米处，她把摩托车架在路边，开始寻找第一现场。她猫着腰沿着路肩往前走，走一步就在周围察看一阵子。她的步子迈得很慢，时间却走得极快，不断地从她的脚底下溜走。眨眼间，日头挂到西山上去了。

这条路以前是土路，她考上大学那年，政府搞“村村通”，这条路才变成了水泥路。路面是变了，可环境没变。在镇里上中学的那个时候，这条路她每星期要走两趟，太熟悉不过了。路边哪里有树，哪里有花，哪里有块石头，都在她的脑子里烙着。路脚下那条与路相随相伴的刘箩溪，哪里水急，哪里水缓，哪里山石嶙峋，哪里细流潺潺，她也一清二楚。

直觉告诉她，陆仰福极有可能会在这个地方下手。这里树林浓密，水流湍急，大清早的时候几乎不会有人从这里经过，而且水流声震耳欲聋，足以掩盖所有的声音，被害人再怎么叫喊，也不会有人听到，因此这里应该是陆仰福的首选之处。若果真如此，一定会留下痕迹的。她很仔细地察看，希望能找到度公的遗物，哪怕是一支笔、一张纸，或者一只鞋；而若能发现血迹、拖痕，或者树枝被压断的痕迹，那可就是重大的收获了。

太阳停留在西山头上，在天空中渲染了一片红霞。不一会儿，阳光便暗淡下去，金红色的云雾变成了一片褐色的微光，太阳在向大地告别。又过了一会儿，暮色从远山处暗暗地袭来，眠獐般的南山，一刻深赭一刻淡青地转换着颜色。一缕晚烟冉冉向上升腾，缭绕着山巅渐去渐薄，山谷如同蒙起一层蝉羽似的轻纱。

然而，珧珧还是一无所获。

她来到了黑哩潭。

出村的路直到镇上差不多是一路下坡，唯独这里有一段百米长的上坡。黑哩潭就在这里路脚下的刘箩溪中，有半个篮球场那么大，积水成潭，深不见底。哗啦啦的流水从倾斜的磐石上刷过，溅起无数白色的浪花，然后注入潭底，在潭中打了几个回旋，再越过天然的石坝，向下游奔腾而去。珧珧想：如果在这里杀人，激流可以冲刷所有的血迹，人体的内脏也可以在石头上捣碎，再让水流冲走，不会留下痕迹。

她不由自主地走下公路，站到潭边的一块磐石上，四处张望。果然！在霞光的照耀下，她看到了两块石头的夹缝中，有一条肠子……

她顿时感到十分紧张，又有种如获至宝的欣喜，心剧烈地跳动，身上的植物神经全都集聚在一起，两眼紧紧盯着那条肠子，只想看得再仔细一些。

“哈哈，我看你再多管闲事。”随着一声奸笑炸开，她被人从背后推了一把，打了个趔趄，没能反应过来，便“扑通”一声掉进了黑哩潭。

刘箩村人基本都是旱鸭子，知水性会游泳的很少。珧珧读大学上军事课时曾学过一周，但没学会，掉下去便立即沉入水中，扑腾着浮出水面，可只是一瞬间，来不及吸口气，又沉了下去。水灌进她的鼻孔，她被呛了，只知道很难受，意识也乱了，杂乱不堪，就像电脑被骇客给黑了似的，屏幕上只剩黑黑的一片，还闪烁着毫无规则的亮点。眼下她唯一能做的就是手舞脚踢，使劲儿扑腾。折腾了一阵子，她又浮出了水面，眼前迷迷糊糊地出现了一条狗，她连想都没想，两条手臂伸出去便抱住了那条狗，身子整个儿趴在狗背上，两手紧抱住狗脖子。

那狗驮着她，将她带过水面。

她爬上岸，开始咳嗽，吐出了一大口水后，舒服多了，只感到浑身乏力。睁开眼睛，她发现自己躺在草丛里，那救她一命的花花就蹲在她的身边，旁边还站着冇婆。

“冇婆，您怎么会在这里?”她有气无力地问了一句。

“慧儿，你终于没事了。”冇婆长长地叹了一口气，眼角上挂着泪花。

“冇婆，是您救了我，您怎么会知道我在这里?”

“哎呀——”冇婆长长地叹了一口气，说，“我家花花平白无故地一阵狂吠，还一个劲儿地往庭院外面冲。我的眼皮也一直跳，左跳财右跳灾，我跳的是右眼，就知道一定是出事了，又不知道到底出了什么事，但也管不了那么多了，牵着花花我就追了出来。路上，我问了过路人，他们告诉我，说看到你自己一个人骑摩托车出了村，我就拉着花花往村口跑，是花花带我到这里来的。我来的时候，你正在水面上扑腾着，我就把狗绳放了。花花就跳了下去……呃，现在没事了，我们回家吧。”

珧珧从地上站了起来，情不自禁地跑过去一把抱住冇婆，泪如泉涌。她很想说声“谢谢”，可又觉得此时此刻语言是最苍白的，说什么都是多余的。

5

黑哩潭发现杀人现场，刘箩村因此再度热闹起来。

常琪打电话回去，把那些已经回到局里的法医、刑事技术员和侦查员们重新叫回到刘箩村来。

警察们在黑哩潭下面的石缝里也找到了少许人体内脏碎块，有一块石头，尽管已经被水冲洗得干干净净，没留下血迹，但细心的法医和技术员运用高超的现代科学技术，还是在那块石板上提取了少许肉眼看不到的人体内脏碎屑。

警察们经过分析认为，凶手就是以这块石头为砧板，在上面剁碎人体内脏，然后让水冲走的。由此看来，凶手是个极度残忍的人。

警察们又在周边四处寻找，想找到搏斗的痕迹，想找到杀人凶器，更想找到受害人的血迹、遗物……他们认为，既然是杀人现场，不留下痕迹是不可能的。然而，从上午八点半一直忙到天黑，次日又忙了一整天，除了之前发现的少许人体内脏碎块和内脏碎屑外，警察们想要的东西一样也没有找到，所获甚微。

珧珧跟随了两天，目睹了警察们所做的一切，她感到恐惧，也感到气愤。这样的凶手，真是罕见，至少在民风纯朴的刘箩村里实属百年不遇，太没人性、太凶残了。她觉得自己已经不是局外人了，而是一个责任人。既然酷爱法律，就得伸张正义，一定得将如此凶残的杀人嫌犯找出来。这样的凶犯要是不找出来，刘箩村永远不会安宁，阿公阿婆、叔叔婶婶、兄弟姐妹，甚至连同自己的父母也会永远生活在恐惧中。她觉得查找凶手的事自己更具备天时、地利、人和，而更大的优势是自己查找凶手的愿望要比警察们来得强烈，警察破案是公事公办，而自己不同，自己有着一种非把凶手找到不可的内在动力。如果说警察查找凶手是为了破案，责任使之，更像是有外力的助推；而她想查找凶手的动力却是一种自我的心理需求，更像是一台蒸汽机，火一旦点着，就无法停息。可问题是怎么找？在何处找？连被害人是谁都还没搞清楚，要查找凶手，谈何容易？

琲琲整整想了一个晚上。可再怎么想来想去，她的直觉也挥之不去，自始至终她都认为受害人就是度公，杀害度公的人就是陆仰福。

陆仰福是一村之长，又有一个在副市长身边当秘书的弟弟做靠山，一直在村子里称王称霸。这些村民们有目共睹，无人不知，他自己也习以为常，习以为常了之后便逐步刺激了他偏执型人格的形成与固定。几个县里来的干部没在他的饭馆吃饭这么一丁点小事，他都敢打断老书记的腿，事后又没得到任何惩戒，这样的事日积月累，无疑又促使了他偏执型人格的进一步完整。他拐骗度公的妻子魏红素，却因为度公的不停上访威胁到了他弟弟的仕途，从而使得他情绪上产生了一种挫败感。有这样偏执型人格的人，是不能有任何挫折的，一旦有了，便会铤而走险。偏执型人格的人实施犯罪时往往带有强烈的情绪色彩。固执、偏激、疯狂、丧失理智、心胸狭窄、虚荣心过强、以自我为中心正是他这种人的性格特征。杀了人，还把尸体内脏掏出来，慢慢地剁碎，让激流冲走，何等的残忍！刘箩村六七百人中，除了陆仰福，琲琲实在想不出还有谁敢这样做。

可说是直觉也好，说是分析推理也罢，其实她自己也还在彀中，并没有任何证据，需要突破，不能盲人摸象，更不能被窝里猜谜……

怎么办呢？自己现在该做些什么？琲琲又是一夜无眠。

次日一早，常琪一起床就给琲琲打手机，要她到田螺崎来，说是有些事想问问。

琲琲去了，看到媛媛正在冇婆的厨房里吃早饭。

她问冇婆："常队长呢？"

冇婆告诉她："在厝后面漱口刷牙。"她问琲琲吃过了早饭没有。琲琲说还没有。冇婆便给她端来了一碗稀饭。

珧珧吃了起来，边吃边问媛媛："想你爸吗？"

媛媛点了点头。

珧珧又问："你妈来看你吗？"

媛媛随即放下手中的筷子，眼睛睁得圆圆的，把头扭了过去。

这孩子虽然小小的年纪，但她有自己的判断，她能分辨出谁好谁坏。珧珧心里想着，赶紧放下筷子，搂住媛媛说："好了，以后我们不谈你妈了。哦！赶紧吃饭吧，吃饱了好去上学。"媛媛这才重新拿起筷子，又埋头吃起饭。

这时，常琪走了进来："这么快就过来了？"

"接到你的电话，饭也没吃就过来了。有事吗？"珧珧问。

"嗯，是有点事，先吃饭吧，等等再说。"冇婆已经给常琪盛了饭。常琪吃了起来。有媛媛在，他不想谈案子。

饭吃完了，媛媛要去上学，珧珧帮她背好书包，觉得这孩子可怜，心头掠过一阵痛楚，强忍着没让眼泪掉下来，却忍不住在媛媛的额头上轻吻了一下。

媛媛走了，珧珧问常琪："什么事？可以说了吧？"

"是这样，"常琪说，"我想知道，大前天把你推进黑哩潭的那个人，你看清楚了吗？"

"没有，我什么也没看到。"珧珧回答，"当时我站在水潭旁边的一块石头上，发现下游石缝里好像夹着一条肠子，正仔细盯着，全神贯注，什么也没注意，突然听到身后一个男人的声音，说了一句：'哈哈，我看你还多管闲事。'话语中带着讥笑。声音太突然，我顿感发懵，头皮都麻了，脑袋瞬间膨胀了起来，想要扭头看，可还没来得及，就被推了下去。"

"我看到了，我知道那人是谁。"冇婆听到他们说话，走过来插了一句。

“谁?”常琪和珧珧不约而同地问。

“阿佑，一个中学生，岭头陆钟同的儿子。”冇婆回答。

常琪赶紧问：“冇婆您是怎么看到的?把当时的情况详细说说。”

“那时我还在路上，”冇婆说，“我原本手上牵着花花，花花与慧儿有感情，可能是知道她出事了，用力挣脱了我手上的绳子，使劲儿地往前冲，我只能跟在花花的后面跑。奔跑中我看到阿佑从黑哩潭那边上来，从我的身边走过，嘴里还吹着口哨。我没理会他，就跟着花花冲下公路，去了黑哩潭。肯定是他，他就是从黑哩潭上来的，没见到其他的人，只有他，不会是别人。”

“冇婆，您看清楚了，阿佑当时穿的是白衬衫，对吗?”常琪问。

“对啊，你也看到了?”冇婆一脸惊讶，不清楚常琪既然已经知道了为什么还要问。

“没有。”常琪从挎包里掏出一块白布，递给冇婆说，“我没见到人。冇婆您看，这块白布条是我们在黑哩潭的一棵树上发现的，当时就挂在树的枝丫上。冇婆您看仔细点，您说的那个阿佑，他当时穿的白衬衫是不是这种布料……”

“对，对，对，就是这种布料，颜色也一样。”冇婆抢着回答。

常琪立马给治保主任陆栋梁打电话，约好由他带他们去阿佑家找阿佑。

6

时间就像富人手上的金钱，一个子儿一个子儿地从手指缝里流出去却浑然不知。已经六天了，死者是谁到现在还不清楚，凶手是谁更是一个谜。而珧珧对陆仰福的怀疑始终停留在“被窝里猜谜”的阶段，尽管她很相信自己的直觉，且坚信自己的怀疑不会有错，可这又有什么用？证据，证据在哪儿？如此封闭的刘箩村，读过书的寥寥无几，见过大世面的屈指可数，电视上的那些警匪片在这里也没有多少市场，按理说不可能会有高智商的犯罪，可不知道为什么这个案子会这么难，迷雾重重。珧珧有点丧失斗志，甚至萌生了“让警察去查吧”，不想再继续追踪真相的想法。

田螺坳一下子又变得十分安静。冇婆上山放牛去了，媛媛去上学了，临时住在这里的四五个警察也该干什么干什么，一大早就一一离去，这时只剩下了珧珧一人。那座四层高的大土楼，此时在炎炎的烈日下疲惫不堪，只有两座护厝陪伴它饱受煎熬。庭院里冇婆养的一群小鸡，在母鸡的带领下躲在大楼的背影中忙着觅食，院子后面叮咚叮咚的滴水声不断传来，让珧珧感到尤其刺耳。

留下来侦破案件的警察们正在寻找阿佑。他们觉得阿佑把珧珧推进黑哩潭时说的那句“看你还多管闲事”的话很耐人寻味，说不定他就是杀人嫌疑犯的同伙，或者是帮凶，肯定是受到了嫌犯的指使才会这样干。要不然，一个十七八岁的中学生，与珧珧无冤无仇，为什么要这么做？

珧珧的心里也一直烙着那句话。那个突然出现的声音，当时就叫她心头发憷，现在回想起来还有些后怕，自己不会游泳，如果不是冇婆及时赶到，不是花花救了她，黑哩潭深不见底，实在叫人恐惧。她仔细地琢磨着当时的情景，那个人说话时还带着一种讥讽，很明显是在威胁她，要她放弃追踪真相。这么说，自己怀疑死者就是度公，怀疑杀人凶手就是陆仰福是怀疑对了，如果不是，为什么会有人要置她于死地？为什么有人要她别再“多管闲事”？想到这里，她的心底重新燃起希望，只是她不知道自己下一步该做些什么。正当她无从下手，一个人在冇婆的厨房里自己泡茶自己喝，苦苦思索着下一步该做些什么的时候，她听到一个稚嫩的童音火急火燎的叫喊声：“冇婆，冇婆，冇婆……”她赶紧从屋子里冲了出来。

来的是一个小男孩，汗水涔涔，头发湿漉漉的，浑身水淋淋的。他见到珧珧，停止了叫喊，瞪着一双迷茫、惊讶的大眼睛问：“你是谁？我找冇婆。”

“我叫珧珧，村里人都叫我慧儿……”

“珧珧，我知道，我们老师经常提起您。”小男孩兴奋了起来，心里还急着要找冇婆，“冇婆呢？”

“冇婆她上山放牛去了，你有事可以对我说。”

“嫒嫒她……她病了。”

“病了？什么病？”珧珧的心一跃跳到了嗓门儿上，脑袋也像受热膨胀似的大了起来。

“我，我……我不知道。”小男孩摇着头。他只知道嫒嫒病了，老师叫他赶快来找冇婆，但真的不知道嫒嫒得的是什么病，支吾着不知怎样回答。

“那你说，她在哪里？”

“在学校。”

“走，我们赶快去。”珧珧拉着小男孩的手，冲出院子，冲下石阶，冲过小桥，直奔学校。

学校就在村子中段，只有一个班，三个年段，十来个学生，一个老师。

老师是个五十来岁的妇女，姓邹，曾经也是珧珧的老师。邹老师把珧珧阻在门口。多年不见，她心里有许多话要说，可现在情况紧急，来不及说了。她贴着珧珧的耳朵小声地告诉她：

“孩子发高烧，满脸通红通红的。我要带她去打针，孩子不肯去，说一定要找冇婆，可冇婆家又没电话。我就把她的母亲魏红素叫了过来，可这孩子犟得很，死活不理她的母亲，她母亲只得在隔壁房间里哭。你赶快进去劝劝孩子，兴许她能听你的话，赶快带她去柏松诊所拿药。”

珧珧点了点头，也没说什么就进了教室。

“媛媛，你发烧了?”珧珧把手贴在媛媛的额头上，“哎呀，烧得这么热！媛媛，姐带你去看医生，要不然烧坏了脑子，以后还怎么读书啊?”

媛媛趴在课桌上，听到珧珧的声音抬头看了一眼，点了点头。

“来，姐姐背你。”

第四章　红颜吐苦水

1

媛媛在镇卫生院住了四天，珧珧一直陪伴在她的左右。老师来看她，冇婆也来了，她的母亲魏红素也一直在为她操心，只是媛媛不肯见她，魏红素不敢跨进病房一步，只得在病房外做些事。

珧珧觉得她们母女俩这样的一种尴尬很让人揪心。她几次看到魏红素偷偷地掉眼泪，想了很多办法要帮着挽回她们的感情。可几次试着假装不经意地在媛媛面前提起魏红素，媛媛却毫不领情，一听到她母亲的名字，就把头扭过去，不再理会珧珧。珧珧实在没辙，就对魏红素说："这事要慢慢来，包在我身上，我会说服嫒嫒的。”

魏红素听了很感动。这个世人眼中水性杨花的女子，其实她的心里也有很多苦水。

这天晚上，嫒嫒睡着了，红素把琳琳叫到卫生院的后花园，说：“其实，我早就想离开仰福了，我早就受不了了，我想和嫒嫒与度荒一起过。”

琳琳问她：“为什么？”

红素泪如雨下，泣不成声，这叫琳琳感到很突然，不可理解。

“都怪我。”她说，“我年轻时不懂事，被住在我们家隔壁的包工头给骗了，怀上嫒嫒，后来就嫁给了陆度荒。婚后我很幸福，度荒他疼我，特别是嫒嫒出生后，度荒他变得特勤快，虽然我们没有大鱼大肉，可咸菜稀饭也很可口。”

“那你后来又为什么会同仰福在一起？”

“哎，这事很难启齿。”红素沉默了很久，看到琳琳一双期盼着知道真相的眼睛，咬了咬牙才说，“有一天，我去仰福的食杂店里买东西，他叫我：‘红素，你上楼来，我让你看一样东西。’我不知道他要我看什么，就跟他上了楼。上楼后，我一直问他要我看什么东西，他说是‘看影碟’。我在那之前从没看过影碟，出于好奇，就坐下来看了。那是黄片，看着看着，他就动手动脚了。我……”她又沉默了好一阵子，才接着说，“就是这样。从那以后，我就害怕再见到他，买东西也都叫度荒去，我自己不敢再到村口一步。一个月后，他突然到我家来，还带了一个手提的 VCD 机。他是瞅准我的家里没人才去的。他对我说：‘红素，我好想你，你就不想我吗？’我不想理他，他就用手提的 VCD 机放了碟片。”

“又是黄片？”琳琳问。

“哪里?”红素回答，“如果是黄片，这次我就不会理他了。”

“那他放的什么片?”

“他放的是一个月前我与他做爱的录像片……”红素擦了眼泪，继续说，“我没想到他会暗中录了像。他威胁我，叫我以后要听他的话，不听话就把录像公开。我听了便被吓得没了魂，行尸走肉似的任他摆布……那是第二次。”

“那是什么时候?”

“五年前。他满足后，就把我带到了他家。”

“五年了，你没想离开他，是他对你很好?”

“哪会?我要什么东西，他倒是会全都给我，物质上他是对我不错，可他折磨我……”魏红素拉起衣襟，露出一只乳房，“你看，他用烟头烫我，不仅烫我的胸，还烫我的下身。他还不知道从哪里弄来了一本叫《金瓶梅》的书。他从不看书的，可那本书里有许多画，他要我按照画面摆姿势。有一次，他扒光了我的衣服，叫我躺在床上，把我的一只脚用绳子吊起来，另一只脚腾在半空中。他拿一根白萝卜插进我的那个地方。我痛得哇哇直叫，他却用手轻轻地拍着我的脸颊开心地笑着。这些我都忍了，最叫我不能容忍的是他把我带到万吉市区，让他弟弟的老板，还有他弟弟陆仰贵和另外两个我不认识的……那天晚上，我被他们四个男人折腾了一宿。”

“那你现在想不想离开他?”

“当然想喽，可我一个弱女子……”

“我来想办法，我一定要帮你离开他的魔掌。”

“真的?”魏红素又惊又喜，抓住珧珧的手说，“你真是好人，全靠你了。”

2

常队长他们去找阿佑，阿佑却失踪了。他的家里人说他去镇上念书了。邻居们也证实亲眼看到阿佑昨天晚上出村，说是要回学校。常队长他们马上赶到学校，与学校的保卫科联系。保卫科找了阿佑的班主任，班主任却说阿佑已经三天没来上学了，他也正在到处找他。又叫了阿佑几个平时经常在一起的同学来问，他们也都不知道阿佑去了哪里，只异口同声地猜测说："可能是回家了。"

阿佑的失踪，使得原本有了一点眉目的案情又急转直下。如果阿佑不失踪，叫来问一问，就能知道到底是谁叫他把珧珧推进黑哩潭的。那个指使他，要珧珧"别多管闲事"的幕后人就会浮出水面，极有可能这个人就是碎尸案的凶手。现在阿佑失踪了，刘箩村迷雾不仅没能散去，反而越积越厚。

上帝向你关上一扇门，就会为你打开一扇窗。

阿佑的失踪使案件的调查再度陷入困境，但在珧珧这边也算是有不小的收获。媛媛住院四天，珧珧与她形影不离。而魏红素虽然不敢与女儿见面，可她"外线作战"，给媛媛弄好吃的。珧珧与魏红素一来一往，建立了感情，相互间也有了信任。魏红素从珧珧的口里得知常队长他们在找阿佑，就告诉她说："我知道阿佑在哪里。"

"是吗？快告诉我，在什么地方？"珧珧急了。

"在他舅舅家，山竹崎村。"魏红素说，"阿佑这孩子常常来店里喝酒，与我很谈得来。他不喜欢读书，他父亲很生气，急了就打他，他一挨打就跑。他没有别的地方好去，每次都是跑到他舅舅家。他舅舅对他很好，他有时在那里一待就是十天半个月。你们去山竹崎找他，肯定能找到。”

珧珧立马把这一情况告诉常队长。常队长立即动身去了山竹崎村。果然，阿佑就在那里。他被带了回来。

阿佑承认是他把珧珧推进黑哩潭的。他交代说：“是村长陆仰福叫我干的。”

“把详细过程说清楚。”常队严肃认真地对他说。

“那一天，我在学校里和同学吵架……”

一眼就可以看得出来，阿佑只是个小混混，长得五大三粗，脑子就像一台老掉牙了的内燃机，里面积满污水，点不上火，转不起来。听说他常常惹祸，大事不犯小事不断，是个问题男孩，让学校的老师们伤透了脑筋。可他最多也就是到保卫科站上几个小时，从没与公安打过交道。在威严的常队长面前，他浑身哆嗦，战战兢兢。

“他们几个要打我，我害怕，就跑回来了。”他接着说，“我是走路回来的，快要进村时，见到了村长。村长喜出望外地对我说，你回来得正好，珧珧在坏我的事，你跟踪她，找个机会教训她一下，告诉她别多管闲事。我问他，坏你什么事了？他说，这事你别管。我再问他，要怎样教训她？他说，随你怎么办都行，别闹出人命就好。他还说事成了之后要给我钱。”

“他答应给你多少钱？”

“他当时没说要给多少钱，我也没问，我相信他，知道他不会亏待我的。”

“那事后他给了你多少钱？”

“两百块。”

“钱呢？”

“我花了，还剩下这些。”阿佑把口袋里的钱全掏了出来，放在桌面上，一个女警去算了，一共是三元六角四分。

“好了，你接着说，把详细的过程说完。”常队点了一支烟，问阿佑想不想抽烟。阿佑点了点头。常队长给了他一支烟，替他点燃。

阿佑狠吸了两口，接着说：“我跟踪珧珧到黑哩潭，看她站在一块大石头上东张西望，我就悄悄地爬到那块石头上，说了一句‘看你再多管闲事’就一把将她推了下去。我以为她会游泳的。她出去那么多年，现在是城里人了，城里人都会游泳的。我当时也没想太多，将她推下潭后回过头就走，回到家时才发现衣服不小心被树枝划破了，我想破了就破了呗，反正也不能再穿了，就脱下来把它丢到水沟里，换了件新的。随后我就去找村长，他给了我钱，我心里有点害怕，不敢回学校，就直接去了我舅舅家。”

“你把白衬衫弄到哪儿去了？”

“我丢到我家院子后面的水沟里了。”

常琪要阿佑带他们去找白衬衫。

果然，在阿佑家院子后面的水沟里找到了。这件白衬衫的后背上划破了一道长长的口子，拿回来一比对，在黑哩潭发现的那块细长的白布条，正是从这件衬衫上刮下来的。

如此一来，陆仰福的嫌疑基本确定，迷雾重重的案情终于有了转机，珧珧和常琪都有一种峰回路转柳暗花明的欣慰与欢乐。

3

珧珧和常琪就下一步采取何种措施产生了分歧。珧珧提议搜查陆仰福家。她觉得死者的头颅还没找到，目前发现的尸块也不完整，还有度公的遗物，只要搜查陆仰福家，一定能发现蛛丝马迹，找到新的线索。可常琪不同意，他反问道：“他会把死者的头颅藏在自己的家中吗?”

一句话把珧珧挡了个哑口无言。

常琪说的也对，把头颅收藏在家中，无异于与鬼做伴，除非是疯子，谁也不会这样做。可陆仰福并不是疯子。但珧珧还是不服气：“不收藏头颅，还有遗物啊。说不定度公身上有什么贵重的东西被他私藏了。”

“现在死者是不是陆度荒尚未确定，就算是吧，那种人会有什么贵重的东西？无非就是一个挎包，一沓上访材料，还有身上穿的衣服。就算被害人是陆度荒，就算他有小件的贵重物品，就算凶手就是陆仰福，他也不会把陆度荒的遗物藏在自己的家里，除非是很值钱的，比如金戒指、手镯、项链之类的东西。可陆度荒有吗?”常琪反问了一句，摊开双手，做了个很无奈的动作继续说，“如果没有，陆仰福是不会把那些破破烂烂的东西藏在家里的。这茫茫群山，千沟万壑，连人的头颅、尸块我们都找不到，何况那些东西，说不定早就化为灰烬了。”

常琪说的似乎有些道理，可珧珧心里确实很着急。她觉得既然基本可以确定死者是度公，凶手是陆仰福，就应该采取必要的法律措施，不能再摸着石头过河了。她沉默了一阵子，接着说：“要不然，你们先把陆仰福监控起来。”

她的这个提议，常琪还是没法接受。他认为如果是团伙作案，也早就串供好了。这么一个小山村，警察的一举一动都在众目睽睽之下，不像大城市里，你躲在某个地方监视他，不会有人发现。这里不行，监视是很容易被发现的，没什么效果，倒不如让他表演，更能揪住狐狸的尾巴。他表演得越是充分，暴露得也就越快。

“那你们可以传唤他，问问他为什么要指使阿佑把我推下黑哩潭。”

“这个问题嘛，”常队长点燃了一支烟，说，“我知道他会怎么回答。”

“怎么回答?”

“他会说，‘我根本就没叫阿佑做什么，是阿佑胡说八道，他想陷害我’。”

珧珧无语，沉静了片刻，气呼呼地撂下了一句：“这也不行那也不行，那我不管了。我要回万吉市区，我还有自己的工作呢。”说完转身就走。

常琪望着她离去的背影，突然发现她很有个性。有个性的女孩才可爱。他本想叫住她，好好哄一哄。如今像她这种有着强烈的正义感，爱管所谓闲事的人已经不多了。“难得啊。”常琪自言自语地说了一句，无奈地摇着头笑了笑，并没有叫住她，他相信，她不会走的，她还会继续“管闲事”。

4

珧珧嘴上说“不管了”，其实她并不想放弃，也无法放弃。度公虽说不是她的亲爷爷，但在她小时候对她很好，她忘不了度公教她背《三字经》的情景，忘不了度公给她讲“二十四孝”的故事。她被常琪给猜中了，并没有真正撒手不管。离开常琪后，她便独身一人上山去找放牛的冇婆，就问冇婆一个问题：度公有没有金戒指、手镯、项链之类的东西。

“手镯和项链是没有，他哪会有啊? 戒指是有，两枚，小小的，一枚五克多点，是他和红素结婚时我送的，一人一枚。”冇婆不知道珧珧问这个要做什么，可老人家有一颗水晶般的心，既然慧儿想知道，她就不会藏着掖着。

珧珧这下太兴奋了，忍不住搂住冇婆在她的额头上吻了一下，然后转身就走，搞得冇婆丈二和尚摸不着头脑，不知道慧儿她今天怎么了，疯了似的。

琳琳下了山，就在山脚下给魏红素打电话：“红素，我有点事想找你说，你什么时候方便，出来一下。”

“那好，我现在就去，在什么地方？”魏红素在电话里问。

“就在阿呆家吧，你看行不？”

“行，我二十分钟后赶到。”

琳琳赶到村妇女主任魏阿呆家时，红素早就在客厅里等候她了。琳琳问：“你出来时，仰福知道吗？”

红素摇着头说：“他不在家，到镇上进货去了。我交代店里的伙计，要是他回来问我去哪里，就说我去给媛媛拿药了。”

“对，对，这样说很好。我约你出来，就是不想让他知道。”

“你这么急约我出来，有什么事？”

“是这样，”琳琳说，“我想问你，你和度公结婚时，冇婆是不是送给你俩一人一枚戒指？”

“是啊，就是这枚。”红素伸出手掌让琳琳看。

“那度公的那枚呢？他是不是也一直戴在手上？”

“是啊，他也是一直戴在手上。怎么，是我舅妈告诉你的？”

“是的，是我问了冇婆她才说的。”

“金戒指？有事吗？”魏红素疑惑不解地问。

“是这样的。”琳琳真的不知道如何说才能说清楚，支吾了半天才说，“度公失踪这么多天了，活不见人死不见鬼，石崇坪、后洞和鬼仔坑那些地方的尸块……我怀疑……”

“我也有怀疑，可能是那个死鬼。”

魏红素替琳琳说出了答案，这可让琳琳始料不及，她赶紧问：“你是说陆仰福？”

“不是他，又会有谁？”

珧珧这下放心了，没想到红素与自己早就心有灵犀，于是，她大胆地说出了自己的看法：“我想，如果真的是仰福杀了度公，度公所有那些破破烂烂的东西他都会丢弃，唯独金戒指他是不会丢弃的。”

“我明白你要我做什么事了。”红素站了起来，“我现在马上回去，等有消息，我会立即告诉你。”

第二天中午，红素果然有了好消息，她打手机约珧珧去阿呆家。

村长家离阿呆家近，红素等了片刻，珧珧就来了。红素显得极其兴奋，一见面就迫不及待地说：“我发现了，发现了度荒的那枚金戒指。”

“是吗？你还真有办法。”珧珧的情绪被她所感染，也显得十分高兴，夸了她一句，“说来听听，你是怎么发现的？”

“昨天我回去以后，就一直留意三楼他的那个保险柜。今天清晨他先起床，起床后他就去保险柜拿钱，我就躲在被窝里偷看他是怎样打开保险柜的。我记住了打开保险柜的密码。起床后，我就下楼问店里的伙计仰福去哪儿了。伙计们告诉我他又去镇上补货了。于是我就上了三楼，打开了保险柜，一眼就看到了那枚和我的一模一样的金戒指。我没动它，心里很紧张，害怕他怀疑我，就下楼去帮助伙计们洗菜。中午他睡午觉，我不睡，就偷偷地跑了出来。”

“太棒了，你真的是太棒了。赶快回去吧，要不然被他发现，可就麻烦了。”

珧珧送走了红素，立马跑去把这个新发现告诉了常琪。

常琪随即叫人回县局开了搜查证，拿到搜查证后直扑陆仰福家搜查，意在寻找魏红素说的那枚金戒指。

陆仰福歇斯底里：“你们凭什么搜查我家？凭什么？我没犯

罪，你们凭什么要搜查我的家？”

“你指使阿佑把陆珧珧推进黑哩潭。”常琪义正词严地对他说，“你知道这是什么行为吗？这是教唆杀人。还好珧珧平安无事，要是出了意外，你要被杀头的！”他知道陆仰福这种人不懂法，不懂法的人怕唬，吓唬他一下，他才会乖。

果然，陆仰福的态度立马来了个一百八十度的大转变，不再那么张狂，却变成一副死猪不怕开水烫的样子：“那你们搜吧，搜不到证据别说我告你们。”

常琪他们叫他签了搜查证，然后几个人开始搜查，为了避免被他怀疑目标太准确，警察们从一楼开始，一层一层地搜查，搜查了大半个下午，最后才叫他打开三楼卧室里的保险柜。

保险柜一打开，常琪傻了眼，根本就没有什么金戒指。整个搜查活动也没有发现陆度荒的任何遗物，换句话说，这次搜查一无所获。

陆仰福一个劲儿地叫嚷着：“我要告，要告你们！”常琪不理睬他，下令收队，返回田螺崎，把珧珧叫了过来，一起分析案情。

几个警察除常琪外都一致认为是魏红素提供了假情报，有的甚至还说：“那个浪荡女人，屁股根本就是坐在陆仰福那一边的。”可珧珧不同意这样的判断。

到底漏洞出在哪里？这刈箩村的迷雾看来是越积越厚，已经叫人辨不清方向了。常琪也很沮丧，眼看着手下的几个在与珧珧争论，你来我往越争越激动，两种意见针尖对麦芒，谁也说服不了谁。他听烦了，吼了一声：“别争了，该干什么干什么去，我要清净一下。”

大家讨了个没趣，逐个散去。珧珧也离开田螺崎回了家。她眉头紧锁，心情十分郁闷，五脏六腑就像是被压着一块巨石，有点喘不过气来。她不相信魏红素的屁股会坐在陆仰福那边。她相信她，不相信她会提供假情报。昨天魏红素在说起发现金戒指时的那股兴奋劲儿，仿佛就是福尔摩斯找到了破案的线索，万分激动，有一种发自内心的成就感。一个小山村的女人，一个没读多少书、没见过什么大世面的女人，那样的情绪是装不出来的，不会有那样高超的演技。珧珧更相信是陆仰福事先知道警察要搜查他家，提前转移了金戒指。是的，这只个猜测，没有任何证据支持，目前确实如此，可猜测不等于这样的事实就不存在。任何的科学发现都是从猜想开始的。德国的物理学家伦琴，如果不是猜想到阴极管内淡绿色荧光可能是由管子内剩余的空气引起的，他也就不可能发现 X 射线。科学发现是如此，追踪事实真相何尝不是？珧珧越想越觉得自己的猜测需要证实，很有必要。“如果这个猜测得到了证实，一切都会水落石出。”她自言自语地说了一句。说过后，她自己也笑了，“我能吗？我有这个能力吗？如果真的是有内鬼，那麻烦可大了，要想揭露真相恐怕连常琪都力所不及。”想到这里，她又有些心灰意冷。她边想边往家里走，走到大院门口时，她突然紧张了起来。假如自己的猜测是事实，那又会怎么样……

她站住了，没有继续往前走，仿佛被针刺了一下，浑身全麻了，心怦怦地跳着，眼皮打起了哆嗦，连脚跟都站不稳了。“糟了，假如自己的猜测是对的，也就是说，陆仰福事先得到了警察要搜查他家的情报，那他一样会知道警察对他家的搜查就是要找度公的那枚金戒指，这样一来，魏红素就暴露了。一旦怀疑到魏红素，完了，他不把魏红素往死里打那才怪了。他就是那种人——孤独、偏执、固执地看问题，一旦受到挫折就会恼羞成怒，就会失去理智变成疯狂的野兽。”

珧珧意识到魏红素有危险，匆匆从家里拿了父亲的摩托车钥匙，骑上破旧的雅玛哈。雅玛哈发动了，轰隆隆地奏响，还伴随着“吱嘎吱嘎”和“哐咚哐咚”的零件摩擦声，如同一条响尾蛇沿着蜿蜒的山路迎风而下。

来到陆仰福家的楼下，珧珧将摩托车熄了火，随之听到了一阵杀猪似的嚎叫，令她顿感毛骨悚然。

门口站着三个饭馆的伙计，一脸无可奈何的神色在那里交头接耳。

厨师魏艺聪脸上写满惊慌、愤怒、同情、犹豫、失望等交织在一起的复杂表情。而那个负责烧火的女工已经泪眼汪汪。

“怎么回事?”珧珧问了一句。但谁都噤若寒蝉，不愿多说。

“到底是怎么回事?”珧珧又问了一遍，声音提高了八度。

那个掌勺的魏艺聪大概是仗着自己有点技术，不害怕被辞，胆子比其他人大了点，颇有点郁闷地回答：“老板在教训魏红素，经常这样。”

“什么事也不能这样往死里打啊，太不像话。”珧珧气得肺都炸了，架好摩托车，循着那一阵阵传来的惨叫声直奔三楼。走进房间，眼前看到的一幕让珧珧感到震惊和恐怖，这里简直就是山寨版的渣滓洞。

只见魏红素被一条长长的麻绳反吊在屋顶上，头朝下脚朝上，身上被扒得一丝不挂，白白嫩嫩的肌体伤痕累累，一道道口子在不停地往外渗血。

陆仰福手持一把小刀，脚下搁着一包盐，蹲在她的面前，刀刃血淋淋的，盐包只剩下四分之一……

“仰福，你这是在干什么?”珧珧一声怒吼，站到陆仰福的面前，夺下了他手上的小刀。

“我的女人爱怎么教训是我的事，碍你了?”陆仰福在珧珧面前并不敢过于嚣张，他喃喃地说，说话的底气不是很足。

“你说她是你的女人？你的女人是菜花嫂，你再敢说一遍她是你的女人，再说一遍我就告你重婚罪，把你送去坐牢。”

陆仰福不懂得重婚罪是什么玩意儿，显得有些胆怯。珧珧乘胜追击：“你这样折磨她，是伤害罪，你知道吗？你是不是活腻了，想吃牢饭了？”

不懂法律的人更畏惧法律。陆仰福无言以对，嗫嚅着说了一句：“和你们这读书人说话真没劲。”转身要出门而去。

“站住，”珧珧喝住了他，“你说说，到底为什么要这样折磨她？”

“不关你事，你别多管闲事。”陆仰福撂下了一句话，一溜烟跑了，溜得比兔子还快。

珧珧解开绳索，把魏红素放下来，拿了衣服让她穿上。

“妹子，你救救我吧，我一刻也待不下去了。”魏红素穿了衣服，扑过来紧紧搂住珧珧，嘤嘤啜泣。

珧珧问：“他知道你说了金戒指的事？”

魏红素点了点头：“他用刀子剜我的身子，一刀一刀慢慢地剜，剜一刀，再抹一把盐……”她泣不成声，喉咙里像是被什么东西给堵塞住了似的，声音就像从被提着脖子的小鸭子嘴里发出来的一样。

“这个可恶的魔鬼。”珧珧义愤填膺，满脸绯红，眼睛里燃烧着遏制不住的怒火，洁白的牙齿咬着薄薄的嘴唇，久久说不出话来。片刻之后，她才说，“你马上就跟我走，先到我家住几天，等我联系好了，再把你和媛媛送到万吉市区。你找个事做，自己养活自己。”

“那他会不会报复你？”

“他敢？”

珧珧拉着魏红素出门下楼，骑摩托车将她带到自己的家里。

5

这几天珧珧没再去想那碎尸案的事，她在家专心给红素疗伤。红素身上的每一处刀伤都是抹过盐的。在她的伤口上抹盐是陆仰福为了折磨她，当时她痛的连脑袋都炸了，可那盐巴能消毒，抹过盐反倒能避免感染，愈合得快。

珧珧看到她的伤一天天好起来，就开始筹划着给她找条生活出路。既然向人家作出了承诺，这事一定得办，而且必须办好。她给在万吉市区的同事和朋友打电话，要他们帮着租房，找工作。刚刚打了几个电话，媛媛来了。

媛媛是自己一个人来的，肩上还背着书包，是从学校直接过来的。

她听老师和同学谈论起她母亲在村长家的遭遇，就想原谅妈妈。她走到母亲的床前，伸出细嫩的手去抓她妈妈的手，小嘴嗫嚅着。看得出来，孩子是想叫一声“妈妈”，只是一时还叫不出来。魏红素已经感动得泪眼花花。她紧紧地握住孩子的小手，许久许久才说：“还没吃午饭吧?”

“我不饿。妈妈，您还疼吗?”媛媛终于叫出来了。

一声“妈妈”，在孩子的心里憋了五年，现在叫出来了，小女孩如释重负地快活了起来。

红素心里有说不出的喜悦，嘴角上露出了满意的笑纹。

“妈妈，你把我的手抓疼了。”

红素这才意识到自己太过于激动，用劲大了，赶紧松开手，从床上坐了起来，把媛媛搂进怀里。

“妈妈，我想你。”媛媛整个脸埋在母亲的怀里说。

“我也想你。”红素激动得声音像从筝弦上发出来似的，不停地颤抖。

“妈妈，以后我们要永远在一起，不要再分开了。”

“在一起，在一起，永远在一起，永远不分开。”魏红素泣不成声。

“妈妈，你知道我爸去哪儿了吗？”

“妈不知道，但你爸一定会回来的，很快就会回来的。”红素这谎撒得太过悲怆，自己忍不住号啕大哭了起来。

“妈妈，你怎么了？”媛媛随手从床头柜上抽出两张面巾纸，给她母亲擦眼泪。

……

珧珧的母亲本来是准备了午饭，知道孩子一定饿了，想要叫孩子先吃。可珧珧却拉住母亲的手臂不让她进屋。母女俩相认的场景实在是太感人，珧珧不想破坏，就与自己的母亲在厨房里候着。

饭菜都凉了，珧珧妈拿去热过了后，又凉了，正要端到锅里再热一次，红素和媛媛这才相拥着亲亲热热有说有笑地走进厨房。

开始吃饭了。珧珧爸备了午饭上山做事，餐桌上就她们四人。珧珧妈看到红素在给媛媛夹菜，禁不住鼻子一酸，眼泪就掉了下来。她想起了陆度荒。度荒叔都有些日子不见了，有人说他失踪了，有人说他被杀了，有人说石崇坪、后洞、鬼仔坑发现的那些尸块就是度荒的遗体……可直到现在也没个确切的说法。“可怜的度荒叔，要是他这个时候也在一起吃饭，那该会有多高兴啊。”珧珧的母亲想到这里，实在忍不住了，赶紧站起身，跑到门外任凭泪水哗哗地流下。

“妈，你怎么了？”珧珧追了出去。

“没，没什么。”珧珧妈拉起衣角擦了眼泪，勉强地笑了笑，立定片刻，才与女儿一起回到饭桌上来。

吃过午饭，媛媛问珧珧：“慧姐，你说我爸会回来吗？他是不是已经失踪半个月了？”

“今天是第十四天，明天就半个月了。我想，他会回来的。”

“慧姐，我爸留给我一封信，他说如果半个月没见他回来，就把信拆开看。”

“是吗？在什么地方？”

“在我的书包里。”

“快，快去拿来看看，都写了些什么！”

6

媛媛回到她母亲住的房间里拿来书包，书包里有一封用针线缝在夹层里的信。珧珧拿来剪刀，拆了线，剖开夹层，把信拿出来。

信是用毛笔写的，是写给媛媛的。

媛媛：

爸不才，无力让你和你妈过上好日子，你要好好读书，自己努力，谁也别怪。

若半个月不见你爸回来，定为人所害，害我者仍仰兄弟也。到时把此信交给政府。

别为我报仇，切记。

度荒绝笔

甲戌年五月十四

这封信是陆度荒离开村子的前一天写的。另外还附了一张白纸，白纸上面印着一个黑色的掌印，掌印下面用蝇头小楷注明：陆度荒之右手掌印。

毋庸置疑，陆度荒留下掌印，是想帮助警方辨认无名尸块，以证实他的身份。看来，一切都在他的预料之中。

琲琲留下那张掌印，把信还给嫒嫒。嫒嫒看了两遍，似懂非懂，问琲琲："慧姐，这'不才'是什么意思？仰兄弟是谁啊？'切记'又是什么意思？还有这个字，草字头下面一个右字，怎么读？"

嫒嫒一脸天真的神色，说着把信交给琲琲。琲琲一时也愣了，真不知如何回答孩子的问题。她把信拿给红素看。红素也是似懂非懂，而信中那句"谁也别怪"一下子触动了她的心灵，她知道这是陆度荒在交代女儿别怪母亲。一石激起千层浪，复杂的心情翻江倒海似的在她的心田里翻腾起来。她刚开始是面无表情两眼无神，继而是目瞪口呆掩面而泣，紧接着便泪如雨下泣不成声。

往事像过电影似的在她的脑海里一幕幕地重现。

她崩溃了……

她不想在嫒嫒面前太过于失态，又实在无法控制住自己。她把信丢给琲琲，一个箭步冲了出去，躲到一个无人的角落里尽情地号啕大哭起来。

"嫒嫒，这封信先借给慧姐，过几天再还给你。上面你不懂的字，慧姐以后慢慢地再告诉你。还有这张手掌印，你爸是要交给政府的，就由慧姐来交给公安局的人，你说好吗？"

嫒嫒点了点头。

琲琲离开了厨房，到隔壁房间里给常琪打电话，告诉他发现了陆度荒的遗书。

常琪他们因为案子久侦不破，易副局长要他们先回局里，等有了新线索再说，已经在昨天下午全部撤回去了。

接到珧珧的电话，常琪说：“掌印肯定是要拿到局里做鉴定的，你能不能把它送到局里来？如果不方便，我叫派出所的人去拿。”

珧珧回答：“我暂时还不想出去，也没车子，还是你叫派出所的人来拿吧。”

第五章　神兮兮的出租车女司机

1

派出所叫一个民警开一部警车进村，拿走了陆度荒的遗书和掌印。琲琲心想：刈箩村这么偏僻，那天回来，先是坐公交车到县城，再转中巴到联桥镇，然后又搭乘摩的，折腾了一天才到家。自己一人还好，现在再有红素和嫒嫒，可不是那么容易的，何不搭一下便车？于是便问那个民警："你是不是要把这东西直接送到县局？"

那民警回答："是啊，常队正急着要看这些东西呢。"

"那好，我们三个人，也搭你的车去县城，不会不方便吧？"

"没事，上车吧。"

山里人出门没有大包小包。珧珧要民警稍等一下，叫魏红素和媛媛赶紧准备，同她一起出村。

车子开到县城，珧珧没去见常琪，而是在车站下车，直接换乘班车回到了万吉市区。

她先把红素和媛媛安顿在自己的宿舍里，之后的第一件事就是去给媛媛找一间读书的学校。城里人办事讲关系，面子就是通行证。要么你有权，要么你有钱，有权或有钱才有面子，没权或没钱就没面子。“潜规则”是当今社会的一大特色，像一只无形的巨手，控制着整个社会的方方面面，谁都无法独善其身。珧珧只是个小律师，她没有权，没权就没钱。权与钱是对孪生姐妹，姐姐漂亮妹妹才倩，姐姐要是长得丑，妹妹肯定不会讨人喜欢。找了三所学校，全都被拒绝了。还好，找到第四所学校，那个校长叫韩冰，也是个女的，两年前与丈夫离婚，那个离婚案就是珧珧代理的。就凭这么一点关系，也算是面子吧。女校长满口答应，说：“马上就要放假了，先寄读些时日，如果你能够在这个暑假期间办好孩子和她家长的租房手续，我们下学期就收。不过房子一定要租在我们学校的辖区里面，否则就没办法照顾你了。”

“行，一定，一定，谢谢你了。我就怕把孩子的学习耽搁了。”

“不客气，我也是得到过你的帮助，还没感谢你呢。”韩校长顺势想讨个人情，要请珧珧吃饭。

请吃饭是韩校长的一种暗示，暗示说：人情是要还的。

珧珧心知肚明，就说：“我确实没有时间，必须赶紧回去。改天吧，改天我请你。”

红素和媛媛是第一次进城，两人都离不开珧珧，把她俩撂在宿舍里她也不放心。她向韩校长告别，临走前又最后确定地问了一句："那我明天就带孩子来上学了？"

"可以啊，你直接找班主任韩梅梅，我会交代的。"

珧珧告别了韩校长，然后顺便去菜市场买了些食物，回到宿舍把那些食物放进冰箱，又给了红素四百元现金，告诉她菜市场在什么地方，怎样买菜，厨房里的电磁炉、微波炉，浴室里的热水器、洗衣机等如何使用，去超市买东西怎样买，等等。城里人过日子和山里人不一样，琐事虽小，可要说清楚、说完整，说到能让对方听懂，那还真的很不容易。可她知道自己不可能天天陪着她们母女俩，她得替红素租房子、找工作，她自己也不可能老是不去上班，一直在家耗着啊。

珧珧正在给魏红素讲解家用电器的使用方法，谈得起劲儿，常琪的电话来了，说是死者的身份确定了，就是陆度荒。还说他们准备再次进住刘箩村，问珧珧是不是有兴趣继续协助把这个案子查清楚。珧珧觉得这不是兴趣不兴趣的问题。度公再怎么说也是自家人，他被害了，哪能袖手旁观？再说了，自己是学法律的，知道查案子需要找什么样的线索，自己又是刘箩村人，找线索要比常琪他们方便得多，没有不帮的道理，只是手头上的事实在是太多，离开单位半个月了，至少也得去看看能不能再请几天假。

"这样吧，我先回单位问问我们的头儿，看看能不能再请几天假，如果……"

"不要如果了，"常琪打断了珧珧的话，"有件事，得你去做。"

"什么事？"

"是这样的，"常琪接着说，"我们得到一条可靠的线索，陆仰福这两三天一直在跑万吉市区，有一辆出租车在接送他进进出出，开出租车的是一个女人，叫颜冬虹……"

“颜冬虹？我认识，我在联桥卫生院住院时曾与她同一个病房。”

“认识最好，我就想要你去接触一下这个颜冬虹，看她与陆仰福是什么关系，看看能不能从中发现点蛛丝马迹。”

“你这是请求还是指示？不会是下达命令吧？”珧珧调侃了他一下。

“不敢，不敢，什么都不是。”常琪颇有点紧张地说，“我信得过你，也知道你会尽全力协助。怎么样？要是你不想干，那就算了。”

“好，好，好，我去，我去找她。”这下换珧珧紧张了起来。

2

珧珧这天先带媛媛去上学，然后去给红素租房子。第一件事没费多大的劲儿，第二件事就碰上了不少麻烦，要么是租金太贵，要么是房子太小，要么是地点不合适，老是搞不定，直到下午快要下班了，她才不得不先放弃租房的事，去了事务所，对袁彬主任说还想再请几天假。

袁彬说：“没事，你有事就去做吧，不过丑话说在前头，我们可是按劳取酬。你案子接少了，报酬肯定要受影响，你要自己掂量掂量。”

“这我知道，我会尽早回来做事。”珧珧说完，离开律师事务所，走到门口，想起了常琪交代的事，准备给颜冬虹打电话，找她约个见面的时间和地点。

在珧珧的印象中，颜冬虹这人不错，健谈又热情。开出租车的，天南地北地跑，三教九流都会有接触，这是一个很打磨人的职业。那天在病房里，就觉得她很会交朋友，用不着深谈就肝胆相照了。不管常琪想了解什么，回到市区来，找她聊聊也是自己早就有过的打算。

傍晚的太阳是那么大、那么红、那么圆，辉煌美丽的影子投在被晚风吹皱了的江面上，撒下大片闪亮的、鲜艳的、玫瑰红的细鳞片。五光十色的晚霞，把半个天空都织成了发光的锦缎。血红的夕阳，在散乱无章的云朵霞片中徐徐下沉，把蔷薇色的斜晖，闪烁不定地蒙在江面和高楼上。来来往往的大小车辆，披着霞光行驶，就像是一条流动的、多彩多姿的、光怪陆离的河。

珧珧她们的律师事务所就在荆江河边，旁边有一片正在开发的新城区，取名桂皮花园，大部分的高楼都还没封顶，寥若晨星的几座新楼高耸入云，一眼望去，映入眼帘的全是裹住脚手架的绿色的防护网。

珧珧一边走路一边掏手机，正要拨号，突然看到一辆出租车在大街上驶过，正在减速。她站住了。见那出租车在不远处停了下来，车门打开，走出来一个女人。

"那不就是颜冬虹吗？这世界也真小。"她差一点没有大声叫出来，本想一个箭步冲过去，可转念一想，还是先用手机联系一下比较妥当，于是又继续拨了号。

颜冬虹的手机响了。珧珧远远地看着她一边掏手机一边返身关车门。

"我是珧珧，那天在联桥卫生院……"

"我知道我知道，好想你噢，你在哪里？有事找我？"颜冬虹说着，快步离开了出租车。

"也没什么事，我回到市区了，就是想找你聊聊，今天我正好有空。"

"哎呀，太不巧，我载一个客人，要去省城，现在正在高速公路上，不好接电话，等等我再给你打过去。”颜冬虹说着，人已经进了楼，身子淹没在其中。

珧珧愣了，可对方已经挂掉了手机。

她为什么要骗我？珧珧脑子里闪出了一个大问号，也许她忙，不愿意与我多说话？可她忙什么呢？接客？送客？接送客人也没必要亲自上楼啊，在车里等着不就行了？所有的出租车司机都是这样的。

珧珧决定看个仔细，看看她进去有多久，看看她接送的是什么样的客人。她躲到了一个大圆柱子后面，看了下表，然后两眼死死地盯着颜冬虹进去的那座大楼，静静地候着。

十分钟，二十分钟，半小时……珧珧整整等了四十五分钟，颜冬虹才像从鲨鱼口被吐出来似的从大门口走出来。

紧接着，一个男人也从里面奔跑出来，快速地走到颜冬虹身边，搂住她在她额头上吻了一下，这才打开车门，钻了进去。

珧珧定神一瞧：天啊，那男人不是别人，正是陆仰贵，副市长的秘书，陆仰福的弟弟，珧珧的老乡，小时候自己曾经十分崇拜的仰贵哥。

他俩怎么会认识，又怎么会如此地亲热？常琪为什么会对颜冬虹产生兴趣？难道她真的会与度公被杀案有牵连？一连串的问号宛如树上的落叶，随风飘了过来。

看到他俩钻进那辆绿色的出租车，绝尘而去，珧珧这才走进大楼。她决定看看这座还没彻底完工的大楼是不是真有人住，到底住的是些什么样的人，更想知道颜冬虹进入这座楼里来干什么？

楼里还很乱，水泥、模板、瓷砖、空心砖等一些建筑材料随意堆放着。楼梯没有扶手，粗糙的水泥台阶露出一根一根的钢筋，张牙舞爪。倒是两台电梯很忙碌，有几个人正在搬运水泥。电梯空间本来就不大，四面还贴着防止碰撞的模板，空间越发小了。珧珧钻了进去，里面堆着水泥和砖头，还站着四五个满身灰尘的工人。珧珧找不到落脚的地方，只好站到两包水泥上面。

四五个工人没人理她，珧珧直接上了顶层，然后从楼梯下来，一层一层地看，全都是尚未装修的毛坯房。直下到第三层，才发现有一套房子是装修过的，整座大楼也就这唯一的一套，防盗门、镂花门、玻璃窗……

3

夜里，珧珧给颜冬虹打电话，连打了四五次，手机一直关机。她很想见见这个神秘的女人，很想找她谈谈，想看清楚她的庐山真面目。这已经不是为了履行对常琪的承诺，而是被自己的欲望所驱使。可人家不开机，她没辙，干脆发了个短信：想找你聊聊，方便时约我。

短信发出去后，珧珧又有些后悔，聊什么呢？自己想知道的那些事，是不方便开门见山的。

直到第二天上午，颜冬虹才来了电话，说她现在有空，就在家里，请珧珧去她家坐坐。

珧珧看了一眼墙上的挂钟，已经九点四十了，她原本是想去给红素找房子的。可既然颜冬虹相邀，她只好放弃原先的计划，直接去了颜冬虹的住处。

“天啊，你这房子好大、好气派，是自己买的还是租的？”珧珧大赞其口，可她说的是由衷的心里话，并不是为了溜须拍马。

“两年前买的，那时是房价最低的时候，不到两百万。”颜冬虹说得很轻松，仿佛是在说一件不值一提的鸡毛蒜皮的小事。

“什么时候我也能住上这样的房子?”珧珧感慨成千，大加赞赏了一番，然后自嘲地说，“我能住上这样的大房子?痴心妄想。”

颜冬虹被夸得虚荣心膨胀了起来，却装着毫不在意的样子：“会的，你也会的，不久就会有的。”

珧珧在沙发上坐下来后，颜冬虹从茶几上提起水壶，到厨房里装水，准备给珧珧泡茶。珧珧在她转身离去的一瞬间，迅速地走到门旁，把手伸进搁在鞋架上的一双男人的胶鞋里。鞋里面还有余温。她可以断定，有一个男人刚刚才从这座房子里离开，极有可能颜冬虹就是在送走那个男人后才给她打电话的。珧珧心里想着，返回到沙发上坐下。

颜冬虹提着水壶从厨房里出来，也在沙发上坐了下来，把水壶搁在电磁炉上烧，说：“妹子，你有什么事找我?”

“是这样的，我的一个亲戚，准备让女儿到城里来读书，想要租间房……”珧珧是有备而来，这个话题并不是她真正想谈的，只是煎中药需要有药引子，她必须找个与颜冬虹见面的理由。

“这么一点小事，包在我身上。”颜冬虹果然爽快，看得出来，这女人开朗热情，心中没多少杂念，或者说是没心没肺。

这时，水开了，颜冬虹开始泡茶，两人接着除了租房子的事，还海阔天空、漫无边际、有一搭没一搭地聊了很久。

“你今天不出车?”珧珧转了个话题。

“昨天开夜车，凌晨四点才睡觉，给你打电话时我才刚刚起床，今天白天就叫别人开了，晚上再说。”

性格开朗的人说谎话也像喝白开水一样，不磕牙，更不会在牙缝里留下异物。开出租车是不可能不开手机的，可她昨晚手机关了一个晚上，哪是在开车?珧珧心里觉得好笑，只是不知道她为什么要说谎。珧珧决定主动进攻，看看她是不是还能这样一直若无其事：“欸，鞋架上那双男人的胶鞋……”

“那是我一个相好的，他昨晚就住在我这里，早上很早就出去跑步，你来的时候他才走不久。他是谁，你就不要问了，我也不会告诉你的，哈哈。”

果然直爽，珧珧甘拜下风：“那你家男人……”

“我没男人，结婚不到半年就离了，现在挺好的，想和谁就和谁，男人是今朝有酒今朝醉，我们女人是今晚有男今晚乐。哈哈，哈哈哈。”

“那你认识我们村的那个村长吗？前一次你好像说过……”

“不认识。我只是运过他的货，对了手机号码把货交给他，之后便拜拜了。”颜冬虹回答得很干脆，但珧珧看出来了，她又在撒谎，撒谎时目光朝右，而说真话时目光朝左，教科书上是这样说的，珧珧也验证过，确实如此。

“我能参观一下你的房间吗？你的房间这么有气派。”

“行，我带你看看。”颜冬虹乐了，她最喜欢别人夸她的房间时尚有气派。她领着珧珧一间一间地参观，从厨房到卫生间，从客房到卧室……

走进主卧室时，珧珧一眼就看到了梳妆台上有一枚金戒指，与魏红素手指上戴的那枚一模一样。珧珧走了过去，把那枚戒指拿在手上，仔细端详着，心想，没错，这枚戒指与红素的那枚正好是一对，是度公的，是常琪他们在陆仰福家搜查时没找到的那一枚。可为什么会在这里呢？能在这里见到，这里面肯定大有文章。她假装不经意地问：“你这枚戒指是哪儿来的？很特别，篆体寿字，有点俗，城里人很少戴这样的戒指。”

颜冬虹一时语塞，刚才那口若悬河的她不见了，但仅仅是短暂的几秒钟的不自然，她很快便恢复了过来，微微地笑了笑说：“这是一个客人送给我的。那天他坐我的车，天气太热，我脱了外衣，有点不好意思地朝他笑了笑，他就把持不住自己了，对我动手动脚，还摸了我的奶。我没责怪他。下车时，他就把这枚金戒指从自己的手上摘下来，送给了我。我并不认识他。”

珧珧真的很想笑，可就是笑不出来。她知道她在编故事，可这故事编得离奇，却不能不说很完美。这么一个性情直爽的女人，连说谎也是那么直接，珧珧真是服了她。

从颜冬虹家出来，珧珧便给常琪打电话，把自己同颜冬虹见面交谈的事一五一十地告诉了常琪。

4

常琪决定搜查颜冬虹的房间。

这个女人有太多太多的疑点：她去桂皮花园 8 号楼长达四十五分钟干什么？后来又与陆仰贵从那里出来，她却谎称自己开车在高速公路上，为什么？此其一。她与陆仰贵的关系是个谜，她家里那双男人的胶鞋会不会就是陆仰贵的？如果是，那又说明了什么？此其二。她明明认识陆仰福，为什么不敢承认？此其三。那枚陆度荒的金戒指，她是怎么得到的？此其四。一个开出租车的单身女人，又从哪里来的两百万买那么大的房子？此其五……总之，这个女人与陆度荒被杀案摆脱不了干系。要是搜查时能当场找到那枚金戒指，她再怎么伶牙俐齿，再怎么会编故事也无法自圆其说，案情将会有重大的发展。

“可问题是，如果那枚金戒指她已经转移了，再矢口否认根本就没什么金戒指，如同上次那样，你们的搜查一无所获，怎么办？”珧珧不无担心地问。

“果真是这样，那就说明她已经嗅到了自己处境的危险性，说明她背后还有人，说明她很有可能就是这起案件的同案人。这样，我们就可以暗中控制她，引蛇出洞，等她再露出马脚。”

常琪坚定地说。

“既然如此，那你们就去搜查吧。”珧珧还是有些信心不足。

常琪他们几个人拟订了搜查方案，又联系当地派出所配合，开了搜查证，一切准备妥当后，就去了颜冬虹的家。可颜冬虹不在，小区的保安说：“她一早就开出租车出去了，中午也没见她回来。”打她的手机，却“不在服务区内”。当事人不在，尽管你有搜查证也进不去，破门而入目前还不是时候，因为还没有她犯罪的证据。常琪急得像热锅上的蚂蚁，束手无策，只能等了。可等了一天一夜也没有颜冬虹的任何消息。

那个开出租车的女人，像人间蒸发了似的不知去向，无影无踪。

珧珧也着急，她不知道常琪他们是不是搜查了颜冬虹的住处，搜查的结果如何，于是忍不住打电话问常琪。第一次在电话里常琪告诉她：“正在找人。”第二次得到的回答是：“找不到人。”第三次再打电话时常琪就有些不耐烦了，他说：“活不见人死不见鬼，我也不知道怎么办。”最后一次打电话，却让珧珧大为震惊。常琪告诉她：“颜冬虹死了，出车祸死了，在吊狗岭路下二十多米深的山涧里。”

这车祸来得太突然太离奇，是意外还是有人蓄意谋杀？如果是蓄意谋杀，那就说明颜冬虹的后面确实还有人。那个爱说话、无话不说的颜冬虹……哎，会不会是杀人灭口啊？

珧珧坐卧不安，她决定去看看现场，看看常琪他们对这起车祸是怎么认定的。

珧珧叫了一辆出租车，直奔吊狗岭。刚离开市区时，夜空还像无边无际透明的大海，安静、广阔、神秘。走到半路，突然狂风大作，天地变得阴沉沉的，不久便下起了瓢泼大雨。司机开始打雨扫。雨扫的电机发出“嘎啦、嘎啦”的响声，显得十分沉闷，在车外呼啸着一阵紧接着一阵的狂风暴雨声和暴雨撞击车身的噼里啪啦声中，那“嘎啦、嘎啦”的声音尤其显得可怜兮兮地孤寂，可怜兮兮地有气无力。片刻工夫，车前的那块玻璃就全是雨水，只剩下雨扫刮过的那一小片扇形能够模模糊糊地看到前面车灯照耀下隐隐约约的山路。再过片刻，雨扫也不起作用了，那片能够透视前方的扇形也只是极其短暂地出现了一下，眨眼间就又被雨帘给覆盖掉了。

车速很慢，很慢，很慢……像蜗牛一样地在往前爬。

“这样的速度，猴年马月才能到达目的地啊？”珧珧心里着急，却不敢说。安全第一，这样的山路，这样的雨夜，她没有任何权力要求司机开快车。

拐过一道弯，一道闪电从山头那边横着劈了过来，天空像裂开了似的，紧接着暴雨从裂口处直泻而下，狂风也跟着肆虐起来，在山谷中咆哮，松林发出海潮般的怒吼。

“嘎”的一声，车子在路边停了下来。司机说：“我不敢再往前走了，太可怕了。要不你下车吧，我不收你的钱。”

“我下车？你有病啊，现在下车我去哪儿？这三更半夜的，前不着村后不着店。”

“那只能在车内等了，等雨停了再说。”

“要是雨不停呢？”

“不停我也没办法。这个鬼天气，气象台根本没预报……”司机唠唠叨叨地开始责怪起气象台来。

5

两人不知等了多久，大雨似乎没有停下来的意思，珧珧不得不给常琪挂求助电话。

常琪在电话里告诉她："事故现场的勘查工作已经结束，我们赶在下大雨前就收队了，要不，你到县城来吧。"

回县城只有两公里多点，路也好走，珧珧要司机返回，司机爽快地答应了，重新点火发动引擎，掉转车头，直奔荆县公安局。

珧珧下车后直接走进常琪的办公室，此时，雨停了，天也快亮了。

"怎么样，是事故还是案件？"珧珧迫不及待地问。

"别急，先喝杯水，我再慢慢地告诉你。"

珧珧接过常琪递过来的杯子，一饮而尽。

"是这样的，"常琪不紧不慢地说，"目前还无法确定到底是交通事故还是蓄意谋杀。交警他们认为是一起交通事故，我还有点怀疑。"

"车祸的原因呢？"

"原因是油压板漏油，刹车失灵。"

"什么车？"

"白色的丰田车。"

"丰田车？"珧珧眉头紧锁了起来，"颜冬虹开的出租车是大众捷达，怎么会是白色的丰田车？"

"车是一个叫连仲的人借给她的，交警那边已经查清楚了。"

"连仲？陆连仲，我们刈箩村人，在万吉市区办了一家快餐筷厂，我认识。他为什么会借车给颜冬虹？那颜冬虹要去哪儿？为什么会在吊狗岭出事？"

"这些问题都正在查。据陆连仲说，他借车给颜冬虹是因为颜冬虹要到联桥镇帮他讨一笔债。"

"车上就颜冬虹一个人？"

"是的，就她一人。吊狗岭那地方坡陡，刹车失灵，就掉到山涧里了，车毁人亡。”

“那陆连仲是怎么认识颜冬虹的?”

“陆连仲说了，以前他还没买车时，出门时经常坐颜冬虹的出租车，两人就认识了。”

“讨债的事证实了吗?”

“确有其事。联桥镇一个叫秦双怡的老板娘，开饭馆的，欠陆连仲一笔货款，不多，就一万来元，可时间很长了，有三年多了。秦双怡伶牙俐齿，很会说话，连仲讨了好几次都没讨到，说不过她，所以就请同样伶牙俐齿的颜冬虹帮忙。秦双怡证实连仲约过她，说这几天会再去要货款，但并没说会叫颜冬虹去。这事真真假假，颜冬虹已经死了，死人是不会说话的，陆连仲说的是不是事实，也无法分辨得清了。”

“明天我就去找陆连仲，问问他。他大我一岁，但按辈分他得叫我姑，他的父母都是老实巴交的农民，这孩子也很实在。不过我们两三年没见了，社会日新月异，人变得也快，不知道变成什么个样子了。反正我去同他接触一下，相信他本质不错，不敢对我说谎。”

“这样好，太好了，”常琪颇有些兴奋，“你先到招待所休息片刻，我也想打个盹儿，两小时后，我们一起去万吉。颜冬虹死了，我们要检查一下她的房间，还有她的出租车，说不定能发现一些新的线索。”

第六章　油压板为何漏油

1

回到万吉市区，珧珧径直去了陆连仲的工厂。厂子在离市区不远的东郊，不大，就二十几个工人。

机器轰鸣，根本无法说话。

陆连仲见到珧珧很高兴，比画着手势把她带到原料堆场，那地方清静得多："慧姑，你怎么到现在才想到我。我来万吉都好几年了，你也从不来看我。"

"赚大钱了吧？慧姑可不敢高攀。"珧珧笑了笑，有意无意地调侃了一句。

"看你说的，小生意，哪能赚什么大钱？中午我请你吃饭。

慧姑，你是越来越漂亮了，有男朋友了吗？”

“别油嘴滑舌。吃饭就免了，我想问你一件事，你是怎么认识那个开出租车的女人的？”

“你是说昨晚出车祸的那个？”陆连仲吞了口唾液，说，“以前我还没买车，要出门就打电话给她，经常坐她的出租车，就认识了。”

“真的？你没骗我吗？”

“我哪敢骗你，慧姑。”

“那你为什么会把车借给她？”

“她要帮我去讨笔货款，人家要帮我，说开出租车不方便，我就把我的车给她开了。”

“你们两人很熟？她是不是经常开你的车？”

“那倒不是。只是在一起吃过几次饭。”

“你和她，两人在一起吃饭？”

“不是，还有仰贵叔，都是我们仨人一起吃饭。”

“陆仰贵？他认识颜冬虹？”

“是的，他俩早就认识。仰贵叔是当官的，手中有权，我少不了要他帮我办些事，就请他吃饭，他就把那个开出租车的女人叫来一起作陪，就两三次，好像是三次吧。”

“你的车子刹车有问题，你还把车给她开，现在出事了，警察没追究你的责任？”

陆连仲听了有些慌，忙说：“我不知道，我不知道车子刹车不灵。”

“你自己的车你不知道？”

“我真的不知道。慧姑，你是律师，公安那边你熟悉，帮我说说，我真的是不知道。”陆连仲显然是个怕事的本分人。

“那你说说你不知道的理由。”

“是这样的，慧姑……”

陆连仲眼泪都快要掉下来了。他是一个从山沟沟里出来的男孩，就想干点实业，赚点汗水钱，怕事，稍被唬了一下就胆战心惊。珧珧心里有底了，相信他不会说谎，便说：“到底是怎么一回事，你说给我听听。”

“是这样的，慧姑，前天是星期天，仰贵叔借了我的车。他有时候想办些私事又不想让别人知道，就来向我借车。昨天他来还车的时候，问起我秦双怡的那笔款讨回来了没有，我说还没有，他就说叫颜冬虹去帮你要。他说颜冬虹伶牙俐齿，能说会道，保证能讨回来，当着我的面就给颜冬虹打了电话。颜冬虹为人直爽，平时就肯帮人，答应了。午饭后，颜冬虹就来了。因为车是仰贵叔刚开回来的，就停在我们的财务室门口，我没想到会有问题，就把车钥匙给了她。慧姑，我不会牵涉到什么事吧？”

“应该不会吧。”珧珧赶紧安慰他，“不过，如果警察再问你什么，你一定要说实话，如果说假话了，警察揪住你不放，你就会越抹越黑，那你麻烦可就大了。”

“我知道，我知道，我会的。我没有对警察说假话，是他们没问我，我没说清楚。慧姑，中午一起吃顿饭吧？”

“不用了，我还有事。噢，对了，还有件事。度公的老婆叫魏红素，你认识吗？”

“听说过，不认识，是村长的那个老二吧？”

“别胡说。”

“嘻嘻，”陆连仲尴尬地笑了笑，“她怎么了？”

“度公被人害了，红素的女儿没人照顾，我把她们母女俩接到城里来，你能不能安排点事让她做？”

“她啊？”陆连仲轻蔑地说，“她能做什么？”

“粗活怕是不行，坐办公室也不行，她又没多少文化，打扫卫生、看管仓库、干点杂活还是可以的，就看你愿不愿意收留她。”

“那好吧，你叫她来，我再想想让她干什么合适。”

“那我就先替她谢谢你，我走了。”

珧珧说完，离开了陆连仲的快餐筷厂，并立即给常琪打电话，告诉了他陆连仲所说的情况。

2

常琪他们搜查了颜冬虹的住所和她的出租车，虽然没找到陆度荒的那枚金戒指，但收获还是有的。从颜冬虹出租车的后备箱里发现两条与遗留在石崇坪和鬼仔坑抛尸现场一模一样的编织袋。但这种编织袋市面上比比皆是，并不能证明什么。此外，他们还有一个很大的收获，就是在颜冬虹的住处找到了一沓一万元的现金，用小纸条扎着，还盖着点钞人的印章。以这枚印章为线索，常琪他们查到这一沓现金是三天前从荆县县城某邮政储蓄所取出来的，上面还留有指纹。常琪去储蓄所调查，并看了监控录像，可以确定取款人是陆仰福，更直接的证据是这沓钱的上面有陆仰福和颜冬虹的指纹，极有可能是陆仰福取出来后交给颜冬虹的。陆仰福为什么会给颜冬虹一万块？还有那枚去向不明的戒指，会不会是颜冬虹为陆仰福做了什么事，陆仰福事后给她的酬劳？

刘箩村的迷雾正在一点一点地消散。虽然还没有找到揭开全案的钥匙，但案情正在慢慢地浮出水面。珧珧和常琪都认为，陆仰福的身后有人，这个人就是颜冬虹，而颜冬虹身后也有人，这个人很可能就是陆仰贵。至于他们仨人在杀人、肢解尸体、抛尸的整个过程中各自充当了什么样的角色，眼下还是个谜。颜冬虹死了，死人不会开口说话，陆仰福和陆仰贵是亲兄弟，肯定早就有了统一的口径。特别是陆仰贵，他隐藏得这么深，是个不显山不露水的藏镜人，势必早就准备了一套应对警方的说辞。

珧珧决定自己去见识一下这个副市长的秘书——小时候自己很崇拜的仰贵哥。

陆仰贵很会读书，在珧珧还很小的时候，他就成了刘箩村的第一个大学生。珧珧还清楚地记得，那一天，陆仰贵要去上大学，身披绶带，胸佩大红花，趾高气扬地在众人的簇拥下走出村。珧珧当时是小学生，与村民们一起夹道欢送他。那锣鼓喧天、鞭炮声震耳欲聋的场面她一辈子也忘不了。她从此视陆仰贵为楷模。可后来，她的这个仰贵哥当官了，不知是对方架子大了还是因为自己的矜持与自卑，“楷模”的形象在她的脑海里逐渐消损、淡出，总觉得同他没什么共同语言，虽同在一座城市却从不交往，偶尔相遇，也只是点个头打个招呼而已。

珧珧没有陆仰贵的电话号码，也不知道他住在哪里，电脑里的那一大群 QQ 朋友也没有他。要是这时候突然约他，一定会引起他的怀疑，自己在刘箩村追查度公失踪案时那么卖力，他的哥哥陆仰福肯定会告诉他的。自己在颜冬虹的住处发现了度公的金戒指，颜冬虹极有可能就是因为把这事告诉了陆仰贵才引来了杀身之祸。当然这些都只是猜想，但并不是不可能，可能性还是存在的。如果事实果真如此，那陆仰贵肯定会对她已怀有戒心，甚至还有可能会视她为对手而恨她彻骨。珧珧想找个机会出其不意地出现在他的面前，然后再从拉家常开始，套出一些线索，可细想这却很难做到。自己虽说是律师，办过一些案子，口才没问题，可对手也是个见过世面的人，不是省油的灯，况且他心里早有预防，说不定早就准备好了“答辩词”。

珧珧想跟踪他，秘密调查，又觉得这不是个好办法。人家是副市长的秘书，出门公车接送，呼啸而来呼啸而去，来去一阵风，自己连一部破车都没有，怎么跟踪？办不到的事。再说了，这么大的一个城市，想见到他的身影都很不容易……

珧珧似乎已经没辙了，山穷水尽了，可她就是不死心：度公不能白死，不能白死，不能……还有颜冬虹，也不能死得不明不白，不能……

上床要睡觉时，珧珧突然想起陆连仲。陆连仲与陆仰贵常有来往，必然会知道他的一些事，何不……

珧珧决定第二天就去找陆连仲。

3

珧珧带魏红素到了快餐筷厂。

陆连仲准备叫魏红素去装竹筷。这工种简单，又不是体力活，就是把一双经过消毒后的竹筷装进纸袋子里，然后装箱打包，一个月给一千元的基本工资外加计件工钱。魏红素很高兴，终于能自食其力了，哪能不高兴？看到魏红素兴奋得满脸涨红，眉开眼笑，陆连仲也很得意，他也算是为家乡人做了件好事，这事要是传开了，家里的那些人一定会称赞他有家乡感情，懂得帮助别人，有出息了，不会再以为他只是个只顾埋头赚钱的小老板。

把魏红素的事安顿好了后，陆连仲对珧珧说：“慧姑，我带你到我们厂里转转。我现在就是地方太小了点，以后要是有钱了，我就再买两三亩地，把生产车间和成品车间分开，再盖一座有模有样的办公楼。等我有了像样的办公楼，慧姑，我就请你来当我的法律顾问。”

“你的想法很好，连仲，没想到你书读的不多，目光还真不短。”

“呵呵，”连仲受到夸奖，心头不由得涌上来一股快意，胸脯也挺高了不少，走路的步态变得更加从容、矫健，“磨啊，我就是靠磨，不是说铁棒磨成针吗？我就是靠一点一点地磨，白天做事，晚上就想着怎样才能把事做得更好。想赚钱，又不赚昧心钱，不容易啊！有时候你不坑人，可人家要坑你。被人坑了心里就堵着一股气，没地方发泄。我是小本生意，不是家财万贯的大款，不像那些财大气粗的人，他们背后有掌权的人做靠山，有理不让人，无理也照样盛气凌人。我不行，没关系、没后台，办什么事都得小心谨慎，害怕有什么闪失，只能一点一点地把自己磨出个样子来。”

“你与仰贵哥关系不是很不错吗？有事你不会找他？”

“他啊，哎，别说了，”陆连仲露出一脸沮丧，“他找我，要么是他请客叫我埋单，要么就是来向我借车，只有他揩我的油水，就没帮我做过什么事。”

“你这样做是对了。”琲琲跟随着他走进一间大仓库，“我们刘箩村人都是本分人，清清白白做人，老老实实做事，不干那些歪门邪道的事，也就不用求人了。”

“慧姑，你说的对。像仰贵叔这种人，我只要不得罪他就是了，也没想求他为我做什么。”陆连仲把琲琲带到仓库里的一个阁楼上，“喏，这就是我的窝，乱得很，不能久待，看一下就好。我带你去财务室泡茶，那地方干净。”

“噢，你还有这么多的书？”琲琲惊喜地发现，那里面还有几本法律书籍，觉得有些不可思议。

“不看点书不行啊，小时候不懂得认真读书，现在年纪大了，才知道读书有用。慧姑，我真的很佩服你们这些读书人。”

陆连仲说着就下了阁楼。

珧珧紧随着他，来到财务室门口，发现地上有一片污渍，饶有兴趣地问："连仲，你以前是不是经常把车停在这里？"

"是啊，这就是我停车的地方，可现在没车了，正等待保险公司理赔，保险公司说要等到警察那边有结论再说。没车要办事真的很不方便。"

"这么说，那天仰贵还你车的时候，就是停在这里？"珧珧蹲下身子问了一句，然后伸出一个手指头沾了点油渍，放到鼻子前嗅着，"这是刹车油，肯定是你把车子借给颜冬虹之前，从你的那部丰田车上漏下来的。"

"是吗？"陆连仲慌乱了，惶惑不安，浑身打抖，连毛发直竖的痛苦也感觉不到了，"我也没注意到，我不知道啊！"

"那你说说，仰贵是什么时候还你车的？颜冬虹又是什么时候来把你的车开走了？"

"下午，"陆连仲回答，"那天下午一点左右，我在午休，厂里的人全都在午休，仰贵叔把车开来这里，停好后，到我刚才带你去的那个阁楼上还我钥匙。他把钥匙丢给我，站了片刻就走了。大概两个小时后，颜冬虹就开她的出租车来了，把我的车开走。当时我在仓库里，我把车钥匙给了她，让她自已到这里来把车开走。我……"陆连仲语无伦次，整个人就要崩溃了。

珧珧赶紧安慰他："好了，你也别太紧张，把事情说清楚了就行。警察如果再来找你，你只要说实话，不会有事的。"

4

珧珧把颜冬虹出事的那部丰田车油压板漏油的事告诉常琪。常琪他们马上到陆连仲的快餐筷厂来提取油渍痕迹。

珧珧没有陪同他们，她去房产交易所查询桂皮园 8 号的那套新房到底是谁的。

“这座楼还没开盘，为什么就仅仅这一套出售给颜冬虹了？”珧珧问交易所的人。

“这涉及个人隐私，无法向你提供任何情况。”交易所的人回答说。

珧珧说：“我是律师，我查案子，需要了解这间房子的交易情况，不复印材料，只看看就行。”说着给对方看了自己的律师资格证。

交易所的人又说：“单凭律师证我们还是不能告诉你任何具体情况，要不你去你们律师事务所开张公函来吧。”

珧珧只好回到单位，向所长袁彬要求开张公函。袁彬摇着头沉默了很久才说：“你自己看着办吧，这事我不管。”

珧珧心想，既然你不管，我也管不了那么多了。她便自己开了张公函，又返回房产交易所。

在房产交易所里，珧珧查阅了那些交易材料，发现这套价值三百多万的房屋，是一个名字叫钱钟同的房地产开发商无偿送给颜冬虹的。

珧珧纳闷了，这钱钟同与颜冬虹是什么关系？三百多万啊，他怎么会送她这么一套房子？难道……不，不可能，不可能是时下盛行的那种不用说也明白的关系。颜冬虹长相是不错，可她要是真的攀上了这么一个大人物，她还需要开出租车吗？三百多万，那要几辈子才能赚到啊？

珧珧觉得应该去查一查那个钱钟同，可那是比登天还难的事。那个钱钟同是温州人，他的公司总部在上海，除非法院出传票，否则别想见到他。而想让法院开传票是绝对办不到的，那个钱钟同有头有脸有面子，在万吉市政协有他的一把金交椅，偶尔来此一趟，都是市里的主要领导们迎送，怕是连常琪他们也惊动不得。更何况，自己凭什么调查人家的这些事？人家愿意把房子给谁，你管得着吗？

珧珧感到很沮丧，闷闷不乐地回到自己的住所，却意外地看到冇婆牵着她的花花坐在楼梯口。

珧珧的住所是一座公寓楼，六楼，602号，没有电梯。

“冇婆，您什么时候出来的？哎呀，您是坐什么车来的？自己一人？”珧珧爬到六楼时，已经气喘吁吁，又惊又喜地又是问这又是问那。

冇婆从不出门，她不会搭车，不会打电话，只身一人从刘箩村到万吉市区来，真的是太难为她了。

珧珧开了门，搀扶着冇婆把她迎进屋。

冇婆兴高采烈，像小孩子似的：“我听说红素有了工作，成为城里人了，嫒嫒也在城里上学了，就想出来看看。慧儿，多亏你了。”

“冇婆，您喝茶吧，要不喝罐王老吉？”珧珧兴奋得颇有些不知所措。她知道冇婆爱喝王老吉，正好冰箱里还有一罐王老吉。

“好好好，喝一罐王老吉。”

“冇婆，您是坐什么车来的？”珧珧开了罐王老吉，递给冇婆。

“我啊？”冇婆喝了口王老吉，说，“我走路到联桥，然后坐一辆三轮摩托到县城。到县城后，我要去坐班车，可人家不肯让我上车，说牵着狗不能上车。我不知道城里人有那么多的规矩，真后悔不该把花花带出来。可我怎么办呢？往前走是那么远，回去也是那么远，只好往前走了。我牵着花花走路，心想不管走到什么时候，我也要找到你。走着走着，有一辆小货车在我身边停了下来，司机问我要去哪里。我说要到万吉市区找亲戚。嗬，现在城里好心人还真不少。”冇婆开心地笑着，“那个司机就把我带到这里来了，我要给他钱，他说什么也不要。真是个好心人哪。”

“那您怎么会知道我住在这里，冇婆，您可从没来过。”

“喏，就是这个。”冇婆从衣袋里掏出一张纸，“我问了你爸，你爸就给我写了个地址。”冇婆兴奋得就像过年时小孩子穿上新衣服似的，“我拿这张纸条问路，就有人告诉我了。”

“冇婆，您晚上就住在我这里，我们俩好好说说话，明天一早，我带你去看红素和媛媛。”

“我还有事要告诉你呢。”冇婆说。

“什么事，冇婆您说。”

“我看到度荒的头颅了。”

“是吗？在什么地方？”琟琟急着问，“那您是怎么发现的？”

“我上山放牛，一只小牛仔丢了，我就到处找，找到煤窑口，花花在洞口使劲儿地狂吠，叫得我心都发毛了。我想里面肯定有什么东西，就进去看了，就看到了一个人头，我想那个人头肯定是度荒的，就跑出来了。”

“那您把这事告诉栋梁叔了？”

“没有。还没来得及说，我就来了。”

第七章　无厘头的供词

1

冇婆牵着她的花花，带着珧珧、常琪、治保主任陆栋梁和两个民警来到煤区。

这里曾经红红火火过一阵子，后来政府取缔小煤窑，如今已经偃旗息鼓，变成一片废墟。花花在一口废弃了的旧煤窑前“汪汪汪”地狂吠起来。冇婆指着那洞口说：“喏，就是这里。”

煤窑的洞口也就是箢箩那么大，入洞只能爬着进去。

“进去看看，”常琪对一女警说，“把相机带上。”

那女警战战兢兢地不肯进去，常琪回过头来又叫了她几次，她这才硬着头皮跟随在常琪的身后爬进洞里。

珧珧想知道里面到底是什么东西，也紧随其后爬进洞里。

越往里面，洞越大，可以猫腰前行了。再往前走，人就可以站起来了。洞里黑漆漆、阴森森的，好像随时都要塌下来似的，弥漫着让人胆战心惊的寒气。借着从洞口射入的一束光，可以看到成群的老鼠四处乱窜，来回奔跑。头顶不断冒水，叮咚叮咚地往下落，掉在地上水花四溅，肆无忌惮地在他们三人的脚边欢快地跳跃。

置身此地，有种仿佛置身于阴曹地府的恐惧，胆子再怎么大的人也不能不毛骨悚然。

珧珧打了一阵寒战，头皮麻麻的，那个女警更是紧紧地抓着珧珧的一只手，浑身颤抖。珧珧暗暗地告诫自己，我不能害怕，我一害怕，她更不用说了。她伸出一条胳膊搂住那女警的腰，两人并肩前进。常琪手上握着打火机，不停地摁着，火苗亮了又灭，灭了又亮。三个人又走了十来米，才看到了一个人的头颅，旁边还有个尸块，看样子是人体的胸部，但早已变形，腐败不堪。成群的苍蝇在四周飞舞。

“拍照。”常琪喊了一句，大概是心里有点胆怯，喊得特别大声，声音在洞里回荡，显得特别洪亮，宛如交响乐队里的那个定音鼓，余音久久不肯离去。

“我害怕，你抱着我。”女警身子依偎在珧珧的身上，声音像弹簧似的颤动。

珧珧闪到她的身侧，紧贴着她的身子，双手搂住她的腰，那女警这才腾出双手，拿起挂在胸前的照相机，开始拍照。

拍完照片，常琪走上前去，一只手握着打火机，另一只手抓住头发，将头颅提了起来。那女警赶紧从身上的背包里掏出一个物证袋，让常琪将那人头装了进去。

常琪手上提着那透明的塑料袋，仔细端详了好一阵子，然后返身要走出洞口，那女警急忙拉着珧珧的手，赶到常琪的前面逃也似的冲了出来。

人头虽然已经腐烂，却并不是特别厉害，因为窑里阴凉，容貌依稀可见。

“肯定是陆度荒。”陆栋梁接过常琪递给他的那个透明的塑料袋，翻来覆去地瞧了一阵子，口气十分坚定地说，“常队长，你看，这人头左耳后面有颗黑痣，黑痣上还有长长的毛，是陆度荒，肯定没错。”

冇婆也点着头说：“是，是他。”老人家泪眼汪汪，不停地用袖子擦眼泪。

这时候，一大班人马来了，有刑事技术员、有法医，还有领导易柏露。他们开始拉电灯，拉警戒线，打开一个又一个的刑事勘查箱……

看来，是要进行一场大阵仗的现场勘查了。

2

这次现场勘查硕果颇丰。警察在煤窑里面提取了好多人的脚印，找到了一些毛发，发现了一些烟蒂，还有一瓶喝了三分之二的矿泉水。唯一的缺憾是尸块高度腐败，无法确定一个小范围的死亡时间。

那些脚印、毛发和烟蒂有点乱，有的有用有的没用，鱼目混珠，但那些刑警技术员们夜以继日地忙了三天，认真筛选，发现其中都有一个人的指纹，就是陆仰福，尤其是那瓶没喝完的矿泉水，可以肯定，就是陆仰福用过的，瓶口上的人体唾液DNA证实了这一点。有了这么多的证据，常琪准备拘捕陆仰福，易副局长也同意，说：“去办手续吧。”

常琪叫人回县局办拘留手续，可办手续的民警还没回到刘箩村，派出所所长小沈却打来电话，说陆仰福到他们那边投案了。

琲琲听到这个消息时的第一反应就是：警察里面有内鬼。为什么嫌疑人总是抢在警察采取行动之前先走一步？为什么当初魏红素找到度公的金戒指时陆仰福能够在警察搜查他家之前把金戒指转移？事后又会知道是魏红素提供的线索，从而对魏红素进行了惨无人道的报复？为什么那枚金戒指转移到颜冬虹的手上后，被她琲琲发现，颜冬虹马上就出车祸了死了，还死得不明不白？为什么？为什么？这么多的为什么，让琲琲感到脊梁骨上凉凉的。

常琪问她："要不要一起去听听陆仰福是怎么说的？"

当然要去，心里头这么多的问号，不弄清楚她陆琲琲寝食不安。

她与常琪赶到派出所时，派出所已经完成了第一次过堂。

常琪仔细地看了那一大沓的笔录，看了一张，就拿给琲琲，再看一张。

"我一时糊涂，犯下死罪，我愿意接受政府的惩罚。"这是陆仰福交代案情经过时说的第一句话。

"你要投案自首，你就得把事情的经过一五一十全都说出来，要是你不说实话，就不能叫投案自首，知道吗？"这是讯问他的警察说的话。

"我知道，我愿意老实交代。"

"那你说吧，为什么要杀陆度荒？把具体经过详详细细说清楚。"

"陆度荒老是说我霸占他的妻子，为这事到处上访，我很反感，早就想把他杀了。那天早上，六月二十四日，星期一，我载阿仲和阿佑到镇上去上学。回来的时候，我在半路上碰到陆度荒，我就用摩托车撞倒他，然后把他拖到黑哩潭。我以前是杀猪的，后来政府统一屠宰业，我就不再杀猪了，但我常常去镇上买猪肉和猪内脏，一买就是几十斤，镇上那些卖肉的都与我很熟，常对我说，你要什么东西自己割，所以我的摩托车上就备了两把猪刀和几个编织袋。把陆度荒拖到黑哩潭后，我就拿刀杀了他，并将尸体分解成几大块，因为编织袋不够用，我就先装了三袋，用摩托车载着直接就奔石崇坪、后洞和鬼仔坑抛了，头颅和其余的部分就在黑哩潭那边搁着。那时天刚亮，我以为不会有人发现的，不想却在田螺崎路口碰上了珧珧。我当时有点慌，不敢同她打招呼。那天正好她妹妹出嫁，我去她家送红包，她问我是不是到石崇坪了，我不敢否认，就说我是去了，去挖麻笋。当天晚上，治保主任陆栋梁来叫我，说石崇坪那个地方发现了一条人腿，要我同他一起去看看。我想了解警察到底想怎样破这个案子，就跟他去了。珧珧对这件事太热心了，我觉得她是多管闲事，有意想教训她一下，就说，我挖麻笋的时候在后洞那地方也看到了尸块，引诱她去后洞，有意让她掉进陷阱里。”

“那小煤窑里的头颅和余下的尸块是怎么回事？”警察问。

“那是在第四天，你们警察来了一大批人，在石崇坪、后洞和鬼仔坑那边忙着看现场，我就去黑哩潭把陆度荒的内脏剁碎，丢进水中让激流冲走，再将头颅和余下的尸块用摩托车运到废旧的小煤窑里丢弃。我本以为那地方人迹罕至，永远也不会有人知道，没想到，哎——陆度荒的阴魂不散啊，我这是自作自受。”

“那颜冬虹是怎么回事？”警察又问。

“谁是颜冬虹？我不认识。”

“一个开出租车的女人，你说你不认识，不认识为什么要给她钱?”

“噢，你是说那个臭女人。是这样的，陆度荒不知道什么时候坐过她的出租车，把一大沓上访材料落在她的车上，那些材料里边有我的相片、手机号码和陆度荒告我的详细资料。有一天，那个女人给我打电话，说陆度荒告不倒我，她就不一样了。她说她上头有人，还认识很多报社的记者，要我看着办。我问她到底想干什么。她说给她钱，一万元，她就把材料全部还给我。后来，我就约她在县城见面，给了她一万块，把那些材料要回来烧了。”

……

看完笔录材料，常琪去当面询问陆仰福有关金戒指的事，可陆仰福矢口否认，说根本就没见到过什么金戒指，一口咬定他没拿陆度荒的金戒指。

3

这个供词貌似合理，天衣无缝，但作为律师的珧珧看了后对其中编造的痕迹还是能一目了然。

“这份供词没有真实地反映客观事实。”她对常琪说，“他交代的作案时间有问题。他说是六月二十四日清晨从联桥镇回来，半路上杀了度公，这不可能。我六点之前就看到他从石岽坪下来，他根本没有杀人和肢解尸体的时间。不可能，做不到。”

常琪也同意珧珧的分析。他派人到学校查了阿仲和阿佑那天到校的具体时间，去调查的人很快就打电话给常琪反馈说：“是五点一刻。他俩刚到学校时正好学校敲响了起床的钟声，是五点一刻，肯定不会错，有很多人证实。”

五点一刻到六点，不到一个小时的时间，要跑十公里，半路上还要杀人、分尸，还要去石岽坪、后洞、鬼仔坑三个地方抛尸，根本做不到。

“我是本村人，哪个地方要走多少时间，我清楚得很，除非他坐的是直升机，可他骑的是摩托车啊。”

“他说在黑哩潭那个地方把陆度荒杀了，也是谎言。”常琪十分赞同珧珧的看法。常琪说，“那个地方，我们详细勘查过了，根本没办法确认是第一现场，除了发现那块作为砧板剁碎人体内脏的石头，并没有搏斗的痕迹，也没有拖拉尸体的痕迹，甚至连血迹都没有。杀一只鸡都会留点鸡毛，要认定那地方就是杀人的第一现场，完全站不住脚。”

“还有，”珧珧说，“他刻意回避了度公那枚金戒指的事，这足以说明他是假投案。度公的遗物才是确认谁是凶手的关键证据，他却不肯承认，回避了。”

“没错，”常琪说，“他死不承认颜冬虹是他的合伙人，可种种迹象表明，颜冬虹不可能是局外人。颜冬虹死了，他编造的所谓的敲诈案件得不到任何证实，这样就可以把颜冬虹排除在此案之外。依我看，他的这份供词，是事先经过精心策划的，我觉得他的背后肯定有人在替他出谋划策，否则仅凭他的那么一点法律知识和生活常识，他编不出如此完整、如此圆满的故事情节。”

“可有一点，倒可以认为是证据。”珧珧认真地说。

“哪一点？”

“他承认废弃的小煤窑里死者的头颅和余下的尸块是他抛弃的。你们不是也在那里发现了他的足印、毛发和喝过的矿泉水吗？”

“这也站不住脚，”常琪摇了摇头，说，“到时候，他要是想彻底推翻原有的供词，他可以说他是曾经去过那个地方，但并没有抛尸。他还可以说是在别人抛尸之前或者之后他去的。总之随便编造个去小煤窑的理由，就可以轻而易举地全盘翻供。”

“可他是自己投案的，不是你们抓了他才要他交代的。他要是真翻供了，推翻了全部事实，总得给个理由吧，为什么要投案?”珧珧说。

“这就是他幕后那个藏镜人的高明之处。”常琪回应道，“他主动投案的目的很明显，就是要司法机关按照他说的一套说辞定案，到时候，他可以说他害怕了，因为我们搜查了他的房间，因为我们在拘留了阿佑以后，阿佑说是受他的指使才把你推进黑哩潭，还因为我们在废弃的小煤窑里发现了他的足迹和矿泉水瓶，我们在怀疑他，所以，他害怕了，就赶紧主动投案。尽管这样的理由站不住脚，可我们又怎样反驳？无法反驳。反驳不了就等于承认他说的是事实。只要我们找不到确凿的直接证据证明他杀了人，找不到第一现场，找不到陆度荒的遗物，他就可以逍遥法外，他的同伙，那些幕后的藏镜人也能相安无事。所以我说，这正是他背后那一伙人的高明之处。”

“嗯，你说的有道理。”珧珧终于认输了，甘拜下风。

“我马上就去向易副局长汇报，先把陆仰福拘留起来，再抓紧时间查，把所有的疑点查清楚。我们有两个月的时间。”常琪说完，信心满满地走了。

4

陆仰福的所谓“投案自首”，看来根本就不成立，常琪向分管刑事侦查工作的易副局长汇报了后，易副局长给他一周时间，要他抓紧查证。

局里来的人大多回了县局，只留下常琪和他手下的几个人留在刘箩村。可一周时间很快就要过去了，常琪还是找不到突破口，就像茫茫的林海里面找不到一条可以行走的小径一样，常琪老是在原地打转，案情没有任何进展。一个偏僻小山村里的一起碎尸案，本来并不是什么高智商的犯罪，真没想到会是如此艰难。易副局长屡屡打电话追问案情进展得怎么样。常琪总是含糊其辞："没，没什么进展。"

易副局长火了："要是没有任何进展，那就移送起诉。"

"可我们不能这样草率结案啊。"常琪说，"我希望能延长抵押时间。"

"你马上给我从刘箩村回来。"易副局长已经暴跳如雷，手机里的声音震耳欲聋，震得常琪的耳膜差点没有破裂，手机也在颤抖。

常琪只好回到县局。

"就不要问为什么了。"易副局长的态度令常琪想象不到的温和，"结案吧，这是县里高层的意思。"

常琪不知道"县里高层"指的是谁，但他心里清楚，嫌疑人的弟弟陆仰贵是副市长的秘书，他完全有这个能力撺掇怂恿所谓的"县里高层"，肯定有人插手了这起案子。可事实是：他与珧珧分析的那些疑点丁是丁卯是卯，不容置疑。常琪很无奈，他想知道"高层"是怎么个说法，可易副局长根本不理睬他。常琪举棋不定，结案不是，不结案也不是。要是找不到新的证据，就有可能像他与珧珧分析的那样，陆仰福在法庭上翻供，整个案子只得推倒重来，几十天的劳累化为乌有，这还不是大事，大事是受害人九泉之下灵魂不安，凶手逍遥法外，法律的权威大打折扣，警察的形象也会受损。

"反正拘留的时限还有两天，不到最后时刻，我绝不结案。"

常琪执拗地在易副局长面前撂下一句话，又再次返回刘箩村。

他同他的助手们，还有治保主任陆栋梁，以及派出所的几个民警到黑哩潭那个地方又搜索了一遍，还是没有找到任何足以证明此地就是第一现场的证据。如此看来，对手是早就将一切准备好了的，该隐匿的全都隐匿了，该转移的已经转移了。常琪无法再坚持了，只好回到局里，写了结案报告。

常琪把结案报告拿给易副局长签字时，易柏露眉开眼笑。

“这就对了，我的队长同志。”易副局长的态度是那种从未有过的和颜悦色，“不是我想打击你们的积极性，是邓副市长关心这件事了。”

易副局长终于说出了实情，“邓副市长在简报上作了批示，要我们‘不纵不枉，速战速决’。吃菜吃心，听话听音，我看你也不至于笨到听不出这话的意思来。陆仰贵拿着邓副市长批示的简报找了我们县里的几位头头，几位头头都替他说话，要我们赶快结案。”易柏露递给了常琪一支烟，轻轻地拍了拍他的肩膀，尽量表现出和蔼可亲的长者形象继续说，“邓副市长在我们县里当书记时对公安工作一向是高看一眼厚爱一分，非常重视，你现在开的那辆三菱吉普，还不就是他当书记时从县财政里拨款给买的？如果不是他的关心与厚爱，我看你现在还得骑摩托车办案呢！那一年，他一次性就给我们局添置了七辆车，而且全都是好车。我们不能吃着碗里的就忘了锅里的是不是？现在他人走了，但还是我们的领导嘛，我们不能对他的话不理不睬，不能这样嘛是不是？再说了，他要我们‘不纵不枉，速战速决’也没啥错。发现陆度荒的尸块是二十四日，尸检结果证明死亡时间与陆仰福的交代吻合，你说他的交代不符合事实？你硬要说他的主动投案是假的，说他没有作案时间？那真相在哪里？除非凶手不是他，不可能嘛。没吃鱼谁想惹腥？陆度荒要不是他杀的，他干吗要投案？”

看到常琪静静地听着，手上捏着的一根烟没有点燃，易副局长走上前去，很客气地为他摁燃了打火机，“现在你想通了，赶快把案子移送过去吧，还有检察机关把关呢，你要是真的放心不下，起诉阶段我们还可以继续调查嘛。”

常琪把卷宗送到了检察院。

5

这边珧珧回到万吉市区，觉得度公被害的这起案件自己似乎也没什么事可做了，便去了自己的单位，问他们事务所的头：“袁主任，我们最近忙什么？”

“没什么，一切如常。”袁彬回答说。

珧珧“噢”了一声，便在自己的办公桌前坐下来。这么多天没来事务所，一大堆的信函、文件堆在桌面上，她一件一件地拿过来阅读。看得正入神，手机响了，是陆连仲打来的。

“慧姑，我有件事想告诉你。”陆连仲在电话里说。

“什么事，你说吧。”

“电话里说不大方便，我们约个地方吧。”

“那行，你看什么地方好，你说。”

“要不，晚上七点，我们在莹莹咖啡馆见面？”

“行，就这样。”

晚上七点，珧珧准时去了莹莹咖啡馆。没料到陆连仲比她还早了一步，已经坐到一张方桌前等候了。叫了两怀咖啡，珧珧便迫不及待地问：“你不是有话要告诉我吗？什么事，快说。”

“是这样的，”陆连仲显得不急不慢，他拿汤匙在杯里搅动了几下，说，“红素不是有一枚金戒指吗？”

“是啊，你问这个干什么？”

“你知道她的那枚金戒指是哪儿来的吗？”

“是她与度公结婚时有婆送的，一对，度公和她一人一枚，你为什么问这个？”

“是这样的，”连仲呷了口咖啡，“我看到了一枚金戒指，和她手上戴的一模一样的金戒指，可我不敢问。”

“是吗？什么地方，在谁的手上？”珧珧急了。

“是仰贵叔送给了一个坐台小姐。”

“有这样的事？那你是怎么看到的？在什么地方看到的？坐台小姐是谁？现在在哪里？”珧珧一下子抛出了一连串的问号。

“是这样的，”陆连仲说，“那天仰贵叔叫我请他吃饭，喝了几杯后他说要找个三陪女，就自己打电话叫来了一个。以前他也是这样，每次喝酒都要叫三陪女，小费一般都是我付的，可那天他特别慷慨，喝够了闹够了醉得颠三倒四的就给了那个三陪女一枚金戒指，我也就省下了两百块钱。”

“你看清楚了？那枚戒指同红素的一模一样？”

“我看得很清楚。那个三陪女很高兴，娇滴滴地要仰贵叔亲自把金戒指戴在她的手上，仰贵叔就在我的面前给她戴上了，我看得很清楚。”

“那你知道那个三陪女叫什么名字？是从哪里叫的？”

连仲摇了摇头：“好像听到仰贵叔叫她阿涛，是从哪儿叫的我就不知道了，是仰贵叔他自己打电话叫的，我没问。这和度公被害的事有关吗？其实那天你带红素到我厂里来，我就看到红素手上的金戒指了，觉得似曾见过，我想了很久，才想起来，但我不敢问红素。”

“那我问你，仰贵把金戒指送给三陪女是哪一天？”

“是颜冬虹出事以后的第二天晚上。”

“那你们是在哪家酒店喝的酒？”

“威豪 KTV。”

“如果让你再见到那个阿涛，你还能认出她吗？”

“没问题，我肯定还能认得她，她的脖子上，”陆连仲摸着自己的右颈说，“就这个地方，有颗黑痣，黑痣上还有很长的毛。”

“好了，这事你也不用对其他人说。”

“不会的，其实这事与我没有任何关系，我只是觉得奇怪，不说出来搁在心里不好受。”

第八章　坐台小姐

1

珧珧从莹莹咖啡屋出来，直接就去了威豪 KTV，问那个站在收银台里面的小姐："请问你们这里有个叫阿涛的女孩吗？我想找她。"

"哪个阿涛？"收银小姐尖尖的下巴，鼻梁很直，一对丹凤眼瞪着珧珧。

"她的右颈上有颗美人痣，经常在你们这边上班。"珧珧用了"上班"这个词，她不想让对方觉得自己鄙视她们的职业而产生反感。

"你是干什么的？"尖下巴的收银小姐只对消费的客人微笑，

知道珧珧不是来消费的，说话的口气很不客气。

“我是律师，有件事想问她一下。”珧珧掏出自己的律师资格证。

“噢，律师啊，应该说是私人侦探吧。”收银小姐讥讽地笑了起来，“你是受人之托来调查人家的隐私呢，还是自己的丈夫出轨了……哈哈，我就是知道阿涛在哪里，也不会告诉你的。”

“你……”珧珧气得两眼都直了，一股无名火直冲脑门儿，可她又不便发火，愤然转身退了出来。

“你要找阿涛啊，我知道她在哪里。”珧珧走到门口，突然听到背后有人说话，转头一看，一个打扮妖艳的年轻女子正盯着她。

“是吗？你知道？那你能不能告诉我，我怎样才能找到她？”

那女子没有回话，右手的三根指头在珧珧的眼前搓弄着。

“你要多少钱？”珧珧知道她是在向自己要钱。

“两百。”

珧珧掏出钱，递给她两百块。

那女子收了钱说：“她住在新民街 32 号，不过她现在肯定是在上班，在哪里上班我就不知道了。明天早上九点以后，你去新民街 32 号找她肯定就能够找到了。”说完，那女子头也不回就走了。

第二天，珧珧去了新民街。这里是一条老街，两排清一色矮小的双层瓦房一间紧挨着一间，形成一条狭窄的巷子，两部摩托车相遇都得有一辆停下来让路，否则就过不去。过去这里也许勉强可称之为“街”，如今的大街全都是宽阔的马路，大小车辆呼啸着横冲直撞，小街也是人来车往，通行无须避让，这样的小巷再称之为“街”，真有点勉为其难。

32 号是一间出租房。珧珧站在门口敲了几下门，始终没得到回应，轻轻一推，厚重的木门便裂出一条缝隙。既然门没关，珧珧便大胆地推门而入了。底下的房间里没人，只堆放着一些杂七杂八的东西，一张老旧的木梯斜靠在墙角，如同一个老态龙钟的老妪活干累了，正靠在墙上休息。清风从前门吹进来，从后窗飘出去。屋里除了灰尘飘荡，所有的一切全都是静静地纹丝不动。珧珧爬上楼梯，一股难闻的汗酸味扑面而来。楼上的房间同底下的房间一样大，地板是20世纪80年代就已经被淘汰了的红砖地板。墙角堆放着几个用来装行李的蛇皮袋，有大有小，但都是四四方方的用拉链锁着。两三件漂亮的女装搁在上面，还有镜子、梳子、口红、粉底霜和眉毛剪什么的。屋子里没有床，就一张席梦思放倒在地板上，上面歪歪斜斜横七竖八地挤着五个小姐。有一位小姐玉胸暴露，一个乳房尽情地享受着清风的吹拂，另一个却犹抱琵琶半遮面；有一位怀里抱着花枕头，两条大腿夹着一条毛巾，侧身而卧，粉白的玉臀压着身边另一人的胸脯；另有一人白皙的大腿一条架在同伴的小腹上，另一条腿伸得很直，粉红色的三角裤把那女人最隐秘的地方包裹得很紧，中间还有一条会令男人产生无限遐想的凹痕；还有一人却是和衣而卧，头枕在同伴的大腿上。

她们都睡得很沉，珧珧静静地观看了好一阵子，心想：这样子睡觉怎么可以不关门呢？哎，这些人呀，没了道德底线就什么都没有了，羞耻感和隐私也全没了。

珧珧站了很久，看她们都睡得那么香，不忍心叫醒她们，却忍不住一个劲儿地叹息。良久，那个和衣而卧的小姐醒了，她睁开惺忪的眼睛瞥了珧珧一眼，然后揉了揉眼睛问："你找谁？"

"我找阿涛。"

那小姐没有回答，两片性感的嘴唇紧锁在一起，朝自己身边的那个嘟了一下嘴。

珧珧其实也已经看到了，对方嘟嘴指的那个人右颈上有颗美人痣，右手中指上戴着一枚与魏红素的那一枚一模一样的金戒指，她心里早已认定是她了。

“起来，都起来，太阳晒屁股了。”率先醒过来的小姐这下睡意全蒸发了。她把她们一个个叫醒，指着珧珧对阿涛说，“阿涛，她找你。”说完，便自个儿到墙角照镜子去了。

2

“这么早来找我有事吗？”阿涛睁着一双迷蒙的大眼睛问。

“还早？”珧珧抬起戴表的那只手让她瞧了一下说，“都十点了。这里说话不方便，我们找个地方谈谈。”

“你是谁啊？我不认识你。”阿涛起身穿衣下了楼。

珧珧跟随着她走下楼梯，说：“我是律师，你看，这是我的证件。我有事想问问你。”

“律师？律师找我干什么？”

“还是找个地方说，一两句话说不清楚。”

“我还没吃早饭呢，我要去吃早饭。”阿涛有点不大愿意。

“那好，我带你去吃早点，边吃边谈。我请客。”

“也好，”阿涛见珧珧还是蛮真诚的一个人，放松了戒心，“那就到街尾的卤面店吃碗面算了，我漱下口。”阿涛说着，从后门出去，漱口刷牙洗脸，磨蹭了十来分钟，才与珧珧出门，去了隔壁不远的卤面店。

叫了一碗卤面，阿涛便吃了起来，吃完后，她拿面巾纸擦擦嘴，一边掏出小镜子照着，一边说：“你到底要与我谈什么？说吧。”

“我先让你看一张照片。”珧珧从提包里掏出一张照片，递给她看。

“这枚金戒指你在哪里拍的？怎么会同我的戒指一模一样？”阿涛迷惑不解，瞥了一眼照片，一边照镜子一边问。

“是的，这是一枚金戒指，它的主人叫魏红素，”珧珧说，“她丈夫也有一枚同样的金戒指，可他被人杀了。”

“被人杀了？”阿涛放下手中的小镜子，瞪圆的眼睛目光平射，脸上的神色紧张了起来，惊恐地问，“那她丈夫的戒指呢？”

“十有八九就是你手上的这枚。”珧珧直视着她的双眼，观察着她情绪的变化。

“我手上的这枚？”阿涛在恐怖里挣扎着，结结巴巴地问，“你是说，你的意思是说，我手上的这枚戒指是从死人的手上摘下来的？”

“很有可能。”

“不，不，不，”阿涛连说了三个“不”字，便沉默不语了，眼珠子轱辘辘地转了起来。许久，她才说，“你骗我。”

“我干吗要骗你？我只是想要问你，你手上的这枚金戒指是谁送给你的？”

“不，不，不可能。”阿涛像是没有听到珧珧说的话，摇着头自言自语，“他，他……不可能。”

“他是谁？”

“噢，不，”阿涛打了个激灵，“我不能告诉你，我们有我们的职业道德，我不能说。”

“阿涛，你可不要糊涂，人命关天的事，不说就是包庇，要吃官司的，你知道吗？”

“你别吓唬我，我为他服务，他给我小费，天公对地道，我怕什么。”

“可这枚戒指是不干净的。”

“干净不干净关我屁事。”

“可是，阿涛，你戴这枚戒指不吉利。”

阿涛又怔住了，默然无语。

时下权力与金钱主宰下的社会，很多人没理想、没信仰、没道德底线，而这些人往往活得空虚，空虚了就害怕遭受报应，害怕别人说出不吉利的话。咒语比法律更有震慑力。阿涛难免也有这方面的担心。

“你还是把实话说出来吧，阿涛。如果你不想向我说实话，我可以叫办这起案件的警察来问你，到时候，你知道后果会是怎样。”

“其实，我也不知道他叫什么名字，”阿涛说，“不过，我敢肯定他是不会杀人的，戒指可能是他从别的什么地方得到的，他不想要了，就给了我。他是个当大官的，有文化、有地位，不可能杀人。”

“那他是当什么官的？你能告诉我他的职务吗？”

“不是我不想告诉你，是我真的不知道。我只知道他是当官的，我不知道他叫什么名字。不过，我有他的手机号码，”阿涛拿出自己的手机，拨弄了好一阵子递给珧珧看，说，“喏，就是这个。”

珧珧把那号码存进了自己的手机里，说：“我希望你到法庭上还能照着这样说。”

“法庭？你要我到法庭上作证？”阿涛又是一阵惊恐万状。

“是的，这件事你必须到法庭上说，只有法庭才能搞清楚这枚金戒指的来龙去脉。这枚金戒指关系到一起杀人案能不能最后侦破，警察是不会放过你的。”

“你要我到法庭上作证，那我能有什么报酬？”

“你说，你想要什么报酬?”

“你至少得给我两千元。这枚戒指少说也值两千元，我要是说了实话，人家就会把戒指讨回去，那我不是肉包子打狗有去无回？我亏大了。”

珧珧本想立即给她两千元，换得她的一声承诺，可转念一想，又觉得不妥，她要是拿了钱远走高飞逃得无影无踪，那才真的是肉包子打狗有去无回。再说了，给了她钱，她要是在法庭上反悔，说根本就没见到什么金戒指，再反咬一口说是自己拿钱收买她，那就是违法取证，可不更糟？初次见面，防人之心不可无，不能太过于轻信。于是便说：“我现在没带那么多的现金。要不这样，你给我留个电话号码，你好好考虑一下。我觉得你应该到法庭上说实话，这不是在帮谁，是要你自己对得起自己的良心，这样死去的人在九泉之下才会保佑你。至于两千元，我想想再说。”

阿涛的心里是有些害怕的，害怕真的被牵涉到什么案子里面去。至于两千元，可有可无，有当然更好，没有也不重要，于是便说：“行，那就这样，我答应你去法院作证，说实话。”说完，她起身离开了卤面店。

3

陆仰福涉嫌杀人的案子移送荆县检察院后，检察院果然认真贯彻落实副市长邓培树的指示精神，“速战速决”，很快就把案子移送到了法院。

珧珧作为受害人陆度荒家属的委托律师，参与了附带民事部分的法律诉讼。

她已经接到了法院通知，不久就要开庭了，却一直联系不上阿涛。这可是急救车撞上了救火车，令她寝不安席、食不甘味。本来她想要等阿涛拿着那枚金戒指上法庭作证。有了那枚金戒指，这案子就会牵涉到陆仰贵和颜冬虹，也就能推翻陆仰福的那一套无厘头的供词。然后再顺着金戒指这条藤去摸，就不怕摸不到瓜，不怕案情不能真相大白。而只有真相大白，加害人受到应有的惩罚，受害人家属才能得到应有的民事赔偿。这是她这个律师的责任。皮之不存，毛将焉附？如果刑事部分不成立，民事部分也就无从谈起，她这个律师一定是要输掉官司的。可现在找不到阿涛，这可怎么办呢？陆仰福肯定是要翻供的，他的那套供词没有事实佐证，检察机关的起诉是站不住脚的，极有可能最后的结果是"事实不清，证据不足，当场释放"。这样的结果是她珧珧万万、绝对无法接受的。

这时，常琪突然找上门来。

"你来得正好，我正苦恼呢。"珧珧说，"我到新民街 32 号出租房找过好几次了，那几个小姐众口一词，都说好几天不见阿涛的身影了。我还去了几家 KTV、歌舞厅，同样是一无所获。"

"我们也在寻找，"常琪说，"歌舞厅、KTV、夜总会、酒吧……凡是用得着小姐的地方我们都找了。我还联系了万吉市治安支队，在市区搞了次'扫黄打黑'统一行动，可是，大炮打麻雀，是打下了几只，就是没有我们想要的那只。"

珧珧觉得常琪说话很幽默，只是自己的心情现在"幽默"不起来。她微笑着瞅了他一眼，说："都怪我，我没考虑周到，当初要不是我自己直接就去找阿涛，而是在她毫无心理准备的情况下由你们去取证，当场扣押她的那枚金戒指，现在也不会如此被动。"

"你也不必太过于自责，"常琪安慰她说，"就算我们有阿涛和陆连仲的证词，陆仰福他们兄弟死不承认，阿涛又不露面，也没办法对证，法官照样会认为证据不足。再说了，金戒指表面上看与魏红素的那一枚一模一样，也无法证实它就是陆度荒的，在金戒指来历不明的情况下，我们也没权扣押，即便是扣押了，法庭不认可也没用。只能既有金戒指，又有阿涛作证，我们才能在法庭上取胜。你苦口婆心地做阿涛的思想工作，争取她的配合，这个做法是对的。”

“可现在阿涛人间蒸发了，你说怎么办?”

“我倒是觉得还有一个办法可以试试。”

“什么办法? 你快说。”

“陆仰福不是说过吗?”常琪点了支烟，“他说颜冬虹在陆度荒死后敲诈他，他才给了颜冬虹一万元现金。可颜冬虹既然与他陆仰福不相识，那她又是怎样敲诈他的? 他说是通过打电话联系的，我们到电信公司和移动公司打了一大沓单子出来，喏，你看，”常琪给了她七八张纸条，“这是陆仰福家里的电话，这是他的手机，这是颜冬虹的手机，这些单子是这三部电话的通话记录，从六月二十四日发现陆度荒的尸块到七月三日陆仰福给颜冬虹一万元现金那天为止，只有陆仰福与颜冬虹这两部手机通过一次话，而这次通话时间就在他给她一万块之前的十二分钟，通话时间只有四十三秒，其余的没有任何通话记录。到时候，你就作为受害人的委托律师……”

“太好了，我知道怎么办了。”珧珧兴奋了起来。她打断常琪的话，接过那些单子，“离开庭还有三天，我得好好准备。”

4

今天是开庭的日子。

一大早，荆县法院门口就聚集了一大群人。

只刘箩村那些与陆仰福沾亲带故的亲戚就来了二十几人。他的父亲母亲来了，结发妻子魏菜花来了，弟弟陆仰贵和他的媳妇魏萍也来了，连冇婆也来了……来的这些人中，不乏想目睹陆仰福的可耻下场，亲眼看看这个平日里不可一世专横跋扈的村长是怎样的狼狈之人，就如魏菜花和冇婆，她们就是怀着这种心情来的。但更多的人相信陆仰福的弟弟陆仰贵有能力救自己的哥哥，副市长的秘书，那么大的官有什么不能摆平？这些人信心满满，都认为“事实不清，证据不足，当场释放”的结果是铁板钉钉的事。他们是来接陆仰福回家的。

除了刘箩村出来的人，还有不少是陆仰贵从市里请来的报社记者。

陆仰福的律师当然也是要来的。他就是袁彬，珧珧那个律师事务所的头儿。袁彬是一早坐陆仰贵的车从万吉赶来的。那辆车的车牌号是009号，副市长邓培树的坐骑。车号是身份的象征，有钱人是666或者888，当官的车号不是拍来的，是车管部门配的，从001到080都是市政府的车。内行人都会知道，009号就是市里的第九号人物。只因太过于显眼，那辆009号奥迪车不敢久留，把陆仰贵夫妇和袁彬送到后，掉头就走了。车开走后，袁彬就与陆仰贵站在路旁聊了起来，没人知道他俩在聊什么，但可以看得出来，他们聊得很开心，全然没有亲哥哥要被审判应该有的那种悲泣，倒更像是要迎接一场什么样的大喜事。

人来了那么多，车自然也不会少。二十几部大小车辆在江滨路的两旁排开，有小轿车、面包车、农用车、摩托车，还有一辆特别引人注目的雪佛兰皮卡。之所以特别引人注目，是因为皮卡车的车斗里搁着一尊观音菩萨，菩萨面前供着香炉，香炉里插着一大把点燃了的香，青烟袅袅，扑鼻的香气在清晨洁净的空气里四处飘散。还有两只红色的竹篾篮子，盖篮紧紧盖着，看不到里面装的是什么供品，只有内行的人才能猜得出来，猪蹄面线和煮熟后染红的鸡蛋是少不了的。按当地的习俗，人从监狱里出来，第一件事就是要跳火炉和吃猪蹄面线与红鸡蛋的。火炉也是早就准备好了的，就在皮卡车的车斗里放着，但炉里的木炭还未点燃，只备了一瓶汽油。有了这瓶汽油，火炉一点就着。就等着法官“当庭释放”的一槌击响，紧接着一场吃猪蹄面线与跳火炉的闹剧就会在这里上演。

常琪和珧珧当然也是要来的，他俩是坐警车来的。警车直接开进法院，停在地下车库，两人就上了法庭。

再过半小时就要开庭了，珧珧突然接到阿涛的电话，说她愿意出庭作证，这让珧珧太兴奋了。她从律师席上蹦跳了起来，一个箭步冲到旁听席上，把这个好消息告诉了常琪。

常琪急着问：“她在哪里?”

“在万吉市区，新民街32号。”

“那我开车去把她带来，你就准备开庭吧。”常琪有点不放心，又问，“她怎么突然同意要出庭了?”

“她说她老爸病了，这几天回了云南老家，换了一部手机，昨天才回到万吉。她想了很久，觉得这事不说出来，一直在心里搁着也不好受，就给我打了电话。”

“如果是这样，那就好了，你把她的电话号码给我。”

常琪把电话号码输进自己的手机里，转身走了。

第九章　在法庭上败北

1

开庭了，不出珧珧所料，检察机关的起诉意见基本就是按照陆仰福的那套供词定性的。

“法官先生，”袁彬在检察官念完起诉书的话音刚落就站了起来，“我认为检察官的起诉是站不住脚的，用我们的法律术语说，叫‘事实不清，证据不足’。”

原本寂静的法庭上随即响起一片嘘声，像平静的湖面被人投下了石块，泛起了一阵阵的涟漪，嘘声中有兴奋，也有失望，两种截然不同的音符夹杂在一起，相互撞击着。

袁彬稍停了片刻，等嘘声平静下去，继续说：“起诉书中说，我的当事人于六月二十四日凌晨在刘箩村一个叫黑哩潭的地方杀了被害人陆度荒，可现场呢？现场并没有留下我的当事人杀人的证据，是警察粗心大意没能找到现场呢，还是根本就找不到？如果是后者，那就是说，我的当事人并没有杀人，宰一只鸡，也会留下鸡血；宰一只鸟，也会留下羽毛；杀一个人，怎么可能不留痕迹呢？据我所知，警察在那个地方勘查过好几次，他们并没有粗心大意，相反，是非常非常仔细认真的，非常非常谨慎地在寻找，可是，他们并没有找到。换句话说，是根本就找不到。这就说明我的当事人并没有杀人，至少可以说，他没在那个地方杀人。没错，警察是找到了一块用作砧板剁碎人体内脏的石头，可这又能说明什么？那个在黑哩潭剁碎人体内脏的人就一定是我的当事人吗？”

旁听席上顿时一片哗然，主审法官连敲了几下木槌，才勉强安静下来。袁彬继续说：“警察在抛尸现场，也就是废弃的小煤窑里确认发现了我的当事人的足迹，我的当事人也确实去过那个地方，可那是有另外的原因，与抛尸没有关系……”

“对，我是去过小煤窑，可我没有抛尸，”陆仰福号叫了起来，“我是冤枉的！”

“那你说，你去小煤窑干什么？”公诉人问他。

“我是去挖煤。”

“你挖煤做什么？”公诉人又问。

“我挖煤自己烧。我家开饭馆，不能全部烧液化气，那成本太高，我有时候会自己去小煤窑挖点煤来烧。”

“那你是什么时候去的？”

“六月二十三日下午。”

“为什么记得那么清楚？”公诉人紧追着问。

“因为第二天珧珧她妹妹出嫁，石宗坪又发现了人腿，那一天是六月二十四日，我是前一天去的，所以我记得清清楚楚。”

“那我问你，”检察官又说，“你去小煤窑的时候，是不是看到了受害者的头颅和尸块？”

“没有，我什么也没看到。”

公诉人好像也没什么话好说了，庭审气氛明显是被告一方占了上风，这也是珧珧早有所料的，可现在还不是她说话的时候。她静静地等待着。这时，她看到常琪带着阿涛从旁门进来，坐到后排的座位上，她心里在说，有什么好戏，你们演吧，我会叫你们看到意外的结果。

坐在前排的陆仰贵大概是从珧珧的目光里发现了后面的动静，他猛转过身，看了一眼刚刚在位子上坐下来的常琪和阿涛，回过头来，盯着律师席上的珧珧，脸上露出诡谲的笑。

珧珧琢磨起他的笑，心想，他应该认识阿涛，那枚金戒指就是他送给阿涛的，他不可能不认识她。他也应该认识常琪，知道常琪就是这起凶杀案的经办警官。他到底在笑什么？又为何会笑得如此诡异，让人捉摸不透？正想着，珧珧听到主审法官说：“被害人的委托律师，你有没有话要说？”

2

“有。”珧珧的思绪猛然间从陆仰贵那里被拉了回来，她站起身，走到被告陆仰福面前，“我想问你，既然你不承认陆度荒是你杀的，那你为什么要投案？有人逼你吗？”

“没有，没人逼我。”陆仰福回答得很干脆，“村里的人都认为陆度荒是我杀的，我压力很大。”

“谁说了？谁说陆度荒是你杀的？”

“冇婆就是这样认为的，你爸你妈也是这样认为的，他们在村子里议论过，说度荒公是我杀的。我老婆魏菜花还指着我的鼻子骂我不得好死，说度荒公的阴魂不散，会缠着我的。除了你爸你妈没有来，今天他们几个都来了，你可以问他们。唾沫会淹死人的，我压力太大了，一时没想清楚，就去派出所投案了。”

“那我再问你，”珧珧直逼着他的眼睛，“当时我去黑哩潭寻找杀人现场时，你为什么要叫阿佑把我推下黑哩潭?”

“我没有，我没指使他，是他自己干的，与我无关。他陷害我。”

“我反对!”袁彬大声喊叫，“我反对受害人的委托律师用自己杜撰的事实来威逼我的当事人。”

珧珧没理会袁彬，继续对陆仰福发问：“那你到联桥派出所投案时说，你故意把我引诱到后洞，让我掉下陷阱，是因为不满我多管闲事。你为什么要这样做?”

“我是编造的。”陆仰福死皮赖脸地狡辩，“你爸和你妈都说你掉下陷阱是因为我引诱你到那里去，说我是故意的。我到派出所自首，为了让派出所的人相信我，我就顺着你爸你妈的意思，承认了这件事。其实，当时我根本没这样想，也没这样做。”

看来，对手是早有准备，尽管他的狡辩漏洞百出，一眼就能看得出来。没有一把淬过火的钢刀，很难击中他的要害，他能够左右招架，把你挡在门外。但珧珧还是不灰心，她想先让他乱了阵脚再拿出“杀手锏”。

“那我再问你，你为什么折磨红素？你用利刃剜她的身子，还在她的伤口上抹盐，是不是因为她发现了你的秘密?”

“什么秘密？我不知道。”

“金戒指，金戒指的秘密。”

“什么金戒指？没有，我从没见过。”陆仰福说着，目光躲开了珧珧的眼睛。

“那你为什么要折磨她?”

“她吃我的用我的不听我的话，偷开我的保险柜，我就得教训教训她。”

“那她偷开你的保险柜是不是看到了金戒指?”

“没有，我说了，我不知道有什么金戒指。”

“你敢叫魏红素来与你对质吗?”

“对质就对质，那个臭婊子，你要相信她我也没办法。反正我没看到过什么金戒指。”

“那好，你全都否认了。”珧珧继续说，“我最后一次问你，你说颜冬虹在出租车上发现陆度荒的上访材料后敲诈你，所以你才给了她一万块钱。她是怎样敲诈你的？她和你是怎样联系的？你把经过说清楚。”

“她打我的手机，说她手上握有我霸占他人妻子的材料，叫我给她钱，说不给她就把材料寄给当记者的朋友，要我去坐牢。我开始没理她，后来她就一直给我打电话。”

“她给你打了几次电话?”

“四五次吧，反正至少三次以上，我忘了。”

“你说她是打过你的手机？没错吧?”

“我反对，”袁彬又叫了起来，“我反对被害人的委托律师瞎扯些与本案无关的事。”

“不，这件事关系到被告的杀人动机是否能够成立的问题，怎么能说与本案无关呢?”珧珧并不畏惧对方是自己的上司，与他针锋相对。她心里也清楚，袁彬已经发现了自己的目的，可陆仰福却一点都没能嗅出来。

“反对无效，受害人的委托律师可以继续发问。”法官支持珧珧。

珧珧又重复问了一遍："你说她是打你的手机？没错吧？"

"就是打我的手机，不打我的手机还能打什么？"陆仰福不屑一顾地瞥了珧珧一眼。

"时间是什么时候？"珧珧继续追问。

"六月二十五日打了一次，就是石岽坪发现尸块的第二天，以后又打了几次，具体时间我忘了。"

"颜冬虹她用什么电话打你手机的？"

"用她的手机。"

"她的手机尾号是677，对吧？"

"好像是，我忘了。"

"那你有几部手机？"

"我是山里人，还能有几部？就一部。"

"尾号369，是吧？"

"嗯。"陆仰福点了下头。

"那好，"珧珧心里在笑，这个蛮夫，到底还是个没读过多少书的山野之人。她走到律师席上："法官先生，我这里有一沓移动电话公司的清单。你们大家都听到了，被告说颜冬虹敲诈他是打他尾号369的手机，可我手上的这些单子证明，颜冬虹在六月二十五日以后直到她出车祸丧生的七月十一日，她的手机与被告的手机只通过一次电话，时间是七月三号而不是被告说的六月二十五日。七月三号上午十点十一分，通话时间只有四十三秒，十二分钟后，被告就从荆县县城的邮政储蓄所取出一万元给了颜冬虹。除了这个电话之外，被告与颜冬虹并没有过任何通话记录。事实非常清楚，被告是在撒谎。"

"没有通话记录，不等于他们没有联系。"袁彬站了起来，反唇相讥，"我不知道受害人的委托律师到底想说明什么？这事本来就与此案无关。"

这时，法官叫法警将那沓移动电话公司的清单拿给袁彬看。袁彬扫了一眼，兴奋地说："从这一沓单子中可以看到，我的当事人陆仰福从六月二十五日以后到七月十一日，接和打一共通话三十次，而同样在这段时间里，颜冬虹的手机接听和打出去的电话至少五十次。虽然两部手机只通过一次话，但有可能颜冬虹是用别的电话打我当事人的手机，是我当事人一时记错了。"

"反对，"琡琡大声叫了起来，"被告的委托律师在诱导他的当事人说谎。"

"请被告的委托律师注意自己的言词。"法官说。

"对，对，对，"陆仰福也兴奋了起来，"我刚才就说了，好像是用她的手机打的，我说的是'好像'，我忘了。这事我本来就没太注意，是我忘了。"

琡琡心中愤怒至极，对手简直就是无赖，空口说白话，蔑视法庭，亵渎法律。她本以为自己的绝地反击能够初战告捷，接下去就能乘胜追击，不料……话又说回来，姜还是老的辣，是自己考虑不周，筹划得不够完美，才被人家捡了便宜。还好，她还有阿涛的那枚金戒指，这是最后的"杀手锏"。琡琡依然信心满满，相信能够在接下来的庭审中取得全胜。

3

然而，阿涛的证词出人意料。她不承认见过什么金戒指，她说："我就一枚白金戒指，是我男朋友三年前送给我的。喏，就这一枚，我一直戴在手上。除此之外，我从没戴过其他的戒指。"

"那你为什么还要来法庭作证？"公诉人问她。

她回答说："是刚才的这位女律师要我来的。她说只要我到法庭来作证，她会给我一千块钱。所以我就答应她了。现在我不想要那一千块了，我觉得我必须说实话……”

阿涛接下去还说了些什么，珧珧已经没法听清楚。她脑袋“轰”的一声炸了个粉碎，灵魂随之飞了出去，弥漫开来。她的脸绷得紧紧的，洁白的牙齿咬住薄薄的嘴唇，都咬出血了也没感觉到疼。她的眼前是一张张怪异的脸，脸上的表情都十分夸张：有的愤怒，有的惋惜，有的讥讽，有的幸灾乐祸……她的眼里闪动着恶狠狠的光，像两只鹰爪，直直地抓向阿涛的脸。

道德没了，法律死了，良心全被狗给吃了……

等珧珧缓过神来时，法官早已宣布庭审结束，择日宣判。

法官没有当庭释放陆仰福，让那些准备要叫陆仰福跳火炉吃猪蹄面线的人十分恼火。他们个个嘟着嘴，垂头丧气，骂骂咧咧地离开法院，然后各自开车回去。

那辆009号车正好在这个时候赶来。陆仰贵招乎袁彬上车，袁彬却说他还有点事，要在荆县再待一会儿。陆仰贵只好先走，可车子并没直接回去万吉，而是在路口停了下来，让正在路边等候的阿涛上车。看来，他们是约好的。

一车人到东南度假村花天酒地去了。

其他人也都走光了，偌大的法庭空荡荡的，只有珧珧一个人坐在原来的位置上，两眼茫然地望着台上正中的那个熠熠生辉的国徽。

常琪到车库里等了片刻，一直没见珧珧过来，知道她一定还在生闷气，赶紧重新回到法庭，走到珧珧身边，安慰说：“你别泄气，阿涛作假证，陆连仲见过她戴金戒指，她的同伴肯定也有人见过，这件事我来处理，我要叫她吃不了兜着走。”

珧珧点了点头，不争气的眼泪哗啦啦地掉了下来。她真想抱着常琪痛哭一场。

袁彬也走了过来。开庭时他是琲琲的对手，私下里却仍然是个和蔼可亲的长者，他也安慰她说：“小陆，你虽然没打赢官司，可你并没有输，你让大家相信陆仰福背后有人，只是这起案件太复杂了。”

“你真的这样认为？”琲琲听了，心里头像炎热的盛夏里拂过了一丝凉意。

“我当然相信你，你是我的徒弟，”袁彬说，“你跟随我四年，我还能不了解你？”

“可你了解我又能怎么样，我不在乎谁赢谁输，可我在乎我的度公，我不能让他死得不明不白，我在乎罪犯能不能得到应有的惩罚，我在乎法律，我在乎社会的公正与正义。袁主任，你说我到底犯了什么错，为什么会输得这样惨？”

“你不用太自责，我刚才不是说了，你没赢，但你并没输。当然，你也有失误，你的失误在于你太善良，如果一定要我把话说到点子上，是你轻信了阿涛。你要知道，我们是搞法律的，法律是什么？法律就是与邪恶斗争的工具。斗争是你死我活的，不是作画绣花，不能温良恭俭让。你要是多点心眼，在动员阿涛出来作证时录了音，或者叫常琪与你一起去……”

“我本来是想叫常琪一起去的，可我又怕有警察在场，气氛绷得太紧，场面太过于正经会让阿涛接受不了。我当时听陆连仲说有个叫阿涛的坐台小姐有一枚与魏红素一模一样的金戒指，我只是想尽快找到她，找她证实一下这事是不是真的，想先试探一下她的口风。没想到我见到她时，金戒指就戴在她的手上，我一兴奋就……哎，是我考虑不周到。”

“好了，这事以后慢慢再总结。”常琪说，“人都走光了，我们也该走了。”

琲琲这才与常琪走出法庭，去车库里开车。袁彬也随他们的车回到万吉。

4

常琪和他的助手在万吉市区调查走访了几家KTV、酒吧和夜总会，拿着魏红素那枚金戒指的照片叫人辨认，凡是认识阿涛的人都证实，阿涛曾经戴过一枚一模一样的金戒指。常琪将他们的证词记录下来，还在公共场所的监控录像中下载了不少阿涛左中指上戴着那枚金戒指的画面。有了这么多的证据，常琪决定以伪证嫌疑将阿涛刑事拘留。可阿涛却再次人间蒸发，消失得无影无踪。常琪把她列为逃犯上网追捕，四天以后，常琪得到消息，阿涛被她家乡的派出所抓获。常琪随后赶到阿涛的云南老家，将阿涛带了回来。

阿涛这一次承认戴过那枚金戒指。上一次她对珧珧说是一个客人给的，只知道那个客人的手机号码，并不知道他叫什么名字，而这一次她换了一种说法，说金戒指是颜冬虹给的，还当面把那枚金戒指交给了常琪。至于为什么上一次会那样说，她辩解说是害怕一时说不清楚，所以就胡乱编了一个说法。至于为什么要在法庭上全盘否认原先的说法，她辩解说是后来知道这起案件很复杂，不想卷进去，干脆就全盘否认了。颜冬虹出车祸死了，死无对证。常琪明知她在说谎，可人家编的故事滴水不漏，常琪找不到击破口，只好一再问她，是如何认识颜冬虹的，想从中找到破绽。

谎言需要一次又一次的掩盖，阿涛这一次显然是作了充分的准备。她说："二十几天前，我坐颜冬虹的出租车去荆县的联桥镇，出租车同一辆货车相撞，我擦破了点皮，颜冬虹也受了伤，满脸是血，昏死过去。我救了她，打电话叫来救护车，把她送到了联桥卫生院。后来，她为了感谢我的救命之恩，就送给了我这枚金戒指。”

阿涛说的那次车祸确有其事，就是颜冬虹与珧珧同住一间病房的那次。可珧珧记得非常清楚，颜冬虹当时并没说到女客人救了她并将她送到卫生院的事。阿涛的说法十有八九是编造的。但常琪还是去联桥卫生院作了调查，卫生院的人说，当时确实有个年轻的女人送颜冬虹到卫生院来，至于是不是阿涛，他们看了照片，都摇头说当时没太注意，不敢确认。

能够编造如此完美的说辞，证明阿涛背后有人，是高手教她这样说的。而这个高手，无疑是一个对颜冬虹的“生平事迹”十分了解的人。

常琪寄希望于识破阿涛在法庭上的假证词，从而扭转案情，可他又失望了，只得以“伪证罪”将阿涛移送起诉。

半个月后，陆仰福终于以“事实不清，证据不足”被无罪释放。释放的那一天，珧珧接到了陆仰贵打给她的电话。

“珧珧，知道我是谁吗？呵呵，你还真行，我佩服你对法律的忠诚。”对方完全是一种带着调侃讥讽的奇腔怪调。

珧珧没听出对方是谁，可她知道陆仰贵的手机号，是当时陆连仲和阿涛告诉她的，她已经记在脑子里了：“你是仰贵哥吧？小时候我就一直以你为楷模，把你当做我学习的榜样，我敬佩你。”

“那现在呢？现在你是不是还应该敬佩我？”

“现在不一样了，凭什么？”

“就凭这次你的失败和我的胜利。”

“我不明白你在说什么。”

“你真的不知道？那我告诉你，我哥今天上午被放出来了。”陆仰贵又补充了一句，“是无罪释放。”

“是吗？”珧珧说，“这我还真的不知道。你想对我说什么？”

“我知道，你在这件事情上花费了很多时间和精力，可结果呢？结果是一无所获，全是徒劳。因为你和常琪都没抓到关键，就是没有找到杀人的第一现场。”

“那么说，你知道第一现场在哪里，是吗？”

“我也不知道。”

“不知道？不会吧？你不是说你胜利了我失败了吗？你的胜利就是你成功地隐瞒了事实真相，而我和常琪的失败就是因为我们没有真正彻底揭露事实的真相，难道不是吗？”

“我是想问问你，你真的认为我哥会有那么高的智商，能让你们费了那么大的劲还是没能找到事实的真相？”

陆仰贵果然是来挑衅的，这让珧珧心里颇有几分欣喜。她针尖对麦芒地告诉他：“这我知道，常琪他也清楚，你才是你哥后面的那个藏镜人。”

“没错，”陆仰贵果然狂妄了起来，“那我就来告诉你，我哥谋杀陆度荒的整个过程都是我策划的，哈哈，哈哈哈……”

“你说什么？”珧珧佯装很惊讶，“你再说一遍。”

“我说了，杀害陆度荒的整个过程是我策划的，我哥只是按照我的安排行事而已。”

“你对我说这个，是什么意思？”珧珧欲擒故纵，“你不是在告诉我，你想要投案自首吧？”

“你以为我会吗？哈，哈，”陆仰贵一阵狂笑，“我是想告诉你，过程是我策划的，但你奈何不了我，我哥是不会出卖我的，他不会供出我来，绝对不会，你和常琪也就永远找不到给我定罪的证据。我要叫你明白，你付出得越多，留下的遗憾也就越多。哈，哈，哈……”

“你太狂妄了。”珧珧淡然自若地告诉他，“以我对你的了解，我早就知道你会给我打电话，会这样对我说的。所以，我把你今天所说的每一句话都录了下来，你就等着吃牢饭吧。”

对方哑了，显然是懵了、瘫了，话也说不出来了。

手机没有断线，却久久不见回话，只能听到一阵阵汽车的喇叭声传来……

其实，珧珧的手机并没有录音功能，只是想吓唬吓唬他。没想到对方还真的被她给吓倒了。

第十章　满脸横肉的男人

1

阿涛因伪证罪被判处六个月拘役，不久就要出狱。珧珧赶紧打电话给常琪，问他阿涛什么时候出狱。

常琪去找人问了一下，回话告诉她："是十二月二十二日冬至那天。"

珧珧要求常琪在阿涛出狱以后把她保护起来，她担心阿涛出狱后会像颜冬虹那样不明不白地死去。

常琪觉得她的担心是有道理的，阿涛替人隐瞒了事实真相，极有可能引来杀身之祸，颜冬虹便是前车之鉴，他也不希望会有第二个颜冬虹出现。可他无法答应珧珧的请求："我怎么保护她？将她重新关起来？没理由，我不能无缘无故随便限制她的人身自由。”

琲琲想了想，觉得常琪说的也对，可她真的是很担心。

这一天，琲琲一大早就来到拘役所，她也没有别的办法，只想在第一时间见到阿涛，与她好好谈谈，把事挑明，把一切都说清，把她的危险告诉她，好让她有个心理准备，再听听她自己的想法。

拘役所在市区西郊的前岩村，这里很僻静，前不着村后不着店，一条水泥小路从国道拐进来，一座四层高的楼，中间是门，前面是个小广场，背后是山，周围是田。

琲琲是自己一个人坐出租车来的。过去她来过几次，那些狱警她都面熟，但并没什么交情。只是这次她来的目的与以往不同，以前是来办案的，而这次是来接人的。

她问那些狱警阿涛什么时间出狱，人家都摇摇头说不知道。她只好在进门的大厅里坐下来。反正是今天，早也是今天，晚也是今天，除了等待，她没得选择。

琲琲就坐下来开始摆弄手机。那次没把陆仰贵说的话录下来，她后悔了好几天，随后就咬咬牙，花了四千多块钱买下了这部智能手机。过了一会儿，她听到了汽车声，转头朝外望去，看到了一辆黑色的小轿车在门外的广场上停了下来。小轿车停得较远，琲琲看不清里面的人。那辆小轿车还真有点怪，停了很长的时间，却不见有人开车门出来。突然，那小轿车掉转头，又开走了。琲琲越想越感到奇怪，到这里了，肯定是来拘役所办事的，为什么会没人下车呢？那小轿车会不会也是来接阿涛的？会不会是来的人看到我坐在这里，不想与我碰面，所以才掉头走了？如果是这样，那车里肯定是陆仰贵，或者是陆仰贵派来的人。琲琲越想越觉得这种可能性极大，真要是这样，她觉得很庆幸，庆幸自己原先的判断是正确的，先到了一步，没让对方把阿涛给接走；要是自己晚了一步，阿涛被陆仰贵给接走，那她的命运无疑会像颜冬虹一样。

珧珧正在胡思乱想，阿涛出来了，提着大袋小袋的行李，在一个狱警的带领下走进门岗值班室，在那里签了字，又提着大袋小袋从门岗出来，朝珧珧这边走来。

“怎么会是你？”阿涛见到珧珧有点吃惊，伸长了脖子朝外边张望。显然是有人约好要来接她，她没见到来接她的人才会这样问。她无疑是在寻找来接她的人或车，可她什么也没看到，神情有点沮丧。

“走吧，我来帮你拿东西。”珧珧说。

“不，我要等一会儿。”

“你是不是约人来接你了？”

“不，没有，”阿涛不承认，说，“我只想坐一会儿。”

“那就坐一会儿吧。”珧珧也坐了下来。她本想告诉她，“你现在很危险”，可又不知从何说起。

两人坐了很长的一段时间，阿涛大概是确定接她的人不会来了，自己主动站起来，说：“我们走吧，你想带我去哪里？”

“你准备去哪里？”珧珧反问了一句。

“我也不知道，随你吧。”

“那好，我们走出去，到公路上去拦公交车，先到我的住处住一段时间，以后你要去哪儿，想好了，我再送你。”

阿涛点了点头，把那大袋的行李交给珧珧，自己提小袋的。两人一起朝小路上走去。

2

南方的冬季来得迟，北方早已是白雪皑皑，这里依然是一派秀丽富饶的景象。水泥小路的左边是丝瓜园，生机勃勃的藤蔓攀爬在人字形的竹架上，一畦一畦整齐排列，把青翠的绿叶、黄色的小花和累累的瓜果裹挟在自己的怀里。右边是黑网大棚，里面种的是花木和风景树的树苗，四四方方的大棚一个紧挨着一个，连成一片，望不到边。遮阳黑网里面看不清种的是什么植物，只能从偶尔被风吹开的缝隙里见到一两株头顶着红色圆球的仙人掌。丝瓜在风雨中成长，经受日晒雨淋；花木和树苗却在黑网里得到百般的呵护，在温度和湿度都是最佳的环境中安详而舒适地度过每一天，仿佛人类社会中的农民工与公务员，身份不一样，得到的待遇也就完全不同。

珧珧与阿涛并排走着。

珧珧有很多话想对阿涛说，她要向她说度公是怎么死的，要说颜冬虹的车祸之疑，要说那枚金戒指的来历和几经易手辗转到她手中的过程……可她又不好开口，她知道这个时候说这些阿涛是听不进去的。她不经意地瞥了阿涛一眼，果然见她紧抿着双唇，一言不发，目不斜视只顾朝前走。珧珧知道，阿涛此时对自己还怀有戒心。交谈就得交心，对方要是怀有戒心，那就像隔着一座山，横着一条河，隔山打牛、隔河打马，没用的。珧珧不急，既然她同意到自己的住处小住些日子，交谈的机会肯定会有的，她也相信能与她交心。于是珧珧也默然无语地往前走。两人走到国道上，就在路边站着。公交车是二十分钟一班，看来还得等一段时间，珧珧瞅准这个机会，试探着开口："阿涛，你知道那枚金戒指是从哪里来的吗？"

阿涛摇了摇头。

"那枚金戒指是我度公的。"珧珧见她听得认真，知道她对这个问题是有兴趣的，自己也就有了信心。于是，她从陆度荒被杀说起，说到金戒指在陆仰福家被发现，后来又转到颜冬虹手上，过后没几天颜冬虹就出了车祸……

珧珧正说得起劲儿，还没把整个故事说完，突然，一辆无牌照的小货车从路中心打了个S形的弯，径直朝站在路旁的她俩撞了过来。珧珧面朝大路，她看到了，而阿涛面向田野，正在为珧珧说的故事深感惊讶，丝毫没有发觉。珧珧顾不了许多，她一把抓住阿涛的手臂，朝自己的身后一甩，把阿涛给甩开了，她自己却来不及躲避，被那辆小货车撞了个正着。

阿涛跌倒在路脚下，爬起来时，那辆小货车已经一溜烟逃得无影无踪了。

珧珧满脸是血，躺在地上不省人事。

阿涛有点慌，不知如何是好。她想找手机报警，可自己的手机放在袋子里，已经几个月没缴费了，掏出来一看，连电都没了，根本就打不了。她想去拿珧珧的手机，可珧珧的小坤包被车给轧扁了，手机也被轧坏了。阿涛急得直跺脚，时间就是生命，她没有权力眼看着珧珧的生命在自己的眼前流失。

这时，一辆摩托车从远处驶了过来。阿涛看到了希望，赶紧朝那骑摩托车的人挥手。

摩托车停了下来。

“求你帮我打110吧，我们的手机被车轧坏了，快点。”阿涛求那男子。

骑车的男子两腿踩在路面上，撑着摩托车，从屁股后面的裤袋里掏出手机，递给阿涛，然后下车，问道：“撞得不轻吧？”

“我不知道，我不知道。”阿涛急得眼泪都流了出来。

“别紧张，救护车很快就来了。”男子弓下身子察看了珧珧的眼睑，“没什么大事。”说完站了起来，要回自己的手机，就骑车走了，只留下阿涛在那里干着急。

救护车终于来了，交警也来了。阿涛看着他们把珧珧抬上车，她本要跟随救护车去医院，可她那大袋小袋的行李，人家不让她拿上救护车，她只好留了下来。

交警们开始忙着拍照、勘查现场，没人理她。她本想在这时候溜掉，离开这里，反正那个珧珧也不是自己的什么人，她出事又不是自己的责任，赶紧溜走，一身干净。她心里是这样想的，但两条腿却像灌了铅似的迈不开。人家是为了救自己才被撞成这样的，自己却撒手不管，太没人性了吧，天理难容，会遭报应的。再说了，自己身上一点钱都没有，能去哪里呢?还有，珧珧刚才对自己说的那些事，只说了个开头，自己心里还迷雾重重，也很想问个清楚。想来想去，她觉得这事自己不能不管，珧珧肯定要住院的，要是命能保住，自己最少得照顾她几天，算是报答一下她的救命之恩吧。还有那个金戒指的事，也该问问清楚。想清楚了，她向交警借了一部手机，给常琪打电话，告诉他珧珧被车给撞了的事。

3

不一会儿工夫，常琪开车来了。他与交警队那个带队勘查现场的头儿站在路边交谈了一阵子，然后带阿涛去了医院。

珧珧除了外伤、骨折，还有脑震荡，此时昏迷不醒，正在抢救，医生说，尚未脱离危险。

尽管如此，但常琪始终相信她会脱离危险的，内脏没遭到重大的损伤，珧珧就一定会好起来，一定会。她是那样的善良，那样的朴实，那样的热心肠，如今这种人已经不多了，好人有好报，她不会有事的……常琪好像心里有个小人儿一直在这样对他说。

珧珧在手术室里，医生不让进，常琪也没啥事做，就把阿涛叫过来，在走廊上并排坐着。

阿涛向他述说了珧珧出事的详细过程。说完了，突然问："那枚金戒指，真的是珧珧亲戚的？"

"是的，"常琪回答说，"金戒指的主人叫陆度荒，被人杀了，金戒指辗转了到你的手上。本来我们是可以追究你的包庇罪的，可谅你后来把金戒指交了出来，又是因为轻信别人的谎言没有直接故意，所以才以伪证罪轻判了你。阿涛，我可要奉劝你一句，法网恢恢，疏而不漏，听说过吗？这件事，我们一定会查清楚的，邪恶的事能隐瞒一时，不可能隐瞒永久。我们做人，要对法律负责，不对法律负责也得对自己的良心负责，你说是不是？你给我们、给珧珧造成了很大的麻烦，可珧珧没怨恨你，在关键的时候还救了你。这话我就不多说了，你自己去体会体会。我要告诉你的是，你现在的处境很危险。如果不是珧珧抢先一步到拘役所去接你，你很有可能就被那些作恶的人给做掉了。这次车祸，很明显是有预谋的，是冲着你来的，我相信你不笨，能看得出来。"

"那你说，我该怎么办？"

"和警方配合，把你所知道的事一五一十地说出来。"

"可我真的不知道什么。真的，我不想再骗你们了，我说的是实话。"

"你原本对珧珧说过，要到法庭上作证说实话，后来为什么又另说一套？"

"是他们给了我钱，他们要我这样说，我是按照他们教我的话说的。"

"给你多少钱？"

"五千块。"

"钱呢？"

“我汇回家了。我家穷，我就是需要钱，我也不想做坏事。这个世界也不只是我想要钱，谁不想要钱？有人赚，有人捞，有人巧取豪夺……”

“你说的他们是指谁？”常琪不想听她说那些，他打断了她的话。

“就是副市长的秘书，叫陆仰贵。我原本不知道他的名字，只有他的手机号码，一般他一两个月会给我打一次手机，约我到星级宾馆开房，每一次他都会给我五六百块的小费，出手很大方。我今年才二十三岁，我认识他都快有四年了，但我不问他的名字，也不问他的事，他也不问我的事。不过，我和他配合得很好，他要我摆什么样的姿势，我都会顺从他，他也是我接触到的男人中比较猛的一个，和他做爱我会感到很爽，不像其他人，只像是在上班。我常常会想他，可想他时我是不会给他打电话的，我总是等他主动找我，这样他出手才会大方。刚开始的时候我曾给他打过一次电话，他匆匆忙忙地来匆匆忙忙地回去，连小费都没给，后来我就再也没给他打过电话。我与他的关系就是这样。知道他的名字，是在那次开庭以后。从法庭出来，他们带我去东南度假村喝酒，庆贺胜利，酒喝多了，都亮明身份了，我才知道他叫陆仰贵，是副市长的秘书。但那一次我们没有谈金戒指的事，因为他的妻子也在场。”

“那你第一次和他认识是在什么时候，什么地方？”

“就在东南度假村，也不能说认识他。那时我刚出来做，很腼腆，度假村的老板给我安排了一个房间，说有个大领导，要我好好接待，小费是老板给的，一千元。我在房间里候着，心里忐忑不安，片刻之后他就进来了。我既然拿了钱，就得听人家的，可我又不知道怎样才算是好好接待。他进来后，我就听他的，由他摆弄。他很有经验，一直在称赞我，说我的皮肤细腻光滑，说我的鼻子很好看，眼睛也很迷人。他先是讲了许多好听的话，撩的我都把持不住了，他才开始脱我的衣服。完事后，他称赞我是棵好苗，要了我的手机号码。就是这样认识的。”

阿涛显然对那个第一次记忆犹新，永不忘怀，还想滔滔不绝地讲那些细节，可常琪不想听，他打断了她的话：“这么说，给你五千块，教你在法庭上说假话的人，也是他吗?”

“不，是一个满脸横肉的男人，三十多岁，我不认识。那人找我，半威胁半诱骗，当场给了我五千元现金，还用一千元买了那枚金戒指，叫我写一份保证书。事情的经过就是这样。”

“好了，今天你对我说的话，不能对任何人说。等等我叫人给你做一份笔录。你这几天就在医院里待着，负责照顾珧珧，哪儿也别去，我会派人保护你们俩。我还会给你一部新的手机，旧的那部就不要再用了，以后有什么事，及时与我联系。”

阿涛点了点头。

4

珧珧昏迷了两天一夜，主要是脑淤血，其他的没什么大碍，醒来后身体恢复得很快，精神也很好。

父母亲从刈箩村出来照顾她，阿涛也一直守在她的身边，红素夜里不上班，也过来帮着照看，常琪更是时不时地会打来电话，问问情况。

常琪还叫了两个民警守在病房周围，以防再有不测发生。

珧珧爸习惯于干体力活，这种焦心、熬夜、不出力气的事很快便使得他火气上升，两眼都熬红了。珧珧醒来后赶紧叫他去自己的宿舍睡觉。珧珧妈要比珧珧爸有韧性，但两天一夜没打个盹儿，也支撑不住了，站着不动时就打瞌睡，珧珧也叫她去休息。

阿涛也说："今晚就我来吧，我来照看珧珧。"

夜里，珧珧躺着，阿涛坐着，两人说了好一阵子的话，说着说着，珧珧累了，渐渐地进入了梦乡。阿涛却毫无睡意，坐在椅子上胡思乱想。

病房静悄悄的，天花板上日光灯发出嗞嗞嗞的响声。突然，阿涛看到窗外有个人……

这间病房在九层，窗户悬在半空中，外面怎么会有人呢？是自己眼花了还是见鬼了？阿涛的眉头皱了皱，"谁……"她心里迸出了一个字，却因害怕惊醒珧珧，强压着没让这个字从喉咙口里蹦出来。

她浑身起了鸡皮疙瘩，身子不停地打战，两排白牙上下磕碰着。

许久，她才眨了眨眼，又朝窗口看了一次。这一次，她什么也没看到，但心还是平静不下来，七上八下扑通扑通地跳，像工地上好几台争先作业的打桩机。又过了很久，阿涛稍有些缓过神来，见珧珧还是睡得那么香，日光灯还在嗞嗞嗞地响。她踉踉跄跄地走到窗前，不敢探头看，用手指在窗玻璃上轻轻地敲了几下，拉长耳朵仔细听，什么也没听到，死一样的寂静，这才把头探了出去。

楼底下是医院的后花园，种有很多风景树，鱼尾葵、龙血树、棕榈、苏铁……高高低低错落有致。色彩斑斓的水泥砖铺就的小径弯弯曲曲，小径的两旁相隔不远便会有一盏灯，造型古朴别致的灯矮矮的齐人的臀部。灯光隐隐约约，被墨黑墨黑的天穹给压得喘不过气来，恹恹地铺在地面上，照不到人的脸，只能照到人的下半身。这时阿涛看到了一个人，在小径上急匆匆地奔走，看样子像是个男人。对，是一个男人，肯定是男人，那灵敏快捷的脚步，应该是一个三十来岁的男人。阿涛看了下表，是凌晨三时多点，整个花园里就他一个人。他在干什么？会不会就是自己在窗口上看到的那个人？算一下时间，如果刚才一眼瞅到他时，如果他就是在那个时间点从窗户旁边的水管溜下去，这时正好走到那里。阿涛的目光聚焦在那个人的身上，他走到哪里，她的目光就跟到哪里。那个男人走出花园，走到大门口。大门口灯光明亮如同白昼，可以看清楚那个男人了。阿涛差点叫出声来，天啊，原来是他！就是他，没错，肯定是他。阿涛看得清清楚楚，那个人就是给她五千块，教她在法庭上作假证，满脸横肉的那个男人。一直看到那人走出医院大门，阿涛这才返回屋子，开门出来，把两个坐在门外打盹儿的警察叫醒，将自己刚才所看到的告诉了他俩。

警察责怪她为什么不早点说，完了便追了出去。

哪还有可能追到？警察当然是无功而返。其中一名警察打电话把这事汇报给了常琪，汇报时还喋喋不休地责怪阿涛错失良机，没有在第一时间报告，贻误了最佳的追捕时间。

常琪说："她是个三陪女，没受过专业训练，哪知道什么叫最佳的追捕时间？天亮以后，我们就去勘查现场，看看能不能找到一些蛛丝马迹，你俩也就不要再怪她了。"

两个民警也就不再说什么。病房又恢复了原来的寂静。

次日一早，珧珧睡醒时，看到满屋子的人，常琪也在，颇有些惊讶地问："发生什么事了？"

阿涛这才把昨晚在窗子外面看到一个男人的事说了。

常琪紧接着说："我们刚从荆县赶来，正准备去看现场。"

珧珧挣扎着从床上坐了起来，但她头晕目眩，脑袋像灌了铅似的沉重，就像没有睡够似的，想下床试着走几步，整个身子轻飘飘的如同一团羽毛，根本无法落地，便说："你们去吧，希望你们能有所发现。我等着你们的好消息。”

“那你好好休息，阿涛你照看好珧珧，我们走了。”常琪说着，便领着他的那一群人出门下楼去了。

等到珧珧和阿涛吃过了午饭，常琪才自个儿一人回到病房来。他是来与珧珧和阿涛告别的。他说他们已经勘查完现场了，要回荆县。

珧珧见他一脸疲惫，没多加考虑便脱口而出说了句：“别太累了。”说过了之后才发觉自己是不是多情了，生怕阿涛起疑心，又赶紧补充道：“饭要一口一口地吃，事要一件一件地做，慢慢来，等我身体恢复了，我会协助你们的。”

这话说了等于没说，有点画蛇添足的意味。

阿涛还是从中嗅出了味道，等常琪走了之后，她问珧珧：“你是不是喜欢那个警察了？”

珧珧说没有。

“你别骗我，”阿涛说，“我十七岁时，在村子里的一家炼铁厂里做工，也曾对我的师傅说过像你这样的话。哎——”她长长地叹了口气，“现在，我已经没有权力再说这样的话了。”

“不，阿涛。”珧珧一下子发现了另一个阿涛，心想，这个卖春女，渴望人间真情，渴望纯真的爱，绝非是朽木难雕。她赶紧说，“你年轻，又长得这么漂亮，会有很多男孩子喜欢你的。阿涛，你应该考虑转换另外一种生活，重新开始。”

“我也想啊，”阿涛说，“听天由命吧，如果有机会，我会的。”

“那我们做个姐妹吧，以后你叫我珧姐，怎么样？”

“行，珧姐。”阿涛嘻嘻地笑着，爬到床上，与珧珧相拥在一起。

5

常琪回到警队，认真分析了现场提取的脚印和手印，认定此人身高在一米七二到一米七五之间，三十二三岁，体重六十五公斤上下。

脚印是从草坪上提取的，手印是从下水道的塑料管上提取的。这个人善于攀爬，胆子也大，估计是个梁上君子，要不就是受过专业训练，才会有本事凭借一根水管爬到九楼窗口。

再仔细看那手印照片，似乎有些蹊跷。

常琪去问痕迹技术员，技术员告诉他："这个人右手的虎口一边有一个厚厚的茧，你看，这一张是左手，就没有了。"

右手虎口，两个厚茧，常琪喃喃自语，在技术室里抽起了烟。

"常队，不好意思，我们这里不许抽烟。"技术员小李提醒说。

"噢，对不起，对不起。"常琪把烟头掐灭，将大半支烟丢出窗外。

"你看这鞋印。"技术科科长老庄拿着一张鞋印照片对常琪说，"这个人应该是个做小本生意的老板。"

"何以见得?"

"就是一双安踏胶鞋，价值六七百块。"老庄接着说。

"我知道了。"常琪兴奋异常，"这个人右手虎口有两个厚茧，说明他整天挥舞棍棒干体力活，可他却能穿一双六七百块的高档胶鞋，说明他不是伙计，是一个既亲自动手又能赚大钱的人。"

"对，我就是这个意思。"老庄附和着。

“那他整天挥舞棍棒做什么呢?”常琪喃喃自语，突然一拍大腿，“对，是他，肯定是他。”

“你说谁啊?”老庄问道，但常琪已经冲到门外去了。

离开技术室，常琪直接去了城关派出所，从电脑里调出一张管有水的照片。

管有水在县城杉行街开一家肉丸店，他整天挥舞木棒敲打猪肉，那挥汗如雨的场面常琪没少见过。有了“小本生意”和“老板”这两个概念，常琪便想到了他。常琪还从户籍资料里发现，管有水，三十三岁，一米七三，与原先对脚印的判断完全吻合。更重要的是，管有水一脸横肉。

拿到管有水的照片，常琪一刻也不敢耽误，开车直奔市人民医院，把照片拿给阿涛看。

阿涛惊叫了起来：“对，就是他，就是他！那天给我五千元，要我在法庭上作假证的人就是他。昨晚我从窗口望出去，看到的那个人也是他。”

6

常琪马上返回荆县，立即去找管有水。

管有水光着膀子正在敲打猪肉，脸上的汗珠不停地往下掉，身上结实的肌肉上流淌着一条条的“小河”。

他看了常琪一眼，问：“买肉丸?”说完便重新耷拉下眼睑，继续干他的活。

“我叫常琪，刑警队的，你真的那么快就把我忘了?”常琪说。

管有水重新抬头瞥了常琪一眼，爱搭不理地说：“我不认识你。”手上的棒槌挥舞得更加使劲儿。

“三年前，你偷了人家的一辆小车，落在我的手上，你真的忘了？”

“我现在遵纪守法，不再做违法的事，我不愿同警察打交道。”管有水停了片刻，手上的棒槌又使劲儿地挥舞起来。

“你还想瞒我？”常琪厉声说，“昨天晚上，你到万吉市人民医院干什么去了？”

管有水这下终于停住了手中的棒槌，说：“没有啊，我没去万吉。”

“你这个人是死鸭子嘴硬，我都找上门来了，你还敢说没有？”

“谁看到我了，你叫他来指认我。”

“当然有人看到，我们还从现场提取了你的脚印和指纹。你到底去干什么？”

“嘻嘻，”管有水服了，他怪异地笑了笑，“你真是神探，这么快就知道了。我是去了万吉人民医院。”他从身边抓了条围巾，擦了双手，“常队长，您坐吧，我全对您说。”

“不要来这套，回答我的问题。”

“常队长，我实话告诉你吧。”管有水说，“自从那次被你抓了后，我老婆就跑了，我都三年没摸女人了，我闷得慌，所以我就……”

“就什么？”

“我就想看看女人睡觉。我就爬到住院部的九楼窗口，没想到里面的人没睡觉，我被发现了，不敢进去，就返回了。常队长，我可没做坏事。”

“你做没做坏事不能由你自己说，你刚才不是对我说你没去万吉，现在你不是又承认了？你这种人，不见棺材不掉泪，叫我怎么能信你？”

“呵呵，”管有水尴尬地笑着，“刚才是我说谎，我向你说声对不起，可现在我不敢再对你说假话了。你这么神，我刚到家不久你就找上门来了，我去万吉医院的证据你也有了，你是神探，我服你，真的，我不敢再说假话。”

“那我问你，”常琪说，“你认识一个叫陆仰贵的人吗？”

“不认识。哪个陆仰贵？”

“市政府一个领导的秘书，刘箩村人。”

“不认识，真的不认识。常队长，我是小本生意，从不巴结做官的，这你也知道。”

“那你认识阿涛？”

“哪个阿涛？”

“万吉市区的一个坐台小姐。”

“坐台小姐？”管有水沉思了片刻，“坐台小姐我倒是认识几个，可没有一个叫阿涛啊。”

“真的？”

“常队长，我哪敢再骗你？我真的不认识叫什么阿涛的坐台小姐。”

“要是我叫她来当面指认你，你不会再向我说对不起吧？”

“常队长，那种坐台小姐的话你也信。你是吃政府饭的，没泡过小姐吧？我可见的多了，那种人有奶就是娘，有钱便是爹，你给她钱，要她怎么说她就会怎么说。”

“你有经验？你给过坐台小姐钱，教她说过谎话？你经历过这样的事？”

“不，不，不，”管有水紧张了起来，知道自己说漏了嘴，“我可从没这样做。我是说坐台小姐我了解，那种人舌头比别人尖，嘴唇比别人薄，说的话不可信。常队长，你也是男人，要不我给你介绍几个，让你认识认识，你就会知道坐台小姐的话不可信了。”

“你别来这一套。”常琪发觉这个卖肉丸的管有水，五大三粗，可智商并不低，可能他早已为自己安排了退路，也许他后面有人，教他怎么做，做了以后怎么说，既然这样，再说什么也没用，于是便离开了肉丸店。

第十一章　请柬与恐吓信

1

珧珧出院后在家休息了两天，身体恢复得也差不多了，便去事务所上班，想看看有什么案子好接。走进办公室，她看到自己的办公桌上有一张请柬，打开来看，请柬是给自己的，落款人是陆海防、魏金钗。

“海防叔？金钗婶?”珧珧见是姓陆和姓魏，自然要想到老家刈箩村，“不就是仰福兄弟的父母吗?”珧珧心中顿起疑惑，两位老人都七八十岁了，还办什么喜事？再说了，他们办喜事发请柬，也应该发给自己的父母才对，怎么会发给自己呢？珧珧心里纳闷，仔细一瞧，果然是陆仰贵的父母，这请柬是他们儿子陆仰贵要结婚的，里面写得清清楚楚，婚宴的地点在荆县县城的溪边酒店，时间是一月八日下午五点半。琲琲这下更纳闷了。陆仰贵已经结过婚了，他的老婆也姓魏，叫魏萍，山竹崎人，同自己的母亲还有那么一点沾亲带故的关系，是已经离婚了还是……

琲琲再详细看了一眼请柬，要与陆仰贵结婚的女人姓洪，有一个很好听的名字，叫洪艳艳。琲琲从没听到过这个名字，不知她是哪里人，更不知陆仰贵为什么会突然离婚又突然结婚，她心里疑窦重重。她想，陆连仲一定知道这件事，何不去问问他？主意已定，她决定去一趟陆连仲的快餐筷厂，也顺便看看红素。都有好些日子没见到红素了，不知道她过得怎样。

把手头上的事处理完了后，吃过午饭，琲琲去了快餐筷厂。

"慧姑，怎么想到来看我了？听说你被车撞了，现在怎么样？身体恢复了吗？哎，我这几天太忙，也没去看你。"陆连仲很高兴，见到琲琲便迎了上来，问个不停。

"你看你，出来混了几年，嘴也变甜了，你慧姑知道你忙。欸，红素呢？"

"哦，你要找红素说话？她应该刚吃过午饭，我这就叫人去把她找来。"

"等等再找吧，我也有事问你。"琲琲说。

"是吗？什么事？"

琲琲把那请柬拿出来，问："你知道陆仰贵要结婚吗？"

"知道。"陆连仲回答，"他也给了我请帖，红素也有一张。"

"那你知道……"

"你是想问我，他什么时候与魏萍离的婚，现在要结婚的对象是哪里人，是吧？"陆连仲打断了琲琲的话，说，"我也纳闷，他的那个魏萍，从山竹崎村娶的，人很好，长得也很漂亮，又有文化，是大学毕业生，学财务的，在市电视台做会计。我见过好几次，人很热情，说话轻声轻语的，还总是面带微笑。有一次我去她家，她正在给孩子辅导作业，见到我，就赶紧过来给我泡茶。我走的时候，她还把我送到楼梯口，很贤惠的一个女人，有那样的女人做老婆，真是百里挑一，真不知道仰贵叔为什么要与她离婚。”

“那他们是什么时候离的婚？”

“就是那个颜冬虹出了车祸以后几天。他们是和平离婚的。离婚那天，陆仰贵请我们几个人吃饭，他的老婆也在场，吃饭时宣布了离婚，我们都感到很吃惊。”

“会不会是女方发现陆仰贵对她不忠，主动提出的离婚？”

“不，不可能。”陆连仲说，“当时陆仰贵向我们几个宣布他俩要离婚的时候，魏萍眼眶都红了，陆仰贵还赶紧在她的额头上吻了一下。”

“那他们离婚了以后，财产是怎么分的？”

“房子和孩子都给了魏萍，仰贵叔是净身出门。其他的有没有存折什么的，我就不知道了。”

“那他现在要娶的女人，一定是很年轻很漂亮吧？”

“我也不知道，叫洪艳艳，要是人也和名字一样，那就像你所说的年轻漂亮，风情万种了。可我从没见过，仰贵叔也从没提起过，真的是有点突然。后天，后天是吧？后天去喝他的喜酒，就能见到了。你去吗？”

“那当然，人家都给请帖了，不去有点说不过去，乡里乡亲的。”

“那好，等等问下红素，看她去不去，如果要去，到时候我租一辆车，带你俩一起去。”

“行，那就这样说定了。”珧珧站了起来，“我去看看红素。”

“你就不用去了，我派人去把她叫来。”

“不了，还是我自己去好。”

“那地方灰尘多，噪声大。”

“你别以为我就那么娇嫩。”珧珧笑了，说，“走吧，你带我去。”

2

赴宴的那天，陆连仲租了一辆千里马轿车，载珧珧去了荆县县城的溪边饭店。魏红素没去，把那张请柬撕了。她讨厌陆仰福兄弟俩，希望从此不会再与他们一家人有任何瓜葛。

珧珧与陆连仲来到溪边饭店时，感觉气氛不大对头。依照不成文的规矩，此时新郎新娘和他们的父母应该站在宴席大厅门口迎接客人才对，然而没有，只有陆仰贵一人站在那个他应该站的地方收红包。他的父母年纪大了，也许是无法长时间地站着，所以没出面，这倒是情有可原。可新娘呢？新娘不应该不露面啊？

场面也不够热烈。按理说，以陆仰贵这样的身份，本来就不应该到荆县县城来办婚宴，他应该在万吉市区找一个星级酒馆。也许因为他是荆县人，亲朋好友大都是荆县人，所以才到荆县来，这还说得过去，可他不应该选择这么一个三流的小饭馆啊！饭店本来就小，客人又不多，稀稀拉拉的，与他副市长秘书的身份极不相称，给人的感觉就像是茅台酒装在矿泉水瓶里，品味与价值都下降了好几个档次。

珧珧心里怪怪的，弄不明白这是怎么回事。

弄不明白，那就观察吧。

珧珧和陆连仲送了红包，说了几句恭喜的话，便进入了宴席大厅。

里面大概也就是十来桌。人还没坐满，菜已经上桌，既然菜上来了，大家也就吃了起来。这哪里像婚宴？连个开场白都没有，更像是早年农业学大寨时生产队里吃“公饭”。

珧珧扫了一眼，见来人大都是县直机关的官员，不乏县里的领导，也有一部分是从刘箩村出来的亲戚。

珧珧和陆连仲选择与家乡的熟人坐到一起。

“欸，珧珧，连仲，你们是不是天天都同仰贵在一起，知道他的新娘子是哪里娶的吗？”席座上有几个人异口同声地问。

珧珧摇了摇头，陆连仲也摊开双手表示他不清楚。其实他俩也很想知道新娘子是哪里人，长的什么样子。

问的人没能得到答案，感到很失望，有人就说：“吃吧，吃吧，管他呢。”于是，大家便专心致志地吃了起来，其他的餐桌也在动筷碰杯了，整个宴席大厅热闹了起来。

大家正吃的起劲儿，宴席大厅突然变得一片寂静，片刻之后，又响起一片唏嘘声。珧珧和陆连仲都感到诧异，不约而同地转过身看，原来是新娘子露脸了。只见新娘子一袭红衫，被陆仰贵挽着手臂，两人引领着邓副市长在一桌一桌地敬酒。

在好奇心的驱使下谁都想看看新娘子的容貌，珧珧他们的这桌十个人有的扭头有的翘首，可是距离太远，没法看清。

“怎么会那么胖啊？”

不知是谁轻轻地说了一句，大家都笑了。珧珧也发现，新娘子的身材颇有点臃肿，好像年纪还大了点。

敬酒敬到珧珧他们这一桌来了，大家唰地一下子全站了起来，终于能看清新娘子了。

看不清楚还好，一看清楚就叫人发愣。

新娘子也太老了，至少在四十岁以上，尽管涂抹着一层厚厚的粉脂，也无法盖得住她脸上那些岁月的痕迹。

“这是我们邓副市长，百忙中前来捧场，给大家敬酒。”陆仰贵介绍说。

邓培树一手抓着一瓶法国之光葡萄酒，一手拿着一个高脚玻璃杯，动作优雅地与人碰杯。碰了杯便一饮而尽，然后再自个儿斟酒，斟完酒又是碰杯，碰完杯再来一个一饮而尽，尽显海量与豪爽，口中不停地重复着“谢谢”二字。

而新娘子却绷着脸，手上拿着一个空酒杯，毫无表情地站在陆仰贵的身后，没有一丝一毫新婚的喜悦。当有人与她碰杯祝贺时，她也只是淡淡一笑，说得准确些，只是眯了一下眼睛，并不是真笑，且非常迅速地收回笑容，仿佛笑容就是她的乳房，不能轻易外露。

餐桌是圆的，有人可以直视他们三人，有人却是背对，想要看清新娘子，只得转过身，借助敬酒碰杯扫上一眼。三人就站在琲琲的正对面，琲琲暗暗地告诫自己，要收敛，目光不能像他们那样肆无忌惮。她瞥了新娘子一眼，心里在说：“四十岁肯定是有的，可怎么会这样面熟？”

轮到邓培树与琲琲碰杯，琲琲微微地点了下头，与邓培树碰了杯，然后轻轻地呷了一口酒，很礼貌地回应一声：“谢谢。”

这一桌人敬完了，他们三人又到别桌去了，大家才又重新坐了下来。

在他们三人远离了之后，酒桌上的人开始叽叽喳喳地议论起来：

“怎么会那么老呢？”

“仰贵他贪图什么啊，不会是很有钱吧？”

“不会是大首长的女儿吧？要不就是省里大领导的遗孀？”

“他原来的妻子魏萍，年轻又漂亮，咋换成这样的老婆？换也要换个好的，怎么越换越糟？”

珧珧什么也没说，她一直在想，这新娘子自己好像在什么地方见过，可就是怎么也想不起来到底在哪儿见过。

3

珧珧从溪边饭店出来，没有同陆连仲一起回万吉市，而是直接去找了常琪。

在常琪的单人办公室，她把心里对陆仰贵再婚的纳闷告诉了他。

常琪说：“这好办，查查电脑户籍资料不就什么都清楚了？”

于是，两人便一起去办公室查阅电脑资料。

荆县有七个叫洪艳艳的人，有的七八岁，有的二十来岁，好像都不是。范围扩大到整个万吉市，一共有三十三个洪艳艳，经过筛选，珧珧认定其中三人。常琪调出这三名洪艳艳的详细资料，珧珧一看到其中一人的照片，马上兴奋得眼睛大放光彩：“就是她，就是她，颜冬虹的母亲，四十四岁，万吉市芝兰乡天和村人。怪不得我一见到她就觉得眼熟，她的那张脸与颜冬虹简直就是一个模子铸出来的，鼻子、眼睛，尤其是那张嘴，太像了，真的很像。”

“颜冬虹的母亲？比陆仰贵还大七岁，他为什么要娶她呢？”常琪像是自言自语，陷入沉思。

“我明白了。”珧珧一拍大腿，从转椅上站了起来。

“你明白了什么？”常琪盯着她的眼睛，突然发觉她的眼睛很大很亮，充满智慧。她的一颦一笑，既有少女的清纯和绚丽，又有成熟女人的淡然和优雅。

珧珧发现常琪在看她，心咚咚咚地跳了起来。

场面有一阵短暂的尴尬，空气似乎也凝聚了一下。为了不让空气完全凝固，珧珧赶紧接着说：“这是一次假结婚，更准确地说，是一次洗钱，婚宴只是一场戏，一场选择了特定观众和特定舞台的假戏。”

“洗钱?”常琪顿有所悟，高兴地说，“还是你这个当律师的脑袋转得快，我也明白了。你的意思是说，颜冬虹在万吉市区桂皮园8号楼的那套房子是陆仰贵通过不正常的手段得来的，极有可能是受贿。现在颜冬虹出车祸死了，房产转到她母亲洪艳艳的名下，陆仰贵为了要把房子拿回去，所以就来了一次假结婚。”

“对，就是这样。你看，这户籍资料里显示，洪艳艳是个寡妇，除了颜冬虹一个女儿，没有其他子女。颜冬虹一死，遗产只得由洪艳艳一人继承，陆仰贵想要回房产，就想出了这个办法。他与颜冬虹的母亲洪艳艳结婚，成为房产的共有人，一段时间后，他再与洪艳艳协议离婚，房产收归他的名下，一切就全都顺理成章了。”珧珧说。

“没错，完全有这种可能。陆仰贵给洪艳艳一笔钱，房子本来就是他的，洪艳艳不会不答应的。”

“肯定是这样，这样的鬼把戏以前也有人玩过，并不是陆仰贵的独创。常琪，你说我们要不要阻止他这样干?”珧珧转过头看了常琪一眼，发现常琪的目光正直直地盯着自己的脸，像是在欣赏一件精美的艺雕作品。她的脸顿时泛了红，感觉颧骨以下的部分突然发热，心如撞鹿似的怦怦怦地跳了起来，目光找不到投放的位置。

常琪也有点窘。办公室里静悄悄的，墙上挂钟的嘀嗒声比平时更显清脆。两人沉默了很久，钟表声加上人体心脏跳动的声音，互相呼应，清晰而有节奏。

“我们没必要阻止他。”常琪率先打破沉默，“关键的问题是他的那套房子是从什么样的渠道得来的，这可不是我们有能力可以搞清楚的。我们的目的是搞清楚你度公是怎么被害死的，搞清楚颜冬虹的车祸是不是与陆度荒的那枚金戒指有关系。”常琪从口袋里掏出一包烟，但他没抽，生怕珧珧不喜欢他抽烟，又把那包烟重新放进口袋里。

“想抽就抽吧。”珧珧说，“我们事务所的那些男人也都是烟枪，我习惯了。”

“还是不抽吧。”常琪并没把烟再掏出来，继续说，“如今那些贪腐分子，总会有人替他们掩着盖着捂着，一旦在哪个地方破了个口子，盖子掀开就是一缸子臭烘烘的烂泥巴。”

“我也有同感，”珧珧接着说，“你们警察总是说，要把社会的不稳定因素消灭在萌芽状态，反腐为什么就做不到呢？俗话说，打是疼骂是爱，爱护干部为什么就不能及早发现问题，及早教育处理？为什么就一定要等他病入膏肓了才来显示反腐败的决心？有时我真的很想不通，会上说的和现实生活中存在的反差太大。”

“是啊，一旦动真格了，开始显示反腐败的决心，那个干部也就完了，彻底地完了。”

“那么多的反腐败机构，真不知他们都在干些什么？”

“他们也不是没事干。”常琪接着说，“他们搞宣传，造声势，热衷于搞什么评议啊、评比啊、自查自纠啊，可遇到实质性的问题，都会绕道走，没几个敢硬碰硬。现在有个出现频率极高的词，叫‘摆平’。那些手上有权的人，动不动就说，‘我会帮你摆平的’。反腐这东西，不敢硬碰硬，贪腐分子就会找上面的人来‘摆平’，大事化小小事化了，那还怎么反？你度公被杀案，不就是被人在法庭上给‘摆平’了吗？”

“对啊，什么事都可以摆平，社会没了底线，还能公平公正吗?”珧珧平时不谈这些事，她以为小人物谈大事只能自寻烦恼，今晚也不知是为什么，就与常琪谈了起来，“好了，不谈这个了，我们谈点别的吧。”

“那你说，我们谈什么?”

常琪反问了一句，他心里很想就这样与她一直谈下去，谈什么都行……

4

两人谈到天亮才依依不舍地分手，常琪回自己的宿舍，珧珧打出租车回万吉。

到家后，珧珧吃了冰箱里的牛奶和面包，已经没时间打盹儿了，直接去了事务所。

在办公桌上，珧珧看到了一个白色的信封，拆开一看，里面是一封信，一行打印的字：“做自己的事，别管闲事。”下面是两个头像，虽然画的不是很到位，但能够看得出来，一个是自己的父亲，一个是自己的母亲。两把匕首顶住两个老人的太阳穴，鲜血淋淋。画像上的老人惊恐地呼叫：“别杀我!”

珧珧一看，心发憷，头发麻，浑身顿时起了鸡皮疙瘩。

这是一封恐吓信，为了保留上面的指纹，珧珧拿来一个塑料袋把它装了起来，然后走出办公室，跑到楼顶阳台上，给常琪打手机。打完电话，她身子靠在栏杆上哭了。

父母亲是她最大的牵挂。在那么远的刘箩村，老人家一辈子没过上好日子……可恶的那些人，可以威胁我啊，为什么要向我的父母下手……

珧珧在惶恐不安中想了很多，很多。

她想她是不会放弃的，她一定要协助常琪他们把度公被害案查个水落石出，把陆仰福背后的那些魑魅魍魉一个个揪出来。她觉得不能在这个时候退却，自己是学法律的，法律是用来净化社会风气的。这样做不是因为她高尚，她也不觉得自己有多高尚，卷到这起案子中来是不知不觉的，一步一步被逼的，除了良心的驱使，她几乎是在没有什么动力的情况下走到今天的。她不能屈服，屈服了就等于投降。自己并没有被打败，干吗要投降呢？可一想到父母，远在刘箩村的父亲和母亲，她没办法保护两个老人……

就这样，她时而坚定，时而软弱，时而义愤填膺，时而担惊受怕。

常琪上来了，她不顾一切地扑了过去，说了声："他们威胁我……"便紧紧地搂抱着他，像小孩子似的哭了起来，哭的泣不成声。

常琪没说什么，他知道此时此刻语言的力量是苍白的。只是紧紧地搂住她，轻轻地抚摸着她的后脑勺。

许久，珧珧轻轻地推开他，边擦眼泪边说："对不起，我需要宣泄。"

"人都是这样的，有时我也很脆弱，需要跑到一个没有人的地方大声呼叫，一直喊到精疲力竭了心情才会好一些。"常琪问，"这下你好些了吧？"

珧珧含羞一笑，微微地点了点头。

"信呢？"常琪再问。

珧珧指了下身边的地板，傻傻地盯着常琪看。

常琪弓下身把那个塑料袋提了起来，说："我就不看了，免得多留指纹，拿回去交给技术员鉴定。"

"肯定是陆仰贵他们干的。"珧珧说。

“可他是不会亲自动手的，他会画画吗？”

“应该不会吧。”珧珧回答。

“你放心，我会派人保护你的父母。他们的生命财产安全就交给我了。我们不能向那些人屈服，我们得赶紧查案，案子查清了，把恶人绳之以法，你爸你妈就安全了，整个社会也会多一份安全感。”

“那你说，我们现在该做些什么？”

“对了，那个阿涛呢？”常琪没有回答珧珧，反问道。

“走了以后，就没与我再联系过。”

“魏红素和媛媛，她们母女俩都好吧？”

“很好，媛媛在上学，红素在连仲的厂里做工。”

“媛媛上学，路上安全吗？”常琪又问。

“她们在学校旁边租了间房，媛媛上学走五六分钟就到了，红素上班远点，要搭公交车。怎么，你担心她俩？”

“陆仰贵那种人什么事都干得出来。你交代红素，要她注意些。”

“我想不至于吧，”珧珧说，“红素和媛媛已经对他们没什么威胁了。”

“你说的也是，不过，有备无患，还是小心些好，我就怕他们那些人狗急跳墙，干出什么叫我们预想不到的事来。”

珧珧点了点头：“我会交代红素的。”

“你看，这里的景色多美啊，整座城市尽收眼底。”常琪说着，朝远处眺望。

珧珧依偎着他，感觉心情好了很多：“你是不是该回去忙你的事了？”她嘴上虽这样说，心里却很想他能陪她多站一会儿。

第十二章　一定要找到她

1

珧珧好些日子没见到阿涛了，放心不下。她打阿涛的手机，一直没人接；去了新民街32号，她的那些姐妹们也说好几天没见到她了。

珧珧急了，“阿涛会不会出事了?”她忐忑不安，赶紧把阿涛再次失踪的消息告诉了常琪。

常琪通过GPS定位系统，找到了阿涛手机的大体位置在龟鳞山，迅速出击，却扑了个空，阿涛早就不见了，连个影子都没有。再做一次GPS定位，手机却没了，说明机和卡已经分离，也说明手机被转移了。

看来问题很严重，阿涛肯定是遇到麻烦了。

没找到阿涛，但常琪他们也不是全无收获，他们发现了龟鳞山那里有一座无人居住的小楼，静静地掩在茂密的阔叶林中。

常琪他们对那座小楼进行了一次详细的勘查。在屋子里发现了人的皮屑、毛发和一些汗液的痕迹，以及貌似精液的一摊污渍。如果真的是男人的精液，极有可能阿涛曾经被关在这里并被强奸过。收获最大的是发现了一个冰柜，在二楼。冰柜里有一些碎肉。常琪要法医和刑事技术员把那些人的皮屑、毛发、精斑和碎肉赶紧拿回去检测。他和他的助手去找小楼的主人。

小楼的主人是附近龟鳞村的农民，叫田望屿。他告诉常琪："那座小楼是我十年前建的，当时我是贪图那个地方还有不少荒地可开垦。小楼建成后，我们一家四口搬进去住了六年，后来政府说那地方要建公园，说我建小楼没有审批，是违章建筑，就将我赶回来了。"

"你既然搬回来了，为什么家具、电器都没搬？"常琪问。

田望屿回答说："政府说要建公园，可四年了，一直没动，我就想什么时候公园不建了，我还可以搬回去。反止那些东西搬回来也没地方放，就放在那里了。"

"那你最后一次去那座小楼，是什么时候？"

"一年前，一年多前去看过一次，以后就再也没去过。我也想再去看看，可一忙起来就忘了。"

"那你们村子里的人，是不是常常有人到那儿去？"常琪又问。

"常常倒说不上，偶尔吧。"

"去那里都做些什么？"常琪的助手斯斯插了一句。

"摘点贵族笋、薇菜，或者抓几只野鸡。噢，对了，刚才傻子告诉我说，他捡了一部手机。"

“傻子是谁?”常琪和他的助手斯斯异口同声问道，两人都兴奋了起来。

“傻子叫田丛圩，其实也不是很傻，就是智力比平常人低点，三十七八岁了，还没成家，整天东奔西跑。”

“是一部红色的手机，是吧?能去把田丛圩叫来吗?我们也正在找那部手机。”常琪说。

“行，你们二位就在我这里坐会儿，我叫我老婆给你们泡茶。傻子应该还在村里，没走多远，我也是十几分钟前才看到他，这就去找找。”

看来，这个田望屿为人还挺热情的，很乐意与警方配合。常琪与斯斯等了半个小时，田望屿带着傻子进来了，还带来了他捡到的那部红色的手机，一看就知道是阿涛的。

常琪问他是在什么地方捡到的。傻子说，是在小楼旁边的一个草丛里捡到的。常琪拨弄了一阵子，发现里面的SIM卡没了。问傻子卡哪儿去了，傻子说丢了。

“丢在什么地方?”

“在家里，从窗口上丢了出去。”

“那你带我们去找找，好吗?”

傻子踌躇着不肯站起来，显得不情不愿。

田望屿从自己的口袋里掏出两百块，塞在傻子的手上:“这两张给你，你带他们去找找。”

傻子高兴地笑了，蹦蹦跳跳地出门走了。常琪和斯斯紧跟随后，去了田丛圩家。

没费多少工夫，常琪和斯斯就找到了那张SIM卡，正兴奋着，常琪的手机接到了珧珧发来的一条短信:

“阿涛给我发了短信。我正准备开庭，现在无法详谈。”

2

常琪琢磨着琲琲为什么会给自己发短信，猜想肯定有急事相告，又不知道她到底想说什么，也不知道阿涛给她发短信说了什么。琲琲是律师，开庭是她的正常工作，既然她要准备开庭，肯定也忙，就不便打扰她了。再说自己也忙，有很多事要做。在龟鳞山田望屿的那座小楼里发现的那些皮屑、毛发、精斑之类的东西，法医和技术员正在检测，如果能找到阿涛和陆仰贵他们那些人的痕迹，案情就会有重大的突破。尤其是对冰箱里发现的那些碎肉，常琪寄予很大的希望，直觉告诉他，碎肉极有可能就是从陆度荒的尸块上落下来的。

入夜，常琪在食堂吃过了晚饭，正要走路回自己的宿舍，手机又响了，是琲琲打来的电话："常琪，我想马上见到你。"

"你在哪里?"

"当然是在自己的家里窝着，刚开完庭，我还能去哪里?"

"那好，我马上过去，三十分钟，三十分钟我就能赶到，你等我。"

"不，不，你开车慢点，我可以多等会儿，你要注意安全。"

常琪心里萌生了一股暖流，自言自语地说了句："她关心起我了，有戏。"便返身回到局里发动了车。

琲琲嘴上说要他开车慢点，自己可以多等一会儿，其实她心里巴不得能立刻马上就见到他。

刚好三十分钟，一秒不多一秒不少，常琪到了。

"什么事，为啥一定要马上见我?"常琪一进门便问。

"没事就不能找你聊聊?"琲琲说了句言不由衷的话，不知为什么，说完便不自觉地垂下眼皮，脸也红了起来。

“可我们都忙啊。”常琪没注意到她羞赧的窘态，本想责怪她几句，又不忍心说出口。说心里话，他自己也很想有事无事常与她聊聊，只是时间太吝啬，空间不给力，三十分钟的车程，不那么容易。要不是刘箩村的这起碎尸案，他和她也许就是见面打个招呼，见过面就忘了的那种关系。

“对不起啊，你别生气，我也只是想逗逗你，调节调节气氛。当然是有事找你喽。”珧珧拿出自己的手机说，“你看，真的是有事找你。这是阿涛给我发的短信。”

常琪接过她的手机，瞧那上面的短信：我是阿涛，我现在很好，不能再帮你了，你注意自己的安全。别回。

常琪陷入深思，思考了很久才问：“你觉得阿涛给你发这样的短信是什么意思?”

“她说我是阿涛，是因为她发短信的那个手机号码对我来说是陌生的，怕我不知道。”珧珧回答说，“我接到短信后就立即打电话过去，那部手机是沃尔玛一个售货员的，那个售货员告诉我，是刚才一个顾客借了她的手机，那顾客已经走了。这说明她不想让我知道她的行踪，也许她遇上麻烦了，也许她已经有了新的生活。”

“那你觉得阿涛的新生活会是什么样的?”常琪问。

“她可能被绑架了，受到威胁利诱，屈服了，顺从了绑架威胁她的人。”

“是有这种可能。”常琪说，“所以她才告诉你说她现在很好，很好的意思至少可以说她没有危险了。当然，这也许只是暂时的，本来就是表面现象，但至少阿涛自己感觉她安全了，这就是她说的‘很好’。那你有何根据证明她被绑架、受到威胁利诱、屈服了?”

“她在离开我的时候对我说过，说她要帮我，一定要帮我把我度公被害的事查清楚。是她自己说的，我没有叫她这样做。她后来做了什么，我不知道。她现在对我说不能再帮我了，你觉得，这‘再’字是什么意思？”

“你是说，‘再’，就是说她曾帮过你，现在不帮了，或者是无法再帮你了。是不是这个意思？”

“我想就是这个意思。”珧珧说，“那她要我‘注意安全’，是想说什么？”

“她可能是听到了什么，知道些内幕情况，知道你现在有危险。”

“应该是这个意思。”珧珧说，“不过我自己倒无所谓，我不会屈服的，我只是担心我的父母。”

“你父母你不用担心，我们县局正好有个挂钩村的任务，我向贺局长要求，就叫我们队里的一个民警和派出所的一个协警住进了你们刘箩村，就住在你家。你父母的安全不会有问题的。”

“那就好，太好了，谢谢你了。”珧珧情不自禁地展开双臂，激动得差点没拥抱他。

“什么话？你我之间用得着谢吗？这也是公事公办。”

珧珧感觉与他之间的距离拉进了许多，瞄了他一眼，为自己的冲动而不好意思，赶紧把两条臂膀收了回去。

常琪接着又问：“那短信上说的‘别回’又是什么意思？”

“就是叫我不要回短信。她发短信的手机是向沃尔玛的售票员借的，当然不想我回短信。她也许已经没有自己的手机，也许有手机不敢用，这里面肯定有问题。”

“说明她已经被人控制了，她现在很危险。”常琪说，“珧珧，你的推理还真很在理。你本应该来干刑警，你做刑警肯定要比我出色，干吗要做律师呢？”

珧珧被夸，心里流淌起一股暖流，假装不经意地又瞄了他一眼：“可惜我不是男孩子，我要是男孩，我会去当刑警的。你知道吗？我就喜欢福尔摩斯，《福尔摩斯探案集》我看过不少于十遍。”

“十遍？”常琪惊叹道，忍不住端详起她来。平时只感觉她皮肤黑，这下觉得她黑里透红，很有光泽；平时只觉得她的眼睛大，这下突然发觉她的眼睛明镜一般，好像啥事经过她的这双眼睛都可以看得透彻；平时只知道她朴素天然、落落大方，这下才发现她的身上还保存着农村少女的那种自然风韵；平时只感觉到她性情像水一般温柔，这下才体验到她的意志比钢铁还要坚强。

珧珧被他目光烤得满脸通红，赶紧说：“我们到附近的咖啡馆去喝咖啡，好吗？”

3

在龟鳞山田望屿的那座小楼里发现的人体皮屑、毛发、精斑等物证，经技术检测，确认至少有三个人到过那里，除阿涛外，还有管有水和陆仰福，精斑是陆仰福留下的，证据确凿。只是不知道他们为什么会去那里，去干什么，极有可能是实施绑架和强奸。

更可喜的是，在二楼的冰柜里发现的人体碎肉果然是陆度荒的。也就是说，陆度荒被杀后，他的尸块曾经在那个冰柜里存放过。这么一来，时间之谜就解决了。可以肯定，陆度荒被杀不是六月二十四日凌晨，是在此之前，或者就是六月十七日。他十六日离开刘箩村要到万吉市信访局，或许是当天晚上，或许是第二天上午，他就被杀了。随后，凶手将尸体存在那座无人居住的小楼里，二十四日清晨，由颜冬虹的出租车运到联桥镇，交给陆仰福。陆仰福那天用摩托车载阿仲与阿佑去镇上的中学上课，回来时接过颜冬虹运来的尸体，然后到石崇坪、后洞和鬼仔坑抛尸……当然，也可能这次抛尸只是一部分，另外那些抛在废弃小煤窑里的尸块，是在之前或之后干的。因其高度腐败，已经无法确认准确的死亡时间。

这样解释，一切就都顺理成章了。问题是，这里依然不是第一现场，收集到的那些物证还不能作为直接证据给犯罪嫌疑人定罪。但不管怎样说，这次发现是一次带有实质性的突破。半年多来，常琪和他的那些助手们，还有珧珧，都被这起案子搅的寝食不安，这下总算是见到了曙光，尽管曙光依稀，但已经令人兴奋不已。应该感谢阿涛的那部手机，如果不是那部手机，也不可能发现这座小楼，也就不会有如此重大的突破。

说到阿涛的那部手机，常琪发现里面存了数量不小的一堆电话号码。令他生疑的是那些电话号码大都是社会名流的，有省、市、县各级领导，企业界的大款，歌坛名媛，等等。就连常琪自己的顶头上司，副局长易柏露的电话号码也在其中。常琪深感费解，阿涛怎么会有这些人的电话号码呢？

他打电话给珧珧，问她对这个问题有何看法。

珧珧反问道："有管有水、陆仰福和陆连仲的手机号码吗？"

常琪看了一下，回答说："有。"

"这就对了。"珧珧口气坚定地说，"那些号码肯定是陆仰贵的，是阿涛偷偷地从陆仰贵的手机上拷贝到自己的手机卡里的。她肯定是为了帮助我们才拷贝了陆仰贵手机里的电话号码。"

"我明白了。"常琪说，"她是想要帮助我们寻找刈箩村碎尸案的破案线索。所以她才会在被绑架的时候不顾一切地把手机丢到草丛里，因为她认为那部手机很重要。"

“那你认为，陆仰贵是不是知道阿涛拷贝了他手机里的电话号码？”琲琲问。

“这我没法猜。”常琪说，“我们会设法尽快找到阿涛的。”

“我也是，我们共同努力，我也会帮你们全力寻找阿涛。”琲琲说完，挂断了电话。

常琪立马去找易副局长，要求抽调部分警力，全力寻找阿涛。

易柏露却不同意，他说：“你是不是疯了？阿涛是不是卷入此案到目前为止还说不清楚，就勉强算是吧，那她是受害者呢还是参与者？你能说清楚吗？再说了，一个三陪小姐、卖淫女，来无影去无踪，说不准连名字都是假的，你到哪里去找她？”

常琪无话可说，易副局长说的也有道理，人家领导站得高看得远。但他觉得目前关键的关键还是要找到阿涛。找到阿涛，就能了解到仰福兄弟和管有水他们那伙人的一些内情；找到阿涛，在田望屿的那座小楼里发现的那些物证也能够活起来。

常琪感到很无奈，有点沮丧，真不知道怎样才能找到阿涛。

4

为了寻找阿涛，琲琲想了很多办法，屡试屡败，一直没能成功。

新民街32号已经没了阿涛的足迹，连她的几双破袜子也被拿走了；又不知道她是不是还有手机，就算有，不知道号码也等于没有。琲琲本以为只要阿涛不离开万吉市，一定会去美容院做头发的，于是去了几家美容院，拿着阿涛的照片给人家看，可人家都说她好久没来了。KTV、酒吧琲琲也去了好几家，可人家说：“最近公安扫黄打非搞得很厉害，小姐都快要绝迹了，哪还有什么阿涛?”最后的一丝希望是陆连仲那边。她打电话给陆连仲，要他一有阿涛的消息立即告诉她。陆连仲却说：“以前阿涛都是仰贵叔带来的，自从那次颜冬虹出车祸以后，仰贵叔就很少再来找我了，我也再没见过阿涛。如果有，我会马上通知你的。”

海底捞针，实在太难。可珧珧并不想放弃，放弃等于半途而废，原有的努力就会前功尽弃。再难也得找，找到阿涛，才能知道内幕。就在珧珧感到山穷水尽时，她突然想到去一趟阿涛的老家。

阿涛的老家在云南彝良，珧珧记得曾听她说过，她有一个丈夫和一个三岁了还不会说话不会走路的儿子。也许，她的家人知道她在哪儿。

主意已定，珧珧随即动身去了彝良。

到了彝良，珧珧一下车就去了当地的户籍管理部门。

“我是律师，”珧珧递上自己的律师资格证，“我正在办一起案子，想来你们这里找个人，她叫阿涛。”珧珧又拿出阿涛的照片，“我找她的目的就是想叫她当我的证人，但我只知道她是彝良人，并不知道她家的具体地址。”

“没关系，我们帮你查查。”那里的户籍民警还算热情，查了大半天，终于找到了阿涛家的详细地址。

珧珧兴奋至极，谢过户籍民警，立马去了阿涛家。

阿涛的家很偏僻，汽车只能坐到乡里，其余的路得用两只脚走，要走两个小时。既然来了，再远的路她也得走，只能往前没有后退的道理。

珧珧赶到阿涛家时，已经是半夜了，人全都睡了，只有狗不睡。珧珧没敢去叫门，是狗把主人吵醒的。

出来开门是的一位年过七旬的老妪：“你找谁啊？这么晚了。”

珧珧听她说话的口气，便觉得老人很友善，有点像冇婆，只是她的身子骨没有冇婆硬朗，背驼得很厉害，抬头看人需要伸出很长的脖子。

“我是阿涛的朋友，您老人家是……”

“我是她的奶奶，进来坐坐吧，喝口水。”老人果然善良。乡下老人都有一颗善良的心。

珧珧进了屋，便同老人聊了起来。聊了片刻，珧珧才知道，阿涛根本就没结婚，更没有什么不会说话不会走路的儿子。阿涛的父母在前些年就去世了，她唯一的亲人就是这位奶奶。

老奶奶对阿涛赞不绝口，说她很乖、很孝顺，经常寄钱回来给她花。

珧珧便问：“老奶奶，我想问您，阿涛寄钱回来，您会自己去邮局取吗？”

“我哪会？”老奶奶说，“我都七十六了，从没出过门，拿钱的事叫我老三去。老三也乖，拿回来的钱全交给我，你看，我这里还有一张阿涛寄钱回来的纸片，是前天送报纸的那个小伙子给我的，四百块。我这个孙女啊，也不知她做什么生意，一下子就给我寄这么多，我哪舍得花啊？”

老人激动得一脸灿烂，昏暗的灯光下，那张满是皱纹的脸有如一朵盛开的菊花，让珧珧看到了都市里难得见到的那样一种久违了的亲情。

“那张纸片，您能让我看看吗？”珧珧小心翼翼地说。

“行。”老奶奶从内衣里掏出了一张汇款单，递给珧珧，“就是这张。”那神情就像社会名流在炫耀名车名表名包。

珧珧看过了汇款单，将那个汇款地址默念了三遍，心想：阿涛还没离开万吉市。她感到非常兴奋，只要阿涛没离开万吉市，她就一定能找到她。两天两夜的旅途疲劳，总算有了回报。

离天亮还有三四个钟头，珧珧就在老奶奶的屋子里打地铺，美美地睡上了一觉。

5

回到万吉，珧珧有空就到阿涛汇款的那个邮政储蓄所周围遛一遛。欸，还真有效果。一天傍晚，珧珧见到阿涛从一家时装店里出来，一身珠光宝气，还带着一个玛仕利名包。

珧珧一个箭步冲了上去："阿涛，我找你找得好苦。"

阿涛看了她一眼，不动声色。一辆黑色的奥迪车驶过来，在阿涛的身边停下。阿涛打开车门，钻了进去，转头对珧珧说了声："我不认识你。"然后绝尘而去。

珧珧猛追了几步，口里大声叫喊："阿涛，阿涛！"

有什么用？白费力气，两条腿如何能追得上四个轮子？珧珧心里明白，阿涛害怕碰上自己，她不敢或者不愿意让别人知道她认识自己。也许她是被他们给控制了，也许是被他们给收买了。越是这样，就越是说明阿涛很重要，她是一个能够揭开内幕的人。珧珧急中生智，赶紧记下了那辆尾数163的奥迪车的车牌号码。

珧珧暗自下了决心，一定要找到阿涛。可怎样才能找到她呢？人家有车，自己没车。珧珧想了想，决定买一部车。她去了车行，不用看，哪一款她都喜欢。上大学时，她就学会了开车，也有照，早就想要拥有一部自己的车了，只是玛尼（money）不给力。而现在，她买车的愿望实在是太强烈了。

她去找陆连仲："连仲，有件事我真的很不好意思对你说。"

"什么事，你说吧，慧姑，只要我能办得到，一定帮你。"

"我想买一辆车。"珧珧终于开口了。

“那好啊，我也正要买一辆新车。”陆连仲说，“我原来的那辆车颜冬虹开到山涧里，报废了，昨天保险公司才赔给我一笔钱。既然你也想买车，那我们一起去看车吧，一人买一辆。”

“可是，我……”珧珧支吾着。

“我知道，慧姑，你不用说，差多少钱我给。”

“给我？那不行。”

“那你写张借条还不行？等以后有钱了你就还我，不还我也不会向你要，我向你保证。”

于是，两人一起去了车行。陆连仲买了一辆别克，珧珧买了一辆红色的标志 207。

有了车，珧珧一有空便开车出去兜风。只有想不到的，没有办不到的。一天夜里，珧珧果然再次发现了那部尾号 163 的奥迪车。她跟随在后，奥迪车开到哪里，她就跟到哪里，跟了一个多钟头，那奥迪车开进了东郊一个叫怡欣花园的别墅群。

进小区要刷卡。珧珧没有卡，只能停在门旁边，可观察了大半个时辰，没任何动静，也没发现什么。无奈之下，她只好掉转车头，打电话告诉常琪，然后回了家。

第二天，珧珧去房地产交易所，一查，她发现怡欣小区别墅群里那幢 D－6 号别墅的业主就是阿涛。

阿涛咋会有这么高档的别墅，而且还是一个月前才买下来的，她哪来那么多钱？毋庸置疑，肯定是陆仰贵买下来送给她的。时下的贪官到处都有房产，又不敢将房屋的产权放在自己的名下，就得找人背书，阿涛无疑就像颜冬虹那样，只是一个背书人。珧珧又把这事打电话告诉了常琪。

之后珧珧一有空就开车去怡欣花园，可她进不去，进门要刷卡，不然就得拿身份证登记，再由门岗保安向你所要找的人打电话通报，征得对方同意才能让你进去。珧珧办过一次登记手续，门岗保安通报了后，阿涛说不认识她，她被哄了出来，那以后她也不再登记了，登记了也还是进不去，要想进去，只能硬闯，这珧珧做不到。她是个文化人，没那么野。当然还有两条路，一是行贿门岗保安，一是通过关系找人让自己进去。这两条路是时下最便利的捷径，凡事只要走这两条路，就能畅通无阻，珧珧是可以做得到的。然而，进去有用吗？到楼下还得按门铃叫阿涛开门，既然阿涛不想见她，就是来到她的楼下按了门铃，她也是不会开门的。

珧珧唯一的办法只能在小区门外守株待兔，可每次都是无功而返。

不能这样耗下去。珧珧想，得有一个方案，一个能把阿涛引出来的办法。她想得到阿涛的电话号码。门岗保安不是有她的住宅电话号码吗？对，花点玛尼，去把阿涛的电话号码弄出来。主意已定，珧珧又来到怡欣小区。

“我想找 D－6 幢的阿涛。”她对保安说。

保安三十七八岁，长一双三角形的老鼠眼：“请你出示你的身份证，登记一下，我再帮你联系。”

“不用了，你把她的电话号码告诉我就行。”珧珧说。

“这位小妹，你是不是吃错药了？”保安的态度立马变得十分恶劣，“我们这里住的多是些身份特殊的人，这里是金屋，金屋你懂吗？金屋藏娇的金屋，明白不？电话号码是绝对保密的，你想要电话号码，除非……”保安做了个搓指头的动作，意思就是要玛尼。

“那你要多少钱？”珧珧问。

保安没有回答，伸出一只手，展开五指。

“五百块？行，我这就给你。”珧珧说着便拉开了自己手提包的拉链。

“五百块?”保安生气了,“我给你电话号码,我就得滚蛋,你五百块就想买我的一份职业?小妹子,你也太不懂行情了吧?”

“那就五千,”珧珧说,“我现在没带那么多,明天我再来找你。”

“什么五千?我说的是五万,明天你再来,就带五万来。”

“五万?这位大哥,你也别狮子大开口。”

“不是我狮子大开口,我不是那种贪钱的人,可现在是什么社会?金钱社会啊!没钱寸步难行。我拿你五万,我回家种地,你五万块买我的一份职业,只是等价交换。妹子,你说这电话号码值不值五万?”

珧珧当然拿不出五万元,刚买车,向陆连仲借了四万元,存折里就只剩下两千多块,她哪能一下子拿出五万元?可保安说的也在理,五万元对他来说只是等价交换,可对珧珧来说,五万元不值。就算给了他五万元,得到阿涛的电话号码,阿涛也不一定会接她的电话,就算接了,也不一定会与她交谈,不交谈就什么也得不到,五万元还不是等于打水漂?

珧珧很无奈、很沮丧。她从门岗的窗口望去,那 D-6 幢别墅就在她目光触及得到的范围里,却像皇帝的行宫,只能遥望,接近不得。

隐私!隐私!这讨厌的隐私!就是在这些所谓隐私掩盖之下,人类社会才会有那么多的毒瘤,才遮天蔽日,见不到阳光;才百弊丛生,孑孓肆虐。也就是因为有太多的隐私,法律才会时常成为纸上画画墙上挂挂的摆设,眼睁睁地看着那些魑魅魍魉为所欲为。

想要揭露事实真相,就得先保护好别人的隐私,保护好别人的隐私,才能保护自己。有如掀锅盖,得小心翼翼,千万注意自己的双手不要被烫伤，手要是被烫伤了，锅盖就算被你给揭开，里面再丰富的食物，也只能吃不了兜着走。

珧珧悻悻地离开了怡欣小区。回到家里，她开始筹划下一步如何另辟蹊径。

第十三章　陌生人招手

1

珧珧想了几套方案，总觉得这也不好那也不是。

找到阿涛，叫她将真实情况说出来，就这么一丁点事，真的就那么难？珧珧不相信，如果真的连这么一点事都没本事做好，那自己还算什么律师？自己还在常琪面前自夸看过《福尔摩斯探案集》十遍，不是笑话吗？

珧珧苦思冥想了一整夜，终于有了个妥善的方案，她又去了一趟云南，找到阿涛的奶奶。这次她带了一大堆礼物，花生油、大米、海带、萝卜干……还有一件羽绒服，把老人高兴得一直笑个不停，笑到连脸上的肌肉都不够用了。

人的快乐五花八门。郭台铭买私人飞机是乐，刘箩村人收回一担又一担的番薯堆积如山是乐，肚子饿得像青蛙呱呱叫的人突然能喝上一碗粥也是乐。珧珧有个同事，因作伪证被判三年徒刑，判了刑后不断上诉，一审二审三审……尽管最后还是维持原判，却拖过了送监时间，留在看守所里服刑。他乐不可支地告诉去探望他的人说："我就是有办法，判我刑也不用去蹲监狱。"这种叫人哭笑不得的乐也是乐。何况是老奶奶，她哪能不乐？孙女有这么好的朋友，送给自己这么多一辈子也没见过的东西，她心里乐开了花，乐得像新生婴孩的心一样烂漫天真。

珧珧没有告诉老人说自己是专程来找她的，她只对老人说："老奶奶，我马上就要回去了，我回去以后就能见到您的孙女，有什么话要对您孙女说，您就对着我的手机说，我回去就把您说的像电视那样播放给您孙女看，她就会像看电视那样看到您，听到您对她说的话。"

"真的？"老奶奶兴奋了起来，就想要开口说话，可不知道为什么，突然变得笨嘴笨舌的，十分紧张。

"要不这样吧，老奶奶，"珧珧提议说，"我把手机放在桌子上，我问您话，您回答我，好吗？"

老奶奶点了点头。珧珧去把手机摆设在桌面上，打开录像功能，回过头来问："老奶奶，您很爱您的孙女阿涛是吗？"

"是啊，是啊，她从小就是我带大的。"老奶奶这下不紧张了。

"阿涛不在您身边，您想她吗？"

"想啊，想啊，我哪能不想，我天天都想她。"老奶奶全放松了，话匣子也打开了，"我阿涛很乖，常常给我寄钱，奶奶想她，很想给她打个电话，想知道她是不是过得好，只要能听到她的声音，知道她平安，奶奶就不会整天挂念着放心不下。可奶奶就是不知道她的电话号码，也不会打电话。我问她叔了，她叔也不知道，奶奶想啊……”老奶奶说着，泪水哗啦啦地掉了下来。

“老奶奶，您希望阿涛为您做点什么？”

“我就是想她，就是想见她一面。奶奶我已经三四年没见到她了。可我知道她忙，奶奶不该有这样的要求，就是……”老奶奶老泪纵横，话都说不出来了。

停顿了许久，老奶奶的情绪稍稍有些平静，珧珧才接着问：“老奶奶，您现在身体好吗？”

“我身体好着呢，我不希望我的孙女为我做什么。阿涛，你也不要再给我寄钱了，你要真想寄，就少寄点，我有钱也没地方花，我很好。”老奶奶开始对着镜头说话了，自说自的，显得很从容自在，“阿涛，我就希望你平安，希望你有贵人相助，同坏人离得远远的，希望你过得好，不要太累，钱赚多赚少不要紧，找个对象，带回来给奶奶看看。奶奶年纪大了，就希望你平平安安，欢欢喜喜过日子。小时候，你最爱笑，奶奶也最爱看你笑，你要是有时间就回来在奶奶面前笑一笑，奶奶只要能看到你笑，这一辈子就什么心事也没有了。”老奶奶说着，显得很开心的样子，脸上绽开了一副灿烂的笑容。

录完了老奶奶说话，珧珧又录了阿涛住的房间，她睡的床，她坐着吃饭的小凳子，她上小学时的奖状，她小时候唯一的玩具——一个已经断了手柄的拨浪鼓。她把这些都一一录了下来。珧珧信心满满，阿涛看到这一切，不怕她不触景生情，只要她动情，就能唤醒她对家乡的记忆，就会良心发现，就会想办法来见她，把实情说出来，再次帮自己和常琪他们破获度公的被害案。

2

珧珧的心头不由得涌上来一股欢乐，乐得身上的每条血管都在颤动。她为自己的这一趟云南之行颇感得意，觉得收获不小，不，应该说大有收获。她准备一回到万吉，就把录下来的这段影像刻制成光盘，然后寄给阿涛。她相信阿涛看到录像，一定会与陆仰贵他们决裂，回到自己的身边来，履行她要帮自己把度公被害的案子查清楚的诺言。她相信阿涛的本质是善良的，看她的老奶奶，就会知道阿涛是什么样的一种人，从那个山清水秀自然纯朴的小山村里走出来的人，心地都是纯洁的，一定是“性本善”，是后来她成长中的社会污染了她……

乘坐长途汽车回到省城后，她想坐一趟动车。动车是国庆节才开通的，她还没坐过。坐动车不到一个半小时就能到家，舒适而又快捷，何不去享受一下第一次坐动车的感觉？于是，她走出长途汽车站，打的去了动车站，买票上了车。还真的是很平稳、很舒服。车厢里挤满了人，但一点都不嘈杂，井然有序，每一个人都是彬彬有礼，感觉就像坐在自己的家里与熟悉的和陌生的客人闲聊一样。

车开后不到半小时，经过一个停靠站，有人在下车。这时，珧珧突然听到车门外有人叫她的名字。在这个陌生的地方，会有谁认识我？她心里想着，可接连又听到两声“珧珧、珧珧”，她忍不住走到车门口，发现站台上不远处站着一个男人在向她招手。她并不认识那个男人，可那个男人分明是在向她招手，她下意识跨出一步。而她的两只脚刚刚离开车门跨上站台，身后的门就关了，还没容得她反应过来，动车开走了。

“我的包，我的包。”珧珧急了，呼叫着，追了几步，当然是徒劳。动车加速，眨眼间就离她远去，消失了。

珧珧蒙了，呆呆地站在那里，片刻之后，她走到那个向自己招手的男人面前：“你是谁?”

“我还要问你呢，你是谁?”那个陌生的男人一脸不屑地说，“我不认识你。”

“那你刚才为什么叫我，还向我招手?”珧珧很生气，不，应该说是愤怒，她眼睛瞪得圆圆的，头和四肢不住地抽动，牙齿也磨得嘎吱嘎吱响。

“我哪有叫你？我不认识你，你不会是吃错药了吧?”那个陌生男人很不客气，死皮赖脸地就是不承认刚才叫了她的名字。

“那你为什么向我招手?”珧珧气得脸都涨红了。

“我是向车窗里的朋友挥手，我不认识你。”那个陌生人说。

“你害我把包落在车厢里了。你……”珧珧真想揍他一顿。

“那是你的事。你再胡搅蛮缠，我就报警了。”那陌生男人见珧珧被唬住了，不知所措傻傻地站着没再说什么，停顿了片刻，赶紧转身溜走。

珧珧平静下来后，为自己没有坐动车的经验而十分后悔，后悔中还有懊恼和气愤。在好心人的提醒下，珧珧这才去车站请求帮助。车站里的人说：“把你的姓名、地址和身份证号码留下来，我们会将你落下的东西寄回去还给你。”

“可我的手机和钱包都落在车上了，我怎么回去?”

“这样吧，我们给你解决一张下一班动车的票，不过要说清楚，这钱是要你付的，你回去以后，连同我们寄行李给你的邮费，把钱汇还我们。”

“那可以，谢谢你们。”

珧珧坐上下一趟动车时，心情全变了，变得糟得透顶。她强迫自己什么都不要想，只希望能早早到家，早早得到她的包，特别是包里的手机，不，准确地说，她最揪心最挂念的是手机里的那段录像。

回到家后仅仅过了五个多小时，就有人给她送来了她的包。打开一看，里面什么也没缺，连几百块的现金都是一分不少，手机也在，她放心了。她付了钱，送走送包人，赶紧返身拿出手机，想调出里面的那段视频，这下，她又揪心了，那段视频已经没有了，肯定是被人删了。

珧珧瘫坐在沙发上……

3

珧珧打电话给常琪，想向他述说这次云南之行的遭遇，电话接通后，话还没出口，她就哭了。

常琪以为她发生了什么事，赶紧问："你怎么了？"

"我，我……"珧珧泣不成声，说不出话了。常琪不在身边，要不，她真的会冲上去搂住他痛哭一阵。太沮丧了，云南之行原以为是满载而归，没料到动车上一个小小的疏忽，一切全都成了泡影。

常琪不知道她发生了什么事，极其担心。他戴上耳机，将手机装进胸前的衣袋里，一边开车一边说："你不要挂机，我马上去见你，不管发生什么事，你得挺住，我马上就到。"

珧珧得到了安慰，一股暖流在她的五脏六腑间流动起来。有这样关心自己的朋友，珧珧颇感欣慰。"不，不，不，你别来，我没事。"她说，"是我自己不好，我太柔弱。"

"你什么也不用说，等等我，我很快就到了。"

"那你开车慢点，我没事，你不用担心。"

珧珧越是这样说，常琪越是心急如焚，他相信珧珧一定是发生了什么事，不然她不会这样的。半个小时后，常琪汗水涔涔地冲进门，一进门就问："你怎么了？还好吗？到底发生什么事了？"

"我感到委屈，你不在我身边，要不，我真想在你的怀里痛痛快快地大哭一场。"珧珧说着，眼泪又掉了下来。

"现在我来了，你要想哭，就来吧。"

"可我现在好了。都怪我，把你急成这个样子。"珧珧拿了面巾纸擦他额头上的汗水，擦完了额头，又擦他的两腮、他的脖子。

常琪感觉周身弥漫着一股温柔，心扑腾着跳了起来。他两眼死死地盯着她的眼睛，一动也不动，尽情享受着这种难得的温柔。

珧珧发觉他眼神里的异样，看得出那眼眶里盈满了一种动物本能的欲望，赶紧停了下来，收回手，低下头。

常琪整理了一下自己的情绪，说："现在你该说了吧，到底发生了什么事？"

珧珧依然低着头，她此时此刻有点害怕他那灼热的目光，害怕他也害怕自己，似乎就要发生什么事了。她轻轻地说了声："我又去了一趟云南。"

"你又去云南了？去那里做什么了？你快说。"

"看把你急的。"珧珧又嗔又娇地说了他一句，然后大胆地抬起头盯着他的眼睛，详细地述说了去云南找阿涛的奶奶和拍录像的事。

"多亏你还能想出这一着。"常琪由衷地赞许，"利用亲情去打动人心，是你们女同胞才想得出来的。"

"可现在视频资料没了。"珧珧把坐动车时被骗离开后手机视频被人删了的过程一五一十地告诉了常琪。

常琪这下才知道，珧珧是为这事受到委屈，所以她刚才打电话时才会哭泣着说不出话来。他站了起来，想点烟，看了珧珧一眼，又将掏出来的烟收了回去，在屋子里踱起方步。片刻，他突然停住脚步，面对珧珧说："我觉得那个叫你名字并向你招手的陌生人，是受人之托。谁托他这样做呢？当然是陆仰贵他们。我估计，你一出门，就有人跟踪你了。你第一次去云南，了解到阿涛汇款回家的事，得到了她汇款邮局的地址，以后你特地买车跟踪寻找阿涛，几次在怡欣花园门口守株待兔……这些事，他们可能都有所了解。"

"这么说，是我小瞧他们了，他们的能量确实也够大。哎，都怪我，我要是去云南前与你商量一下，你叫一个女警与我同行，事情也就不会变得这么糟了。"

"过去的已经过去了，不用自责，吃一堑长一智吧。"常琪说，"我估计，应该还有一个人，是女人。你发现可疑的人在跟踪你吗？"

"没有。"珧珧回答，又反问道，"为什么是女人呢？"

"这个女人掏了你小坤包里的手机，把你录的视频给删了。如果不是女人，车厢里那么多人，不会敢在众目睽睽之下随便动女式小坤包，只有女人，才不会引起旁人的注意。"

"那一定是她了。"珧珧若有所思地说，"一个坐在我身边的女人，她总是没话找话地与我唠嗑。我当时只以为她是爱说话，没想太多。"

"这就好了，我们去查一查。坐动车要实名制，一定能找到她。"常琪问，"你坐的是几号车厢几号位置？"

"一号车厢，3D。"

4

常琪去查珧珧坐的那次动车一号车厢3D座位旁边是何许人，不费吹灰之力就有了结果。确实是个女的，四十一岁，名叫宫芹，是一家上市公司董事长，经营房地产、高尔夫球场、娱乐场……财产上百亿，每年三月都要去京城参加会议，还得递上提案。

这样一个红得发紫的大人物，出门应该有专车接送，为什么会坐动车？她从省城南下，若是公务必定会有人陪同，为什么会只身一人？她是从省城上车的，不可能跟踪珧珧，而不跟踪珧珧就不会知道珧珧的手机里有视频资料。如果手机里的视频资料是她亲自删除的，那就肯定是跟踪珧珧的人打电话告诉她的。

一大串的问题，只有去问问她本人才会知道。然而，这样一个大人物是没法直接问话的，连见个面都是“蜀道之难，难于上青天”。更何况自己只是猜疑，没有任何证据，连一个问的理由都没有，怎么问？

常琪决定放弃这条线索。既然没办法追究下去，就不必多费心思。

也许，也许珧珧手机上的那段视频并不是她删的，两人只是凑巧在这趟动车坐到一起而已。常琪这样安慰自己，没把这事告诉珧珧。

珧珧等了两天，没得到常琪的回话，以为他忙，又等了一天，还是没等到回话，她实在忍不住了，就给常琪挂了电话。

常琪轻描淡写地告诉她：“是个大人物，没办法查下去，这件事只能先至此为止，以后有新情况再说。”

“是什么样的大人物？为什么说会没办法查下去？”珧珧一再追问。

常琪却极力搪塞，就是不想把事情说明白讲清楚。他觉得没必要，不想让珧珧对宫芹有太多的关注。宫芹此时还只是个待解的谜，花太大的精力去查她没有意义。这些天来的相处，他对珧珧已经有所了解，知道她是个一往无前永不服输的人，如果让她知道那个女人是宫芹，说不定她还要做出什么傻事。

珧珧被常琪吞吞吐吐的搪塞给激怒了，她没等他把话说完，就挂断了电话。说要查那个女人是他常琪自己提出来的，为什么知道她是谁了却不敢查下去呢？这个常琪，他是不是害怕大人物了？害怕自己的前程受影响了？是想明哲保身了？陆度荒被害案，本来就不是一般的凶杀案，陆仰福的背后有颜冬虹，颜冬虹的背后有陆仰贵，陆仰贵的背后又有副市长邓培树，珧珧本来就早有思想准备，她豁出去了，不管牵涉到谁，都得查个水落石出，把该暴晒的全都拉到阳光下暴晒。可他常琪，一个刑警重案中队队长，却中途退却，临阵脱逃……

珧珧不能不承认，自己已经喜欢上他了。

这些日子，为了度公被害的这起案子，两人接触多了，难免日久生情。她觉得他有正义感、有智慧，办事风风火火说干就干，尤其是他负责任的态度。男人最难得的就是负责任的态度，女人最需要的也是男人的这种态度。这年头，要找个负责任的男人可不是一件很容易的事。而她珧珧最最看重的就是男人能够敢作敢当，有责任感。没有责任感的男人不是一个真正的男人，不管是对事业、对家庭、对亲友还是对恋人。

而现在，她必须重新审视他……人心隔肚皮哪，难道他真的会是一个害怕权势不敢碰硬的懦夫？

珧珧很伤心，直想哭。她把自己关在屋子里，越想越伤心，终于忍不住了，眼泪掉了下来。

她很后悔，发觉自己太没智商、太草率了，还没能把一个人的本质看清楚就喜欢上人家，怎么会这样浑？哭过了后，她对自己说：他不敢查，我自己来查。嗯，不管是万丈深渊还是地雷阵，我决不退却。

她的话音未落，常琪的电话又来了。她本不想接，但又觉得这时候不接他的电话显得也太没气量了，是自己心里有那么一点模模糊糊的喜欢，才会庸人自扰，如果不是，管他是懦夫还是君子，公是公，私是私，根本就没必要跟他赌气。

她还是接了他的电话，以为他会向自己说对不起，以为他改变主意了，要说出那个与自己同坐一辆动车的女人是谁了。然而，并非如珧珧想象的那样，常琪告诉了她又一个惊人的消息：陆仰贵的前妻魏萍自杀了，在紫荆山公园。他问她想不想去现场看看。

第十四章　小姐归来

1

紫荆山公园在万吉市东郊，就在离陆连仲快餐筷厂不远的后山上。珧珧二话没说，就去了。先到了陆连仲的快餐筷厂，她叫了陆连仲一起去。

珧珧两人赶到那里时，现场勘察已经基本结束。

常琪告诉她："接到报警的是紫荆山派出所，他们不归我们管，听他们说，基本确定是自杀。"

"怎么个自杀法?"珧珧问。

"用条绳索绑在一棵樟树上吊死了。"常琪回答，"那地方是片阔叶林，游人很少会到那个地方去。今天早上，公园管理处一个扫垃圾的女工发现了尸体，马上报了警。”

“死亡时间呢？”

“确定在昨天下午四点到傍晚六点之间。”

“魏萍她怎么会跑到这里来自杀呢？”

“这就不知道了。”常琪回答。

“我知道。”陆连仲突然插话，“魏萍离婚前，常常同陆仰贵来这里玩，几乎两三个月就会来一次。他俩每次来，都是我请他们吃饭。”

“这么说，她对这个公园有感情。”珧珧若有所思。

“还不仅仅是这样。”陆连仲接着说，“他们俩是在这个公园里认识的。那时候，陆仰贵刚刚从县里调到市里来，带一群外地的客人到公园来考察工作，偶然间碰到了魏萍，两人就认识了。你们也知道，我们刘箩村人爱同山竹崎村的人结亲，一听说魏萍是山竹崎的，长得也好看，各方面条件都不错，陆仰贵就开始追求她。一年后，两人就结婚了，不久便生了个女儿。”

“这么说，魏萍选择在这个地方自杀，是对陆仰贵抛弃她一直耿耿于怀。”常琪说。

“这是肯定的，”珧珧接着说，“女人啊，就是太重感情，不过，我觉得还有更深层次的原因。”

“说来听听。”

“据我了解，”珧珧说，“陆仰贵一个半月前就与那个洪艳艳离婚了。他与洪艳艳结婚本来就是一场戏，离婚后，桂皮花园的那套房产就转到了陆仰贵名下，如同我们当初判断的那样，陆仰贵与洪艳艳结婚，就是一笔交易。一般情况下，陆仰贵完成了这笔交易以后，就应该与魏萍复婚，可一个多月过去了，两人不但没有复婚，魏萍反而自杀了。所以，我估计，陆仰贵原本是说好与魏萍假离婚，等桂皮花园的房产拿到后就与她复婚。可事后，他没有履行承诺。他的女人那么多，阿涛、出车祸死去的颜冬虹，还有不知道多少说不清叫不出名字的。他极有可能借此机会弄假成真，甩掉魏萍。所以，魏萍才会选择在这个时候这个地点自杀。发现遗书了吗？”

“没有。”

“没有？不会吧？”珧珧颇有不解，“为情自杀的人，是不应该不留下遗书的，是还没找到还是肯定没有？”

“肯定没有。”常琪回答，“万吉刑警支队派出两队人马，在魏萍的住所和她单位的办公室全都找过了，并没有发现遗书。他们还向与魏萍平时接触较多、比较能说得来的几个姐妹了解，都说魏萍自杀前没有任何征兆，没发现她有轻生的念头。”

“我们能不能去看看现场？”

“没什么现场，就一棵树，尸体已经运走了。”常琪说，“不过，我倒是怀疑不是自杀。”

“何以见得？”

“死者是用一种叫龙舌兰的植物搓成的绳子套在脖子上吊死的。”常琪回答，“我感到奇怪，为什么会用这样的绳子呢？这种绳子很少见，魏萍是从哪里得到的？”

“龙舌兰做成的绳子？”珧珧自言自语，陷入沉思，“她怎么会用这样的绳子呢？难道……”

“走吧，我们去找紫荆山派出所所长，详细了解些情况。”常琪转身对陆连仲说，“连仲，你就不用去了，你先回去，珧珧等等我再送她回去。”

常琪带珧珧去找派出所的白所长。白所长与常琪以前因为工作关系常有接触，两人很熟，也没问珧珧是谁，便介绍了他们调查的有关魏萍自杀的大体情况。

他说：“我们查了，昨天下午三点十五分左右，魏萍和她的前夫陆仰贵开一辆奥迪车到公园里来，这是陆仰贵事后自己说的。因为昨天是双休日，游人比较多，我们管理处的人也没有注意到，不过停车场的监控录像证实了他的话，准确时间是下午三点十六分。两人在公园里玩了五十多分钟，四点零六分，陆仰贵就开车走了。当时他还同停车场的管理员打了招呼。”

“那魏萍也一起离开了吗？”常琪问。

“这个不清楚，”白所长回答，“据陆仰贵自己讲，是一起离开的。他说魏萍是在停车场外边上的车，他载她到公园门口的小吃店，魏萍说肚子饿了，要吃点心，陆仰贵急着要回市里开会，就没留下来陪她，自己先回去了。如果真的是在停车场外上车，监控录像是拍不到的，也许他说的是实话。”

“陆仰贵真的就直接回去了？”珧珧问。

“是直接回去了。”白所长回答，“从这里到市政府不堵车的话至少也要二十分钟。因为是公车，管理比较严，进出车库都要打卡。当然，这种严格只是形式上的，车出去干什么，如果是公事，当事人会说是机密，如果是私事，会说是隐私，没人敢过问的。”

“这些就不用说了。”常琪打断白所长的话，“他回到市政府车库是什么时间？”

“四点二十六分，是电子记录，绝对准确。这段路他开了二十分钟，路上肯定没怎么耽误。”

“那接下去他干了什么？”常琪问。

“接着他就去了邓副市长的办公室，与邓副市长谈了些晚上开会的准备情况。五点五十分，他到机关食堂吃饭，吃完饭是六点半不到，就直接去了会议室，会议开到十点。这些都有人证实。”

“我明白了，这是一起谋杀案，不是自杀。”珧珧的这句话让白所长的目光都直了，深感震惊和诧异。珧珧紧接着问，“魏萍自杀用的绳子，是用龙舌兰做成的，是吧？”

“是啊，有什么问题？”白所长瞪大了眼睛。

“龙舌兰制作的绳子有遇水收缩的特性，”常琪接替珧珧解释说，“凶手用绳子套住受害者的脖子，但并没套紧，人就不会死。昨天傍晚五点钟左右下了一阵暴雨，绳子慢慢收紧，魏萍这才被勒死了。用龙舌兰绳子的目的就是为了打时间差，制造不在现场的假象。这样的杀人方法在推理小说里经常有。”

“要我说，魏萍根本就没离开公园，”珧珧补充道，“陆仰贵说载魏萍去小吃店吃点心，是谎言。四点零六分，监控录像拍到他到停车场开车，并没有拍到魏萍，那时魏萍已经被绳子套住脖子吊在树上了，只是还没死，下了雨后，她才死的。”

“这位小姐，”白所长慌了，嫌疑人有权有势，碰上这样的人这样的事最好的选择是绕道走，可就怕有时会绕不过去，他忐忑地问，“你的意思是说，陆秘书他有重大嫌疑？应该不会吧？”

“你也不用紧张，”常琪赶紧安慰他，“目前这还只是猜测，如果真的涉及陆秘书，确定他有嫌疑，这案子我们来查。”

“我哪有紧张？”白所长不好意思地笑了笑，“我们都是警察，案件不管涉及谁，我们都有责任去弄个水落石出，要不然怎么对得起头上的这枚警徽？我会好好配合的。”

话虽这么说，其实白所长听到常琪说他们要查，松了一口气，便要去泡茶：“来，来，来，喝杯茶，一谈起案子，连喝茶也忘了。”

常琪说：“泡茶就免了，我们还有些事要做，告辞了。”

2

常琪与珧珧离开了紫荆山公园派出所返回市区。警车上了环城路不久，迎面而来的一辆黑色奥迪突然偏离原有的轨道，朝常琪的警车直撞过来。常琪迅速作出反应，躲避开，但车身还是被黑色奥迪给刮了，两车擦出的冲天火花宛如焊枪喷射。

常琪车技过硬，往前冲了五十多米才稳稳地停下来，而那辆黑色奥迪却翻在路边的瓜田里。

常琪和珧珧跳下车，回头走了过来，看见阿涛正从黑色奥迪里爬出来。她满脸是血，但手脚还很灵活，身子也还轻盈，看来只是受了点皮外伤，并无大碍。

"阿涛，你……"珧珧寻找了阿涛这么多日子，没想到会在这种情况下见到她，既吃惊又激动，话都说不出来了。

再一看，车内的驾驶员趴在方向盘上不能动弹，看来伤得不轻。常琪赶紧掏出手机打了120，然后爬进车里去摸他的鼻息和脉搏，查看了他的眼睑，对珧珧说："还有救，不会有大事的。"

珧珧很纳闷，黑色奥迪开得好好的，为什么会突然朝我们的车撞过来？车里为什么不是别人而恰好是自己四处奔波找得十分辛苦的阿涛？难道这一切都是安排好的？

珧珧正想着，120的急救车来了，常琪和珧珧帮他们把受伤的驾驶员抬出来，送上救护车。

这一忙，两人就把阿涛给忘了，等救护车开走后，珧珧转过身要找阿涛，阿涛却不见了。珧珧急了，原地转了三百六十度，大声高喊："阿涛，阿涛，你去哪里了？"

"我在这里。"

阿涛不知在什么时候已经钻进了常琪的警车。听到珧珧呼叫，她从窗口探出半个身子来，朝珧珧挥手。

珧珧明白了，朝常琪会意一笑，常琪也明白了。原来，事故是阿涛故意制造的，她的目的就是要常琪和珧珧救她，趁机逃脱魔掌，所以她才会迫不及待地一溜烟钻进警车里。

珧珧和常琪回到警车上，看到阿涛正对着倒车镜用面巾纸擦脸上的血迹，还不停地用五指捋着零乱的头发，显得很轻松的样子，好像什么事也没发生。

“没伤着吧？”珧珧问了一句。

“没有。”阿涛回答，“额头被玻璃划了一道口子，其他的没伤到。”

“是你故意……”珧珧有好多好多的话要问她，此时却都堵在喉咙口，不知从哪儿说起。

“是的，是我故意的。”阿涛显得很高兴，一副得胜回朝的模样，说，“我就坐在副驾驶的座位上，看到常队长的警车，就出其不意地扭动了一下他的方向盘，车就撞上了。嘿嘿，太惊险太刺激了，真有意思。”

“你这样做太危险了。”常琪说。

“危险？不这样做我才更危险呢。”阿涛依然是那样一种得意忘形的样子。

“你怎么知道是我的车？”常琪问。

“上次你载我上法庭作证，开的就是这部车，我记得你的车是三菱吉普，车牌尾号是8。我也没多想，一心想要警察来救我，反正不是你的车，别的警察也会救我……呵呵，我成功了。”

“你这段日子，一定受了不少苦吧？”珧珧问。

“何止是受苦，简直就是遭罪。珧姐，你也一直在找我，是吧？其实我不是不想见你，是他们控制了我。那个驾驶员，就是负责跟随我、监视我的。哎，不说了，一言难尽。珧姐，我去你那边住几天，再慢慢对你说。”

珧珧把阿涛搂到怀里，百感交集。

常琪把车开到珧珧宿舍楼下，看着她俩相拥着上了楼，这才掉头离开。

3

进屋泡茶，阿涛向珧珧述说起她飞蛾扑火的故事。

俗话说，救人一命，胜造七级浮屠。珧珧救过阿涛一命，阿涛再怎么坏，也不是个没心没肺的人。她离开珧珧，其实就是想帮珧珧，帮她把刘箩村碎尸案查清楚。

当时珧珧很感激她，劝她不要再干原来的那个行当了，可阿涛不听。她说：“我习惯了。我吃不了苦，又没多少文化，我还能干什么？趁着青春还在，再做几年吧，等攒够钱，我就回老家开间小店。”

人有人道，水有水道，珧珧也不好说什么。

离开珧珧后，阿涛回到新民巷 32 号。当天晚上，她就给陆仰贵打了电话：“仰贵大哥，我好想你。”

陆仰贵听到阿涛娇滴滴的声音，沉默了很久。

说心里话，将近半年没见她了，他也很想她，无时无刻不在想，连做梦也想。他想她那时温时火、每一次都能恰到好处的床上功夫。他常常拿阿涛和颜冬虹作比较。

颜冬虹总是那么性急，一上来就是熊熊烈火，烤得你浑身发热，叫你措手不及，紧接着就是秋风扫落叶似的席卷你的全部热情，最后是速战速决，烈火迅速熄灭，连灰烬都不留余热。

可阿涛不一样，她总是从润物细无声开始，继而是春雨绵绵，最后结束在狂风暴雨中，巅峰之上戛然而止，叫人回味无穷。她俩与自己交往的目的也不一样，颜冬虹为的是权，缠缠绵绵嗲声嗲气地在你面前撒娇，就是为了要驾驭你，掐你的七寸，叫你日后能对她言听计从，把你玩在她的彀中。阿涛不一样，她只是为了钱，完事了，给她钱，干干净净，没有牵挂。

“都是那枚金戒指。”陆仰贵自言自语地自责了一句。

“你说什么？”阿涛听不明白，忙问。

陆仰贵发现自己说漏了嘴，赶紧说：“没有，我不是跟你说话。这样吧，我现在正忙，等等我再给你打过去。”

他不是忙，他正闲着呢，他是还没有想好，没有拿定主意，自己也不知道接下去是不是还要与阿涛交往，又该如何交往。他叫管有水诱逼阿涛在法庭上作假证，不知道这件事阿涛有没有替他隐瞒下来，是不是已经对珧珧和常琪他们说了？他要邓副市长帮他去探探口风，邓副市长答应了，却还没给回话。他当初就是担心这件事暴露，才叫管有水开车去撞死阿涛，来个一了百了，却没有成功，只是把珧珧给撞伤了，他也不知道警察在处理这起交通事故时知道了多少真相……

哎，全都是为了那枚金戒指。陆仰贵很后悔，本不该留下那枚金戒指，如果不是那枚金戒指，他用不着制造车祸干掉颜冬虹，更没必要叫阿涛到法庭上作假证……

“会不会是陆度荒冥府里显灵，才叫我不得不那样做？”他打了个寒战，可他是唯物主义者，不相信这一套，很快就否定了自己的想法。

他恨珧珧，“这个黄毛丫头，干吗一定要与我作对？”他自信常琪那边自己有能力摆平，就是这个珧珧，让他感到棘手，毫无办法。

他想不再与阿涛交往了，管有水没能干掉她，以后再想办法，现在不理她就是了。可他无法下这个决心。他真的很想她。阿涛给过自己太多太多的爽快，留下了太多太多的美好记忆，无法忘却。再说了，既然阿涛自己主动打电话过来，如果这时候不理她，肯定会激怒她，引起她的怀疑，那等于是把她推向对方的阵营。如果她还没向常琪和珧珧说出实话，她被激怒了就一定会把事实真相全都说出来，那岂不更糟？

想来想去，陆仰贵还是决定再见见阿涛，探探她的口风再见机行事。于是，他给阿涛回了电话："阿涛，你在哪里？"

"我还能在哪里，新民街 32 号呗。怎么，你有空了？想我了是吗？"

"那还用说，我们俩在一起是那样的快活，留下了那么多美妙的回忆，我能不想吗？要我不想我真的做不到。刚才在开会，不方便接你的电话，现在会议结束了，明天一早我得到外地去，今晚我一定得见你，见不到你我会死的。"

"我也一样，想死你了，见不到你我也会死的。"

"那好，晚上七点，我们在老地方见，吃饱饭再去，知道我的意思吗？"

"我知道，你害怕见了面就会忍不住，饿肚子没力气。我们最好喝点酒，半疯不疯的，那才过瘾。"

"真是我的好妹子，我没点拨你自己就心领神会了。那好，喝点酒。OK，晚上见。"

"晚上见。"

第十五章　落入魔掌

1

他俩所谓的老地方是在东南度假村清明楼8028号。那里距离市区十多公里，距离荆县县城也是十来公里。

阿涛是打车过来的。她是这里的熟客。服务员见到她，只说了句“欢迎光临”，什么也没问，就把房卡给了她。阿涛朝服务员笑了笑，算是打过招呼，拿了房卡，便直接上了八楼。

阿涛进门后的第一件事就是脱衣洗澡。

她把自己脱得精光，一丝不挂地走进浴室，站在镜子前欣赏起自己的身体。额、眉、眼、腮、鼻、嘴，脸上的每一个部件她都仔仔细细反反复复地看了又看，越看越想看，目光久久不肯离开镜子里自己的这张脸。再往下端详自己的胸部，这是一对叫不少男人赞美过的乳房，坚而不硬，柔而不软。她忍不住用手指轻弹了一下乳头，那乳头噌地一下便蹿了上来。她再看自己的腰、大腿和脚丫子，然后扭腰转背瞧着自己的臀……

阿涛最欣赏的还是自己的眉毛，弯弯的、细细的、黑黑的。她的那些姐妹们都画眉毛，只有她不画，这么好的一对眉毛，剃了可惜，再怎么画也画不出这么漂亮的眉毛来。

阿涛在镜子前站了十来分钟，准备洗澡了，突然踌躇了起来，这头发是洗还是不洗呢？她的头发是上午花了八十元刚在美容院里做的，她很满意这次做的发式。要是洗了，就得弄乱了重来，实在可惜，如果不洗……她实在拿不定主意。因为她一直记着陆仰贵对自己说过的一句话，说他最喜欢她刚洗过的头发，湿漉漉地挂满水珠，像带露的黑森林。

是留着得意的发式呢还是让他看到一个“带露的黑森林”？她正想着，突然听到一声打嗝。浴室的门没关，她扭头一瞧，门口站着陆仰贵，正目不转睛地盯着她看，目光直勾勾的，燃烧着熊熊的欲火。

“你来了？”阿涛说了一声，洗不洗头发的事也不再想了，走上前去，把他拉进浴室，伸手捋了下他的头发，“你也进来一起洗洗吧。”说着，她就要帮他去解开衬衫上的纽扣。

“慢点，”他说，“你让我再看看你。你今天特别迷人。”

“先把衣服脱了再看也不迟。”

“好好，脱了，脱了再看。”陆仰贵说着，解开腰上的皮带，褪去了外裤，丢到浴室门外。

“还是我来帮你吧。”阿涛说，“你站着不要动。”

他果然听话，平时对人颐指气使，这下像变了个人似的，像只小羊羔。

她一个个解开他衬衫上的纽扣，脱了后随手一丢，也丢到门外，再去脱他的背心。

他个子高，她要他往下蹲。他真的双脚一屈，降低身高，让她把背心脱掉，再站了起来。

她又帮他脱去内裤。

内裤被褪下来后，他也和她一样一丝不挂了。她才说："你不是想看我吗？爱怎么看，你就看吧。"

"那好，你就这样站着，别动。"他说着，绕着她转了一圈，站到她的身后。他最喜欢的还是她的臀。那么高，那么圆，那么翘。他呆呆地看了很久，本想蹲下身子吻一下，突然想起她刚才说的"还没洗身"，于是便把她拉到水龙头下，打开喷头，让哗哗啦啦散状喷射的水从她的头顶上浇下来。

"你简直就是我从东海里捡来的花仙子。"他由衷地赞美了她一句。

"真的吗？"她嫣然一笑。

"真的，当然是真的。"他关掉了水龙头，端详着她全都沾满了水珠的身子，说，"出水芙蓉带露荷，美轮美奂，美不胜收。"

"你真会夸人。"阿涛羞涩地一笑，更显妩媚。

他有点把持不住了，伸手去抓她的胸。阿涛却伸出一条手臂把它给挡住了："还没洗呢，何必这么急。"

"不急，不急，慢慢来。"他后退了一步。

阿涛抬起右臂，拿了头顶上的一瓶沐浴露。

"我来，这次该由我来帮你，你别动。"他说着，从阿涛的手上拿过那瓶沐浴露，倒出一些在手心上，然后就往阿涛的身子上抹。从额头开始，然后是脸、脖子、肩、手臂。再倒出一些，要抹她的胸。

阿涛又把他的手给挡住了："这地方我自己来。"

"你不想……"陆仰贵颇有些吃惊，以前她不是这样子的，难道是拘役所里被关了几个月，这个阿涛已经不是以前的那个阿涛了？他心里想着。

"我哪能不想呢？不想我还会约你吗？"阿涛娇滴滴地说，"我是说我们应该慢慢来，慢慢来才能韵味无穷，你说是不是？除了这个地方，其他的你要怎样摸都可以，这地方只能等到上床了以后才让你摸。"

"也好。"陆仰贵像个听话的小男孩，又倒出一些沐浴露在自己的手心里，然后去抹她的肩、小腹、后背、臀、大腿……

洗完了，陆仰贵把阿涛抱上床，搂着她睡觉。

来之前阿涛要他喝点酒，他小喝了两杯 XO 后才从家里开车过来。之后两人折腾了一夜，他疲惫不堪，睡得很沉。

阿涛却没怎么睡得着，她看他睡的那么死，偷偷地从床上坐了起来，拿了他放在枕头边的手机，拆下 SIM 卡，把自己的卡装上去，然后将那些存在他手机里的电话号码全部复制到自己的卡上……阿涛相信这些电话号码对珧珧一定有用。她这次主动来找他，就是为了帮珧珧。可她小瞧了陆仰贵，她其实是在飞蛾扑火。

阿涛从没做过这样的事，很紧张。她本想再去查看一下他的手提包，看看里面是不是有什么见不得人的东西，但她不行，她知道自己没这个能力。她现在一颗心像十五个吊桶似的七上八下，两只手不停地颤抖，脑袋里塞满了鸡毛。她只好从床上爬起来，坐到梳妆台前，一边整理头发，一边让自己平静下来。

许久，阿涛终于平静下来，转身看了一眼躺在床上的陆仰贵，见他睡得那么死、那么沉，挡不住那手提包的诱惑，蹑手蹑脚地又走到床头，伸出手正想要拿他的手提包，自己的那颗心却又狂跳了起来。这次跳得比前一次还要厉害，仿佛要蹦出喉咙口似的。陆仰贵那个形影不离的咖啡色的手提包就搁在他的头旁边，用枕头压着。她知道他一直把那个手提包看得比生命还重要，要是被他发现有人偷看了他的包，他一定会大动肝火的。阿涛还是不敢动，又把手缩了回来，退回到梳妆台前，喝了杯水，慢慢地让心情重新平静下来。

她已经无法再入睡了。心虽然是平静了许多，可大脑依然亢奋。

“不怪你，不怪你，你没撞死她，其实我也舍不得她。”陆仰贵说的是呓语。阿涛听得清清楚楚，她心里明白，他说的“她”就是指自己，当时要不是珧珧救了自己，如今她阿涛已经被烧成灰了。阿涛的眉毛竖了起来，这时手上要是有一把刀，她肯定会走到床前去，一刀刺进他的心脏。

阿涛的心里燃烧着一把火，想看他手提包的欲望再次强烈了起来。

“心肝宝贝，我不会让你死的。”陆仰贵又说了一句梦话。

阿涛心里的火越烧越旺，她从椅子上站了起来，却不小心把椅子给碰倒了，“哐啲”一声，陆仰贵被吵醒：“谁啊，搅我的好梦。”

“是我，我睡不着觉。”阿涛回答，声音颇有些沙哑，却颤抖的厉害，有如敲击铝盆发出来的声音。好在陆仰贵尚未完全清醒，没有发觉。

查看手提包的欲望已经烟消云散，阿涛走了过去，重新爬上床，正要关灯。

“别关灯，让我抱抱你。”陆仰贵这下是真的醒了。他一把将她搂到怀里，在她的额头上吻了一下，“阿涛，听说你差点被汽车给撞了，是那个叫珧珧的救了你？”

“是啊，你听谁说的?”阿涛的一只手温柔地抚摸着他的胸脯。

“当然会有人对我说，我接触的人多，什么消息也瞒不了我。”

“说的也是。”阿涛用手指调皮地弹了下他的乳头。

“珧珧救了你，你一定很感激她，是吧?”

“我是很感激她。她住院七八天，一直是我照顾她，我们也算扯平了。”

“那枚金戒指，你对她说是我给你的?”

“没有，你对我这么好，我哪敢背叛你?再说，我已经在法庭上说没见过金戒指，现在又说有，不是自己打自己的嘴巴?”

“你这样做就对了。”陆仰贵兴奋了起来，俯下头吮她的乳房。

阿涛平静地躺着，没怎么动荡。她感觉很疲惫，又听到他刚才说的梦话，心里的怨恨还没完全消除，提不起兴趣。

“我包里有药。”陆仰贵说着，伸手就去将床头的手提包抓了过来，扯开拉链，拿出一片伟哥，吃了，又要阿涛也吃一片。

阿涛说：“不，那是男人吃的，我不吃。”

“不吃也罢，你听我的就行。”陆仰贵开始摆弄起她。

阿涛没有拒绝，他要她怎样她就怎样。

片刻之后，陆仰贵药性发作，他疯狂了……

阿涛这次被他折磨得浑身到处都疼，情绪很低落，像吞了一大把苍蝇似的直想吐。从事这个行业四五年了，什么样的男人她都碰过，却从未像今天这样感到恶心。她在床上躺着，关了灯，却根本没法入睡。听到身边鼾声如雷，她又想起了他的手提包：“不管怎样，我一定要看看他包里有什么东西。”

“阿涛，我爱你。涛涛，你真漂亮。”陆仰贵又说梦话了。

阿涛没理他，只等着他睡得再沉一些……

2

早晨起床后，陆仰贵给了阿涛一沓钱，说："一会儿你去把房租结了，然后自己去吃早点，我先走。"

以前也是这样，陆仰贵自己有车，可他是不会与阿涛一起离开的，只有等他先离开，阿涛才能叫出租车回去。

陆仰贵走了，阿涛去收银台结账，之后她没有去餐厅吃饭，这里的早点太贵，一餐要好几十块，她想要省点钱，回万吉再随便吃点豆浆油条。

走出度假村，她掏出手机正想要叫出租车，恰好有辆出租车朝她驶来。

阿涛挥了下手，出租车在她身边停了下来。阿涛打开车门，钻了进去："师傅，去万吉。"

"好的。"司机说了声，车开走了。

十来分钟后，出租车拐进一条乡村小路。

"师傅，我去万吉。"

"我知道。"

"这条路不对啊。"

"我会送你到你应该去的地方。"司机说。

阿涛听出来了司机这话的弦外之音，还发觉他说话的声音很耳熟，扭头一看，看到了一脸横肉。阿涛一惊，马上意识到自己被绑架了。她紧张了起来，要去打开车门，准备不顾一切地往外跳，然而，已经来不及了。车的后排上突然冒出另一个男人，用一个黑袋子罩住了她的头，还有一把尖刀顶住她的脖颈。身边那个满脸横肉的司机一边开车，一边恶狠狠地威胁说：

“再不老实就宰了你。”

阿涛整个身子都瘫了，只有一颗心还悬着。她没有任何反抗的力气，反抗也没用，一个弱女子，头又被黑袋子罩着，哪能斗得过两个彪形大汉？

阿涛的脑袋里在想着自救的办法。

“吱嘎”一声，车子停了下来。

车门开了，阿涛被拉了出来。她知道这个时候是最杂乱的时候，也顾及不了许多了，掏出裤袋里的手机，往身后一甩，紧接着便有人将她猛推了一把：“老老实实跟我们走，不然就宰了你。”

阿涛颇有些庆幸，心里在说：他们一定没有发现我丢了手机。

朝前又走了几步，阿涛只感觉脚底下凹凸不平，地面是软绵绵的杂草，知道这里肯定不是在城里。她很想看看周围是什么样子，伸手要抓头上的黑罩，身后的人马上将她的手臂打了下去：“老实点。”

“你们是谁？要带我去哪里？”

“不许说话，跟我们走。”阿涛又被搡了一把，打了个趔趄，有只手在背后拉住了她，她才没摔倒。

随后，两人一人架着她的一条手臂往前走，走了不到一分钟，又架着她上了楼。“拐了四个弯，肯定是三楼。”阿涛正想着，突然被狠狠地推了出去。她摔在地上，爬不起来。

“哈哈，听说你很美，让我来看看。”

阿涛被摘去了头罩，这下她看清楚了，他俩一个是满脸横肉的管有水，另一个就是那天站在被告席上的陆仰福。

陆仰福蹲在她的身边，伸出手来摸她的脸，发出了一阵又一阵的淫笑，后来又把脸凑到她的头上，鼻孔接连抽了好几下：

“好香啊，真是个美妙女子。”

“你是没吃过腥的猫啊？”管有水斥责了他一声说，“干正事吧。”

阿涛盯着他俩，不知道他们要对自己怎么样，反正已经身不由己了。她战战兢兢的，坐在地上浑身发抖。

两人走了过来，脱去阿涛身上的衣服和裤子，把她扒得精光。

“别这样，别这样。”阿涛在使劲儿地挣扎，大声地叫喊。但没有用。这是一座野外小楼，周围毫无人烟，她再怎么呼喊也不会有人听到。

3

阿涛被脱光了衣服，用一条长长的铁链锁住一只脚。

“你在这里好好地给我待着，铁链这么长，你可以在房间里活动，叫喊没用的，谁也听不到。我们会给你送吃的来。这么热的天气，一丝不挂也好让你清凉些。”管有水说着，抱走阿涛的所有衣物，就要离去。

陆仰福却不忍心这样离开，他色迷迷地盯着阿涛的裸体，站着不肯迈开步子。

“走吧，你还想干什么？”管有水抓住陆仰福的一只手，把他拉走。

两人走到门口，陆仰福突然挣脱了管有水的拉扯，对他说：“不，我控制不住了。”踅身回来，喘着粗气，脱去了自己的裤子，扑到阿涛的身上……

阿涛不停地翻转身子，拼尽全力在挣扎。

管有水对陆仰福说：“她是你弟的，你怎么能……”

“谁说的，她是公共的，又不是我弟独自一人的，等我用完了，你也可以用。”陆仰福打断管有水的话，“还不快来帮忙？”

管有水踩住阿涛的一只脚，帮了陆仰福一把。

完事了，陆仰福一边穿着裤子一边对管有水说：“你想不想要？我来帮你。”

管有水踌躇了一下说：“脏了，还是不要了。”说话的态度不是很坚决，然后就抱着阿涛的衣服转身走了出去。

阿涛被囚禁的地方就是龟鳞山田望屿的那座小洋楼。她开始还大喊大叫，可是没人回应，除了苍蝇和蚊子，她看不到任何会发声的、有生命的——哪怕是一只狗也好。她的一条腿被铁链锁着，就是不被锁，她赤裸裸的一丝不挂也不敢这样走出去。落到这样的地步，她沮丧、无助、无奈，深感恐惧，算是尝到了人失去自由是什么样的滋味。她唯一的希望就寄托在那部手机上。手机丢在草地上了，料想管有水和陆仰福他们并没有发现。如果那部手机被哪个善良的人捡到，交到公安局去，自己就有救了。可这么偏僻的地方，又有谁会发现自己的那部手机？

阿涛躺在冰凉的瓷砖地板上，感到腰酸背痛，下身那个女人最隐秘的地方灼热灼热地疼。干她这一行的，身上已经没什么隐秘的地方了，心灵也穿上了铁甲，刀枪不入，可肉体是父母给的，经不住如此折磨啊！

阿涛的大腿旁边有一摊黏稠的白色液体，那是陆仰福留下的，并且还在不停地从自己大腿那边溢出。嗅觉灵敏的苍蝇马上成群结队地飞了过来。阿涛赶紧挪了一个位置，坐在墙角那边去。她想找个什么东西擦一擦大腿，可屋里什么也没有，空荡荡的，只能看到满屋的灰尘、飞舞的苍蝇和窗台上的蜘蛛网。她只好拿自己的手擦了，再将手往墙壁上抹一抹。

阿涛在墙角边坐了很久，想哭，但已经没有眼泪。她也想到一头撞墙，一了百了，可又觉得不甘心，这太便宜了陆仰贵那几个魔鬼。

阿涛刚想到陆仰贵，这时，陆仰贵正好自己一个人走了进来。

4

“阿涛，你这样不穿衣服还真的很迷人，你喜欢这样，我也喜欢看你这样。”陆仰贵把两袋子面包和一瓶矿泉水放在地上，戏谑地说，“你和我在一起时就常常是这样，只是以前是在温暖的被窝里，今天换了个地方。这瓷砖地板很凉爽吧?”

阿涛恶狠狠地瞪了他一眼，抓起面包，扯开塑料袋，咬了一大口。她实在是饿极了。

“不要这样，你知道你现在的吃相有多难看吗?”陆仰贵伸手轻轻地拍了拍她鼓起的腮帮子。

阿涛把满嘴的面包一个咕噜强咽下去，抓过矿泉水，喝了两口，又要去咬面包。

“慢慢来嘛，这些都是给你的，别噎着。你看，脖子都隆起来了。”陆仰贵伸手去摸她的脖子。

阿涛没理他，继续吃面包，喝矿泉水。

陆仰贵在她的脖子上抹了几下，手往下滑，就要去摸她的胸：“你的肌肤还真的让我欲火焚烧，真想和你再来一次。不过，你太脏了，你看，这里没有水，也没条面巾，要不我就帮你擦一擦。”

“去你的，不要黄鼠狼给鸡拜年。”阿涛吃完一个大面包，喝了大半瓶矿泉水，这才恨恨地说，“我什么地方得罪你了？你到底想把我怎么样?”

“这个问题正是我要问你的。我对你不好吗?你为什么把金戒指的事向常琪他们说了?你为什么要偷看我的手提包?你到底想对我怎么样?”

阿涛恍然大悟，没想到原来他什么都知道，昨天晚上他根本就没有真的入睡。还好，他没问到手机的事，也许他并不知道自己复制了他手机里的电话号码。阿涛想到昨天晚上他吃了伟哥后那野兽般的凶猛，当时还以为他是药物发作，现在她明白了，他是故意报复，是有意的虐待，是想把自己折腾到半死。阿涛愣住了，想起昨晚的那场戏，她还真有些后怕。

“怎么样?这就是你不听话的后果。以后还会这么倔吗?”陆仰贵嘻嘻地笑着。

“那你想把我怎么样?”

“你先告诉我，你的手机哪儿去了?”

“被你哥哥和管有水拿走了，我的东西全被他们劫走了。”

“没有，那里面没有你的手机，要是有，我还会来找你吗?”

“要不，那就是落在度假村里，忘了拿，也许半路上掉了。”

“嗯，这我要去查查，你要是再骗我，我会让你死，让你在这个世界上消失，死得不明不白，连尸骨都没人找得到。”

“那你让我死好了，你现在就杀了我，我已经不想活了，你也早点清静。”

“要让你死还不容易，我马上就可以掐死你，可我舍不得。你这样迷人，常常让我疯狂，让我神魂颠倒，我怎么舍得杀你?你要是听我的话，不与我作对，我们还可以像过去那样，我会给你很多很多的钱，还可以买车、买房子给你，让你体体面面地过上贵夫人的生活。”

“要是我不答应呢?”

“你现在都这样子了，你还敢说不答应?”

“你做梦吧，我是不会答应你的。你想对我怎么样?”

“你要真不答应我，那好，明天我就给你打针，让你染上毒瘾，到时候，看你还敢不敢不听我的。”

阿涛一听，骨髓里冒出了一股寒气。她的那些姐妹们就曾有人染上毒瘾，那可是生不如死。阿涛耷拉下眼皮，头也不自觉地低了下去。

“怎么样？害怕了吧？听不听我的话?”

阿涛没有回答。陆仰贵又问了一遍。阿涛这才点了点头：“好好，我以后听你的，你可千万不要让我染上毒瘾。”

“只要你听我的话，我呵护你都来不及，不会害你的。”陆仰贵说着，站了起来，“好了，你就在这里再委屈一下，让我考验考验你，只要你听我的话，不与我作对，我说到做到。”说完，他转身走了。

暮色从窗口悄悄地袭来，天色渐渐地暗了下去，眨眼间，整个屋子便漆黑一片了……

阿涛在黑暗中度过了她这一生中最恐怖的一夜。

5

第二天，阿涛便住进了怡欣花园那幢 D－6 别墅，过上了被人供养的贵妇般的生活。陆仰贵还给了她一辆黑色奥迪。阿涛想去什么地方都可以，可以去买化妆品，去做头发，去洗桑拿浴，去给老家的奶奶汇生活费，但不能离开黑色奥迪驾驶员的视线。这是陆仰贵对阿涛的约法三章。那个驾驶员是陆仰贵雇用的，一个月四千块工资，对他的主子忠心耿耿，把阿涛看得很紧。

阿涛失去了自由，但这她还可以忍受，不能忍受的是陆仰贵对她的性折磨。

陆仰贵常常会叫一些人到D－6号来，来的人一个共同的特点就是都有大腹便便的啤酒肚。他们都没有名字，只有姓氏，姓氏的后面再加官衔，什么书记、部长、局长、主任，等等。来了之后就要喝酒。下酒菜是从小区菜馆提上来的。喝酒不要紧，阿涛会喝，半斤八两不会醉，令她无法接受的是陆仰贵要她“裸陪”。脱光身子，先去淋浴，洗得干干净净，用一条丝巾把头发扎起来，然后在身上喷点法国香水，这才能来给客人斟酒。

刚开始阿涛不答应。是的，她是卖春的，可卖春也不是这样的卖法。以前她总是一点一点地引诱，把男人的欲火点燃了烧旺了再脱衣服，哪有这样一见面就赤身裸体地投怀送抱？她拒绝，但她的拒绝毫无意义。第一次，阿涛不从，可陆仰贵手里拿着针筒威胁她：“你是不是想要这个？”阿涛害怕了，只好听他的，以后就不敢再拒绝了。

那些“大腹便便的啤酒肚”刚进门时都显得很绅士，庄重而严肃，一见到她的身体，她的肌肤，她的丰乳肥臀，马上就像变了个人似的……有一次，一下了来了三个客人，他们满足了后，就打电话叫他们的驾驶员也上来。六个男人把阿涛折腾得人不像人鬼不像鬼，如同一具木乃伊似的躺在床上动弹不得。

……

阿涛在述说这些事时显得很平静，没有一点伤感，也不激动，仿佛是在述说陈年旧事。不是她麻木了，而是她现在心里有一种逃脱了魔掌的喜悦，用一种欣喜的心情述说伤心事，也就显得波澜不惊了。

“那你为什么不早点想办法离开？”珧珧的心情却与她截然

不同，她听得毛骨悚然，愤愤不平地骂道，“这些衣冠禽兽，简直就不是人。”

“我不是不想早点离开他们，我是怕逃不掉被他们抓回去，那肯定更惨。还有……”阿涛喝了怀水，继续说，“我还想多了解他们的一些事，帮你把你度公被杀的事弄清楚。”

“那你听到什么了吗?”

“听到了，听到了一些。”阿涛这时有些兴奋，“有一次，我听到邓副市长给陆仰贵打电话，好像是说龟鳞山的什么小楼被警察发现了。我想他说的那座小楼可能就是囚禁过我的那个地方。陆仰贵还在电话里问小楼里冰柜的事，我也没怎么听清楚，当时他说到冰柜的事，脸色变得很苍白，惊慌失措的样子。那个冰柜肯定有问题，你赶快叫常队长他们去查一查。”

“这我知道，常队长他们已经发现了，小楼里的冰柜曾经藏过我度公的尸体，是你的那部手机帮常琪他们找到那座小楼的。”

“噢，原来是这样，”阿涛又说，“还有，那个管有水十三年前犯过案子。有一次他给陆仰贵打电话，两人吵起来了，陆仰贵就威胁他说，把你十三年前的事捅出来，你也就完了。”

“这个发现很重要，我会马上报告给常琪他们。”

“还有……”

“还有什么?”

“还有，”阿涛说，“陆仰贵马上就要升官了，好像是要到别的地方去当什么主任。”

“这可不行。”珧珧急了，急得像火烧眉毛似的，“他一走，这案子就没法查下去了，我得马上告诉常琪。”珧珧掏出手机，又转身对阿涛说，“阿涛，我看你得赶紧回云南老家去，你在这里很危险。”

阿涛点了点头说：“我也正想回去看看我奶奶。”

第十六章 户籍猫腻

1

珧珧打电话把常琪叫来，转告他阿涛所说的那些事。

常琪显得异常的冷静，他一根接着一根地抽烟，连抽了三根。

“龟鳞山的那座小楼里的冰柜，曾经藏过陆度荒的尸块。”他说，“这一点已经可以确认。现在看来，陆度荒不是在刘箩村被杀的，而是在万吉市区。死亡时间也不是六月二十四日凌晨，而是在一周前的六月十七日。现在问题就清楚了，陆度荒六月十六日傍晚离开刘箩村，第二天到达市区，准备去信访局，半路被拐骗，然后遭到杀害，尸块藏在冰柜里，二十四日凌晨，尸块被运到刘箩村，由陆仰福负责抛尸。”

“对，”珧珧很同意常琪的分析，“尸块可能就是颜冬虹用出租车运的。颜冬虹那一趟到联桥镇，把尸块交给陆仰福，返回时车出了事故，正好与我住同一个病房。”

“没错，肯定是这样。”常琪也认同珧珧的判断，“就因为尸块在冰柜里藏了七天，保持了新鲜度，所以法医之前才会认定死亡时间是六月二十四日凌晨。我看，颜冬虹不一定参与了杀害陆度荒的过程，她运送尸块时，陆仰贵可能会骗她说是冻猪肉或者是冻牛肉。事后她可能从什么地方发现了破绽，陆仰福兄弟俩为了堵住她的嘴，才会给了她一万元现金和那枚陆度荒的金戒指。”

“颜冬虹就是因为那枚金戒指被我无意中看到，才被灭了口。吊狗岭的那次车祸，肯定是陆仰贵故意把刹车板的螺丝给松了。陆连仲快餐筷厂财务室门前的刹车油，足以说明这一点。吊狗岭那个地方，三公里多的下坡，踩几次刹车，刹车油就没有了，又是半夜三更的，颜冬虹车技再怎么好，也把握不住方向，就出车祸了。她死得实在冤哪。”珧珧颇有些感慨，转而又问，“现在案情已经基本明朗，陆仰贵却要升官调走了，他这一走继续往下查就更困难了。常琪，你们准备怎么办?”

“不是说管有水身上有案底吗？从他那里入手，也许会有较大的收获。我马上回去，去查查管有水这个人。”

常琪说着就要离去，珧珧却叫住了他：“阿涛现在很危险，你派两个人送她回云南老家吧?”

“行，这事简单。”

“等一下。”珧珧再次叫住他，“你们警界里肯定有内鬼，有很多事总能在第一时间传到陆仰贵的耳朵里。我原来还怀疑你呢。你想想，当初你们搜查陆仰福家没有成功。我在颜冬虹家发现金戒指，告诉了你，你把她列入嫌疑对象，她马上就出车祸了。还有，你们发现龟鳞山的小楼和那个曾经收藏尸块的冰柜，邓培树马上就打电话告诉了陆仰贵……”

“这个问题我早想过了，我知道，我会小心再小心。真没想过你还曾经怀疑过我，谢谢你现在对我说了实话。拜拜。”

2

常琪回到荆县，立即去城关派出所调取管有水的户籍档案。仔细分析，里面还真有不少猫腻。

管有水是十一年前入户的，可他的户籍关系是从何地迁来的无从查考。他当年二十六岁，不携妻不带子，单独一个人，要入户必须要有迁移证，这是最起码的手续，但档案里却找不到。入户档案中有一张审批表，经办人是一个叫高元的老民警，退休后已经过世了，批准入户的是派出所当时的教导员冯由中，现在是看守所的副主任。常琪拿着那张审批表的复印件去找冯由中，要他回忆当时的情况，可冯由中一看便矢口否认字是他签的，一口咬定是别人模仿他的字体写的。为了叫常琪相信，他在白纸上连写了五遍“同意入户。冯由中”。果然，他的字与审批表上的字差别很明显，审批表上的字运笔生硬，没有他的字体那么流畅，模仿的痕迹一眼就能看出来。

冯由中对此极度的生气：“有人假公济私，却要嫁祸于我。”

常琪相信他。两人虽然从未在同一科室共事过，但也算是同一个单位的。常琪了解他，知道他为人忠厚老实，快要退休了，一生没干过什么轰轰烈烈的大事，但勤勤恳恳，是个责任心很强的老民警。他是不会做出这种事的。常琪本想要他仔细回忆一下当时的情况，经办人死了，现在只有冯由中能提供点线索。然而，冯由中气得吹胡子瞪眼，满脸涨红。他有高血压和心脏病，常琪不敢逼他太紧，生怕出了意外，只得说了些安慰的话，便与他告辞，回到了自己的办公室。

入夜，常琪突然接到冯由中的电话，说是那件事他想起来了，三言两语说不清楚，约常琪找个地方谈谈。常琪觉得下午找他时把他气得那个样子，颇有些过意不去，现在人家主动找上门来，心里很感激，就想找个轻松的地方。于是便说："那我们去望江茶楼吧，我请你喝茶。那里风景优美，离你家和我这里差不多路程。"

冯由中没有拒绝，两人先后来到望江茶楼。冯由中见常琪点了碧螺春，还有不少糕点，知道那要花很多钱的，说："你太破费了，没必要这么客气，我们都是公事公办。"

"没什么，老冯你也是老同志了，单独与你在一起喝一次茶不容易，喝吧。"

冯由中先是用嘴在茶杯的边沿碰了几下，鼻孔接连抽了几下，再轻轻地呷了一口茶，大呼："好茶，真是好茶。"

喝过了茶，吃了些糕点，冯由中拿张面巾纸擦了嘴，说："我们也不能光顾喝茶。常队，我知道你工作认真。如今太认真的人吃不开，常常要碰壁的，只有会拍马屁、会吹牛皮、做事糊里糊涂的，才能一路顺风、节节攀升。好了，不说这些了，管有水的事，我想起来了，我约你，就是想把这件事告诉你。事情是这样的。"冯由中说，"我记得当时高元找过我，说是有个叫管有水的人，山西人，在我们县找了对象，户口要迁到我们荆县县城来，拿了审批表要我签字。我问高元为什么没有山西那边的迁移证。高元说，据管有水自己讲，迁移证丢了。手续不完整，我当然是不能签字。我就对高元说，不行，这事不能办。就将他挡了回去。当天晚上，我的侄儿带着县委办公室的一个年轻的干部到我家来，还带了两条大中华烟和两听高档茶，要我通融一下，把管有水的户籍落了。”

冯由中继续说：“我摇头对他俩说，这事我不能办，莫名其妙的一个人，好人坏人证明不了，我不能随便让他落户。他俩讨了个没趣，就走了。走的时候，我把他们带到我家来的东西提着追到门口还了回去。第二天，易副局长又给我打电话，问我管有水落户的事能不能灵活点，想个办法给办了。我当时就态度很明确地给回绝了。隔了两天，局长打电话要我到他的办公室去一趟。当时的局长是申明聪，我就知道一定是为了管有水落户的事，要不然他是不会亲自给我打电话的。在去局长办公室的路上我就想好了怎么应对。进门的时候，我看到里面还有县纪委姓唐的副书记和他们的一个科长。当时我心里的第一反应就是：来头不小啊。我和他们打过了招呼，没等他们开口我就主动问，是不是要说管有水落户的事？申局长笑了，说，嗯，你还真聪明，那你说，到底是怎么回事？我就说：这个人肯定有问题。我还把前面几个人找过我的事一一说了。我说，要不是里面有问题，不会这样找的。我说我不能办，我要是批了，弄不好我三十几年就白干了。他们几个人官都比我大，看我倚老卖老，脸都拉长了，脸色变得很难看。沉默了很久，申局长便对唐副书记说，我说了，这事要征求经办人的意思，我没法答应你。那个县纪委副书记也就没什么好说的，客客气气地离开了。申局长这样说是想把我推到得罪人的前沿阵地，我心里清楚，可我也不怕，我两袖清风，还怕你什么纪委副书记？就是副省长、副总理、联合国的副秘书长来我也是这样。后来的事我就不知道了，他是什么时候、怎么办的我一直被蒙在鼓里。如果不是你下午找我说起这件事，我还不知道管有水已经在我们的辖区内落户了。那个字绝对不是我签的，可以拿去做笔迹鉴定，如果是我签的，我负全责。”

“这我相信。”常琪说，“老冯，我从警十来年了，在我们局里，不是我拍你的马屁，我最敬重的就是你。你为人正派、讲原则，所以你能培养出一个很出色的儿子，也算是好人有好报了。”

“你这话我爱听，”谈起自己的儿子，冯由中脸上马上露出了骄傲的神色，“我儿子博士毕业，正要去美国读博士后，我退休后还有三千多块的退休金，我知足了。”

“做人就是要这样，那些只顾眼前利益不择手段的，大多没好下场。”

“你说对了，我这辈子，沉沉浮浮的人间过客什么人没见过？”冯由中脸上大放光彩，他为自己一辈子坚持原则没做过违心事而兴奋，“小常，我知道你的为人，才向你说了这么多。你也是为了工作，如果是别人，我还真的不想说呢，自己身正不怕影子歪，我也快要退休了，无须管太多的事。”

“那你说说，管有水的身后，是什么力量在支撑他，他怎么会有这么大的能力？”

“这我真的不知道，高元死了，那个纪委的唐副书记调省里去了，易副局长可能知道，你敢不敢去问他？”

常琪摇了摇头：“不是我不敢去问他，我是觉得这事还没个眉目，暂时还不是向领导汇报的时候。”常琪话虽这样说，其实他对易副局长是有怀疑的。这起案件的很多事，一汇报到易副局长那里，邓培树和陆仰贵马上就会知道，他不想节外生枝。

“对了，我可以帮你问问。”冯由中说，“当时我的侄儿带着县委办公室一个年轻的干事来找过我，当时那个人只是自我介绍说是县委办的，我也没问他叫什么名字，等我回去问问我的侄儿，他会知道的。”

两人又闲聊了一阵子，直到夜深人静才离去。

3

第二天，冯由中给常琪打电话，说他问了自己的侄儿，那个曾经到冯由中家想要开后门的人叫共潮生，是他侄儿的同学，现在已经是奎洋县的副县长了。冯由中还说，他的侄儿也不知道管有水的来历，不知道共潮生为什么会替他的户籍问题奔走。只因为是同学的关系，共潮生找他，碍于面子，他才带共潮生到自己家去的。

奎洋县离荆县两百多公里，常琪不想让易副局长知道自己要去找共潮生，请了个私人假，便独自一人去了奎洋县。

可人家是副县长，整天不是这个会就是那个会，还有永远也接待不完的客人，忙得很，想见一面还真的是很不容易。常琪又去了当地派出所，求得同行的帮助，拿到共潮生的电话号码，打过去，接电话的却是共副县长的驾驶员。那人尽职尽责，一定要问清楚找共副县长的原因，常琪又不想说得太多，含糊其辞。驾驶员不买账，回答说："共副县长很忙，没时间见你。"就把电话挂了。常琪又打了两次电话，结果都一样。

常琪在奎洋县待了两天一夜，没能见到共潮生一面，很不甘心，既然来了，总不能空手而归。就在他手足无措时，上帝向他开启了另一扇窗。他住的那间招待所的一个女服务员知道他是共副县长的老乡，就对他说："共副县长下午要在大酒店的三楼开会，会后可能到二楼吃饭，如果没有意外，晚饭一般六点半到八点之间，不会超过八点结束。吃完晚饭，他就不会有秘书跟随了，一般会自己开车回到他的住处，兰陵路38号，那幢楼住的全是副处级以上的领导，一人一间套房，共副好像是E

座三楼，你可以在那里等他。不过，这还不是很保险。夜里是领导们最自由的时间，如果他吃完晚饭直接开车到什么地方潇洒去了，不回住处，你就只能白等。我看，你最好是在会议室门口等他，要不就在餐厅门口等，等他一出来，你就拦住他，想对他说什么，就可以说了。”

服务员小姐的这一番调教，叫常琪受益匪浅。于是他五点四十五分去了会场门口，六点整，会议果然准时结束。常琪看到共潮生走出会场，马上迎了上去，叫了声：“共副县长。”

共潮生极其严肃地盯了他一眼，严肃得脸上的每一条皱纹都是直的，只盯一眼，并没理会，转身就要走。

“共副县长，我从荆县来的，我叫常琪。”常琪追了上去，用荆县的土话作了自我介绍。

共潮生停下脚步，回转过头，微笑着看着常琪，脸上的皱纹也弯了、柔软了，不再像刚才那样又硬又直。“噢，你从荆县来？什么时候到的？怎么到现在才来找我？”连抛出三个问号，显得十分热情，目光有如和煦的春风。

有权不用，过期作废。共潮生平时对老家来人都是很客气的，帮家乡人办了不少好事、实事，基本上是有求必应，博了不少好名声。他以为常琪也是来找他讨方便的，态度转了个一百八十度的大弯，变得和蔼可亲。

“是这样的，共副县长。”常琪开门见山，“十一年前，有个叫管有水的人……”

“管有水？”共潮生皱了下眉头，脸上的皱纹一下子又全都拉直了，恢复了刚才那又硬又直的严肃相，“什么有水没水，我不认识。”

“当时城关派出所的教导员冯由中您认识吧？”

“嗯，是听说过。”

“十一年前，你和冯由中的侄儿去找过他……”

“没有这回事。他的侄儿是我大学的同学，我们经常在一起，这是事实。我可没去找过他，我找他干什么?”

“您再想想。”

“这还用想吗?没有的事，十一年了，要真的有什么鸡毛蒜皮的事不留在我的记忆中，我再怎么想也想不起来。你要问我啥事，我也不可能满足你。好了，我很忙，先走了。”共潮生把常琪撂在会场门口，转过身，头也不回快步离去。走了几步，还能听到他愤愤地骂了一句：“什么狗屁事也来找我。”

4

常琪带着失望与无奈的心情离开了奎洋县。在万吉下了火车，他没马上赶回荆县，而是去找珧珧。他向珧珧述说了奎洋之行的过程，发了一大通牢骚。

“哎，如今当官的……”珧珧听了很同情他。她自己也有同感，虽然工作时间不长，但也领教过不少官场上的冷漠与傲慢。她说，“其实你这一趟奎洋行没什么必要。你要去之前没让我知道，不然我就会阻止你去。”

常琪愣了一下，不知她是什么意思。

“那个共潮生肯定是受陆仰贵之托才去找冯由中开后门的。”

“你有证据?”

“这还需要证据吗?分析一下他俩的关系就知道了。”珧珧说，“共潮生我认识，他也是政法大学毕业的，是高我三届的学长，外号叫‘活动家’，在大学读书的时候活动能力就很强，啥事到他手里都玩得溜溜地转。大学四年就当了不少官，班长、宣传部部长、学生会主席，他都干过，一直是官运亨通。他还有另外一个外号，是我们这些老乡给他取的，叫‘情场老手’。他很得女孩子的青睐，三言两语就能把涉世不深的女同学搞到手，谈了N次恋爱，最后都没成正果。他学习成绩并不是上乘的，和大多数同代人一样，高中拼，大学混，英语四级连考了四次才勉强过关。混了四年毕业后不敢在大城市找工作，选择回到荆县。荆县是个小地方，真有学问的人不多，拉关系走后门却很盛行，所以他如鱼得水，第一份工作就到了县委办公室，干了一年多点，就去当副乡长了，两年后调到岩前县的一个镇当‘一把手’。有一次他去省城开会，下半夜三点多搂抱着一个女孩子在五一广场被巡逻队撞上，刚开始说是嫖娼，后来说是偷情。那时他已经有妻室了，还什么情爱？我们这些认识他的人都认为这一次他的仕途完了，他的官运恐怕只能戛然而止。出乎意料的是，他又升官了，调到奎洋县当了副县长。无疑是他后面有人，替他把这事摆平了。这年头啊，就是这种现状，我们还有什么话好说呢？”

“这也不能证明他找冯由中开后门就一定是受陆仰贵之托吧？”

“当时他在县委办公室当干事时，与陆仰贵关系非常密切，是铁哥们儿。”珧珧继续说，“那时陆仰贵是县委书记的秘书，他是县委办公室的科员，两人都是搞关系的高手，惺惺相惜吧，经常一起喝酒、搓麻将，很谈得来。共潮生下去当副乡长，就是陆仰贵打点邓培树书记的关系才得以实现的。”

“那你为什么说我这一趟奎洋行没有必要？”常琪还是有些不解。

“他俩关系这么铁，共潮生会把陆仰贵供出来吗？”珧珧回答，“退一万步，就算他说了实话，明确告诉你是受陆仰贵之托，那又能怎么样？他也不一定知道内幕，不知道管有水到底是何方来头，你找他还不如直接去找陆仰贵。可你去找陆仰贵，有用吗？所以我说你去奎洋县没必要。”

“嗯，你说的有道理。”常琪点了点头，“当时我要去奎洋之前能听到你的这些话，我就不会去了，白跑一趟，还受了那么多的窝囊气，真不值。”

“晚上你想吃什么？”珧珧突然想到该吃晚饭了，问了一句。

“随便。”

“那好，我们吃点番薯粥吧？”

“行，我来帮你削番薯皮。”常琪说着，与珧珧一起走进厨房。

番薯粥很快就煮好了，两人一人装了一碗。珧珧把一粒咸蛋切成两半，一人一半，又炒了盘空心菜，两个便面对面地坐到饭桌上吃了起来。

吃着吃着，常琪突然说：“珧珧，我们俩很像……”

“很像什么？”

“很像小两口。”

“去你的，你休想。讨厌。”

珧珧像所有女孩子一样，总是言不由衷地把“喜欢”说成“讨厌”，把“你真好”说成“你真坏”。她说这话时脸刷地一下子全红了，浑身像爬满了小毛虫，感觉哪个地方都不自在。她迅速地瞥了常琪一眼，然后低下头，突然间却想起菜花嫂对自己说过的话：赶快找个男人，长相过得去就行，人要好，心要善，不要太有钱……

眼前的他，不正是菜花嫂心目中的那个标准男人吗？

第十七章　音乐喷泉前不为浪漫

1

两人吃过了晚饭，夜幕降临，华灯初上，喧嚣的城市随即安静下来，如同一个玲珑活泼、热情奔放、整日里蹦蹦跳跳的少妇，突然发觉自己怀孕了，立马变得温柔贤惠、多愁善感、气度雍容、举止优雅。

常琪似乎没有马上要走的意思，琲琲也想与他多待会儿，哪怕是多待一分钟、一刻钟也好。

无须语言交流，眼神就是最浅显易懂的语言。两人坐在沙发上，相互盯着对方看了好一阵子，谁也没有说话。

常琪突然打破沉默：“听说市政府最近投了一个亿搞夜景工

程，万吉市区是不是变得很美?”

“是啊，沿江的迎宾大道，全是霓虹灯，还种了不少花草，一棵树苗就是几十万，一块石头也是十几万，我白天去过，夜里有多漂亮，我也还没见过。承包商就是那个送给颜冬虹一套房子的地产商钱钟同。”珧珧说，心里就等着常琪能邀她一起去那个地方散散步。

常琪果然心有灵犀一点通，马上说：“那我们到那边去散散步吧?”

“那行，走吧，我们开车去，把车停在宏景花园，然后沿江边走走。以前都是我坐你的车，现在换个角色，你坐我的车，怎么样?”

常琪当然巴不得。于是，两人就开车出去了。

这里的夜景确实很美，游人如织，有的三三两两，有的成双成对，当然也有独自一人的，但都有一个共同的心情，那就是“悠闲”。

一个亿听上去有点吓人，不过那是纳税人的钱，没人会去考虑那些钱是怎么花的，人们只知道享受这里五彩缤纷的灯光、奇形怪状的石头、起伏跳跃的喷泉，以及百花丛中造型各异的木椅、石凳……更叫人叹为观止的是那些叫不出名字来的奇树，不知从什么地方移来的，根没扎牢就能傲然屹立、郁郁葱葱。

沿江漫步，走了大约半个小时，一曲小约翰·施特劳斯的《蓝色多瑙河》从不远处传来，两人也没说什么，便不约而同地朝那边走去。

这是一个广场，面积大的惊人，要是放在刘箩村，拿来种水稻足可养活一所县级中学的全体师生。广场的正中央就是喷水池，《蓝色的多瑙河》就是从那林立跳跃、五颜六色的水柱群中“流”出来的。

两人驻足观赏。

音乐声刚开始是起伏跌宕、朝气蓬勃的旋律，继而又变得婉转柔美，展现了一幅阿尔卑斯山麓的青年们在热烈、欢快的舞蹈间隙窃窃私语、互诉衷曲的画面。

珧珧平时就很喜欢《蓝色的多瑙河》，她已经有些陶醉了。常琪不是很懂音乐，可那优美的旋律还是打动了他的心，右脚的后脚跟情不自禁地跟随着节奏打起节拍。

猛然间，珧珧抱住了他，把头埋在他的胸脯里。常琪有点措手不及，下意识地伸出双臂，紧搂住了她。

“你的身后有两个人，我不想让他们看到我。”珧珧小声地对他说。

“谁啊?”常琪以为她是看到熟人了，“我们光明正大谈恋爱，你怕什么?”

“去你的，谁和你谈恋爱了?”珧珧在他的后背上轻轻地捏了一下，“是那个在动车上曾经与我坐在一起的女人，另一个就是在站台叫我的名字，向我招手，后来又死不承认的男人。你不要转身看，抱紧我，就像恋人那样，不要被他们发现。喏，我这里有面小镜子。”珧珧从裤兜里掏出一面镜子，塞在常琪的手上。

常琪一手搂着珧珧的肩膀，一手拿着小镜子，把它藏在珧珧的头发中，观察身后。

那一男一女显然是刚从一辆奔驰车里出来，看得出来，男的是提袋子的随从，女的才是主子，两人一前一后走上时代大酒店的台阶。

“他们进去了，进时代大酒店了。”常琪说。

珧珧这才轻轻地推开他，不好意思地看着他笑了笑。

2

“那个女人是个红得发紫的企业家，叫宫芹。”常琪说，“当时我没告诉你，是因为我觉得这么高层次的一个人物，我们根本动不了，既然动不了，干脆就先别管她，我怕要是对你说了，会增加你的烦恼。”

珧珧心里涌起了一股暖流，当时自己还错怪了他，以为是他害怕权势，不敢碰硬，现在才明白，他是在为自己考虑。她嗔怪道：“那你现在为什么又要说了？”

“现在不说不行。”常琪说，“当时我以为宫芹与你同坐一列动车，也许是偶然，你手机上的视频被删除的事或许与她无关，是别人干的。现在看来，事实并不是我原先估计的那样。既然她同那个向你招手的男人在一起，这就证明他们是一伙的。一个诱骗你走出动车车厢，另一个把你手机上的视频删除，一男一女，配合得如此天衣无缝，显然他们是有预谋的。”

“我们俩现在得监视他们，看看是不是还会有别的人来，来的都是些什么样的人。队长同志，”珧珧俏皮地说，忍不住自己也笑了，“你在这里候着，我去把车开过来，你看怎么样？”

“去吧，珧珧同志，我等你。”

常琪一语双关，聪明的珧珧一听就明白，心里泛起一阵涟漪，用深情的目光望了他一眼，转身走了。

她把标志 207 开了过来，还顺便在路上买了两副望远镜。两人就躲在车里，监视着时代大酒店的大门。没多久，就看到来了两个人，一个是副市长邓培树，另一个就是他的秘书陆仰贵。邓培树一下车就上了台阶，迈着碎步，将那臃肿的身子从自动开启的玻璃大门中塞了进去。陆仰贵却跟在邓培树的后面，一步三回头地上了台阶，然后站立在门口，转过身就不动了，好像要等什么人。三分钟后，陆连仲也来了。他是自己开车来的，把车停到停车场后，快步走向台阶，跳跃着攀登而上，走到陆仰贵身边，两人说了些什么话，然后才一起走进大门。

“连仲怎么会同他们走到一起呢？”珧珧的心头飘起了疑云。为了度公被害的案子，她没少与陆连仲接触，她一直以为连仲胆小怕事，只安守本分地干实业，手上就一个百来万的小厂，只因为与陆仰贵是同村人，酒席上才会有些往来。可那个副市长，还有那个宫芹，他陆连仲能高攀得起吗？

这时，又来了一个人，天啊，竟然是常琪的顶头上司，荆县公安局的副局长易柏露。他是开警车来的，驾驶员把他送到门口，车返回去，他被刚从大门出来的陆仰贵迎了进去。

他俩进去后也就是两分钟，又来了三个人，一个是提袋子的随从，一个是打扮得十分妖冶的美少女，还有一个大腹便便、趾高气扬、神气十足的中年男子。常琪不认识他，问了一句：“他是谁啊？”

“他就是闻名大江南北的地产商钱钟同，省政协常委，腰缠万贯的大商人。”

“都是些大人物。”常琪情不自禁地说了一句，转而又说，“呃，那个叫你慧姑的陆连仲，同他们这伙可不是一个层次，怎么会与他们凑在一起？明天你去问问他。”

“对啊，我也纳闷，明天我就去问他，他会向我说实话的。”珧珧说，“再看看，看还会有谁来。”

然而，过了大约半个小时，并没见到又有谁来。反倒是陆连仲从里面走了出来，走到自己的车旁，开车走了。

“他怎么又走了呢？”常琪颇有些惊讶。

“我知道了。”珧珧说，“这么一个大酒店，突然聚集了那么多人，干什么？当然是又吃又喝，吃喝就得有人埋单。陆连仲本来是被陆仰贵拉来准备买单的，现在有了大款钱钟同，人家不需要他了，所以就叫他回去了。”

“有道理。”常琪看了珧珧一眼，“你的分析有道理，但明天你还是去问问他，证实一下。”

“我会的。”

两人又候了两个多小时，酒店门口什么动静也没有，死一样的沉寂。

“我们回去吧？”常琪提议，“反正我们也没办法知道他们在里面干些什么。”

次日一早，珧珧去找了陆连仲。

陆连仲说：“仰贵叔说要在时代大酒店招待几个重要的客人，叫我也一起去。不用说他也是叫我去埋单的，这是习惯成自然的事，所以我就去了。我进去之后，那个四十来岁的中年妇女看到我很不高兴，问仰贵叔为什么叫一个不相干的人来。我当时很尴尬，又不好说我是来埋单的。后来是邓副市长咬着那个中年女人的耳朵说了几句话，那个中年妇女才说，叫他回去吧。恰好这时来了个地产大亨，那个中年妇女对他说，你是地产大亨，今晚就你请客了。那个地产大亨连声说‘当然，当然’。我就走了。”

陆连仲的回答与珧珧原先的猜测完全一样。

第十八章　漂白了的逃犯

1

常琪这边，他回到警队后一直在苦苦思索着如何弄清楚管有水的真实身份。想来想去，突然就想到了老民警赖以林。

老赖与冯由中一样，责任感超强，从警近四十年，在刑警大队当内勤一干就是十九年，现在已经退休四年多了。常琪想，既然阿涛说管有水十三年前有案底，兴许赖以林还会有点印象。抱着试试看的心情，常琪驱车去了联桥镇，找到老赖。

赖以林看了常琪给的照片，深思了很久，时而点点头时而摇摇头，就是不说话。

常琪耐着性子等着，赖以林突然说：“我跟你的车回局里去，查查档案再说。”

回到警队，赖以林到档案室里找了大半天，找到了一份发黄的“通缉令”。拿着那张“通缉令”和常琪给的那张照片，老赖走进常琪的办公室：“常队你看，这两个人是不是一样?”

常琪仔细看了一遍又一遍，觉得“通缉令”上的照片与管有水的照片不大像又有点像，便回答说：“查查看吧。”

那份“通缉令”是山东省一个地级市的公安机关发布的，被通缉的人叫秦竹官。从身份证号码上看，秦竹官的出生年月与管有水只差三个月，被通缉的原因是涉嫌杀人。

管有水，“竹”字下面一个“官”字，不就是“管”吗?常琪若有所悟，立马给山东那边打了电话。

从对方的回答中常琪了解到，秦竹官十八岁参军，在某武警部队干了六年，二十四岁退伍到县看守所当民警，两年后，因为替一个在押的贪腐官员通风报信被开除。之后自己做生意，又因涉嫌杀害自己的妻姐后潜逃被通缉。公安机关十三年来始终没有放弃对他的追捕，但一直无果。

常琪也向对方简要地介绍了这边管有水的情况，要求他们把秦竹官的档案材料复印了寄过来。对方却说：“我们马上派人到你们那里去，会把详细材料一并带去。”

常琪谢过赖以林，要开车送他回联桥。可老赖不肯答应，说他退休了，不喜欢坐公车，能不坐就尽量不坐，执意要自己搭车回去。常琪只好把他送到车站。对这样的老民警，常琪心里无限感激。

两天后，山东那边的人来了，常琪马上派人去把管有水叫来。

讯问开始了，令常琪怎么也想不到，管有水竟然会如此不堪一击。

他看到两名完全陌生的警察，听出一口地道的山东腔，整个人就瘫了，双腿一软，“扑通”一声跪倒在地，磕头如捣蒜：“我说，我说，十三年了，我早受不了了。我说，我全都说出来。”

2

十三年前，秦竹官被清除出警察队伍，饭碗没了，整天待在家里。妻子虚荣心强，原本因为有个当警察的丈夫，能在亲朋好友面前神采飞扬，对他也百依百顺。丈夫落难后，妻子便瞧不起他了，整天唠唠叨叨的，把他说得一文不值，奚落他、消费他，说自己有眼无珠才嫁给他这个窝囊废。秦竹官胀满一肚子气，就与妻子吵了起来。妻子的姐姐跑过来帮腔，说了一大堆不堪入耳的话。秦竹官一时性起，随手抓了身边的一根棍棒就朝妻姐的头上猛击了一棍。妻姐随之瘫倒在地。秦竹官火气没消，又朝妻姐的腹部猛踩了两脚。他的妻姐原本就弱不禁风，哪撑得住这般殴打，鲜血从嘴巴里喷射出来。秦竹官转身走出家门，去一个老战友家住了一夜。第二天，城里沸沸扬扬，都在传说秦竹官的妻姐被秦竹官打死的事。秦竹官不敢回家，从此流落他乡。他挖过煤、烧过瓦、刮过松香油、帮人卖过猪肉，还在一个汽车修配厂当过九个月的学徒。两年多的时间里，他一直在湘西山区里转，不敢在县城以上的城市露脸。一次偶然的机会，他碰上了那个在看守所里曾经得到他通风报信的落马官员。

对方叫陈忠直，原本是个副县长，因一个鞭炮厂起火爆炸死了四个人被追究责任，事后一查，还查出了他受贿数万元，两罪相加，被判了三年徒刑。那时他在做生意，全国到处跑，没想到两人还真有缘，碰到一起了。秦竹官便把自己的事一五一十地告诉了陈忠直。陈忠直同情他，毕竟是因为自己的事他才会落难至此。于是，陈忠直就打电话给时任荆县县委书记的邓培树，要邓培树帮助秦竹官解决户籍问题。邓培树与陈忠直曾经在北京的一个副处级以上的干部培训班认识，两人同住一间宿舍两个多月，交情颇深，就答应了下来。就这样，秦竹官变成了管有水，从此漂白了身份，在荆县县城开了间肉丸店，重新娶了老婆，还生了个女儿。当然，邓培树只是利用手上的权力动了动嘴巴，所有的事都是陆仰贵替管有水操办的。就因为欠下了邓培树和陆仰贵这份情，管有水才死心塌地为他们做事。

说到这里，管有水沉默了，眨巴着眼睛看着坐在他面前的几位警察，就是不说话。

“说啊，继续往下说。”常琪连说了几遍。

管有水却低下头，陷入沉思中。他的内心充满矛盾，心里仿佛有一个小人在对他说，说吧，把所有的事都说出来就能解脱，又另有一个小人在说，不能说，说了你的恩人邓培树和陆仰贵都要坐牢的。是说还是不说，他实在是拿不定主意。邓培树与陆仰贵对自己有恩，把他们供出来，他不忍心，也没那个勇气。可如果不说出来，自己能扛得起吗？肯定扛不起。当初为了陈忠直，一失足成千古恨……他想了很多，想的都是这些年来的逃亡生活。他有时抬起头想说，却欲言又止，立马又低下头去。他的思绪飞扬，在江河山水间驰骋，突然就激烈地搏杀起来，两军旗鼓相当，看不到结果，不知道最后是谁胜谁输。

那几个山东来的警察要说什么，都被常琪挥手制止了。他知道管有水正在作思想斗争，他有信心，也相信管有水最后会把所有的事交代清楚。

满屋子的人都不说话，审讯室寂静得就像在追悼会的会场，每个人的喘气声都能听得一清二楚，甚至还能分辨出谁在吸谁在呼。

大半个时辰后，常琪出其不意地突然打破寂静，“嗖”地一下子站了起来，说：“好了，今天就先到这里。管有水，不，应该叫你秦竹官，你自己再去想想吧。你要记得你刚才进门时说的话。你说过你要把什么事都说出来，别忘了，去想想吧。”

第一次审讯本要就此结束，常琪正准备把管有水带到看守所，管有水却突然大声嚷嚷道：“不，不，我说，我说，我什么都说。”

3

“六月十六日晚上，陆仰贵打电话给我，叫我到万吉去。我吃过晚饭，关了店门，就搭车去了。他约我在咪咪茶室见面。那个时候茶室里顾客很多，我去了后，在靠窗的一张方桌前坐了下来，等了半个小时左右，他来了。我们一边喝茶一边谈话。他告诉我说，有个人，要坏他前程，他想做掉他，要我帮他。我刚一听有些害怕，后来又想，自己也曾经杀过人，再杀一个也是同样的罪，就答应帮他。当晚，他安排我在一间四星级酒店住了下来。第二天一早，他开一辆白色的丰田车来接我，把我拉到市政府门口，当时机关刚刚上班，人来人往。我们就在车里候着。半个小时多点，上班的人基本都进去了，这时来了一个背挎包的农民。他对我说，来了，就是他。说完就下车，走到那个背挎包的农民面前，不知对他说了些什么。那个农民起先不理他，执意要往里面走。陆仰贵拉住他的手，又说了几句，那个背挎包的农民这才改变主意，跟着他走到我们的车这边来。我赶紧打开车门，让他俩上车。来的时候车是陆仰贵开的，这下改由我开车，他们俩坐在后排。我按照陆仰贵事先的安排，把车开到龟鳞山。那个农民发现不对劲，挣扎着要开车门跳下去。陆仰贵便从衣兜里掏出一条绳索，套住他的脖子。那个人看样子有五十来岁，虽然装扮像个农民，但体格并不强壮，陆仰贵没费多少劲，就将他勒死了。

“我们到了龟鳞山，那里有座小楼，陆仰贵的哥哥在我们刚到的时候也来了。我们仨就把尸体搬了进去。他的哥哥陆仰福以前杀过猪，就在那个屋子里把尸体肢解了，分别用五个蛇皮袋装着，放进冰柜里。这时我们才发现没有电，我就到处找，找到后墙上有个闸刀开关，用一个小木箱子封死了。我找了块铁棒，把木箱子撬开，将闸刀开关推了上去，这下就有电了。干完这一切后，陆仰贵的哥哥就回去了。他是坐出租车来的，车就在路口等他。我也准备回家，可陆仰贵要我等一会儿。他说有个开出租车的会来处理尸体，可那个人不知道路，要我带她走一趟，指明到龟鳞山的路，以后就没我的事了。我答应了。他就把我带到市里一个小区门口，打电话叫那个开出租车的女人下来。然后，陆仰贵就开他的丰田车去上班了，我则坐那个女人的出租车又跑了一次龟鳞山。这次我们没进楼，车开到楼下，我对那个女人说，就是这里。她嗯了声，便调转车头，直接把我送到荆县。后来我才知道，那个被勒死的人叫陆度荒，那个开出租车的女人叫颜冬虹。

“这是我帮陆仰贵做的第一件事，我说了，我要全说出来，我说话算数，我会履行我的承诺。第二件事是他要我去找一个做‘鸡’的女孩，要她作假证明。

“那一天是县城的墟日，肉丸店的生意很好，我忙得不可开交。陆仰贵突然来了电话，要我去一趟万吉市。我说我很忙脱不开身，他说不要紧，什么时候有空你再来。也是吃过晚饭，我的肉丸卖完了，我才搭车去了万吉。去的时候，我在车上给他打电话，说我马上就到了。他却说他在开一个很重要的会议，叫我在市区逛逛，等十点半到咪咪茶室相会。我就按他说的，在街上随便走走，等到将近十点半时，才去了咪咪茶室。

“这一次他没让我等，而是先到一步。我问他是不是等了很久，他回答说也是刚到。我便问他要我办什么事。他给了我一个信封，里面装着一大沓钱，对我说，这里有两万元，赶紧收了。我不知道他是什么意思，就对他说，咱俩谁跟谁啊，我怎能收你的钱？他说，不是要给你的，是要你办事的。我问他到底办什么事。他给了我一张照片，对我说，就这个人，是个卖淫女，叫阿涛……我以为他又要我杀人，很害怕，四肢都颤抖了。他赶紧告诉我说，不是要你杀人，你不用怕，是要你送钱给她。我听不懂他的意思，摸了摸自己的脑袋问，到底什么事啊？他说，是这样的，那个陆度荒有一枚戒指，我不小心给了阿涛，我现在不想让她把这事说出来。你去找她，把那枚金戒指买回来，她要多少就给多少，另外再给她五千元封口费，就叫她在法庭上说从没见过什么金戒指。没要我再杀人，我松了一口气，就问他说，那我怎样才能找到她？他告诉我说，我给你她的电话号码，你约她到东南度假村开房，嫖她一宿。一般是四百元，你可以多给点，只要超过这个数，她肯定一叫就到，还会让你爽到一辈子忘不了。反正你愿意给多少就给多少，都在这两万块里面，够你花的。这种天上掉馅饼的事，我当然马上就接受了。

“离开咪咪茶室后，我立刻就给阿涛打电话，我说要给她五百块，约她到东南度假村。我想两万块肯定花不完，我还可以赚一笔，就到街上给我老婆买了条裙子，然后打车去了东南度假村。我到东南度假村时，阿涛已经在那里等我了。我怀里有她的照片，一眼就认出来了，可她不认识我。我办了住宿登记手续后，叫了她一声‘阿涛’，她朝我笑，走过来就挽住我的手与我一起坐电梯上楼。以后的事就不用说了。我完成了陆仰贵交代办的事，自己也爽了一夜。这是第二件事。

“第三件是阿涛从拘役所出来后，陆仰贵给我一辆小轿车，对我说今天阿涛刑满释放，你去接她，把她接出来后直接送到桂皮花园8号楼，我会在那里等你。我就开车去了。到了拘役所，我看到那个女律师就在大门口的走廊里坐着，显然她也是来接阿涛的。我就打电话告诉了陆仰贵，陆仰贵告诉我不用接了，把车开回来。我回到桂皮花园后，他又给了我一辆小货车，要我再去一趟拘役所，对我说，你去把那个阿涛给撞了，撞死她，就当是一起交通事故，事后我会为你摆平的。我不敢说我不干，就开车去了。

“到了拘役所的路口，我看到她们俩站在路边，那个阿涛背靠路面，而那个女律师却面向路心，两人正面对面地说话。我开车直冲了过去。阿涛没发觉，可那个女律师看到了，她一把抓了阿涛的手往路脚下一甩。我没撞到阿涛，却撞倒了那个女律师。因为她原来站的位置比较偏，我知道没伤得很厉害，就开车逃了。后来我将车开到洪濑村一个没人的地方，打电话把经过告诉了陆仰贵。他对我说，你怎么那么笨？算了，你搭车回去吧，小货车就放在那里，我会处理的。我就回来了。

“过了三天，他再次打电话给我，告诉我说阿涛和那个女律师住在市人民医院九层的第三个房间，还说外边有民警看着，要我从后面爬窗进去，趁她们睡觉的时候把阿涛掐死。我真的是不想再杀人了，可我又不敢说‘不’，就去了。我当过武警，爬水管攀高楼对我来说是小事。我爬到九楼的后窗，见那个女律师睡得很香，可阿涛没睡，坐在女律师的床边两眼睁得大大的，我刚从窗口把头探进去就被她发现了。我只好从水管溜了下来，一边走一边给陆仰贵打电话，告诉他这事没成功，被发现了，下不了手。他回答说，算了。后来常队长找我问这事，当时我没说实话。

“最后一件事是我和陆仰贵的哥哥陆仰福一起绑架阿涛……”

管有水说完，长长地吐了一口气，说：“我现在全都说出来了，人也轻松了，政府要怎样处罚我，我都接受，只求你们为我办件事。”

“什么事，说吧。”常琪说。

“我开肉丸店，赚了一些钱，有几十万的积蓄，那些钱都是干净的。”管有水说，“我想请你们把那些钱分成三份，一份给我现在的妻子，一份留给我的女儿，另一份帮我带到山东，给我原来的那个妻子，就对她说，秦竹官早就已经死了。”

常琪回答他：“这事以后你可以叫你的律师帮你解决。”说完，结束了审讯。

第十九章　碰了一鼻子灰

1

有了管有水竹筒倒黄豆似的如实交代，使得陆度荒被害的案子变得一清二楚。常琪他们再次拘留了陆仰福。陆仰福也交代了杀害陆度荒的具体作案过程，时间、地点、手段，基本与管有水说的一致，可他却把所有的责任揽在自己身上，说全是他与管有水两人干的，死不承认弟弟陆仰贵有参与。他也承认颜冬虹帮忙搬运尸体，可他一口咬定是自己叫颜冬虹干的，与弟弟陆仰贵无关。他还说陆度荒的那枚金戒指是他给颜冬虹的，也同他的弟弟无关。至于他如何认识的颜冬虹，他的说法与上次不一样，他说是因为经常坐她的出租车所以才认识了她。他甚至还说，颜冬虹是他的情妇，两人的关系一直就很密切，说颜冬虹作风不好，没有丈夫，表面上是开出租车的，其实与做“鸡”的没两样，还津津乐道地说了自己与颜冬虹做爱的详细过程。总之人死了，什么脏水都可以往她身上泼。

常琪当然看得出来，陆仰福的交代同上次一样，他的供词疑点重重漏洞百出，显然是为了丢卒保车，为保住自己的弟弟不受法律追究。可目前又还没有过硬的证据能驳倒他。单凭管有水的供词，没有直接的证据，也定不了陆仰贵的罪。而一条一条地去查证陆仰福编造的那些事，那要花费很多的时间和精力，得不偿失，况且有些根本不存在的事，又如何能查得到？

珧珧看到常琪压力如此之大，几天时间头发白了一大片，很有些心疼，就提议说：“先把案子搁一搁，春节长假马上就到了，要不我们俩一起出去散散心吧？”

“行啊。”常琪当然乐意之至，他说，“可我只有四天时间，我还得值班。”

“四天够了，我们去西双版纳，怎么样？”

“为什么要去那里？”

“我想去看一个人。”

“谁？”

“阿涛。”珧珧回答说，“阿涛现在改了个名字，叫黎湘，在西双版纳一个旅游景点开了一家小餐馆。这事只有我知道，你可不能告诉别人。”

眨眼间几天就过去了。到了正月初一那天，珧珧和常琪乘飞机直奔西双版纳。

阿涛见到他俩，高兴得一蹦老高：“你们俩是专程来看我的，还是来旅游的？”

“两项都有。”珧珧回答。

“不是来度蜜月的吧？”

“不是，不是。”珧珧脸都红了，赶紧说，“工作压力太大，趁着长假出来散散心。”

“那就好，那就好。”阿涛兴奋得不得了，白白的瓜子脸上都笑出了许多以前从没有过的皱纹，她手上拿着的点菜的本子，也随着她的兴奋而不停地颤抖，发出窸窣的响声。她又问，“要住几天？”

“三个晚上。”常琪回答，“返程车票已经买好了。”

“好啊，好啊，我刚好有一个空房间，床铺和被褥都是现成的，你俩就不用住旅馆了，晚上那房间就给你俩睡了。”

“这……”珧珧刚才的红脸尚未完全消退，这下更是涨得像红色的有机玻璃，嫣红嫣红的闪闪发亮。她转头瞟了常琪一眼，见他死死地盯着自己的脸看，神情自若，便羞羞答答地说，“我们还是分开好。”

“也好，房间就给常队长了，珧姐你晚上和我搭铺，我还以为……是我多心了，我知道你们都是正派人。晚上我们姐妹俩就睡一张床，好好说说话儿。阿派，”阿涛喊来了一个帮工，“你上楼去把那间客房打扫一下。”转身又对着珧珧和常琪说，“我们先去泡茶，这里的普洱茶世界闻名，你们那边很少喝，试试，喝了对人的身体很好。喝完茶我带你们去玩，我来当导游。我还以为再也见不到你珧姐了……”说着，阿涛的眼角上溢出了泪珠。

三人到了三楼泡茶，一边喝茶一边聊，谈兴正浓，那个叫阿派的帮工突然走进来问阿涛：“老板，房间里的那些龙舌兰要搬到哪里？”

“搬到后院，拿些纸板或木板盖了，别让它被雨淋了。”

2

这时，楼底下开始热闹起来了，有一个三十几人的旅游团队要来吃晚饭。

“你俩先坐会儿，我去安排一下，等等我叫人把饭送上来，你们就自己先吃，我不能陪你们，很抱歉，本来我们仨应该好好地喝几杯……”

“不，不，你忙你的去吧。”珧珧和常琪几乎是异口同声地同时打断阿涛的话。居然会如此默契，两人都微笑着望了对方一眼。

阿涛下楼去了片刻，那个叫阿派的帮工把他俩的饭菜端了上来，告诉常琪和珧珧说：“房间已经打扫好了，我把你们的行李搬进去了，等吃过晚饭，你们就可以去里面休息。”

珧珧说了声“谢谢”，常琪却问：“小妹，你刚才说有龙舌兰，这龙舌兰是干什么用的？”

“搓成绳子捆绑箱子，你不知道？”阿派显然对自己知道的比客人还多而有几分得意，圆圆的脑袋摇晃了起来，“我们老板很能干，她不仅开饭馆，还做出许多特色美食，香竹饭、炒蕨菜、炸苔藓、菠萝饭，等等。别的饭馆懒，经常会打电话叫我们把现成的送过去。我们就用快餐盒子把美食装起来，装在纸箱里，用绳子捆紧，叫人送过去。老板说了，把龙舌兰敲碎抽成丝，再搓成绳子，可以用来捆绑纸箱。”

“那就不能用别的绳子吗？”珧珧问。

“这我就不知道了，老板说了，这种绳子好用。”阿派说完便下楼了。

两人开始吃饭，吃到一半，阿涛上楼来了，一进门就说：

“想赚点钱真的很不容易。一下子来了三十六个人要吃饭，我得去接待接待，特别是带团的导游小姐，怠慢不得，要是怠慢了导游小姐，以后她就会把团队带到别的饭馆，我就没了回头客。不好意思，把你们俩撂在这里。”阿涛说着，也装了碗饭，吃了起来。她只能见缝插针地解决肚子的问题，要不然再来一拨客人，她就没时间吃饭了。

常琪看着她吃饭的样子，说：“阿涛，我看你变了，变得干练了，同以前完全不一样。”

“是啊，我自己都感觉到变了，脱胎换骨，变成了另外一个人似的。我现在很好，生活很充实，有时静下来想一想，我真的很感激你们俩，是你们挽救了我。”

“好了，过去的辛酸事我们就不说了。”珧珧说，“有件事我倒是想问问你，你用龙舌兰搓成绳子，有什么好处?”

“你知道吗？龙舌兰有个特性，遇到水会收紧。”阿涛回答说，“我店里的这些小妹，手无缚鸡之力，捆绑纸箱时就是绑不紧。我们这里龙舌兰到处都是，我就想起了它。将它敲碎，抽丝，然后搓成绳子，捆绑纸箱之前放在水里浸泡两三分钟，再拿来用，等水干了，绳子就收紧了。这样一来可以省下力气，还能少花几个买绳子的钱。”

“这个办法是谁告诉你的?”常琪来了兴趣。

“陆仰贵。”阿涛一提起陆仰贵，眼睛里就喷射出两团火球。

珧珧真的是不忍心要阿涛再想起那个人，可她此时同常琪一样，也急于想知道这龙舌兰的奥秘，就问：“他怎么会向你说龙舌兰的事?”

阿涛倒也豁达大度，愤怒与悲伤的情绪眨眼间就抛到九霄云外去了，既然珧珧想要知道，她就没有什么不可以说的。“是这样的，”她说，“有一次，我被他折腾了一下午，疲惫不堪。

吃过晚饭后，他又要我去接待他的一个朋友。我死活不去，他就威胁我说，再不听话就把我勒死。我说，你勒死我好了，我也不想活了，你勒死我你也跑不掉，警察会替我报仇的。他就说要用龙舌兰勒死我，说警察找不到他。那个时候他喝了不少酒，已经醉了，就滔滔不绝很是自以为是地说出了用龙舌兰的原因。”

“原来是这样，”珧珧紧接着又问，“他能拿到龙舌兰吗？龙舌兰在我们那边可不像你们这里，不容易得到的啊。”

“有，他能拿得到。”阿涛说，“不是有一个叫洪艳艳的女人吗？曾经与他演过一场假结婚的戏。那个洪艳艳就种了一大片龙舌兰。”

3

没料到这次西双版纳之行会有如此大的收获。

从阿涛那里回来，常琪去局里值班，珧珧马上去找洪艳艳。去之前，珧珧颇有些担心，她只在那次假结婚的宴席上见过洪艳艳一面，不知她性情如何，是否愿意说实话，也不知她对陆仰贵态度如何。洪艳艳与陆仰贵毕竟有两个月时间曾是“合法夫妻”。人生如戏，不知这两个月时间他俩演的到底是喜剧还是悲剧。

珧珧抱着试试看的心情，自己一人去了市郊的芝兰乡天和村。她不知道洪艳艳家住哪里，反正路在嘴上，问了几个人，就找到了洪艳艳住的房子。

这是一座本地十分常见的瓦房，五个房间，中间是客厅，左右各有两间房，房前是走廊，红砖铺陈，拖洗得非常干净，几乎是一尘不染，足可见主人的洁癖性格。走廊下面是空旷的庭院，一株三角梅红艳艳烈火般地绽放着。三角梅的旁边堆放了不少物品，锄头、畚箕、喷水用的木桶，还有一堆黑色的遮阳网。所有的物品都码得整整齐齐。

房间的门全关着，五个铁将军把守。

珧珧走到隔壁，问一位四十来岁的中年男人："这位大哥，您知道洪艳艳去哪儿了吗？"

"一大早就上园子里去了，"中年男人瞟了珧珧一眼，大概是将她当作买花的了，就说，"你直接去花园里找她吧。"

"那她的花园在什么地方？"

"来，来，我告诉你。"中年男子显然是个很热情的人，他把珧珧带到路口，伸出手臂比划着说，"你从这条小路一直走，走到第二个岔路口，记住，是第二个，别走错了，然后向右拐，一直走，走到那座小山底下。那整座小山都是她的花园，你要是认识她，站在山脚下就可以见到她了，你要是不认识她，在山脚下喊她几声，她就会下山来接你。"

珧珧谢过洪艳艳的邻居，就去了那座小山，一眼就看到洪艳艳挥汗如雨，正在锄地。她爬坡而上，走到洪艳艳身边："大姐，你不认识我吧？"

洪艳艳抬头看了珧珧一眼，摇了摇头。

"三个多月前，在荆县县城的溪边饭店，我喝过……"珧珧想直接说出曾喝过她的喜酒，可转念一想，她的喜酒只是一场戏，说出来也许会惹她不高兴，就把后半句咽了下去。

"哪个溪边饭店？"洪艳艳开始一头雾水，可珧珧说的"三个多月前"，这个时间点拨到了她敏感的神经，她的脸一下子拉长，眉毛竖了起来，"我不认识你，你找我干吗？"

珧珧马上意识到自己的开场白用错了台词，可既然来了，就不能白走一趟，就是死皮赖脸，也得与她唠上几句，便说：

“我听说您种了不少龙舌兰，想来看看。欸，花这么多，怎么不见有龙舌兰啊？”

“龙舌兰现在没人要了，全除掉了。”洪艳艳紧绷的面色稍有缓和。客户是她的上帝，她生怕来的这个人说不定就是自己的财神爷，得罪了她兴许就要失去一次发财的大好机会，便问，“你是哪里的？”

“我是从市区来的，我是律师。”

“律师？”洪艳艳仔细端详着珧珧，心里在说，她是有点像律师。当初她与陆仰贵假结婚，以后又真离婚，陆仰贵就曾叫来一个女律师找自己签字画押。那个女律师与眼前的这个人还真有些像，神态、举止、说话的口气都很像。于是便问，“那你叫什么名字？”

“我姓陆，叫陆珧珧。”

“姓陆？”洪艳艳又不高兴了，说话的口气又变了回去，像冰块，“刘箩村人吧？”

“是啊，您……”

“你走吧，我不认识你。”洪艳艳火气又上来了，“如果你不是来买花的，就赶快滚。”冰块突然变成火球，如同冒着烟的炮仗，突然转身大喊一声，“大狼。”随着洪艳艳一声高喊，一条齐腰高的狼狗狂奔过来。

珧珧浑身顿起鸡皮疙瘩，赶紧后退几步。洪艳艳一把抓住了狗绳，没让她的“大狼”扑向珧珧，却说：“你还不快走，狗会咬人的。”

珧珧知道谈不下去了，心里又害怕那只“大狼”，盯着它小心翼翼地后退了几步，说了声：“那我走了。”便下山离去了。

4

珧珧虽然碰了一鼻子灰，可也不能说毫无收获，至少知道了洪艳艳与陆仰贵的关系。看得出来她很恨他，彻骨地恨，只是因为对珧珧有误会，态度才会如此傲慢。只要打通她的任督二脉，珧珧相信她一定能说出很多陆仰贵不为人知的事。她想了想，决定从颜冬虹车祸的事入手。颜冬虹是洪艳艳的女儿，要是能够查清她的死与陆仰贵有关，洪艳艳一定会帮助自己的。

珧珧开车去荆县找常琪，问常琪颜冬虹的车祸现在查得怎么样了。

常琪告诉她："基本可以确认是油压板漏油，很有可能是陆仰贵干的，只是没有证据。"

"在油压板上做手脚，是需要有专业修车知识的。"

"对啊。"常琪受到提醒，突然一拍大腿，兴奋地大叫一声，"我可以去问问管有水，他学过修车，也许他知道。"

常琪立马打电话叫来一个助手，开车去了看守所，把珧珧一人撂在了公安局门口。

常琪本以为管有水极有可能参与了制造颜冬虹车祸的事，到看守所提审管有水，问他是不是还有没说出来的事。

管有水却说："常队长，我已经决定与你们配合，我该说的全都说了，真的是全都说了，没再隐瞒什么，希望你能相信我。"他的神色颇有些受到委屈的样子。

"那我请教你一件事，"常琪看他如此，相信这件事他可能确实不知道，便说，"在丰田车的油压系统上做手脚，致使刹车失灵，一般没有修车知识的人能做得到吗？"

“常队长，你说‘请教’，那就折煞我了。”

“不，我是真心的，你学过修车，这方面我不如你。”

“我也只干了七八个月，没真学会。”管有水说，“不过我听师傅说过，丰田车靠手掣和脚掣来制动刹车，手掣或脚掣控制油压系统，将刹车油泵给刹住四个轮子的油压板，压板收紧，车就刹住了。相反，如果制动系统的油漏了，刹车就会失灵。要是有人把刹车板的螺丝松开，刹车油一点一点地漏掉，开车初期制动系统还有用，但刹了几次后，油被完全压出去，就有可能车毁人亡。”

“那我问你，”常琪说，“陆仰贵是不是也向你讨教过这方面的问题。”

“噢，你不说，我还真的忘了。”管有水说，“他是向我问过这方面的问题，我也只是把我向你说的那些告诉了他。对了，他还从我家里拿走了一本关于汽车刹车系统方面的书。”

“那我再问你，松开油压板的螺丝，需不需要专门的工具?”

“要啊，要用专用的扳手，那东西修车的才会有，驾驶员和车主一般是不会有的。”

提审完管有水，常琪从看守所回来，感觉收获不小，但问题依然存在。陆仰贵是官场上的人，没有确凿的证据是无法立案的，不立案就不能搜查他的住所，副局长易柏露是不会批的。

“常琪，回来了?”

常琪正想着下一步该怎么办，听到有人叫他，转身一瞧，没想到珧珧还在局门口等他。他就简单地把管有水说的那些告诉了珧珧。

珧珧听了很兴奋：“那我去问问陆连仲，他一定知道陆仰贵平时都在哪间厂里修车，他用的扳手，要么是借的，要么是买的，肯定要留下蛛丝马迹的。若要人不知，除非己莫为。我相信一定能抓到他的狐狸尾巴的。”

“那好，这件事就交给你了。”

珧珧说：“没问题，等我的好消息。”说完钻进自己的车子里，返回了万吉。

第二十章　龙舌兰的故事

1

回到万吉，天色已晚，珧珧直接把车子开到陆连仲的快餐筷厂。

陆连仲正要去食堂吃晚饭，珧珧肚子也饿得咕咕叫，便对他说：“连仲，我饿了，蹭你一顿晚饭。”

“那太好了，慧姑，我们办工厂的，请人吃饭是常有的事，早就想请你吃顿饭了，你就是客气，请不来。走吧，我们到外面去吃。”

“不了，就在食堂吃吧，餐馆里的大鱼大肉我不习惯。”珧珧说。

“我们不要大鱼大肉，清淡一些就好，走吧。”陆连仲说着，钻进了琲琲的车子，坐到副驾驶位置上，探出头来说，“快走吧，慧姑，我正有事想请你帮忙。”

琲琲也不好意思再拒绝了，便打开车门钻了进去，问：“我们去哪儿？”

“出厂门，往右拐，走三百米，再往左，就在酸菜馆好了。那里的酸菜鱼，一鱼三吃，样样都很适合我们山里人的口味。”

“连仲，你办一个厂，真的也不容易，那么多人想蹭你的饭。”

“没什么，赚了钱就花，花了再赚。人嘛，就是这样。”陆连仲说，“慧姑，我们俩都是刘箩村的，你是我姑，你我来万吉也这么多年了，我还从没请你吃过一顿饭。其实啊，我一直搁在心里，就想什么时候请你吃顿饭。”

“那我今天就给你机会喽。”琲琲听他这么一说，心里暖融融，“对了，你刚才说有事要我帮你，什么事啊？”

“现在先别说，等等吃完饭我再对你说。”陆连仲显得有点窘，赶紧反问道，“慧姑，你应该也不是专门为了吃晚饭才来找我的是吧？”

“你还真是聪明，你慧姑是真的有事要问你。”

车已经开到酸菜馆门口，陆连仲下了车，琲琲也下了车，两人并排走进菜馆。连仲问：“什么事？慧姑你说。”

“陆仰贵与你比较有来往，也经常借你的车去用，你知不知道，他与哪家汽车修理店比较熟，与哪个修车师傅关系比较好？”琲琲边问边走上酸菜馆的台阶。

“他啊，他没有私家车，公事有公车，私事也有公车，只是在办一些不想让人知道的事才需要车。要用车就四处借，用过了，开回去一丢就走了，碰了、刮了、把人家的车弄坏了，他也不会给修的，有权嘛，有权人就是这样，谁还敢叫他修啊？他没有与哪家修车店有交情。不过，他有个铁哥们儿，就是开修车店的，叫白乙炎。白乙炎的修车店就离这家酸菜馆不远。仰贵叔与白乙炎关系很铁，他除了向我借车，也常常向白乙炎借车用。听说当时白乙炎要办修车店，看上了他现在的这块地，一亩多，政府不肯给，说那里要规划街心公园，后来是仰贵叔帮他找关系，政府才改了规划，把地给了他。我也是听说的，不知道是真是假。那是五六年前的事了。仰贵叔这人就是这样，有点权，为人办点事，就老想揩别人的油水，时间久了，人家也会烦的。”陆连仲说着停了下来，“先点菜吧，慧姑，你爱吃什么？”

“随便，我们刘箩村出来的，习惯了粗茶淡饭，吃什么都行。”

“那就一鱼三吃，加一盘青菜，吃白米饭就好了，其他的就不要了。”陆连仲对着前来点菜的小姐说。

“我们店最近有一款新产品，叫凉拌米粉，正宗的兴化米粉做的，很好吃的，你们二位要不要一人来一盘？”

这个店老板真会做生意，听到顾客要吃白米饭，就要服务员推荐凉拌米粉。因为白米饭是不计数的，你吃多了也是两块钱，吃少了也是两块钱。要是吃上凉拌米粉，饭就会少吃点。店老板可真是一个精算师。陆连仲当然知道，可他也不差那几个钱，就说：“那行，一人来一盘凉拌米粉。”

“欸，我刚才说到哪里了？”等那点菜小姐离去后，陆连仲想接着刚才的话题，却忘了说到哪里。

“白乙炎啊，白乙炎的那块地。”珧珧提醒了他。

“对啊，说到白乙炎了。”陆连仲继续往下说，“白乙炎拿到那块地后，就与仰贵叔铁了，彼此不分你我。前不久，一个月前吧，有一天仰贵叔请一帮朋友吃饭，要叫白乙炎埋单，白乙炎的老婆知道了，就跑到饭馆里，当着仰贵叔和他那一帮朋友的面骂白乙炎养了一大群乞丐，还把白乙炎钱包里的信用卡、现金全都拿走，弄得在场的人都很尴尬。白乙炎没有现金也有没信用卡，要签名赊欠，人家饭店又不肯。而仰贵叔他请朋友吃饭从不带钱，也不带银行卡，他向饭店老板亮明身份，说自己是副市长的秘书，可人家不理他。他的那些朋友有几个掏出钱包要交钱，可那些人都是有头有脸的人，仰贵叔哪敢让他们埋单？说好是他要请人家的。正好那个时候我要请一个客户吃饭，走进那家饭馆，碰上了，我就替仰贵叔结了账，一千八百多元。事后仰贵叔对这事就没再提起。”

“那现在白乙炎与陆仰贵关系怎样？”

“糟透了。”陆连仲说，“白乙炎的老婆把仰贵叔的面子全刮尽了，把他们两人过去的交情也一下子扫光了，还能怎么样？仰贵叔恨死了这白乙炎，从那次以后，两人就再没怎么来往。白乙炎也不是人，热情客气地请人吃饭，回到家里又骂人家是乞丐，如果不是他回到家背后骂仰贵叔，他的老婆也不会那么大胆地刷人家的面子。哎，慧姑，你问这个干吗？”

“是这样的，”珧珧说，“你以前给颜冬虹开的那辆丰田车，后来不是翻在吊狗岭了？”

“是啊，这事跟白乙炎有关吗？”

两人一边吃饭，一边聊着。

“有关无关我也不知道，不过警察说了，出事的原因是因为有人在制动系统上做了手脚，当时颜冬虹把车开走之前，你不是借给陆仰贵了？”

“对啊，难道……”陆连仲倒吸了一口寒气。

“详细点说，”珧珧接着说，“就是有人事先把刹车板的油泵螺丝松了。要做这种事，必须要有专业的修车知识，还得要有专用的扳手，所以我想知道，陆仰贵与哪个修车师傅关系比较密切，没有修车师傅的帮助，他干不了这些。而两人关系不密切，他也不敢开口请人帮他这种忙。当然，是不是陆仰贵干的我们也没证据，就是想先了解一下。”

“这事好办，”陆连仲说，“明天我就去找白乙炎。这事关系到我的清白，我当然要问他了。他现在与仰贵叔闹翻了，会对我说实话的。”

“你问他当然可以，可要是他事后在警察面前又反悔了，不敢出来作证，问了还不是白问。”

“不要紧，我可以买一支录音笔，插在口袋里，他说的每一句话，我都录下来，这算是证据吧？”

“行，这样可以。”珧珧没想到陆连仲也知道这一着，转而又问，“你刚才不是说有事要请我帮你吗？什么事？”

“这……”陆连仲支吾着，脸红了，害羞的像个小姑娘，开不了口。

“是不是喜欢上谁了？”

陆连仲微微地点了点头。

“红素，是不是魏红素？”珧珧兴奋了起来。只见陆连仲轻轻地点了下头，她随之接着说，“那行，我来做你俩的月老，帮你牵线搭桥，不过，你要告诉我，你为什么喜欢她，喜欢她什么？”

“她啊？”陆连仲嘻嘻地笑着，“这个……我也说不清楚。”

“那不行，”珧珧说，“你说不清楚，我没法帮你。你知道，红素曾经有过三个男人，她需要的是一个真正了解她，知她的心，真心爱她的男人。如果你只因为她漂亮才喜欢她，那我不能帮你。”

“不，不，不，”陆连仲急了，“慧姑，我不只看她的外表，我……要不，你先别对她说，我再想想，我想清楚了，我再告诉你。”

“那好，我等你，你要是真心爱红素，我一定会帮你的。”

事谈得差不多了，晚饭也吃完了。珧珧送陆连仲到厂门口，说了声：“谢谢你的晚饭。”便告辞了。

2

珧珧等了三天，一直没有陆连仲的消息。这三天，她如坐针毡，实在难熬。

终于，这天，一大早陆连仲就来了电话，说他找过白乙炎了，那件事已经很清楚了，收获不小。

珧珧欣喜万分，问他为什么现在才说。陆连仲说：“昨晚我才找到白乙炎，他把什么都告诉我了，我很高兴。事办妥了后，我就请他喝酒，喝醉了，所以没有在第一时间告诉你。早上起床，我知道慧姑你一定等急了，就赶紧给你打电话。”

这个陆连仲，左一声“慧姑”，右一声“慧姑”，虽然他只比自己小一岁，却总叫人感觉像邻家的小男孩似的。她要陆连仲在厂里等着，她要开车去接他，然后一起去荆县找常琪。

与陆连仲通完电话，珧珧马上就给常琪打电话。

常琪说：“你们就不要来了，我今天也没啥事，我去找你们，就在快餐筷厂会面吧。”

珧珧这些天也不知是为什么，有事没事总是很想见到常琪，见到他说说话，便会感觉自己年轻了好几岁。而每次要见常琪时，她总爱打扮打扮，穿的漂亮些，抹点口红。她想，常琪从荆县赶来，路要比自己去快餐筷厂远得多，不急，就想着要挑件好看的衣服穿，挑来挑去，挑了件淡绿色的外套和灰白格子的短裙，穿上一双咖啡色的靴子，对着镜子看了看，觉得很满意，就开车去了陆连仲的快餐筷厂。

没想到她多耽搁了几分钟，常琪就早她一步已经到了。

“你怎么这么快啊？”珧珧见到常琪，颇有点奇怪。

“快速反应嘛，也许是我的职业病吧。”常琪自嘲了一下，两眼死死地盯着珧珧看，心里在说，她今天怎么这么漂亮啊！

“你看什么？不认识我了？”珧珧又嗔又娇地说了一句，自己却脸红了。

两人都显得有点尴尬。这时陆连仲在楼上的走廊喊了声：“常队长，慧姑，你们上来吧。”两人这才并排走进房间，上了楼。

“怎么样？有收获？”常琪率先开口。

“收获大着呢。”陆连仲给了常琪一支录音笔和一个U盘，兴奋地说，“白乙炎很配合，他说他受够了像陆仰贵这样的腐败官员，不会替他们隐瞒什么的。他还带我去看监控录像，确实，陆仰贵向他借过专用的扳手，时间是七月十一日上午。”

“噢，还有监控录像？”常琪与珧珧几乎是异口同声惊喜地问道。

“白乙炎的修配厂安装了监控录像，六月底才装的，陆仰贵不知道。白乙炎本来没有装监控录像，区政府安监局一直叫他们装。事实上安监局的意思是要求所有的工厂全都安装监控录像，说是为了防止发生意外事故时找不到证据。他们也叫我装，可我这个厂浪费木材，不环保，政府早就有意要我把厂关掉，所以我一直拖着没装，政府那边也没怎么追。”

陆连仲兴致勃勃地说着。常琪早把那个U盘插到电脑里。电脑屏幕上的画面很清晰：陆仰贵向白乙炎借了专用的扳手，走出车间，钻进白色的丰田车，而那辆白色的丰田车就是陆连仲借给他的、后来在吊狗岭出了车祸的那辆。画面的右下角显示的日期是七月十一日十四时二十二分。而当天夜里，二十时三十分，那辆丰田车就在吊狗岭出事了。有这样的证据，陆仰贵他就别想撇清了。

珧珧问常琪："是不是可以同陆仰贵正面接触？"

"现在还不是时候，"常琪说，"这个证据分量还不够，他是陆仰贵不是陆仰福，如果是陆仰福，随时随地叫他来问一问是可以的。可他不行，还需要有更确凿的证据。"

"那我们去找洪艳艳，"珧珧提议说，"洪艳艳要是知道陆仰贵有杀害她女儿的嫌疑，肯定会与我们配合。"

"行，这是个好办法，"常琪说，"只要洪艳艳配合，我们就有可能把魏萍到底是不是自杀的真相弄清楚。如果魏萍是他杀，也是陆仰贵干的，我就可以向领导汇报，把陆仰贵列入侦查布控对象，或者干脆就对他采取法律措施。他跑不掉了。"

"走，我们这就去。"珧珧兴致勃勃地拉住常琪的手下了楼。

3

珧珧带常琪去了洪艳艳家。洪艳艳的邻居说，洪艳艳拉着板车上街卖花去了。

当地的花农都是这样，隔三差五就要拉一辆板车，装上满满的一车花到城里去走街串巷，吆喝着推销自己的劳动果实。偌大的万吉市，要到哪儿去找洪艳艳？常琪走到灶间，趴在窗口往里看，见里面的炉火正旺，炉灶上的大锅热腾腾的，水蒸气从锅盖的边沿蒸发出来，四处飘散，弥漫了整个房间。

"她中午一定会回来吃饭。"常琪说。

“那我们就在这里等她。”珧珧说。

“那我们怎么办？她肯定一回来就吃午饭，我俩总不能饿着肚子看她吃饭吧？”

“这还不好办，我们俩先到外面去吃点什么，吃完了再返回来等。反正她也没这么快就回来。”

常琪也觉得应该是这样，于是两人去了附近的一家麦当劳，填饱了肚子，又回到洪艳艳家门口来。

这里很寂静，远离都市里的喧嚣，空气也很新鲜。田园风光，还真别有一番情趣。特别是那株烈火般绽放的三角梅，生机勃勃，叫人心旷神怡，耳目一新。

两人站着说话，说了很长的一段时间，脚都酸了也不见洪艳艳回来。珧珧便说“我们到台阶上坐坐吧。”说着就往走廊那边走去。

她刚要坐下来，常琪却说：“慢点。”说着从自己的裤袋里掏出面巾纸，一张一张地铺摆在台阶上。铺摆完了，他才说：“坐吧，你的西装裙那么漂亮，别弄脏了。”

珧珧盯着他嘻嘻地笑了，坐了下来。常琪也在她的身边坐下，突然说：“珧珧，我总觉得我们俩很像小两口子。”

“去你的，你再这样说，我就不理你了。”珧珧佯装生气，心里却如同喝了蜜似的，忍不住把头靠到他的肩膀上。

常琪赶紧抓住她的手，轻揉着，一股电流随即传导到彼此的两颗心上。

珧珧没有拒绝，她闭上眼睛，尽情地享受着这温柔的瞬间，感觉他的手是那么有力，那么有温度，热烘烘的。

常琪还想说什么，突然看到小路上来了一辆板车，便说：“她回来了。”

珧珧像遭到了电击似的，快速地把手抽了回去，一下站了起来，抬头一看，只见洪艳艳拉着板车正从小路上慢悠悠地走来。

洪艳艳也看到琲琲了，她没与他俩打招呼，自顾自地将板车拉到庭院，开始卸下没卖完的那些花。常琪和琲琲走过去，帮她把花一盆一盆地从板车上搬下来，放在空地上摆好。

洪艳艳的心里很矛盾，她对琲琲有误会，以为琲琲是陆仰贵的人，看到他俩那么热情地帮着自己卸花，拒绝不是，想说句感谢的话也说不出口。她不认识常琪，常琪也没穿警服。她偷偷地观察了半天，发现他的皮带扣上有一枚警徽，心里在想：他会是警察吗？警察怎么会与这个姓陆的女人一起来找我？他俩找我什么事？

一板车的花卸完了，洪艳艳出于礼貌，说："进屋喝杯水吧。"说完便去开门。常琪和琲琲随她进了屋。

屋子里很干净，虽然家具都很旧、很老式，但摆放的很整齐，每一件都擦得锃光发亮。

"这屋子好干净啊。"琲琲由衷地夸了她一句。

洪艳艳最爱别人夸她爱干净。她三十三岁时丈夫死了，守着女儿颜冬虹就没有再嫁。平时除了养花种草，就是喜欢打扫房间。她没有漂亮时髦的衣服，但每天都要洗澡换衣服，一天一套。她从不上发廊，头发长了自己剪，但她天天晚上洗头，自个儿洗。她很勤奋，也爱干净，可她不喜欢别人夸她勤奋，村里的人谁不勤奋，人人都在劳作，日出而作日落而息，可她就是喜欢听别人说她爱干净的话，因为爱干净才显得她与众不同。

琲琲一句不经意的赞美之言，一下子拉近了她与洪艳艳的距离，原本的误会也烟消云散了。

"这位妹子，你还真会说话，我这里真的很干净吗？"洪艳艳喜滋滋地问。

“是，是真的很干净。我走南闯北，除了五星级饭店，还没看过哪个地方打扫得如此干净整齐。”常琪抢着回答，他说的也是心里话，真心话，由衷之言。

洪艳艳这下就更兴奋了：“这位妹子，那天你找我，老婆子没给你好脸色，现在这就给你赔个不是。”

“大姐，你别这样说，折煞我了。”珧珧见她要向自己鞠躬，赶紧迎上去，抓住了她的双臂。

“好，好，我们喝水吧。”洪艳艳说，“我自己不喝茶，平时也没客人，家里没茶叶，就喝杯开水吧。你们二位找我有什么事？”

4

“是有件事想要问你。”常琪介绍了自己的身份，也把珧珧的职业和她对陆度荒、颜冬虹和魏萍三个案子的关心简单地说了。

“原来是这样。”洪艳艳沉默地想了很久后问，“那我能帮你们什么？”

“我们就是想问你，你以前是不是种过龙舌兰？”珧珧问。

“是啊，种过，”洪艳艳回答，“龙舌兰有段日子销路很好，全都运到韩国去，后来就没人要了。但我一直留着，留了一年多，前不久才全部铲除掉，毁了。你们俩问这个干什么？”

“有一个案子，就是陆仰贵的前妻魏萍，她自杀了，自杀用的绳子就是用龙舌兰做成的……”

“我明白了，你不用再说。”洪艳艳打断了常琪的话，“你们俩怀疑是陆仰贵干的，是不是？”

常琪和珧珧听了都大吃一惊。很显然，眼前的这个女人知道得很多，她也很乐意与警察配合。

两人都没说话，默默地对视了好一阵子。

“陆仰贵是曾向我要过龙舌兰。”洪艳艳看了看常琪，又看了看珧珧，说，“我问他要龙舌兰干什么，他说要做绳子。我问他做绳子干什么用，他没说。龙舌兰也不是什么贵重的东西，我就挖了几株给他。”

“什么时候?”常琪问，显得有些急迫。

“我想想，我想想。”洪艳艳蹙眉思索了很久，突然兴奋地说，“对了，是八月十三，过两天就是中秋节，他带我去办结婚手续，回来的那天。我与他结婚本来就是演戏……”洪艳艳的眼睛里溢出了泪花，“是我太傻，我本来就知道是假的，却……”她说不下去了。

“你觉得他向你要龙舌兰与他前妻的死有关系吗?”珧珧赶紧将她的思绪拉回来，不让她在悲伤与痛苦中继续折磨自己。

“有关系，肯定有关系。”洪艳艳拿面巾纸擦了眼泪，继续说，“七八个月前，他在我这里做过一次试验。那时候，他和我女儿黏糊得很，我女儿一心要嫁给他，他经常来我这里，有时与冬虹一起来，有时他一个人来。他钱很多，像河里的沙了似的，随手一捞就能撒到满天飞舞。他来的时候总是会丢给我一些钱。我不是爱他的钱，我知道他有妻子，可冬虹她一心一意想要跟他，我刚开始反对，后来反对没用，也就不再管了。有一次，他买了一只猫来。我这个人向来爱干净，我的大狼我每天都要给它洗澡，我不喜欢猫。可冬虹她支持。他也向我保证只养几天。后来，他向我要了龙舌兰，就在庭院里自己搓成一条绳子，套住猫脖子，但没套紧，只把猫拴在外面那株三角梅上。第二天下了场大雨，那只猫就被勒死了。他很兴奋，我却很奇怪，这猫怎么就会死了？猫死了，他怎么就那么高兴？既然不喜欢猫，干吗又要养呢？我问了他，他没告诉我。我疑惑了好几天，就问了我女儿，猫怎么会死呢？冬虹才告诉我，说龙舌兰有种特性，遇水收缩，本来没勒紧，碰上下雨，绳子收紧了，猫就被勒死了。当时我差点被吓昏，问冬虹他做这个实验干什么。冬虹不告诉我，说与我无关，别多问。后来我就没再问，时间久了，这事我也就忘了。你们说的那个魏什么？噢，对，魏萍，肯定是被他勒死的。作孽啊，是我把他做实验的事忘了，要不然，我是不会再给他龙舌兰的。”

珧珧与常琪会意地对视了一眼。

“嗨，对了，”洪艳艳突然想起了什么，“我女儿有些东西，她一直像宝贝似的收藏着，用个铁箱子锁着，还在墙上挖了个洞，把铁箱子藏在里面。箱子里是什么东西，我也不知道，她死这么久了，要不，你俩与我一起去打开箱子看看？”

“好啊。”珧珧与常琪异口同声说道。

洪艳艳拿着钥匙，带他俩到了最旁边的那个房间：“这是她住的，以前我很少进来的。”她一边开门一边说。进屋后，她挪开墙角的一个柜子，用一把刀撬下两块砖，从洞里掏出一个四方形的铁箱子。“把它砸开吧，人也死那么久了。”洪艳艳说。

常琪跑到外面找来一块石头，砸了几下，锁就开了。打开铁箱子，里面尽是照片，是颜冬虹与陆仰贵在一起的艳照，有几张简直不堪入目。除了照片，里面还有一本日记、一个U盘和一本存折。翻开存折看，里面有一笔十万元的存款，是用洪艳艳的名字存的，密码用铅笔写在最后一页上面……

第二十一章　又是蹊跷的自杀

1

经洪艳艳同意，常琪拿走了U盘和日记本，把照片和存折还给了她。

两人离开洪艳艳家，去了珧珧的住处，将U盘插进电脑里，里面只有一个文件，打开一看，是陆仰贵收受贿赂的账本，现金、房产、金银首饰……一笔一笔，记得很详细，时间、地点、数额、行贿人，送的钱是多少，送的物还有折价。满满的七页，要想查清楚至少得两年时间。

而那本日记，写的是颜冬虹对陆仰贵的感情波涛。有思念的浪花，也有悔恨的泪水；有爱慕的心河，也有痛恨的心肺；

有做爱的细节，也有谩骂咒语……

“不行，我得回去马上向领导汇报。”常琪坐不住了，“有了这些证据，只要领导点头，马上就可以拘捕陆仰贵。”说着，他起身就要离去。

“等一下。”珧珧说，“这本账，我得拷贝一份，还有日记，也得复印一份。不是我不相信你们的领导，是我们已经有过教训了，我对你们的某些领导真的是很不放心。”

“那也是，可你说，到什么地方复印？这事可要保密。”

“说的也是，是得保密。我看就不复印了，我这里有台数码相机，我们一页一页地把它拍下来。”

日记本拍完了，常琪立马回到警队。本来，他应该找分管刑事侦查工作的副局长易柏露汇报，可U盘里的那个文件记录着好几笔易柏露行贿陆仰贵的账，去向他汇报，那就等于是向他泄露案情。因此常琪选择避开易柏露，直接找贺东局长。

贺局长听后瞠目结舌：“真有这事吗？”

“贺局，您要是不信，您看……”常琪说着，要把U盘插进桌上的电脑。

“不用了，”贺局长挥手制止了常琪，“不是我不相信你，我哪能不相信你呢？我是说这个陆仰贵，怎么能昏庸到如此地步？这样吧，你把那些证据收藏好，注意保密，万万不得有任何闪失，知道吗？我马上与政法委童书记联系，看他什么时候有时间，他一有时间，你和我一起去向他汇报。陆仰贵再怎么混账，也还是副市长的秘书，科级干部，听说不久就要调北京去当驻京办主任了。我们做事，要学会悠着点，多请示多汇报不会有错，错了也会有上头来承担责任。不请示不汇报，错了，那自己就先完蛋了。要学会保护自己，知道吗？我这就打电话，问问童书记。”贺东当场就给县政法委书记童子宏打了电话，可童子宏说他正在开会。贺局对常琪说，“你先回你办公室去，等童书记一有时间，我马上叫你。”

常琪回到自己的办公室，又仔细看了一遍 U 盘里的文件，天哪，那里面就有县政法委书记童子宏行贿的记录，一共是两笔，一次十万，一次五万。常琪犯难了，如果童子宏要看证据，怎么办？是给他看还是不给他看？给他看，那是泄露案情，犯的是办案纪律；不给他看，是向领导隐瞒事实，犯的是组织纪律。常琪只好又去了贺局的办公室，问他怎么办。

常琪这是犯傻，贺局到底是贺局，他能告诉你怎么办吗？

贺局是个很善于保护自己的“泥鳅”，为人正派，心地善良，工作也有热情，只因世态炎凉、仕途险恶，这个在宦海沉浮多年、年过半百的老局长才被打磨得如此光滑。他做什么事都能做到一堵墙两面光，是不会在这种两难的事情上教你怎么做的。他说：“你自己看办着吧。”说完，又埋头看他的文件去了。

常琪只好退回自己的办公室，突然灵机一动计上心来，他把内勤找来，把 U 盘和日记本交给她，说：“你用档案袋将它封了，拿来我贴封条。没有我的许可，这东西谁也不许动。”

内勤照着常琪说的做了。常琪这下放心了，他心里想着：到时候，童子宏真要看证据，就对他说封存了，没带过来，也许能搪塞过去。

第二天一大早，贺局就给常琪打电话，说必须马上去见童书记。

常琪刚刚起床，脱口便说了句：“这么早啊。”

贺局说：“童书记很忙，他事很多，八点半要到大酒店接待客人。我们俩早点去，多些时间，才能把事情讲清楚。”

常琪便去了局里，坐贺局的车去了大酒店。

童子宏正在吃早餐。他问：“你们俩吃了吗？”

贺东回答说："吃了，刚吃过。"

常琪知道贺局在说谎，可这是美丽的谎言。眼见童子宏的饭桌上摆着牛奶、面包、咖啡、鸡蛋、烤牛排，好几个盘子，他嘴馋得垂涎欲滴，但还是点了点头，表示已经吃过了。

"吃了就好，"童子宏说，"拣重点的说，到底是怎么回事？我很忙，只能给你们半个小时的时间。"

贺局看了常琪一眼："你来说吧。"

常琪便开始汇报。因为是要他"拣重点的说"，常琪第一句话便说："我们发现了一个U盘，里面有个文件，记录着陆仰贵收受贿赂的账，两百多笔，总金额几千万。"

童子宏听了，放下手上的汤匙和筷子，端坐着，不说话，也不再吃东西了。

常琪看他很有兴趣听，便从U盘是怎么发现的，颜冬虹与陆仰贵的关系，她的母亲与陆仰贵曾有过一次假结婚，一直说到颜冬虹的车祸疑点重重，以及她在刘箩村碎尸案中接受了陆仰福的一万元，等等，全都说了，一下子说了四十几分钟。有几次他停下来看表，以为童子宏会说，好了，时间到了，先到这里吧，可童子宏并没任何反应。显然，他很想听，很想知道更多的事，至于刚才说的"半小时的时间"，他自己已经忘了，或者原本就是在打官腔，并不存在这个问题。

常琪最后说："我们请求直接逮捕陆仰贵。"

"案情如此复杂，嫌疑人又是如此敏感的一个人，我们要谨慎。"童子宏早饭也不吃了，站了起来，"这样吧，我去请示一下陈书记，听听他的意见，我会在第一时间向你们转告陈书记的意思。只要陈书记同意，就照你们的意见办。"

童子宏说完转身离去。他没提出要看证据，这让常琪松了一口气。

当天下午，贺局来找常琪，说："那件事童书记向县委陈书记汇报了，陈书记汇报请示了市委卢书记，卢书记交代给市纪委谭书记，谭书记要我们去向他直接汇报。你把材料准备一下，等谭书记一有时间，我们俩一起去向他汇报。"

他还交代说："将证据拷贝一份，原件由你亲自送到市纪委，当面交给谭书记。"

"移交时要不要办个手续？"常琪问了一句。

"你看着办吧。"贺局长还是那句几乎成了口头禅的老话，"要是你觉得有必要，你就向他要。"

常琪按贺局说的，将U盘里的文件拷贝了一份，把那本日记也一页一页地复印下来，然后带着这两样东西去了市纪委。到达市纪委时，正好赶上人家要下班。常琪作了自我介绍，说："我有件东西要送给谭书记。"

"预约了吗？"一个自称办公室主任的中年人问。

常琪觉得既然是市委卢书记交代的，也算是预约吧，便点了点头。

"预约了就好。"主任说，"谭书记很忙，每天都有开不完的会，你要是信得过我，就把东西放这里，我会转交的。"

常琪支吾着没回答他，因为贺局有交代，要当面交给谭书记。他不能答应他。

那个办公室主任见他有些为难，便说："那你就亲自找他吧，不过谭书记确实是忙得很，他晚上有会议，明天一早又要到省里去开会……"

"那你能告诉我他的手机号码吗？"常琪急了，打断了主任的话。

"你不是说有预约吗？怎么还要我给你电话号码？"主任不悦，"我们下班了，你自己去找他吧。"说着便朝门外走。常琪只好跟了出来，主任随手把门关了。

常琪很无奈，这么一丁点小事，以前是该由被称为“小鬼”的通讯员来办，想不到现在自己堂堂的一个刑警中队长都会办不下来，是自己的无能呢？还是……

2

从市纪委出来，常琪怀着沮丧的心情去找珧珧。珧珧正在吃番薯粥，便叫他一起吃。

常琪也不推辞，便同她一起吃了起来。

没把证据交到谭书记的手上，他心情糟透了，只埋头吃饭，一言不语。

“琪，你不是说咱俩像小两口吗？现在……”

珧珧想逗他开心，可常琪却好像没听到，他心里还在想着怎样才能把那两件证据交到谭书记手上。

珧珧的这个问题是常琪提出来的，在她的记忆中，他至少说过三次，可她一直没有正面回应。现在终于说出来了，尽管是在一个“不是时候”的时间点说出来，但珧珧心里还是有一种如释重负的轻松。

番薯粥不够吃，珧珧说要再煮两碗面条。常琪却说：“算了，不饿就是饱，不想吃了。”

从进门到现在，这是常琪说的第一句话。只要他开口，就有交流的机会。珧珧兴奋了起来，赶紧问：“是什么事堵在你的肚子里，叫你不饿就是饱？”

常琪这才把两样证据没能交给谭书记的事简单扼要地说了。

“这好办，我来帮你。”珧珧兴奋地说，“那个谭永红书记，我认识他，我去过他家，见过他几次面，人很不错的。虽然也是个当官的，但同陆仰贵、邓培树那些人完全不同，人很正派，办事公正，是个好官。”

“你怎么会认识他？”常琪不大相信，那么大的一个官，她一个小小的律师，哪有机会认识？

“你不知道啊？他是我一个同事的父亲，他的女儿谭明就在我们的事务所。”

“这太好了，你赶快给谭明打电话。”

“行。”珧珧拿起手机，便往谭明家里打了电话。

接电话的正是谭书记，珧珧把常琪要找他的事说了，谭书记回答：“行，你叫他现在就去我的办公室，我会在四分钟内赶到那里。晚上我还有个会，你告诉常琪，我只能给他二十分钟的时间。”

踏破铁鞋无觅处，得来全不费工夫。常琪立马去了市政府机关大院。果然，谭书记已经在他的办公室等候了。

常琪把U盘和颜冬虹的日记本交给他，这个谭书记还真像珧珧说的“人很正派”，常琪没有提出来，他就主动给常琪写了张收条，说：“这两样东西我看看，看完以后该怎么办，我会在第一时间告诉你。你暂时就在市区住下来，不要急着回去。有地方住吗？要是没地方住，我叫人带你去住宾馆。”

“不用了，我自己找个地方就行。”

“那也好，刑警重案中队队长嘛，这点小事不用我操心。欸，能留下你的手机号码吗？”

“当然可以。”常琪掏出一张名片，递给他。

“我也给你一张我的名片，以后有什么事，直接找我就行。”

常琪拿了名片，便与谭书记告辞了。他心里乐开了花，走下办公楼，立即给珧珧打电话：“珧珧，我肚子又饿了，现在是不饱就是饿，想请你到什么地方吃夜宵。”

“就在市政府对面的咪咪咖啡屋喝咖啡怎么样?”

“那也行，我等你。”

“我马上就到。”

两人一边喝咖啡一边交谈，好像有说不完的话，一直到深夜，常琪开始打哈欠，珧珧才说：“我们回去吧?”

“回去？回哪儿去？这么晚了，我都不知道要住哪里呢。”

“那就到我那里，你睡沙发，不收你住宿费。”

“行，睡沙发就睡沙发。走吧。”常琪乐滋滋的，睡意悄悄地逃离。

回到家，走进屋子，常琪突然问她：“你刚才吃番薯粥的时候问我什么?”

“去你的，我不理你。”珧珧嘟着嘴，搬来一床被子给他，然后将布帘拉了，把床与沙发隔开。

常琪却抓住了她的手臂，嘟哝着说：“很想抱抱你。”

“要抱你就抱吧，”珧珧的心“怦怦怦”地跳了起来，却壮着胆说，“可有一条，只给你三秒钟，心里亮了黄灯就急刹车。”说着便拥入了他的怀抱。

3

常琪还没有等到谭书记给他消息，却传来了爆炸性的新闻：副市长秘书陆仰贵自杀了。

这新闻很零碎，很不清晰，仅仅停留在小道消息的层面上，但已经惊爆了整个万吉市区，街头巷尾都在议论这件事。

珧珧睡醒起来下楼买早点，楼梯口就有位阿婆向她说了这件事。那阿婆并不知道自杀的人是谁，只说死的是一个当官的，不知道人死在哪里，只看到好几辆警车朝南坑路驰去。

珧珧去了豆浆店，买豆浆的和卖豆浆的也都在谈论这事。珧珧没有介入他们的议论，只拉长耳朵仔细听，才听到了陆仰贵这个名字。

买了豆浆油条，回到小区门口，珧珧碰上了居委会主任孟嫂。孟嫂的消息肯定要比刚才听到的那些更“官方”些。珧珧主动问了孟嫂这件事，孟嫂告诉她确有其事，并告诉说她自杀的是邓副市长的秘书陆仰贵，自杀的地点就在时代大酒店。孟嫂是省、市、区三级人大代表，她说出来的话可信度高，珧珧相信了。她马上上楼进屋，叫醒了还在沉睡中的常琪，将自己听来的消息转述给他。

常琪揉了揉惺忪的眼睛，立马就给万吉市刑警支队长打电话，消息得到了证实。支队长还对他说：“你要是有兴趣，就来看看现场。”

常琪放下手机，对珧珧说：“陆仰贵昨天晚上在时代大酒店，从八楼后窗跳了下去。我这就去看看。那你……”

“我就不便去了，你去吧。赶快擦擦脸，吃块面包，喝点豆浆。”

常琪漱口洗脸，从卫生间出来，抓了根油条和一瓶豆浆，便下楼狂奔而去。

陆仰贵摔死在时代大酒店后花园的草坪上。现场已经拉起了警戒线，除了刑事技术员和法医，还有负责指挥的支队长，其他人都只能站在警戒线外。

远远地看去，死者的头颅爆裂，白色的脑浆和红色的血水混合在一起，沾满了他的整张脸，十分恐怖，根本分不清他是谁，就是那条紫色的碎花领带，常琪曾经在音乐喷泉那边从珧珧给的镜子里边看见过，还有那双咖啡色的皮尔卡丹皮鞋，这才让常琪相信死者就是陆仰贵。常琪的记忆力其实很糟，自己的生日有时还得拿出身份证来看才能说得出来，可他对别人的相貌、穿戴却有着特异功能，看上一眼能记住半年。

刑警支队有不少是常琪的熟人，他们告诉常琪，陆仰贵的尸体是凌晨四点多被一个给餐厅食堂送肉的人发现的，基本可以认定是自杀。

常琪问他们为什么这么肯定。他们说：“死者是从802号房的后窗坠落的，已经查明，从昨晚八点到发现尸体的这一段时间，802号房就陆仰贵一个人，没有其他人进去过。而坠落的时间已经确定在十二点半到一点半之间。”

“谁敢肯定802号房没人进去过？”

“监控录像，监控录像是诚实的电子眼，不会说谎的。”

“监控录像会不会被人做了手脚？比如突然停电，或者探头被遮盖什么的。”

“没有。我们反复查看了，一分一秒，全都录下来了，并没中断。”

“噢。”常琪点了点头，突然说，“欸，你们看，尸体的周围怎么会有那么多的水，那些水是从哪里来的？周围全是干的。”

“是啊，这些水来得有点奇怪。”一个年轻的民警若有所思，他指着脚边的血水说，“如果不是有很多的水混合，血是不可能流到这里来的。不行，我得把这事告诉支队长。”说完便拉高警戒绳，钻了过去，去找他们的支队长。

随后支队长同那个年轻的民警走出警戒线，问常琪：“你怎么会注意到尸体周围的水，是不是发现了什么？”

“没有，没发现什么。”常琪回答，“我只是觉得奇怪，就说了。噢，对了，死者在坠楼前有没有接过电话？”

“有啊，”支队长回答，“一个神秘的电话，通话时间只有三秒。”

“是用手机打的还是用固定电话打的?”

“用手机打的。”

“谁打的?”

“现在还不知道。对了,”支队长说,“常队,我来向局长说,把你借用到这个专案组来,怎么样?”

“那好啊,我还巴不得呢。”

4

常琪并没有被抽去搞陆仰贵的专案组,因为易副局长不同意。但常琪还是对陆仰贵之死产生了浓厚的兴趣。直觉告诉他,陆仰贵不会自杀,这件事更像是杀人灭口。

支队长是他上警校时的室友,听了他的分析,觉得有道理,就对他说:“你没能调到专案组来,就不用参与查案了,但你想了解什么,我都会尽量满足你。”

有支队长的这句话,常琪就好办得多了。他再次去查看了时代大酒店的监控录像,确实没找到任何破绽。自从陆仰贵开门进入802号房后,直到第二天凌晨发现尸体,第八层走廊就没有任何人走动。也就是说,陆仰贵进入房间后,802号房里面只有他一人,从后窗坠落,是他自己所为,绝对不可能是谁将他推下去的。

可就是尸体周围的那一大片水渍无法解释,令常琪感到十分头疼。

常琪去找珧珧。珧珧是业余的福尔摩斯,也许她能给自己一点启示。

来到珧珧的住处,珧珧不在。打她的电话,珧珧说她正在与一个当事人谈话,门框上有把钥匙,叫他先自己进屋,她要半小时以后才能回来。还交代说，冰箱的速冻层里有蚵仔，要他先拿出来化霜，中午弄盘蚵仔煎招待他。

常琪心里想着陆仰贵自杀的事，进门后就一直抽烟，走来走去，把珧珧要他拿蚵仔出来化霜的事忘了。等到珧珧回来，常琪立即将在陆仰贵坠楼现场看到的情况向她说了，并反复说了几遍尸体旁边那一摊奇怪的水渍。珧珧听了也是一头雾水，百思不得其解。两人想了很久，始终没能找到合理的解释。

珧珧说："算了，先做饭吧，你把蚵仔拿出来了吗？"

"没有啊，我忘了。"常琪赶紧跑进厨房，打开冰箱。速冻层里只有一个像砖头一样的红色方块，并没见到什么蚵仔。"没有啊，没有蚵仔。"常琪朝外喊了一声。

"怎么会没有呢？"珧珧边说边走进厨房，打开冰箱，将那红色的方块掏出来，撕开红色的塑料袋，说，"这不是？你怎么这么笨。"

常琪一看，那蚵仔就隐藏在四四方方的冰块里，他突然右手握掌，恨恨地在左掌心上击了一拳："对了，冰块，肯定是冰块。"

"什么冰块？"珧珧听不懂他的意思。

常琪解释说："一个神秘的电话，骗陆仰贵说自己就在他的头顶上，叫他从后窗伸出头，然后就将一个大冰块从上面推下去，砸在陆仰贵的身子上，陆仰贵就坠楼死了，所以，尸体的旁边就留下了一片水渍。珧珧，你说我这样分析有道理吗？"

珧珧笑了，心里在说，这个工作狂，还真的可爱，便问道："坠楼前陆仰贵接到神秘的电话了？"

"是啊。"

"这个电话是为了引诱陆仰贵从后窗探出头，然后实施谋杀，肯定是用手机打的。"珧珧被他的情绪所感染，做午饭的事也忘了，她说，“打电话的人要做到这一点，得告诉陆仰贵他人就在他的上面，只能用手机打，如果用固定电话，陆仰贵就不会相信，而打电话的人要在陆仰贵探出头的一瞬间将冰块推下去，也只能用手机。你们去查查，找到那部手机的主人不就得了。”

“查了，支队他们查了，可那是一张没有实名注册的手机卡，十七八年前的老号码，那时还没实名制，查不到主人。”

“有一条路子可以查得到。”

“什么路子？”常琪睁大眼睛。

“那个谋害陆仰贵的人肯定与他十分熟悉。”珧珧若有所思地说，“不然陆仰贵不可能相信。当时阿涛曾经把陆仰贵存在手机里的电话号码全部偷偷地复制在她自己的手机上，那部手机后来被你们在龟鳞山找到了。你们到那一大群人中去找，说不定就能找到那个电话号码。那群人的名单还在吗？”

“那个名单？哎，”常琪叹了一口气，“我当时向易副局长汇报案情时拿给他看，他说就先放在他那里，后来一直没有还给我。”

“噢！”珧珧颇感失望，“易柏露这人不可靠，他是不会把名单交出来的。手机和 SIM 卡，应该还在吧？”

“手机后来还给了阿涛，SIM 卡上没有复制的号码。”

“这就麻烦了，”珧珧心凉了半截，仿佛从温暖的被窝里被拉到冰天雪地上，热情消失了一大半，“时间那么久了，阿涛搬了好几次家，那部旧手机肯定丢弃了。”

“那只能在监控录像里寻找蛛丝马迹了。”常琪颇有点无可奈何地说，“要搬一块二三十斤重的冰块上楼顶平台，肯定会留下痕迹的。我看我得在这个方面下点功夫。”

饭后，常琪又去了时代大酒店，果然，他在楼顶平台上发现有个恒温室，旁边连带着一个小型的冰库，是用来制作冰块供给餐厅用的。他兴致勃勃地叫来冰库的管理员，发现里面果然少了块冰，大约二十斤重……

5

陆仰贵到底是自杀还是他杀，常琪的怀疑还只是怀疑，查来查去，也没查到能够说明问题的确凿证据。支队长那边也很尽力地在查，查了半个多月，没有任何进展，只好暂定为自杀。

常琪没有将自己参与调查陆仰贵自杀的事向易副局长汇报，他觉得那是人家支队的案子，既然易副局长不让他借调到专案组，就没必要把自己参与的事让他知道。他心里对易柏露是有那么一点不信任。当初两次先后搜查了陆仰福和颜冬虹家，要寻找那枚金戒指，就是因为向他汇报了，开了搜查证，才把事给搞糟了。直觉告诉他，易柏露像是个隐藏很深的人，摸不透，看不明白。如今官场复杂得很，藤藤蔓蔓，关系纵横交错，有些事还是不说为好。

然而，易柏露也不是省油的灯，他看到常琪这些日子开着警车进进出出，就知道他在干什么，心里很不高兴。这个常琪，好大喜功，目无领导，自以为是，已经不适合再当重案中队队长了。当然，这只是他个人的看法，提出来，别人也许不会认同。

恰好这时，局里要调整一批中层领导，易副局长瞄准了这个机会，提出要将常琪调到拘留所当所长，享受副科级待遇。他的理由很简单，也很正面：常琪工作认真肯干，有能力有魄力，政治上坚定，业务精……

他在局党委会上说了很多常琪的好话，最后总结说："这样的好同志不能让他永远待在一个岗位上，那会把人家的青春磨灭了，这是组织上的一种不负责任，应该让他多到几个岗位上锻炼锻炼，培养培养，该提拔就得提拔。”

贺东局长心里很清楚，易柏露是不喜欢常琪了，尽管他嘴上说的并不是他心里想的，可他说的全是理，句句箴言，不能不从。人家直接分管的副局长要提拔常琪，如果自己反对，他做好人自己做恶人，这种事他贺东是不会干的。

于是，这事很顺利就在有县委组织部部长参加的局党委会上通过了。

会议一结束，易柏露在第一时间找到常琪：“常琪，告诉你一个好消息。”

常琪没有回应，两眼茫然地盯着他，心里想着，易副局长深夜造访，这可是第一次，看他兴致勃勃嬉皮笑脸的样子，不知道他会说出什么样的“好”消息。

“我提拔你去拘留所当所长，享受副科待遇，工资一下子蹿升了两百多块。不过现在还不能说，明天，等明天公示了，你就可以说了。”

“那我就不能再办案了？刘箩村的那起碎尸案……”

“那起案子不是已经破了吗？凶手陆仰福都快要判刑了，你还操哪门子心思？”

“可颜冬虹不明不白的车祸，陆仰福后面有人……”

“你以为你是谁啊？”易柏露脸色晴转阴，心中的怒火差点要爆炸了，却强压着，“不要自以为是。刑警队没有你，地球照样转。我是为你好，不想看你勤勤恳恳踏踏实实老是待在一个岗位上得不到提拔，为你的前程着想，你不要好心当作驴肝肺。”

常琪看他发这么大的火，心想，是不是自己错了？真的自以为是了？沉默了一阵子，才说："易副局长，对不起，是我不好，我没领会到你是对我好，我听你的就是了。"

"这就对了。"易柏露脸色阴转晴，心头上的火消了一大半，说，"现在还不能说，记住，现在还不能说这事，我只是先向你通报一下，让你今晚高兴高兴，等明天公示了，你才能说出去。文件下来以后，你再去报到，报到了，想要怎样庆贺你再庆贺。"

"行，听你的就是。"常琪虽然不怎么情愿，但还是表现出言听计从的样子，"易副局长，喝杯茶吧？"

"不了，不喝了。记住，我再说一遍，现在还不能说，今天晚上你对谁也不能说这件事，你可不要给我捅娄子。"

易柏露的担心是多余的。他以为常琪得知被提拔一定会兴奋到睡不着觉，逢人便说。他是小人之心度君子之腹。他易柏露也许会这样，可常琪不会，他只是想干自己爱干的事。

第二十二章　两情相悦

1

常琪去了拘留所当所长。

珧珧这些天也比较忙，手上有两三起案子在办，陆仰贵坠楼的事就没再去想它。

这天晚上，魏红素突然来找她。

两人已经好久没见面了，珧珧仔细地盯着她看。

她好像没有以前那么漂亮了。瓜子脸还是那么好看，但眼角多了些细细的鱼尾纹。皮肤还是那样白，但比以前粗糙了许多。眼睛还是那么大、那么亮，但以前那种见人时含情脉脉的神色早已不见，显得更加成熟与自信。身材依然窈窕，但增添了几分粗壮，全然没有了过去的那种“黛玉美”。尤其是她的衣着。以前爱赶点时髦，今晚穿的是旧衣服，和刘箩村大多数村姑没啥两样。

见到红素，珧珧突然想起陆连仲曾经要她帮忙搭鹊桥牵红线的事：“媛媛怎么没来？你一定有事找我吧？”

红素点了点头。

“什么事？说吧。”

“连仲说要娶我。”红素也不隐讳，很自然很镇静地说，没有表现出任何的喜悦，也没什么羞涩和不好意思。

“那好啊，你答应他了？”反倒是珧珧显得比她更兴奋。

“没有，他都向我说过三次了，第一次被我拒绝了，我说这是不可能的。第二次他拉我的手，说他喜欢我，我只是摇头，没说什么。今天下午，他又向我说了，还问媛媛想不想叫他爸爸，媛媛还真的叫他爸爸了。珧珧，我心里慌，我不知道怎么办才好，你年纪比我大点，有文化，见的世面也多，你说，这事我能答应他吗？”

“你觉得呢？你觉得他这个人怎么样？”

“他当然好啊。聪明能干，点子多，又正派，不干些歪门邪道的事。”

“那你是不是对他有感情？”

“我哪敢？我是看他身边没人照顾，有时炖点有营养的东西给他吃；看他屋子里乱七八糟的，有时帮他整理整理。他就以为我对他有感情了。珧珧你知道，我有过三个男人，身子不干净，我哪敢对陆连仲有什么非分之想？他那么年轻，那么俊，那么有前程，我和他不合适。”

“可你也年轻啊，他俊，你倩，不是很般配吗？”

红素被她说的羞红了脸，说：“以后还真的有可能，我就想找一个老老的老公，像你度公那样能疼我爱我，我就知足了。要是没机会，我这辈子就守着媛媛，把她抚养长大，希望她能像你这样有出息……”

“不，不，你不应该这样想，你是自卑了。你身材好，脸蛋儿好看，心地善良，是男人都会喜欢你的。我们刘箩村历来就有与你们山竹崎村人结姻缘的习惯，你和连仲，说不准也是缘分。我想，如果他喜欢你，你也喜欢他，你就应该答应他，赶紧答应他。这是好事，没必要想得太多，想太多了只能自寻烦恼。”

“这……”魏红素还是一个劲儿地摇头。

“这样吧，我找个时间去问问他，如果他是真心喜欢你，那我就替你答应他了，你看怎么样？”

“我真的是拿不定主意。”

“那我再问你，你自己一个人的时候，比如夜里躺在床上的时候，你想过他吗？”

“嗯，是想过。”

“这就对了，证明你的心里有他，你是喜欢他的，要是错过了这个机会，以后就算你找一个什么老老的老公，也会后悔一辈子。”

“说得也是。”红素嘟哝着，开心地笑了。

又坐了一会儿，红素说：“我得回去了，媛媛自己一人在家我不放心。”

珧珧说：“我开车送你。”

2

珧珧把魏红素送到她的住处，便直接去了快餐筷厂。

陆连仲正躺在床上看书，见到站在门口的珧珧赶紧从床上爬起来："慧姑，这么晚了你还来找我，肯定有什么好消息吧？"

"是有好消息。"珧珧说着，走进房间。

可陆连仲却走了出来："屋子里乱，我们去财务室坐吧。"

"也好。"珧珧跟着他去了财务室。

月亮高高地悬挂在深蓝色的夜空上，月光如银，无处不照及，向大地散射着银色的光华。天有点冷。厂房、机器、堆场、原料、半成品……全都在月光下静静地躺着。喧嚣的轰鸣声一旦停了下来，这里便显得特别的寂静。

小厂就是小厂，不可能样样齐全，没有接待室，只有财务室最干净、整洁、舒适。进门一株富贵树，墙角一盆龟背竹，桌上两碗水仙花，一股温馨的气息扑面而来。

陆连仲要泡茶，珧珧说："不要了，夜里我不喝茶，喝了会睡不着觉。"

"不喝就不喝，噢，这里有果汁。"陆连仲显得格外的热情，打开冰箱，递给珧珧一瓶果汁，自己也开了一瓶。

"连仲，我想问你，你是不是真的喜欢红素？"

"慧姑，我是真心的，你还不相信啊？"陆连仲有些急。

"不是我不相信，连仲，红素她过去……"

"过去的事我都知道。"陆连仲这下更急了，他打断了珧珧的话，"过去我还以为她贪图享乐、水性杨花，一直把她看作村长的老二。可现在我知道了，她不是那种人。她的心是很纯洁的，因为纯洁才被骗了。她到我这里来以后，很珍惜这份工作，很勤快，什么活都抢着干，从不计较报酬多少。上班时她总是第一个来，下班总是最后一个回去。她是山竹崎村的，山竹崎村的女人嫁到我们刘箩村个个都是又朴实又勤奋，像你妈、像冇婆、像菜花婶、像阿呆嫂。她还是个很懂得体贴人的女人，她从家里来时，经常会给我带些好吃的东西。有时厂里没事，她就抽空帮我整理房间，替我洗衣服……”

“你不会因为她长得漂亮，才喜欢她吧？”

“是有这个原因，”陆连仲并不否认，“她确实漂亮，有几次我和她单独在一起时，我还真忍不住想搂抱她，或者摸摸她的脸，可我还是忍住了，我没敢这样做。她真的很美，成熟的自然美。但这只是一方面，我更喜欢她这个人，我觉得她实在，会过日子，我需要一个女人，一个像她这样实实在在的女人一起过日子。慧姑，不瞒你说，我已经向她求过三次婚了，三次，她再不答应我，我会发疯的。”

“其实，她也喜欢你……”珧珧觉得他是真心的，这桩婚事是件美事。

“真的？”没等珧珧把话说完，陆连仲就一蹦老高跳了起来，“那她为什么不答应我呢？”

“她是自卑。她觉得自己有过三个男人，而你年轻、英俊、能干，她与你不相配，才不敢袒露自己的感情。”

“她是这样对你说的？”

“是的，她是这样对我说的。我就怕你们以后夫妻间要是有什么口角，你会……”

“不会，不会的，我绝不会提她的过去，永远也不会。娶个老婆，心好、勤快，比什么都强。她过去的事，我无所谓。慧姑你放心，我一定会疼她爱她一辈子。慧姑你看，”陆连仲打开了抽屉，“我给她买了一枚金戒指，就是一直找不到合适的时机送给她。”

“这枚金戒指真漂亮，什么时候要是也有人送我这么一枚……”珧珧接过那枚金戒指仔细端详了一阵子，触景生情。她想起常琪，脸也红了。

“那个常队长怎么样？要不我来帮你，叫他也送你一枚。”

“不，不，今晚不谈这个。”珧珧羞答答的，原本伶俐的口齿变得笨拙，也不知道再说些什么好。沉默了片刻，她撂下一句，“你俩的喜事我来负责。”说完便与陆连仲告辞了。

3

市纪委谭永红书记在省城开了六天会。他已经与省纪委主要负责同志汇报过陆仰贵的问题，获得支持，决定“双规”陆仰贵。一回来他就去找市里的“一把手”，本来是想通通气就对陆仰贵采取措施，没想到“一把手”会对他说：“陆仰贵自杀了，可能是畏罪自杀。”

谭书记听到这个消息一时反应不过来，愣了好长时间。

谭永红为自己办事慢了半拍而深感自责。他已经详尽地看了常琪给他的那些证据，觉得陆仰贵是条大鱼，背后肯定还有鲨，有鲸，是自己贻误了战机，没有在第一时间抓紧行动。可他也很无奈。那么多走不完的程序，还有那些永远也开不完的会议。如果不是这样，他会雷厉风行的。直觉告诉他：陆仰贵的后面有人，这绝不会是一个单纯的、孤立的案件。

他打电话把常琪叫来，问了他陆仰贵的事，希望他能把情况讲详细些。

常琪这下是扳倒葫芦洒了油，一锤子买卖把所有的事全说了。从刘箩村的碎尸到颜冬虹的车祸；从阿涛在法庭上作假证到管有水漂白逃犯身份；从陆仰贵与洪艳艳的假结婚，到魏萍死在麒麟山公园；从陆仰福家搜查金戒指无果，到陆仰贵的蹊跷“自杀”……

谈了整整一个上午。

谭书记听得脑袋发胀，脊梁骨生冷发凉。联想到陆仰贵正准备到京城去当驻京办主任，他又有点毛骨悚然。他心里有很多很多的想法，可他不能告诉常琪，这是组织纪律，不能说的事就是不能说。

沉默了很久，接连抽了三四根烟，他才说："看来这案子还没完，我看你们还得继续侦查。"

"可我要到拘留所去报到了，已经没有了继续侦查的合法身份。"常琪把易柏露坚决要调他去拘留所当所长的事也说了，当然，他不能说那是排挤。干了这么多年的刑警，他懂，猜测与推理不是证据，而没有证据的话是不能随便说的。他只能说易副局长看重他，要提拔他。

谭永红想了想说："你会重新回到刑警队的。"

谭书记这话让常琪深感振奋，但又有些摸不着头脑。

谭书记说这话是有把握的，然而，他只能说到这份上，不能说得更具体。他知道易柏露很快就要被提拔到到江滨分局当局长了。这事他当然不能说，组织纪律。他这一辈子从不替人跑官买官，可他听了常琪所说的那些事，心里已经明白了几分，只要易柏露一走，荆县公安局的那个贺东局长肯定会把常琪调回刑警队的。他了解贺东，知道他是个有责任感、有工作热情的人。贺东用人正派，会从工作需要上去考虑，唯一的缺点就是做事圆滑，原则性的东西总是要留给时间去帮他体现。

常琪不知道谭书记的话到底有几分可信，"也许是安慰，也许是打官腔吧。"常琪心里琢磨着。

"我们回去吧，中午就到我家吃饭。"谭书记站了起来，拉着常琪的手走出办公室。

常琪觉得谭书记这个人还是蛮平易近人的，不是那种整天绷着脸孔说大话、假话、空话的官，就跟着他去了他家。

4

这是一套两居室的普通住宅。谭永红打开防盗门，进入一条长长的甬道，常琪也跟随着走了进去。

甬道里搁着两个鞋架，摆满各种各样的鞋子。鞋架旁是一台洗衣机。洗衣机身旁是一个红色的塑料桶，塑料桶里没有水，里面插着一根拖把。甬道正中还有个门，进去是客厅。

谭永红脱了鞋，换上拖鞋。常琪也跟着他换鞋。两人一前一后走进客厅。客厅不大，十二三平方米。地板是十几年前就开始落伍的大理石，电视机也是前些年已经被平板机所取代了的那种老式彩电，沙发是木头的，擦拭得油光发亮，但有几处红漆掉落，一副老态龙钟的模样。唯一能吸引人眼球的是电视机旁的一盆万年青。青花瓷瓶，绿色的长条形叶子，叶缘间具白色的条纹，椭圆形的花茎短而粗壮，密生的小花黄白相间，彰显着生机勃勃的热烈与愉快。

“爸，您回来了。”伴随着一声银铃般的话语，一个亭亭玉立的大姑娘从房间里飘然而出。不用说，她就是谭书记的女儿谭明了。

谭明走到客厅中间，并没同她的父亲说话，却两眼死死地盯着常琪看，看了很久，才说：“你是常琪，对吧？你怎么会同我爸走到一起了？他可是个高不可攀的官。”

“谭明，学会点尊重。”谭永红转头斥责了女儿一声。

谭明俏皮地朝父亲吐了一下舌头，讪讪地笑了笑。

常琪问：“你怎么会知道我的名字？”

“我天天看你的照片，一张大尺寸的彩照。”

“我的照片？”常琪丈二和尚摸不着头脑，愣头愣脑地站着，心里在问，“我什么时候给她照片了？”

“怎么，你没到过我们的办公室吧？”谭明颇有几分得意，“你的照片就在我们办公室的桌上，用玻璃砖压着，一身警服，大盖帽，两眼炯炯，神气十足。”

常琪这下明白了，那照片是给珧珧的，没想到她会把自己的照片压在她办公桌的玻璃砖下。他有些不好意思地笑了笑。

“你是珧珧的男朋友吧？她经常盯着你的照片发呆。你们什么时候请我吃喜糖啊？”

“没有，八字还没一撇呢。”

“那就追啊，还不快追？”

“怎么追？开火车还是坐飞机？你教教我，怎么追？”常琪觉得这女孩子蛮开朗的，也就没啥顾忌了，同她开起玩笑。

谭永红见到他们俩一见面就很谈得来，便把客人交给了女儿，自个儿走进厨房。

“第一，你在她生日的时候买个蛋糕，给她一个惊喜。”谭明真的开始支招了，“这一招最管用。你知道她的生日吧？不知道我来告诉你，三月二十八号，还有二十三天。”

“那第二呢？”

“第二，你出其不意地给她一个吻，动作要快，两手要配合，抱着她的头，迅速地吻一下，只能吻她的脸颊或者额头，不能吻她的嘴，吻她的嘴你会挨巴掌的。吻了以后你就松手，向她眨眨眼就迅速离开，让她自己去回味。她会一辈子忘不掉的。还有第三。”

“还有第三？”常琪已经被她说得很不好意思了。

“对，第三就是……”谭明故意停下不说，伸出一只手请常琪入座，顺势瞟了他一眼，见他一副很认真的表情，知道他真把自己教的招数当回事，然后才说，“在前两招都奏效了之后，第三招就是当你和她在一起，旁边没有其他人的时候，你要假装不经意地碰一碰她的身体，或者摸下她的头发，如果你胆量大点，可以轻轻地揪一下她的耳朵。就这三招，保你管用。我的男朋友就是用这三招把我骗到手的。”谭明说着，自己哈哈大笑起来。笑过了后，又说，“我可不是与你开玩笑，我是以一个过来人的身份向你传授经验。我也是看琲琲可怜，你要再不赶紧行动，她会害相思病的。这三招你要是得手了，你就可以拉她的手，还可以把她搂到自己的怀里，你就大功告成了。赶紧行动噢，千万不要错失良机。”

常琪曾有过一次初恋，更准确地说是暗恋过一个女孩，单相思，那还是在上警校的时候，以后就再也没修过“恋爱学”。听了谭明的一席话，还真是受益匪浅。他心里在想：这个在幸福家庭里长大的女孩真有点不一样：热情、直爽、心无杂念、思想开放，想什么就说什么……

正想着，厨房里谭明的母亲在喊：“明明，叫客人进来吃饭。”

两人这才走进厨房，结束了这场别有一番情趣的交谈。

5

从谭明家出来，常琪去找琲琲。

琲琲正在吃午饭，问他要不要一起吃。常琪告诉她在谭明家里吃过了。

琲琲不大相信：“你敢在她家吃饭？那可是个大干部的家。我去过她家好几次了，都不敢在她家吃饭。”

常琪把过程简单地说了：“其实，谭永红是个很平易近人的领导，没有架子。”

“那谭明呢？谭明没把你赶出来？”

“你觉得她会吗？”

珧珧微微地笑着，其实她心里也清楚，谭明是不会的，就是看他说起谭明时，眼睛那么的亮，心里有一点点本能的忌妒。

常琪把谭明教他的“三招”说了出来。

珧珧刚开始还静静地听着，突然“哈”的一声笑了出来，满嘴的饭粒喷在常琪的脸上，弯下腰“哎呀，哎呀”地喊肚子疼，却依然一个劲儿地笑个不停。

常琪拿了面巾纸迅速地擦掉脸上的饭粒，走过来要帮她揉肚子，却被她一把推开他。

珧珧边笑边说：“你不要她一教你就学，我不是谭明，我跟她不一样，不用你揉。”

常琪只好站在她的身后，看着她笑。

笑过了后，珧珧说：“这个谭明，简直就是巫婆，尽教你些不三不四的东西。”

常琪也嘻嘻哈哈地陪着她笑。

“其实何必搞得那么复杂，”珧珧说，“你要是真喜欢我，我们去办个红本子，然后你把我抱上床，不就得了？”她说这话时两眼盯着他看，一点都不羞涩。

“真的？那我们俩现在就去办红本子。”常琪兴奋地站了起来。

“你看，你看，你猴急什么，什么事都要快速反应，真是职业病。我说过要与你去办红本子吗？我是说这里面有个程序问题。你我都是吃法律饭的，你要知道，程序比实体更重要。”顿了片刻，珧珧转了个话题，“好了，不谈这事了，我有几件事要告诉你。”她饭也不吃了，一边揉着肚子一边说，“再过段日子，红素要和陆连仲结婚，到时候你去不去喝喜酒？”

“当然去喽，哪能不去？”常琪回答。

“还有一件事，陆连仲的快餐筷厂被关了。”珧珧接着说，“政府说生产快餐筷浪费森林资源，要环保，把他的那块地买下，要建商品房。”

“那陆连仲不就没事干了？”

“他说他要去给邓培树开车。”

“给邓培树开车？邓培树是副市长，他有专职的驾驶员，怎么会请他开车呢？给他开车，那可是要审查了再审查，要有公务员身份，至少也得履行烦琐的招聘程序，他是通过什么关系进去的？”

“不是这样。”珧珧说，“你不知道？其实我也不知道，那是个人隐私，一级机密。”

“不要卖关子了，你快说。”

“邓培树有个相好的，金屋藏娇养在怡欣花园的一幢别墅里。听说很漂亮，身材很好，各方面都很出众，还是个艺术系毕业的大学生，是她需要有一个专职的驾驶员。以前陆连仲与陆仰贵关系不错，陆仰贵请客时常常叫陆连仲埋单，他与邓培树有过好几次的接触。邓培树觉得陆连仲人老实，不会乱说话，靠得住，他厂子被关了，正好没事做，就想请他去开车。”

“那他想去吗？”

“他本来不想去。他觉得邓培树不是什么好官，当时只是不想得罪陆仰贵，表面上才跟他们嘻嘻哈哈的，其实他骨子里瞧不起那些人。”

“是不是现在又想去了？”

“是红素要他去的。红素当时还是‘村长的老二’时，曾经有一次被陆仰福带到城里来。仰福和仰贵他们兄弟俩把红素送给邓培树一个晚上，红素当时虽然没有反抗，可她心里是不情愿的，一股恶气一直郁积在她的心里。红素也觉得度公的死，还有陆仰贵的所谓自杀，那一件接一件的事，说不定都与邓培树有关……”

“我明白了，陆连仲是想去当卧底。可那很危险的。”

“连仲说他不怕。他觉得他马上就是媛媛的父亲了，他要替红素报仇，也要替度公报仇。他说他会小心的。我本来也不想让他牵涉到这事上来，他真的是一个很单纯的青年，不忍心让他干这种事，可他决心很大。”

“既然是他自己要去的，那就去吧，叫他一定小心。”

常琪看了下表，已经快一点了。他知道珧珧有午间小歇的习惯，为了不影响她休息，就告辞了，返回荆县。

第二十三章　省城里的那个女人

1

陆度荒被杀的案子虽然告破，但归案的只有陆仰福和管有水，颜冬虹被陆仰贵制造的车祸灭口了，陆仰贵却又在案情刚刚有些眉目时“自杀”了，这种自杀很明显是假象，更大的可能是另一次“灭口”。总而言之，这一连串的案件其实并没有从根本上突破，陆仰贵只是第二个颜冬虹而已，他的后面依然有人。这个人会是谁呢？最大的嫌疑当然是副市长邓培树。

为了这起案件，珧珧与常琪有那么多的接触，一来二往，日久生情，她真的是爱上他了。爱他什么？她自己也说不清，反正觉得他很适合自己。结婚生子，不就是为了过日子吗？能与他成为小两口，一定会很惬意的。她时常这样想。可她想得更多的还是案子。那一件接一件不断发生的案子，还没有真正的水落石出，珧珧的心里如同有块大石头压着，轻松不起来，感情的事也只能暂时放在一边了。

这天夜里，珧珧辗转反侧睡不着觉，便爬起来想上网。可打开电脑，一眼就看到那个从颜冬虹的U盘上拷贝下来的文件在桌面上搁着，上网的兴趣也没了。这个文件当初一直被认为是陆仰贵受贿的证据，只觉得与他有关，可陆仰贵那么快就“自杀”了，这个文件也没怎么详细看。这下她突然来了兴趣，打开文件，认真地看了起来。但反复看了几遍，也没发现什么更有价值的东西。

珧珧把电脑关了，想重新上床睡觉，刚刚躺下，却有一个人的名字跳入她的脑海里：钱钟同。

钱钟同就是那个赫赫有名的地产商，曾经送过一套房子给颜冬虹，后来陆仰贵通过与颜冬虹的母亲假结婚，又把那套房产转移到自己的名下。显然，钱钟同与陆仰贵的关系非同一般。

“他们肯定是一伙的。”珧珧自言自语，想起了那次在江滨音乐喷池与常琪一起看到他们几个人先后进入时代大酒店，心里更加坚定，这一伙人的背后无疑会有不可告人的肮脏交易。陆仰贵的“自杀”，说不定……

她不想妄加猜测，再次从床上爬起来，重新打开电脑，又看了一遍那个文件，里面钱钟同的名字出现了十几次。珧珧拿来计算器，把那些数字累加起来，天啊，数字大得令人咋舌，竟然达三千多万将近四千万。其中六笔数字很蹊跷，每一次两笔，都是两百万，给的都是现金，由钱钟同亲自送到颜冬虹处，再由颜冬虹转交给陆仰贵。两笔记在一起，分开记账。时间、地点、数额、收钱和转交的方式一样，为什么要分开记？珧珧想了很久，才自己给了自己一个比较满意的答案：两笔钱的用途是不一样的，极有可能二百万是给陆仰贵的，另外二百万是要陆仰贵转交给什么人的，所以颜冬虹才会分开记账。可惜颜冬虹死了，死人不会说话，要不然，她一定知道得清清楚楚。

琲琲无法再入睡，她很想把这事转告常琪，可一看表，已经是深夜三点，常琪一定已经睡了。她想了想，编了条短信，发给常琪。

没想到片刻之后，常琪就给她打来了电话。他睡眠浅，这是长年累月的刑警工作养成的，听到手机响，就醒了。

琲琲便把自己刚刚发现的事较为详细地说了。

常琪为自己当初没有详细研究颜冬虹留下的那个账目而有点自责。他答应琲琲，会找时间自己详细看看，看了后再去向谭永红书记汇报，听听他的意见。

琲琲这下轻松了，回到床上，睡了个好觉。

2

陆连仲与魏红素的婚礼回到刘箩村去举办。

琲琲原本劝他们在万吉市区办。她担心刘箩村里的人对红素这个曾经的“村长的老二”说三道四，担心陆连仲的父母不能接受儿子娶一个寡妇做儿媳妇，担心魏红素心理上承受不了陆仰福他们家族人的指指点点。

然而，琲琲的所有担心都是多余的。魏红素心里坦荡得很，她觉得和连仲结合是光明正大的，她什么都不怕。连仲的父母也不是琲琲想象的那样，两位老人都非常喜欢这个儿媳妇，早早就为儿子准备了婚礼上所需要的所有东西。

简朴而又充满乡土气息的婚礼在刘箩村热热闹闹地举办起来。

按照当地风俗，新娘子得过三个夜晚才能回娘家。为了让他们小两口更甜蜜些，珧珧把嫒嫒带回了自己的家里。常琪也参加了陆连仲和魏红素的婚礼，但他太忙，只能住一个晚上，便与珧珧一起回了她家。

珧珧爸和珧珧妈把常琪看成准女婿，兴奋得都不知道说什么好，两位老人对常琪比对珧珧还要热情。母亲更是忙里忙外，一见面就抢着接过常琪的行李，又是煮好吃的，又是端洗脸水，又是给常琪铺被褥……活像是把自己的女儿完全给忘掉了似的。

“妈，您是不是有了他就不要我了？”珧珧撒娇地向母亲说了一句。

“你这鬼丫头，怎么说这样的话？没有你，我哪会有他？”

母亲也不知道是哪来的灵感，一辈子难得这么幽默，弄得珧珧和常琪都羞红了脸。

站在身边的嫒嫒看了看珧珧，又看了看常琪，向他俩扮了个俏皮而又滑稽的鬼脸。

珧珧假装生气，伸手要打嫒嫒。嫒嫒却笑嘻嘻地一溜烟跑了。

母亲问：“你们俩……”她比了个手势，显然是要问他俩晚上是同睡一张床还是要分开睡。

常琪不知是没能理解老人的意思还是故意装傻，回答说：“随便。”

“才不和你随便，”珧珧瞪了他一眼，转过头对母亲说，“我同嫒嫒睡一张床。”

常琪傻傻笑了笑，对珧珧妈说：“阿姨，打搅您了。”

“不客气，不客气。”珧珧妈说，“回来就要像回到自己的家里一样，慧儿她在市区，远，你就在县城，比她近，以后要常回来……”

母亲还唠唠叨叨地要说什么，为了避免窘到手足无措，珧珧赶紧带媛媛去找冇婆。她们刚走到庭院门口，就碰上了冇婆。

冇婆也是刚刚从魏红素的婚礼那边回来，正准备要到珧珧家来看看媛媛，也想感谢慧儿帮自己的外甥女红素找到了这么好的一个婆家，更想看看慧儿带回来的那个常队长。

媛媛见到冇婆，叫了一声“奶奶”，便扑了上去。

冇婆搂住了媛媛，想到陆度荒，想到魏红素，泪如泉涌。她肚子里原本装满了一大箩要对珧珧说的话，这下也全忘了。

夜里，珧珧搂着媛媛睡觉，却怎么也睡不着，辗转反侧。这么温馨的土屋，这么寂静的夜，这么纯朴自然的家，这么令人留恋小山村……

她心里老想着隔壁房间里自个儿睡在一张床上的常琪……

3

婚礼结束后陆连仲回到万吉，马上着手处理关厂的事。

厂房拆了，机器卖了，土地被政府收回……一切可以换成钱的全都换成了现金。怀揣着那么一大捆的钞票，他买了一套四居室的大房子，让魏红素在家照顾媛媛，自己去给邓培树当私人司机。

去的那天，正好是周末，邓培树要他去一趟省城。

邓培树给的是一辆保时捷。陆连仲从没开过这么好的车，一不小心，时速就到了130码，三百多公里的路程，两个多小时就到了。

陆连仲按照邓培树的指引，将保时捷开进一座别墅里。这是一座真正意义上的别墅，房子是欧式的连体建筑，一层、两层、三层，错落有致。别墅的前面有花园、游泳池、健身器材和停车场。

邓培树要他把车子停在楼房前，叫他在车子里等着，什么地方也别去，他自己一人进屋去了。

陆连仲只好在车里玩手机，一步也不敢离开。手机玩腻了，又不知做什么好。

邓培树进去了四个多小时。这四个多小时对陆连仲来说，恐怕是有生以来最难熬的一段。以前生活风风火火，时间眨眼就过去了，日子过得也快。他已经习惯了那样的生活。而这四个多小时，仿佛就是一条长长的、永远也走不到尽头的隧道。他感到焦躁、烦闷，不知做什么好。打开车门在车子旁边站了片刻，又绕着车子走了几圈，然后又进入车内，进去了又出来，出来了又进去……环境是如此的优美，可那跟自己毫无关系。而那些灯，矮矮的灯，三五步就有一盏，灯光都是恹恹的无精打采，就像在重症监护室躺着的病人的眼睛。

陆连仲打了个寒战，赶紧又钻进车内，关紧车门。

他想睡觉，可哪能睡得着。快要三十了，他还从来没有这么早睡过觉。人体的生物钟抗拒不了，他只好眼睁睁地等待。

人都有自己的梦想和追求。有人想升，有人想发，有人想性，有人想事业……

梦想与追求因人而异，也因不同的时代和不同的生活境地而有很大的差别。身陷囹圄失去自由的人，会因为提前两年释放而欢天喜地。此时的陆连仲最大的梦想就是邓培树赶紧从那座别墅里出来，焦急地企盼着马上就能见到他的身影，让自己“提前释放”。

这一刻，终于来了。

邓培树从里面出来，钻进了保时捷：“走吧，直接回去。”

陆连仲的“梦想”终于实现，整个身子变得轻松了起来。

陆连仲把邓培树送到万吉市他的楼房底下。

邓培树交代说："你把车子开到怡欣花园，钥匙交给彤彤，你坐公交车回去，有需要，我，或者彤彤，会打电话找你，你要随叫随到。"

彤彤就是邓培树的那个相好，用当下时髦的话说叫"小三"。

陆连仲说了声"好"，便按照邓培树交代的做了。

回到家，他洗了个热水澡。

热水魏红素早就为他烧好了，浴巾和睡衣也早就替他准备好了。陆连仲感到无比的温馨，洗完澡就上床，搂住妻子。

"今天晚上看到什么了？"红素问他。

陆连仲把过程说了。

"那他找的是谁？"

"我不知道，我哪敢问？"

"他去的那个别墅叫什么别墅？知道名字吗？告诉珧珧，她去查一下就知道他见的是谁了。"

"噢，对啊，可我没注意看。"

"你啊，"魏红素有点生气，"你不是答应说要当卧底吗？怎么就不留意点。"

"对，对，对，是我一时疏忽了，没想到。下次，下次我一定留意的。"

红素这才高兴了。

4

第二天吃过晚饭，那个叫彤彤的女人就给陆连仲来了电话，说要去一趟省城，叫他马上去怡欣花园开车载她。

陆连仲不敢怠慢，放下饭碗，抓了张面巾纸一边抹嘴一边匆匆忙忙地走出门。

这个彤彤今年才二十四岁。苗条娇小，柔媚的眼睛上罩着长长的睫毛，密黑的发辫在头上绕了两圈，脸上的皮肤，特别是袒露着的细瘦然而有肌肉的美丽的手臂上和颈子上的皮肤粉白粉白的煞是迷人。她的眼睛显得很快活，还有点若有所思的神气，笼罩着初春的恼人的谜。她的四肢柔软灵活，带有几分狡猾与谨慎的态度。她的笑容极有风韵，宛如纯洁的田野之神的笑容。

把这样的一个美人拿来与那个步履蹒跚大腹便便的邓培树放在一起，谁都无法想象，不管是年龄、容貌、身材还是气质。

在待人接物方面，彤彤与那个官架子十足颐指气使的邓培树相比较也决然不同。她一路上与陆连仲说了不少话，一点都没把他当下人。她告诉陆连仲，她要去省城千岛园找一个朋友打扑克，可能会打整整一个晚上。她给了陆连仲两百元，说："你把我送到那里后，就自己去找个旅馆住下来，手机不要关，我可能天亮了才回去，等我要走了，我会给你打手机。"

陆连仲问她："千岛园在哪里？"

她说："就是昨天晚上老邓叫你去的那座别墅。"

"那……"陆连仲直想问她找什么朋友。但转念一想，问太多了，肯定会引起讨厌，甚至怀疑，就没把想说的话说出来。

没想到彤彤却自己说："我的这个朋友是个女企业家，很会做人，上头的人很多，关系网遍布全国各地。她交的都是一些高官，什么事到了她的手上都能摆平，化腐朽为神奇，连老邓都得依靠她，请她帮忙办事。"

看得出来，彤彤对她的这个朋友既羡慕又敬佩，也为自己有这样的朋友而骄傲，说话的口气有那么一种飘飘然的得意。

陆连仲心里很想知道的更多，只是不敢问，害怕问多了对方会起疑心，只能“噢，噢”地附和着。

千岛园到了，陆连仲把车停下，将车钥匙交给彤彤，自己走出围墙大门，准备去找旅馆。走到门口，看到墙上贴着不少小广告，有治性病的、有开锁的、有醉酒代驾的、有疏通管道的……大大小小的小广告五彩纷呈，在这么一座高档别墅门口显得很不协调。然而，“牛皮癣”十分顽强，刀刮了又长出来，白粉刷了又冒出来，都已经是厚厚的好几层了，真可谓是野火烧不尽，春风吹又生。

陆连仲去找了一家很不起眼的小旅馆，登记了住宿。收银台里的老板娘问他是从哪里来的。陆连仲说是从千岛园来的。

“千岛园?”老板娘大为惊讶，龇牙咧嘴，两眼大放光彩，“那可是座豪宅，大豪宅，十几亩的地，里面什么都有，住进去，一辈子不用出来都能天天过上好日子。嗯，你肯定是个司机吧，载什么样的大人物到千岛园了?”老板娘自问自答，“那个地方房间多着呢，但不会让下人进去住的，司机啦，提行李的啦，都会到我这个旅馆来过夜。不过，就算你是个司机，宰相家人七品官嘛，也算是个人物了。这位小弟，我叫阿莹，你能不能给我张名片，以后有什么事也好找你帮帮忙。我给你换个房间，单人房，不多收你的钱。”

“我没有名片，”陆连仲有点木讷，他不习惯别人把自己当成大人物特别照顾，可又不好拒绝人家的好意，便说，“要不，留个电话号码吧，我叫陆连仲，你的手机号码是……”

老板娘掏出自己的手机，把号码拨了过去。听到陆连仲的手机铃声，她才心满意足地把手机关了，藏进黑色的小坤包里，眼神中洋溢着丰收的喜悦，说：“我带你上楼吧。”就把陆连仲带到四楼。

果然，她给他安排的是个单人房，还帮他提行李，进房后就给他泡茶，帮他打开电视机，告诉他热水器怎么用，电话怎么打，周边有什么商铺，出门有几条街，都有些什么当地的特产……林林总总，把什么都交代得详详细细，殷勤得很。还特别交代说："你要是有什么不方便，随时找我，今晚就我一人，我会竭诚为您服务。"

这一晚，陆连仲一夜无眠，他心里一直在想：做人，为什么就会如此等级分明？他想起老家刘箩村那些日出而作日落而息的父老兄弟，想起自己独自一人到城里来打拼时处处碰壁步步艰辛讨了不少白眼，突然又想起了别墅门口的那些小广告，心想，那个地方是不是更应该挂一幅大广告，叫"疏通官道"。

他胡思乱想着，睡不着觉，干脆，掏出手机，关上门，给珧珧打电话。

5

珧珧没有把陆连仲告诉她的事转告常琪。常琪现在是拘留所所长了，已经没有合法的侦查权，她决定自己去弄清楚省城那座千岛园的主人到底是谁。

珧珧自己开车去了省城，找到陆连仲住的那家旅馆，对老板娘说："我从千岛园来，想在这里住上一夜。"

"千岛园？"老板娘同上次一样，又是一惊，仔细地盯着珧珧看了好一阵子，耷拉下眼皮，摇摇头说，"不像，不像。昨天才有一个男的对我说他是从千岛园来的，怎么今天你也是从那里来的？"

"那人就是我弟弟，他叫陆连仲。"珧珧既然说了谎，只能用另一个谎言来掩盖前面的谎言，她接着说，"他没有回去，打电话给我，说会好几天回不去，叫我给他带几件衣服来。”

“嗯，姓陆，他也姓陆。”老板娘频频地点着头，自言自语。

“我没骗你吧？”珧珧狡黠地对她笑了笑。

“你弟弟是开车的吧？”

“对啊，他给领导开车。”

“那你呢，你是干什么的？”老板娘俨然就像是一个查户口的。

“我是律师。”

“律师？律师干吗住我们这样的旅馆？你应该去住星级酒店，省城里星级酒店多的是。”

“是我弟弟要我来这里住的。他说你们这里服务态度好，有个叫阿莹的，很热情。他还给了我阿莹的手机号码。”珧珧说着，掏出手机拨了号。

阿莹手提包里的手机马上响了起来。她掏出手机，在珧珧的眼前晃动了一下：“这就是你的手机？”

“你就是阿莹？我弟在电话里就一直夸你呢。”

阿莹没有回答，灿烂一笑。她长相很一般，说不上漂亮，也不算丑，这一笑，一对深深的酒窝露了出来，立马给人一种甜甜如蜜的感觉。

阿莹开始对珧珧热情了起来。她帮珧珧提行李，带她上楼。

在楼梯上，她告诉珧珧：“我这是一家夫妻店，老板就是我丈夫，他还开小货车跑运输，我和我小姑轮流值班。哎，现在想赚几个钱不容易。我和小姑两个人一个白天一个夜晚，累得半死，没法子，爱钱呗。更烦的是公安、工商、税务局，还有城管，时不时地就来找碴儿。昨天我把两条被单挂在门口晾晒，就被城管罚了四百块，真的是不容易啊。”她说得很动情，显然是有一肚子苦水。

“那你就不能攀点关系？有了靠山，四百块一个电话就可以摆平的。”珧珧动了恻隐之心。

“想啊，怎么能不想。”阿莹把珧珧带进房间，坐了下来，她显然是有意要与珧珧好好谈谈，“怎么攀？千岛园的那个宫芹，人家可厉害，有钱有势有地位，结识的都是一些高官，干什么事都是如鱼得水。我也想结识结识她，可就是针插不进水泼不入，戒备森严哪。就像你弟弟那样的人，连台阶都不能上，到了花园就得转身走人，只能到我这里来住宿。我……”

“那个宫芹是干什么的？”珧珧抓住了机会，赶紧问道。

“她啊？”阿莹的话匣子打开了，便滔滔不绝地说了起来，“刚开始卖鸡蛋，后来倒卖香烟，越倒越大，人家都叫她‘倒姐’。赚了钱，不再倒了，也没拿去投资办厂，好钢用在刀刃上，拿钱去攀高枝，巴结官员，从镇长到县长，逐渐便有了市长、省长、部长……谁也说不清有多少高官与她床来床往。她现在有好几十亿，‘情妇经济’，比开银行还能赚。其实啊，她没多少文化，没识几个字。我听人说过，当初她卖鸡蛋时十七八岁，一个鸡蛋两毛五，七个多少钱她都算不来，就是长得漂亮，真的是很漂亮，你没见过吧？她没结婚，那种人还用得着结婚吗？提起她有时我就很不服气，不就是长得比我好看，皮肤比我白点，还有什么？书没我读的多，人没有我勤奋。哎，人比人气死人哪。”

阿莹咽了口唾沫，还在不停地谈论着那个宫芹。

珧珧静静地听着，两人一直坐到深夜。

6

早晨起来，珧珧到旅馆旁边的饭馆去吃早餐，那里的人也都在议论宫芹。言谈的话语中褒贬不一，有羡慕敬仰，也有鄙视轻蔑；有赞美之言，也有辛辣尖刻之语。但有一点可以肯定，那个宫芹无疑是个公众人物，名声远播，至少在这一带是无人不知无人不晓。

珧珧没有介入他们的谈论，她静静地听着，一顿早餐平时十五分钟就可以解决，今天她吃了一个多小时。

吃完早餐，珧珧便开车回了万吉。路上，她接到陆连仲的电话，说要见她，有事相告。珧珧问他人在哪里，他说已经回到家了。珧珧便直接把车开到陆连仲家楼下。

红素不在，她送媛媛去学校上学了。家里只有陆连仲一人。他对珧珧说："我今天把彤彤从省城带回来，路上她对我说了不少事。我看这个彤彤人不坏，别看她是邓培树的'小三'，其实当'小三'的女人并不个个都是坏人。你知道她是谁吗?"

"是谁?"珧珧睁大眼睛，急切地问。

"她叫魏彤，是魏萍的亲妹妹，山竹崎村人。"

"魏萍的妹妹?"珧珧吃惊不小，没想到世界会这么小，邓培树的"小三"竟然会是他自己秘书的小姨子。珧珧心里在想，魏萍是陆仰贵害死的，陆仰贵极有可能是被邓培树杀人灭口，要是魏彤知道这些事，她一定会与邓培树分道扬镳。如今网上流传着一种说法，"小三"是一支反贪官污吏的有生力量，要是能争取到魏彤，她肯定能揭露邓培树的许多事，那邓培树的日子也就不多了。她赶紧接着问，"快告诉我，魏彤还向你说了些什么?"

"她说了，"陆连仲回答说，"她认识老邓，就是邓培树，是姐夫陆仰贵介绍的。她说那是三年前，她还是师范大学艺术学院大四的学生，姐夫陆仰贵拉她去 KTV 唱歌跳舞，就认识了邓培树。她当时正面临着找工作的问题，就向邓培树提出请他帮自己找个好工作。邓培树也很爽快地答应了。第二天，邓培树就亲自给她打电话，叫她去一家超大型的民营企业当宣传部部长。她能歌善舞，以为当宣传部部长就是搞文艺的，就去了。去了以后才知道，宣传部部长还有许许多多烦人的杂事，干了一个多月，她觉得自己不适合做这样的事，就辞了。辞了后，邓培树通过关系，又安排她去迎富县接待科，一去就给她挂了个副科长。接待科工作很清闲，无非就是陪吃、陪喝、陪领导唱歌跳舞，干了半年，她总觉得自己像个‘三陪女’似的，没啥前程，不想干了，又去找邓培树。这一次，邓培树问她爱做什么。她说最好能到机关工作。可到机关做事要考公务员，邓培树就对她说，那好啊，你看中哪个职位，就去考，走一下程序，程序后面的事我来帮你，一定会让你如愿以偿。她就去考了万吉市文化局，人家只要两个人，她笔试考了个第五名，面试后变成第三名，可通过邓培树的关系，名次在她前面的全都被拉下来了，她如愿以偿地当上了市文化局的科员。然而，只在市文化局干了不到两个月，就有人举报她了，举报她开后门。上头要派人来调查，邓培树预先得知消息，叫她赶快辞职，她就辞了。这事后来也是通过邓培树的四处活动，找了不少关系才摆平的，既然已经辞了，查的人也就不了了之。魏彤从那以后就连找工作的心情也没了。邓培树就对她说，算了，你不要再想工作的事了，我买套别墅送给你，你就在家里待着，爱干什么干什么。后来，她就变成现在这个样子了。”

“以你的观察，她对邓培树的感情怎么样？”珧珧着急地问。

“很好，”陆连仲说，“她在向我说起邓培树时滔滔不绝、沾沾自喜的样子，说明她对现在同邓培树的这种关系是很得意的。”

珧珧听了，心里有点凉，又问：“她还向你说了些什么？”

“她还对我说了邓培树的一些事。她说邓培树现在是无牵无挂，老婆和孩子早些年就到澳洲去了，还说邓培树人很正派，他没有女人，当然是除了她之外。”

“那邓培树与省城千岛园的那个宫芹是什么关系?”

“是兄妹。”陆连仲回答，“宫芹原来也姓邓，叫邓草斤，后来认识了一个姓宫的大官，认作干爹，就改姓宫，取‘草’与‘斤’拼成芹字。魏彤说了，这名字还是邓培树请陆仰贵帮她取的。宫芹的生父是法国人，生母是东北人。当时两人结伴四处旅游，在邓培树老家的村子里生下宫芹，住了一个月，就住在邓培树家里，后来他们留下一笔钱，就把宫芹送给了邓培树的母亲抚养。宫芹直到现在也不知道自己的亲生父母在哪里。因为她有法国血统，长的特别出众。”

珧珧一边听，一边频频地点头，突然问道：“连仲，你能不能引见一下，我想见见魏彤。”

第二十四章　委身同一男人的两个女人

1

怡欣小区戒备森严，阿涛原来也住在这里。当初为了见阿涛一面，珧珧费尽心机始终无法跨进小区大门一步，现在有陆连仲引见，方便多了，门岗保安登记了她的身份证号码，便立即打电话给魏彤。

魏彤并没有让珧珧进入小区，而是自己从里面出来，在小区门外见了她，然后带她去咪咪咖啡厅喝咖啡。

魏彤不知道珧珧找她有什么事，心里有那么一点点戒备。可她知道她是刘箩村的，刘箩村人与她们山竹崎人有着世代姻缘，总是能够攀出点亲戚关系来，所以也很乐意见她。

“我该怎么称呼你?”两人在方桌前坐下来后，魏彤说，“听连仲说，他叫你慧姑，你妈也是从山竹崎村嫁过去的，按辈分，你妈是我婆，你辈分高，我是不该叫你慧姨?”魏彤自问自答，显然，她的观念还是很传统的，人倒也很直爽。

“行啊，”珧珧笑了，“你爱怎么叫就怎么叫，叫我慧姨、慧姐都行。我现在的名字叫陆珧珧，你叫我珧珧也行。哈哈。”

“那你找我……”魏彤两眼盯住珧珧。

“也没什么事，我只是听连仲说，你是山竹崎的，你姐魏萍是我们刘箩村的媳妇，所以就想找你聊聊，同在一座城里，认识认识。”珧珧说得很平淡，若无其事的样子。

而魏彤听到她说起自己的姐姐，眼神随即暗淡了下来：“你认识我姐?”

“原本不认识，可她死的时候，我去看了现场。”

“现场？什么现场？你是说我姐不是自杀?”魏彤睁大眼睛，显得十分诧异。

“是有点蹊跷。你姐是用龙舌兰做成的绳子套在脖子上勒死的。龙舌兰这种东西有个特性，遇水收缩，你姐死之前，正好下了一场大雨……”

“遇水收缩？下了一场大雨？你的意思是说有人勒死我姐，用龙舌兰制造了不在现场的证明?”

“是有这个可能，而且我们也查了，龙舌兰是从一个叫洪艳艳的女人那里得来的。”

“洪艳艳？我姐夫后来娶的那个老太婆?”

“对，你原来的姐夫陆仰贵曾经向洪艳艳要过几株龙舌兰，还曾经在她家里做过试验，用龙舌兰勒死了一只猫。”

“你别说了，我不想听。”魏彤眼眶里闪着泪花，显得十分激动，态度很不客气，刚才对珧珧的那份热情早已烟消云散。

珧珧不好再往下说，场面显得十分尴尬。时间一分一秒地过去，两人谁也没再说话。

过了很久，魏彤才又开口："慧姨，对不起，我不是怪你。我姐是死得蹊跷。我姐对我很好，我们姐妹俩感情很深，我上大学时的学费和生活费都是我姐给我的，我一直想找机会报答我姐。她突然死了，我一直很难过。可警察说她是自杀，当时我就一直无法接受。我姐与我姐夫原本是假离婚的。我姐夫说了，他有一处房产要处理，等处理完了就会与我姐复婚。我姐死之前，我并没有发现她有轻生的念头，她也没留下遗书。她一直在等着与我姐夫复婚，突然不明不白就自杀了，我一直想不通为什么。你今天这么一说，我明白了，是我姐夫杀了我姐。"

"还有一件事，你姐夫的死也同样有很多令人难以置信的地方。"珧珧见她被说动了心，赶紧乘胜追击。她把陆仰贵死时尸体旁边叫人捉摸不透的那一摊水，还有警察在时代大酒店楼顶平台上发现少了一个二十多斤重的大冰块的事也说了。

魏彤听得毛骨悚然，浑身发抖，双唇颤动，上下牙不停地磕碰，发出叽嘎叽嘎的声音。

"这些事我只对你说了，"珧珧交代说，"你对谁也不要说，包括你最亲近的人。"

"你是说老邓，邓副市长？"魏彤显得十分紧张，"不，不，他不会的，他人很正派，不会干坏事，绝对不会，我了解他。他除了收点别人送的钱，可钱都是人家自己要送给他的啊，人家死活要给，他不收也不行，他从不主动向人家要钱。现在当官的，谁不收点钱呢？"

"人心隔肚皮，知人知面难知心。我也没怀疑邓副市长，我的意思是说，这件事你对谁也不能说，说出去恐怕对你自己有危险。”珧珧拉住她的手，“至于与邓副市长是不是有牵连，你和他比较亲近，你心里明白，慢慢观察就是了。请你一定记住我的话。”

魏彤点了点头。

珧珧这下放心了。两人又坐了片刻，便离开咪咪咖啡厅，各自回了家。

2

珧珧好些日子没见到常琪，心里总有那么一点点说不清道不明的不踏实。

她很想见他，想向他说说魏彤的事。她知道他已经不是重案中队队长了，已经没有继续侦查的合法权利，但她坚信，常琪一定还关心这个案子。

刘箩村碎尸案，虽然有陆仰福和管有水归案，有颜冬虹被灭口和陆仰贵的蹊跷自杀，其实，这案中案、连环案，直到今天也并没有真相大白。以珧珧对常琪的了解，她相信他不会放弃，相信他听到魏彤的事一定会很有兴趣。因为魏彤是打开山门的一把钥匙。而这个山门一打开，陆仰贵后面的那个人就会暴露在阳光下。

她想见他还有另外的原因，那就是思念。她感觉到自己内心有种声音在呼唤，在等待，就像清晨的云彩在等候着拥抱太阳，像微风中的小鸟焦急地想要飞向森林。

“常琪，我想见你。”她给常琪打了电话。

“有事吗？什么时候？”

“没事就不能见你？”珧珧羞羞答答地回应了一句，“我想现在就见到你，是你过来呢还是我开车过去？”

“现在恐怕不行，吃过晚饭我要开一个会议。”

“什么会那么重要？”珧珧心凉了半截。

“一个科所队长会议，欢送易柏露升迁。”

“易柏露？他要调去哪里啊？”

“调到市局江滨分局当局长，明天就要走了。”常琪说，“明天吧，明天欢送仪式结束后，我就去找你。”

“那好吧，你方便的时候就来找我，我有事相告。”

次日，欢送易柏露一直闹到十点半才结束，把拘留所里的事又处理了一下，上午已经没时间了，下午，常琪才叫了一辆的士去万吉找珧珧。

珧珧不在家，门锁着。常琪打她的手机，手机关机。常琪想，她一定是在开庭。开庭时律师是不能开手机的，珧珧也只有在开庭的时候才关手机。常琪用珧珧给的钥匙开了门，里面一切如常，常琪无事可做，他想，傍晚吧，等到天黑她肯定是要回来的，再一起吃顿番薯粥也不错，就想去大街上走走。他下了楼，走上大街，突然听到有人在背后喊他。

常琪转头一看，是万吉刑警支队长支队长吕植。

“是来找女朋友的吧？看你鬼鬼祟祟的样子。”吕植拍了下常琪的肩，戏谑着说。

“是吗？我鬼鬼祟祟？我看你才鬼鬼祟祟。”常琪回敬了一句，问，“最近忙什么了？”

“没忙什么。”吕植回答，“有件事，我一直想告诉你，拖着拖着就忘了。”

“什么事？”

“陆仰贵坠楼之前，曾经接到过一个神秘的电话，你还记得吧？”

“当然记得。”常琪说，“我怀疑那个神秘的电话就是为了引诱陆仰贵从窗口探出头，然后……”

“我知道，不仅仅是你怀疑，我也是这么想的。”

“那你现在要告诉我什么?”

“我找到那个神秘电话了。”

“真的?”常琪兴奋了起来，“是谁的电话，在什么地方?”

“不知道。”吕植摇了摇头。

“你在搞什么鬼名堂? 告诉我说你找到了，又什么都不知道。”

“是这样的，你别急。”吕植笑了，“上车吧，到我的办公室去，我告诉你情况。”

“为什么一定要到你办公室，现在就说不行吗?”

“在这里说不清楚。走吧。”

吕植硬是把常琪拉上车，去了他的办公室。打开电脑，手握鼠标，拨弄了好一阵子，说：“这是一张卫星地图，那个手机号码你还记得吧?”

“记得，尾号 688。”

“没错，那是联通的卡，我们查了，那张卡是一九九七年出售的，当时不搞实名制，不知道是什么人买的。陆仰贵事件发生后，那张卡一直没再用过，十几天前，那部手机突然又用了一次，仅此一次，通话时间大约有三十秒，喏，就在这个地方。这是你们荆县联桥镇吧?”

“对，联桥镇菜市场里有一座三层楼的房子。我帮你查查这房子的主人是谁。只是……”常琪脸上露出为难的神色。

“只是什么?”吕植颇有不解地问。

“只是我现在已经不干刑警了。”

“没事，你去查，这事交给别人我又不放心。”吕植说，“都是革命工作嘛，你去查就是了，天塌了我顶着。”

“那就好，我帮你查。”常琪说着，站了起来，准备离开。

吕植说：“一起去吃晚饭，吃了再走。”

“不用了，我还有事，我得马上走。”

“对，对，对，你有女朋友在等你，你心急，去过你们小两口的甜蜜时光吧。哈哈。”吕植说着，把他送到楼下。

穿过两条街，就是珧珧的住处。可珧珧还没回来，手机依然关着。常琪只好在附近的卤面店吃了两碗面条。吃饱后，常琪再给珧珧打电话，这次通了，珧珧说她在程溪县开庭，明天还得接着开，今晚回不去，等有时间再电话约他。

常琪只好叫了辆的士，回到荆县。刚刚走进拘留所的大门，他的手机就响了。是贺局长的电话，要他马上去一趟局长办公室。

3

常琪赶到贺局的办公室。贺局开门见山第一句话就说：“问你个问题，想不想回刑警大队？”

“想啊，当然想。”常琪回答。

贺局说：“那就好，你可以走了。”

常琪不便再说什么，贺局的意思那么明确，自己再说什么就显得啰唆了。他怀揣着一股兴奋的喜悦离开了贺局的办公室。

第二天中午快要下班时，常琪就接到了政工科的通知，要他到刑警大队代理副大队长职务，拘留所的工作暂时由副所长主持。代理当然是等待正式任命。刑警大队已经有三个副大队长了，常琪再去就是第四个。易柏露刚一走，贺局就叫他去代理副大队长，显然，贺局要他干刑警，比他常琪自己还急。

常琪将拘留所的事移交给副所长，就去找黄大队长报到。

黄队对他说："刘箩村的那起碎尸案是你负责的。当初你是重案中队队长，易副局长直接指挥你，我没怎么过问，具体案情我知道的不如你多。目前看来，这个案子并没有真正水落石出。检察院那边有意见，说我们没搞清楚，退回补充侦查了几次。陆仰福定罪是没问题的，管有水虽然有他自己的供词，还有龟鳞山那座小楼里搜查到的一些物证，但还是没能形成完整的证据锁链，如果陆仰贵归案，这起案件就好办了，可他蹊跷地自杀，线索就断了。这件事一定要查得水落石出。上头有领导一直在过问，贺局他压力不小，所以才那么急把你调回来。虽说目前只是代理，其实让你当副大队长是铁板上钉钉的事。现在你是副科级，不会再叫你当中队长了，只有当副大队长才名正言顺。"

"当什么官我无所谓，"常琪说，"我也很想把那个案子查个水落石出。"

"那就好，我知道你能行。"黄队说，"队里现在没什么好车，你原来开的那辆三菱吉普已经给了新的重案中队队长了，我只能给你一辆桑塔纳，比三菱吉普旧了点，糟了些，你先将就着用吧。"

"那行。钥匙呢?"

"钥匙在内勤那里，我已经交代过了，你自己去拿吧。"

常琪去拿了车钥匙，直奔联桥镇，去查吕植交代的那件事。

卫星地图上显示的那个打电话的地方，就在联桥镇的菜市场里。这里有两排三层高的楼房，一排二十套，十七八年前政府开发兴建的，建成后为了尽快回笼资金，就卖给了当时的万元户。买主大都是做生意的，也有一些是不做生意的有钱人。楼与楼中间就是市场，两排楼房其实也已经成了市场，底层全都开店，有卖衣服的、有卖干果的、有卖水产的、有开饭馆的……上面才住人，也有的做仓库，平时冷冷清清，只有墟日才会人头攒动，熙来攘往，挤得水泄不通。卫星定位的那个地方，就在B座楼的B11、B12和B13三套房中的某一套。

常琪查了，B11和B13两套的房主都是外地人，他们一个卖海鲜，另一个卖从义乌进货的小商品。两人的共同特点是只有墟日才开店。联桥墟的墟日是农历的逢二逢七。卖海鲜的一般是墟日的那天凌晨四五点钟把货运来，店门只开一天，卖完货就走，偶尔也会在墟日那天住上一个晚上，而卖小商品的则会在墟日的前一天晚上住下来，墟日那天收摊后回去，除了墟日，两套房平时都是铁将军把门。而B12号的房主是一个单身女人，四十出头，复姓欧阳，单名玉，叫欧阳玉，只有初小文化，没有职业。她把店面租给人家开饭馆，自己住二楼和三楼。

常琪马上打电话给吕植，问了他发现那部尾号688的手机打电话的时间是什么时候。吕植查了一下，回话说是四月二十二日十九点四十三分。四月二十二日是农历初四，不是墟日。常琪反复询问了那里的邻居，可以确定B11和B13两套房那天没有住人，那个时间点只有B12房的欧阳玉在家。

这就怪了。

欧阳玉，一个单身女人，她怎么会有部神秘的手机？她与陆仰贵是什么关系？如果不是一般的关系，那她又怎么可能骗得了陆仰贵，一个电话就能叫他从窗口探出头来？常琪开始调查欧阳玉，很快就有了收获。欧阳玉没有结婚，也没有子女。据知情人说，她年轻的时候是当地的交际花，曾有两任的镇长拜倒在她的石榴裙下，后来两个镇长都因此家庭破裂，还被降职处分。那时她才十七八岁，因两任镇长的身败名裂而使得她一度名扬四海。后来欧阳玉做起小本生意，放荡的日子收敛了一段时间。再后来，社会开放了，性解放的思想观念得到正面的肯定，欧阳玉也因此获得了充分的自由。但她攀上了谁，没有人知道，只知道她的日子好起来了，不用做事，日子却越过越滋润。她现在住的这套房，是当时她用七万多元买的，一次性付清。七万多元在那个时候是个天文数字，联桥镇三万多口人，能拿出七万块的寥寥无几。显然，她有“财产来历不明”的嫌疑。但没人去问她这个问题，也不敢问，因为这是个人隐私。她不是国家工作人员，“财产来历不明”的主体她沾不上边。

知情人还告诉常琪，欧阳玉很有钱，她穿的都是名牌的衣服，几乎是一天一套，看不到重复。一年还会到外地旅游两三次，黄山、泰山、庐山、武夷山，无山不到。她还去过九寨沟、张家界、漓江，前不久还去了台湾。她整天不做事，闲着就找人打牌、搓麻将，或者这家坐坐，那家聊聊。就她那一间店面出租，一个月也就是五百块的收入，她哪来那么多的钱，是个谜，无解之谜。

邻居们还说，欧阳玉除了出去旅游很少见她外出，大多数时间都在镇上待着，是个闲云野鹤般的逍遥女人。

外围调查了解到这些情况后，常琪和派出所所长沈小冰去见了欧阳玉。

这确实是个与众不同的女人。穿戴是现代都市里时髦女人的那种，戒指、耳环、手镯、项链，四金齐全，珠光宝气，镇上难找到第二个。她五官精致，每一个部件都是恰到好处，可惜的是她今天没有化妆，岁月的痕迹依稀可见。

常琪问她，是不是经常到万吉市区去。

她反问道：“你问我这个干什么？”

常琪又问她是不是有手机。

她回答：“我有没有手机关你什么事？不想告诉你。”

这个女人有太多的未知数，常琪不想打草惊蛇，当然不能问得太多，太过明白。见她不怎么配合，只好告辞。

回到派出所，沈小冰愤愤不平："我在这个地方当了这么多年的派出所所长，这镇上还没有谁敢对我这种态度。"

常琪却说："你跟她生什么气？不值。还是分析一下，她会是什么人。"

"肯定是陆仰贵的情人，要不然，她哪来那么多的钱？"沈小冰若有所思地说。

"不像。"常琪也是若有所思，"现在还不能说陆仰贵的死与她有关，但如果她单纯就是他的情人，陆仰贵的死肯定与她不会有牵连。再说了，她虽然有那么迷人的容貌和身材，可她到底已经是个四十出头的女人了，比陆仰贵要大十来岁，她买那套房子的时候陆仰贵大学还没毕业，两人能勾搭在一起吗？"

"那么说，她是邓……"沈小冰吐了下舌头，没把后半句说出来。

常琪却说："好了，不要再胡乱猜测了，去吃午饭吧。"

4

沈小冰的猜测没有错，这个欧阳玉就是副市长邓培树的地下情人。

当年邓培树在荆县当副县长时，曾到联桥镇来包片，长住联桥达半年之久，两人就是在那个时候攀上的。后来邓培树步步高升，直到当上了县委书记，依然在"工作需要"的掩盖下时不时地到联桥来与这个女人私会。邓培树调到市里当副市长后，欧阳玉与他一直还保持着那种关系，只是见面的机会少了，更多的只能用电话联系。那部尾号 688 的手机，就是邓培树买给她的。

这些事天知地知，谁都不知。而发现欧阳玉与邓培树关系的，是陆连仲。

陆连仲认识欧阳玉。他小时候常常与父亲下墟，长大了也曾自己一个人到墟里来买番薯苗和菜苗或者抓药、剃头、打酱油什么的，每次下墟都会见到这个穿戴与众不同的女人，对她那双会勾引男人魂魄的眼睛印象特别深。十七八岁的他情窦初开，那个时候就曾经有过对这个女人胡思乱想的经历。

这一天，邓培树要陆连仲载他到东南度假村。下车后，他对陆连仲说："你去一趟联桥，载一个人，把她载到这里来。"

陆连仲到联桥镇载的"她"就是欧阳玉。

陆连仲将这事告诉了珧珧，还拿出他用手机拍的——邓培树抓住欧阳玉的手亲亲密密走进东南度假村的照片给珧珧看。

珧珧很吃惊："你当卧底了，偷拍人家的照片？"

陆连仲却很坦然地回答："是魏彤要我这样做的，手机也是她买给我的。"

原来，魏彤听了珧珧在咪咪咖啡厅告诉她的那些事后，就开始怀疑邓培树了，不再相信他"我只有你一个女人"的谎言。她也在收集邓培树贪污受贿养女人的证据。她现在是珧珧"同一条战壕里的战友"，也想查清楚姐姐和姐夫两人所谓"自杀"的真相，想知道邓培树是不是背后的黑手。所以，她才给陆连仲买了苹果手机，还给了他一支微型的录音笔，要陆连仲帮她，把他看到的所有事全都告诉她。

珧珧把陆连仲的发现和魏彤的事打电话转告给常琪。常琪很高兴，有她们两位女将的协助，不怕这一连串的谜案不早日水落石出。他在想：邓培树与欧阳玉的关系虽然天知地知你知我知，但一定还有一个人知道，那就是陆仰贵。那部尾号688

号的联通手机，可以肯定是欧阳玉的，陆仰贵对这个号码一定很熟悉。他决定从欧阳玉的身上入手，找到自己所需要的证据。于是他给派出所所长沈小冰打电话：“给我密切注意她，一发现有异常情况，要在第一时间转告我。”

然而，一周时间眨眼就过去了，沈小冰并没有发现什么“异常情况”。

常琪坐不住了，这样守株待兔，案子猴年马月才能有所突破？他决定主动出击，搜查欧阳玉的住所，寻找那部神秘的手机。

可请示了贺局，贺局却摇了摇头说：“你太冲动了，你真的相信你能搜查到你想要的东西吗？再说，就算她是某个领导的情人，也不犯法啊，你凭什么搜查人家？领导干部的作风问题不在我们的管辖之内，这个案子不能立。”

贺局说的也对，是自己太急了点。可案子不破，他寝食不安呢！想来想去，常琪感觉无路可走，只好去找珧珧，希望珧珧那边会有新的突破。

珧珧告诉他：“我刚刚才接到魏彤的电话，她说有事要与我谈谈，我也不知道是什么事。要不，我们先听听她怎么说，再做下一步的打算？”

“也好，她约你在什么地方谈？”

“咪咪咖啡厅。”

“我能不能也去？”

“那行，你就说是我的男朋友。我们俩去了后，先不谈正事，看看她的态度如何。我把你介绍给她认识，如果她不反感，对你也有兴趣，我们就谈下去。要是她对你还有戒心，不愿意对你说案件，你就离开。怎么样？”

“行，那就这样办。”

5

魏彤并不喜欢常琪，得知他是荆县刑警大队的副大队长，只淡淡地对珧珧说了一句“你的男朋友长得好帅”，接着就不再吭声。

常琪赶紧说：“我是送珧珧过来的，你们俩谈吧，我不打扰了。”

“那好，你先走吧。”珧珧说，“等等我要走了，再给你打电话，你开车来接我。”

常琪点了点头，走了。常琪一走，魏彤的话匣子便打开了。

她说她这些天寝食不安彻夜难眠，一下子瘦了八斤，白头发也长出来了。

她说她爱邓培树，虽然两人相差二十几岁，可她一直不觉得年龄是个问题。

她说她看到陆连仲给她看的手机照片后，精神就崩溃了，都要发疯了。

她说为了邓培树自己消耗了青春，爱他爱得死心塌地，没想到他还有一个相好了二十几年的女人，却密不透风，把她蒙在鼓里。

她说她现在真的很想去找那个欧阳玉，去骂她婊子，揪她的头发，咬她的耳朵，去与她进行一场撕破脸皮的决斗。

“珧珧，我现在很害怕，”她说，“我要是去骂她婊子，那我自己是什么？我可是个受过高等教育的人。我被邓培树骗了，骗了这么多年。我本来以为他妻女出国了，身边没有女人，他需要我，是真心爱我的，我也心甘情愿依附他，一辈子与他不离不弃。我一直以为他人很正派，以为他除了我从不寻花问柳，没想到其实自己一直在梦中。我想我要是真的去与那个女人厮杀自己会是什么样的下场。我害怕哪一天会不知不觉地就被‘自杀’了。慧姨，噢，不，我还是叫你珧姐吧，你说我现在该怎么办?”

“这个问题要问你自己，我没办法替你回答。”珧珧拉住她的手，想安慰安慰她，可实在想不出什么安慰的话来，只得说，“如果你能够离开他，釜底抽薪，那就什么问题都不存在了。要是你真的离不开他，那就只能等待他回心转意。两个女人，总得牺牲一个，不是她，就是你。”

“女人是用男人身上的一根肋骨做成的，没有男人，女人怎么活啊?”

“我可不这样认为，我更相信另一种说法，男人和女人都是普罗米修斯用泥土做成的，具有同等的地位。”

魏彤沉默不语。

“同等地位”之说，魏彤是第一次听到。小时候，村子里的男人都是大喉头，女人都是轻声细语，男尊女卑的观念就像吃饭穿衣一样平常。她的母亲就是一个逆来顺受的小家碧玉。父亲稍有不快，大声一吼，母亲便会赶紧夹着尾巴逃出门外。上大学时，同学们都说，我们搞艺术的，就是为了让别人快乐，这世界由男人主宰，女人只有让男人快乐，才是成功的。从小到大，她从来没想过“同等地位”这个概念。

珧珧见她不再说话，知道她已经有所动心，说话的分量进一步加码：“看得出来，你是真心爱他的，可你这种爱是畸形的，是不正常的。我也是女人，我很同情你。我知道我们女人比男人更看重感情。可我们有时也得冷静下来想一想，我们这样做值吗？想问题要长远一点，得考虑将来，考虑后果。他在澳洲有妻子和女儿，你一辈子做他的小三，后果会是怎样？我不能代替你对自己的人生作出选择，但既然你对我说了心里话，说明你信得过我，所以我还得奉劝你一句，赶紧离开他。你年轻漂亮、能歌善舞，又受过高等教育，你完全有能力立足于这个社会，而且能过得很好、很开心，何必把自己绑在一棵树上吊死？”

魏彤微微地点了下头。

琲琲紧接着问：“追你的男孩子不少吧？我要是男孩，我见到你也会追你的。

魏彤又点了下头：“可我不知道为什么，都拒绝了。”

“就因为你选错了方向。人生的道路上，方向决定命运。”

“琲姐，谢谢你，谢谢你提醒了我，我会好好考虑你所说的每一句话。”

“那就好，”琲琲说，“要是你真的想通了，要离开他，没地方住，你就找我好了。”

“嗯。”魏彤说，“我们就先谈到这里，你的男朋友也该等急了。”

6

魏彤回到怡欣花园别墅，一直在思考琲琲说的那些话，想了一整夜，越想越觉得有道理。第二天，她打电话给邓培树，要他过来一趟。

邓培树问她：“有什么事吗？”

魏彤说：“你过来了我再告诉你。”

邓培树说：“今天是植树节，市里的一班领导要去江滨大道种树，等种完树我再去。”

魏彤问他要多久。邓培树说：“一个钟头吧。”

一个钟头的时间能种什么树？无非就是在摄像机镜头面前摆摆样子罢了。魏彤只等了不到五十分钟邓培树就来了。

这一次，魏彤没有像往常那样一见面就扑上去小鸟依人般依偎在他的怀抱中。她坐在沙发上，目光无神地盯着邓培树说："你来了。"口气很淡很冷，像是抛给邓培树一块冰。

"什么事找我?"邓培树似乎已嗅出了气氛的不对劲，面无表情地回问了一句。

"我想离开这里。"魏彤回答，依然坐着，没从沙发上站起来。

"为什么?"

"陆想要考高中了，我妈在城里住不惯，老是说想回去，我得去与陆想一起住段时间。"

陆想就是陆仰贵与魏彤姐姐魏萍的女儿，父母相继"自杀"后，她情绪一直很低落，魏彤编造了这么一个理由，也算名正言顺。

"行啊。"邓培树显得很大度，他知道魏彤是逃不出自己的手掌心的，有一种如来佛对孙悟空那样的宽容与慈悲，"那你就去吧，想住多久就住多久，那辆保时捷和陆连仲就归你使用。陆想要上学，你妈如果要回乡下，你一个人也会寂寞的，什么时候想我了，就给我打电话，我随叫随到。"

魏彤心里在说，你这个伪君子，我不会再想你了。可她没把话说出来。她原本也曾想过要问问他有关欧阳玉的事，也曾想过要与他翻脸，问问他除了欧阳玉到底还有多少女人。可她反复思量了之后，决定先把这件事隐瞒下来，她并不是担心自己，她担心的是陆连仲。陆连仲是受自己的指派才去做那偷拍照片的事，如果把这事说出来，邓培树肯定要怀疑到他。偷情是最能让人神经过敏的事，他一定会想到是陆连仲告诉自己他俩在东南度假村偷情的事，她不能害了陆连仲。

“那我下午就搬了。”她说。

“东西很多吗？要不要叫些人来帮你？”

“不用了，叫连仲帮忙就行。”

“那好，我走了。城市建设是我分管的，今天是植树节，一会儿还有电台的记者要采访我，我得去应付一下。”

邓培树走了。魏彤感到格外的轻松。这些天来，她一直为那个欧阳玉，不，应该说是为邓培树欺骗了自己而烦心和恼怒，现在，她的心情好多了。什么事都是这样，只要想通了，立马阳光明媚。她已经下定决心离开他了，她要寻找属于自己的自由天地。

随后魏彤立即给陆连仲打电话，叫他过来帮忙。两人忙了一下午，搬走了属于魏彤的所有东西。

第二十五章　夹在书本里的天书

1

母亲回乡下去了，陆想要上学，一百二十八平方米的大房子里经常只有魏彤一人在家，身单影孤，日子刚开始是单调和清闲，继而是无聊和腻烦。

魏彤现在才知道，为什么天底下会有那么多的女人愿意当人家的“小三”，因为当“小三”的日子舒服、惬意，开个口，要什么就会有什么。她也是现在才知道，为什么宫芹会经常叫她去省城陪她打扑克、搓麻将，因为无聊最折磨人，简直叫人受不了。生活中处处是围城，里面的人想出来，外面的人想进去……

她胡思乱想、无所事事，在房子里走来走去，最后走进姐姐的书房。那里面有整整一个墙壁的书橱。

以前自己并不喜欢看书，上学时为了“应试”，才不得不看点，可姐姐爱看书。她常常戏谑姐姐是书呆子，而姐姐常常骂她是榆木脑袋，不可教也。

由于无聊，她突然对书籍产生了兴趣，走到书橱前去，隔着玻璃门看那整整齐齐码着的各种各样的书：精装的、平装的、古代的、现代的、财会业务方面的、文学的、法律的、哲学的……很久没人动过，书橱沾满了灰尘，连玻璃都模糊了。

姐姐在与陆仰贵离婚后，又添了不少书，魏彤看上了其中一本《卡耐基成功之道全集》。她想用这本书来解解闷，拿出来一翻，却发现里面夹着一张纸条，上面写着：

魏彤

d q r jney jfd e g wh pgn xw wq r yywr

gasm pndc j 95b10a11

魏彤左看右看，就是看不懂那上面是什么意思。字条显然是姐姐写给自己的，姐姐一定是想告诉她什么。一九九五年十月十一日是陆想的生日。姐姐难道是想对自己说陆想的生日该做些什么？那中间为什么还要插着 b 和 a 两个拼音字母呢？还有那些莫名其妙的既不像汉语拼音也不像是英语单词的钢笔字，到底是在说什么？

魏彤百思不得其解，想看书的兴趣也烟消云散，脑子越想越乱，乱的像被塞进一大堆泥沙，头都有点晕眩了，心也烦躁了起来。她将那张字条又看了两遍，然后把它装进自己的小坤包里，不想再理它，可越是不想搭理，就越是觉得这事很重要。

姐姐一定是要对自己说什么事，也许这就是她的遗书，不弄清楚不行。

她想去找个要好的朋友帮自己解开小字条上的谜，可找谁好呢？自从她搭上邓培树后，过去的那些要好的姐妹们就一个一个与她疏远了。人过三日就得刮目相看，这么多年没相处了，不知道还有谁能信得过。再说了，姐姐想要说的是什么事，自己都不知道，随随便便就把不该说的说了出去，恐怕会产生难以收拾的后果。人心隔肚皮哪！如今人书读多了，心中的小九九也多了起来，人与人之间的关系变得日益复杂起来，并不像老家小山村里的父老乡亲，心都是透明的，什么事都可以大大咧咧地说出来。她也想去找珧珧，可又有些犹豫不决……

正苦恼着，魏彤突然闻到了一股烧焦味，这才想起厨房里正在煮饭，赶紧冲进厨房。厨房里烟雾弥漫，烧焦的味道扑鼻而来。魏彤迅速关掉电磁炉的电源，把压力锅拿到洗碗池里浇水，等压力锅冷却下来，再揭开锅盖。锅里的饭一大半烧焦了，底下黑黑的一层，已经不能吃了。魏彤看了下表，心情坏到了极点。洗这个黑锅至少得半个小时，陆想马上就要回来了，再做一锅饭是来不及了，她只好打电话叫了两份快餐，等着陆想回来吃午饭。

而那张解不开谜团、困扰了她一个上午的天书，也就没再去想了。

2

珧珧听陆连仲说魏彤已经离开了邓培树，去与她外甥女陆想一起住了，在丰盈小区八号楼，准备有空就去陪她聊聊天。

她也在担心魏彤对新生活会不习惯。俗话说“小姐好演奴婢不好演”，唱戏的是这样，生活中又何尝不是如此。原本饭来张口衣来伸手，什么事都被供着，突然要自食其力了，情绪指数会像泡沫破灭的股市，断崖似的下跌，还会不停地寻找底部，是很难让人接受的。反正今天晚上自己闲着也是闲着，就去了丰盈小区。

进了屋，珧珧看到魏彤脸色苍白，头发也没梳理，衣着很随便，神色显得十分困倦，与前些日子那个浑身珠光宝气的她判若两人。屋子里也是乱七八糟的，所有的家具都盖着一层厚厚的灰尘，一大沓快餐盒堆在客厅的墙角边。

“噢，你来了？”魏彤恹恹的，不怎么爱说话。

“你病了？”珧珧关心地问。

“没有，只是心情不好。”

“那我们去外面走走，散散心。”珧珧又问，“小想呢？”

“在屋子里做作业。”魏彤说，“我也正想找个人聊聊，你来了正好，我换件衣服。”

魏彤进屋换了衣服，梳了头，面貌改观了不少，跟随珧珧出了门。

“这几天忙着案子，没来看你。”珧珧拉着她的手边下楼梯边说，“明天我叫红素来和你一起住几天，她反正在家里也是闲着。”

“不了，她还有个女儿，要上学呢。”

“连仲在家，听说他好些天没出车了？”

“那个姓邓的说，连仲和那辆保时捷归我使用，可我想自食其力，还没找到事做，懒得出门，再好的车也没什么用。”

“再过几天吧，慢慢会找到事做的。”珧珧说，“我帮你留意留意，你喜欢干什么？”

“我也不知道。哎，不说了，都是我自己糊涂，当初找工作挑肥拣瘦，要不然……”魏彤哽咽着说不出话来。

“他也没再找过你？”

“你是说那个伪君子？没有，他就是再找我，我也不会理他的。”

两人一边交谈着一边走出小区，走向大街。大街上人来人往。魏彤害怕见到熟人，便说：“我们去环城路散散步好了，那边清静，车也不多，空气好。”

珧珧当然乐意，只要对方高兴，她去哪里都行。

于是，两人就上了环城路。刚走了不到十分钟，就看到陆连仲的那辆保时捷迎面驶来。

保时捷魏彤不用，只有邓培树会用，陆连仲是被雇佣的，他断然不敢私自开着去干自己的事。况且，他自己也有车。

“保时捷要去哪里呢？车上坐的好像不是邓培树？”珧珧心里正疑惑着，只见陆连仲的手从车窗伸了出来，有样东西从他的手上脱落，掉在地上。而保时捷并没有减速，呼啸着疾驰而去。

珧珧与魏彤走到路中央，猫腰一看，刚才从车窗上掉下来的是陆连仲经常戴在手上的手表。

“他是故意的呢，还是无意间脱落的？”珧珧心想，掏出手机便拨了陆连仲的手机号码。可电话里提示对方的手机已不在服务区内。

“不在服务区内”，说明他的手机已经机卡分离。

“不行，我们必须马上去追他。”珧珧着急地说，“他一定是看到我们俩了才故意把手表丢出来，他肯定是想告诉我们什么事，说不定，他被人控制了。我们必须马上去追他。”

“可我们怎么追啊？他开的可是保时捷。”魏彤凄惶地说。

“我们抄近路从杉行街过去，三四分钟就可以到丰盈小区，我的车就停在那里。然后我们从东门出去。他既然上了环城路，肯定不会再进城，我估计他会上国道，极有可能是要去荆县，我们从东门出去可以跟上他。快，快点……”

3

果然，珧珧的车子上了国道后就看到了陆连仲的保时捷。然而，她的标志 207 追不上对方的保时捷，很快就被甩了。她赶紧拿出手机，递给魏彤：“给我的男朋友打电话，把这里的情况告诉他。”

魏彤按她说的做了，拨了号码，却因为紧张，怎么也说不清楚。

“我来说。”珧珧一手握住方向盘，另一只手将手机接了过来，把这里发生的事向常琪说了。

珧珧很少开夜车，遇上交汇车，对方的大灯直射，她就得减速慢行，到了联桥镇时，她已经不知道陆连仲的保时捷哪儿去了，却碰上了常琪。

常琪把她拦住，告诉她和魏彤：“陆连仲和一个陌生的男子去找欧阳玉，正在搬运东西，看样子是要转移贵重物品。你们把车停在这里，人跟我走，不然目标太大。我们一起去看看他们到底在干什么。”

“那好，我们走吧。”珧珧转身对魏彤说，“魏彤，你去不去？要是不想去，就在车里等着。”

“不，我要去，我要去看看那个老太婆到底长什么样，看看她到底有多少见不得人的东西。”魏彤很固执地说。

“也好，我们走吧。”常琪领着她俩走了。

春天的夜并不是那么柔和，空气很潮湿。

联桥墟充其量就是都市里的一个菜市场那么大。蒙着一层惨白的月光，没有一点活动的影子，呈现出可怕的死寂。罩在头顶的天空，有着稀稀疏疏的星子，亮亮的，仿佛一些光明的泪珠，就要坠落了一样。微风中有阵阵的鱼腥味和腐烂了的菜叶子的味道飘来。

常琪将她俩带到一棵大榕树下，盯着欧阳玉那座房子的后院观察。

保时捷就停在后院。陆连仲坐在车里抽烟。

一个陌生的男人，抱着一个铁皮箱子从欧阳玉的屋里出来。

那个铁箱子不大，却显得很沉重。

男人把铁箱子装进保时捷里，又进屋去了。不久后，又抱着另一个铁箱子出来，装进车里，又返身上楼。来回走了四五趟，大概是该搬的都已经搬完了，最后一趟从屋里出来时，手上拿的是他自己的一件外衣，身后还跟随着欧阳玉。

男子上车后，保时捷发动了，欧阳玉站在门口挥手。

看来，他们要走了。

常琪吹了声口哨，四五个警察不知从什么地方冒了出来，拦住了保时捷，常琪和珧珧也冲了过去。

“我们是警察，怀疑你们入室盗窃，跟我们到派出所去说清楚。”派出所所长沈小冰声如铜钟，撕破了宁静的夜空。

“不，不，不，都是我自己的东西，不是盗窃，不是……”欧阳玉争辩着，声音颤抖得很厉害，整个身子也在不断地抖动。

“去派出所再说吧。”常琪对欧阳玉说，“既然你说东西都是你的，那你就坐这辆车，看着你的东西。小沈，保时捷你开，老张，你也坐这辆车。你，还有你，”常琪指着陆连仲和刚才负责搬东西的那个男子说，“你们俩，坐我的车，一起去派出所。”

珧珧贴着常琪的耳朵小声地说：“我和魏彤就不去了。”

4

珧珧和魏彤回到市区时，天都快亮了，魏彤就住在了珧珧那里，可两人却怎么也睡不着。

睡同一张床，盖同一条被，就会有说不完的同一个话题。

珧珧从刘箩村的碎尸案，说到陆度荒的那枚金戒指；从阿涛在法庭上做假证，说到她之后被囚禁；从颜冬虹的车祸，说到后来在洪艳艳家里发现的那些遗物；从自己两次去云南，说到在动车里同宫芹坐在一起，之后又莫名其妙地被人删掉了手机里的视频；从魏彤的姐姐魏萍脖子上的龙舌兰绳子，说到陆仰贵“自杀”时尸体旁边无缘无故的一摊积水……

魏彤刚开始只想知道那个欧阳玉，想了解更多有关那个女人的事。可听了珧珧的述说，她的心全乱了，从疑惑到迷茫，从慌乱到惶恐，突然发觉，自己这么多年来，原来一直生活在狼窝里，要不是认识了珧珧，让自己下决心离开那个伪君子，还真不知道后半生的路会是什么样子。她不敢再往下想，想起来就感到后怕。这么多的事，自己一点都不知道。

魏彤想到了姐姐留给自己的那张字条，心想，也许珧姐能帮自己解开这个谜，就把那张字条的事告诉了珧珧。

珧珧一听，从床上坐起来：“字条在哪里？让我看看。”

“在家里，我没带出来。”

“什么时候拿来我看看。”

“要不我们现在就去拿。”

“也好，反正也睡不着。”珧珧说，其实她比她更急。

两人穿了衣服，下楼开车，去了丰盈小区。

这时，天已经大亮，陆想还在睡觉。魏彤拿出那张字条，交给珧珧，到厨房里给陆想准备早点。

珧珧刚开始还不怎么看得懂，想了想，若有所悟，走进厨房问魏彤："你姐姐平时用五笔打字吗？"

"是啊，你发现了什么？"

"这就对了。"珧珧颇有些兴奋，"字条上的这些英文字母，如果用五笔打出来，就是一句话，'在我的电脑里有一个写给你的文件，开机密码是95b10a11'，一九九五年十月十一日，是陆想的生日吧？"

"真的？你还真行。"魏彤没有回答珧珧的问题，兴奋得眼睛都放光了，白白的脸立时充血红起来，嘴唇哆嗦地说，"你帮我把鸡蛋煎了，我这就去打开我姐的电脑。"

等魏彤找到她姐姐的那台笔记本电脑，珧珧的早餐也做好了，把饭菜端到餐桌上，用塑料罩盖上，两人便躲到魏萍的书房，打开电脑，寻找字条上说的那个"文件"。

这时，珧珧的手机响了，是陆连仲打来的。

电话里陆连仲显得异常兴奋，他述说了昨晚的事。他说他被派出所所长沈小冰叫去做笔录，他一五一十地把过程说了，什么也没隐瞒。做完笔录沈所长就将他放出来了，欧阳玉和另外的那个人还被扣着。他说欧阳玉要转移财产，东西可多着呢，金条十几根，房产证十几本，银行卡四五张，现金也有一大捆，半个亿哪，可能还不止，要不是亲眼所见，谁也不敢相信。他像连珠炮似的述说着，珧珧想插话都插不进去。一口气说了十几分钟，说累了，他才停了下来。

"那你在环城路上为什么要把手表丢出来，是故意的吗？"珧珧赶紧问。

"是故意的，我是故意的。"陆连仲又兴奋地说了起来，"邓培树叫我开车去他家。我到了他家楼下，他带了一个陌生男子，要我载他去联桥镇。我问他什么事，他说你不用管，载他去就是了。他还要走了我的手机卡，说暂时放在他那里，明天还我。我就纳闷了，为什么要控制我的手机？肯定是要我干什么见不得人的事。上了环城路后，正好看到你和魏彤在路边行走，我不能停下车来告诉你们，我身边的那个男子一米八，壮得很，我斗不过他。我就急中生智，左手握方向盘，右手迅速地解开表带，然后右手握方向盘，把左手伸出窗外，轻轻一甩手，表就掉了，坐在我身边的那个男子一点都没发觉。还好你能反应过来，要不然，那笔巨额财产就永不见天日了。”

“原来是这样，你还真行。”珧珧夸了他一句。

“慧姑，我刚从派出所出来，一出来就赶紧给你打电话，我太兴奋了。你说，我是不是做了一件大事？等我回去，我一定请你喝酒，庆贺庆贺。”说完，他便挂了电话。

5

珧珧重新返回屋子里。这时，魏彤已经打开电脑，正在阅读她姐姐写给她的信。

妹妹：

你好糊涂，你要让我怎么说你才好。

你选择了一条错误的人生道路。你年轻貌美，你有艺术细胞，你受过高等教育，你本来应该有非常美好的前程，为什么就一定要投入那个男人的怀抱？你以为那个大你二十几岁的男人，他的怀抱很厚实很温暖很安全很舒服吗？你错了。

你生活在鸟笼里，尽管这个笼子是用金丝编制成的，你还以为那就是爱情，其实不是。你轻信了那个男人的甜言蜜语，可却全然不知，那蜜糖里裹着蛇心蝎肺。他让你享尽荣华富贵，他给你价值千万的别墅，给你名包、名鞋，给你几十克拉的钻戒……你怎么就不想想，他的钱是哪来的？那些钱干净吗？他有那么大的本事赚那么多的钱吗？

无非是他手中有权，以权生钱罢了。如果不是这样，凭他那点工资，把妻子和女儿送到澳洲，就足够让他变成穷光蛋了。据我所知，他捞钱的范围很广，手段也很隐蔽，那个叫钱钟同的地产商，承包迎宾大道的那一大片绿化带，就给了他两千万现金。俗话说，纸是包不住火的，有朝一日他东窗事发，你也会从巅峰坠落谷底，这正是我担心的，你想过吗？

有些事我本来不想告诉你，我就是对你说了你也不会相信。可你知道吗？除了你，他还有多少女人你知道吗？据我所知，至少还有七八个。省城的那个宫芹、联桥镇的欧阳玉，还有小寨县的团委书记袁晓红、市城管队那个天天在大街上吆喝的单东东、荆县南兜镇的女镇长吕延珠、东南度假村的大堂经理陈洪莉，还有几个我说不出名字。这些都是你姐夫喝醉了酒后说给我听的。你姐夫是他的秘书，更是他的亲信，他什么事都知道，他向我说的这些，我是百分之百相信，你信不信就由你了。

妹妹，我是没有资格告诉你这些事。你姐夫对我也不忠，他背着我也养女人，我不全都知道，但多少也知道一些。可我和你不一样，我与你姐夫至少曾经真诚地相爱过，我忘不了那一段美好的时光。我还有一个家，还有陆想，我就是后半辈子没有爱了，我得爱我的女儿，我不得不对你姐夫睁一只眼闭一只眼，装作什么也没看到。可你和我不一样，你好好想想吧。我也不知道你什么时候能看到我写给你的这封信，但我相信有一天，你会从梦中醒来。你是我的亲妹妹，父母不在我们身边，我有责任引导你做人，做一个用自己的双手去创造美好生活的人。因为我希望你幸福，是真正的幸福，而不是那种用金钱与物质堆砌起来的，在虚情假意的甜言蜜语中不能自拔的所谓幸福。我担心和害怕的是有一天，你看清楚了那个伪君子的真面目，你的梦碎了，你回到真真切切的现实生活中来，你现在的那种所谓的幸福像肥皂泡似的“啪”的一声破了，到了那个时候……妹妹，我的好妹妹，我真的不敢去想它。

有一件事，我不知道会有什么样的结果。你姐夫说，他要与我离婚，说是假离婚，是为了处理一笔房产。我不知道他要处理的是什么房产，不知道为什么处理房产就一定要假离婚。我问他，他不告诉我。妹妹，你知道我一向是逆来顺受，我拒绝不了他。不管他是想真离婚还是要假离婚，为了这个家，为了陆想，我只能照着他说的办。但我还留了一手，我的手上有足以置他于死地的证据，那些东西存放在山竹崎村原来我们俩住的那个房间的阁楼上，如果我有什么不测，你就去把那些东西找出来，替我报仇。

也许我是多虑了，料他也不敢，但要是真有那样的结局，陆想就交给你了，你要替我把她抚养成人，教她做个正直的人，走一条光明磊落的路，靠自己的本事在这个社会上立足。

我还得再说一遍，你身边的那个男人不可靠。不要以为他讲八荣八耻，他做廉政报告，他植树节种树、重阳节慰问孤寡老人、六一儿童节看望幼儿园的小朋友，他就是好人了。不是的，那些电视镜头里的东西，都是假模假式的表演，你不能相信。他狼心狗肺，心里阴得很。

你姐夫的哥哥叫陆仰福，霸占了别人的妻子，人家四处上访，威胁到你姐夫和你身边那个男人的仕途。这件事，你知道你身边的那个男人是怎么说的？他说："做掉他，一了百了。"他说这话时被我无意中听到了。我当时都吓出了一身冷汗，可他却说得很轻松，若无其事的样子，就像踩死一只蚂蚁那样的轻松。这种人，要多可怕有多可怕，别看他道貌岸然。

后来，那个四处上访的丈夫真的就被人杀了。

信没落款，好像也没写完，更像是想到哪儿写到哪儿，不是一次性写下来的。

魏彤早已是泪眼花花。

珧珧也不知道如何安慰她才好。自己有很多事要做，不可能永远陪伴她。看她屋里乱七八糟的，情绪又如此低落，只能打电话叫魏红素来与她一起住，帮她收拾收拾房子，做个伴，闷了也好谈谈话；并答应她，找个时间去山竹崎魏彤的老家看看她姐留下了什么证据，这才放心地走了。

第二十六章　突然被刑事拘留

1

离开丰盈小区后，珧珧给常琪打电话，问他昨晚的事处理得怎么样。

常琪告诉她："欧阳玉的那些东西粗略估算有五六千万的价值，她说不清楚是从哪里来的，更准确地说，是她不愿意说，就连东西准备运到什么地方收藏她也不说，整个讯问过程中她就是一句话：'你们可以拉我去枪毙，我什么也不会说的。'我们也没办法。没证据证明她的那些财物是非法的，只能把她放了，东西暂扣，待后处理。那个被叫来搬东西的男子，是一个蹬三轮车的工人，跟那些来历不明的财产没有任何关系，人也放了。"

显然，这个女人爱邓培树爱得毫无二心，爱得死心塌地。那些东西肯定不是她的，极有可能是邓培树的。琲琲建议常琪去找谭永红，由谭书记找邓培树谈话，看他姓邓的会有什么样的解释。他肯定说不清楚。保时捷是他派的，搬运工是他叫的，他还扣了陆连仲的手机卡，就这几点就够他解释的。

常琪觉得琲琲的提议可以试试，请示了贺局长，贺局长也同意。于是，他便驱车赶到市区来，找纪委谭书记。不巧，谭书记到京城开会去了，听说要一周时间才能回来，他只好又返回荆县。

等了几天，常琪还没有等到谭永红书记从京城回来，琲琲这里却发生了意想不到的事。

一男一女两个警察突然来到她的单位，说是要对她进行刑事拘留。

琲琲自己也莫名其妙："我没犯什么罪啊，拘留我干什么？"

她瞥了一眼那张易柏露签发的"拘留证"，上面写着：涉嫌诽谤诬陷他人。

这就更让她如坠五里云雾之中了，自己什么时候诽谤诬陷他人了？自己什么事也没做，平白无故就从天上掉下了一顶大帽子扣在自己的头上了？

尽管她心里坦然得很，但一辈子没发生过这样的事，碰上了，还是有点慌，惶惑加恐惧。

带走她的两个警察是江滨分局的人，那个男警察刚从紫荆山派出所调到分局，就是在魏萍"自杀"时，常琪曾带她见过一面的那个姓白的所长。

琲琲想给常琪打电话，向两个警察提出要求，但那个姓白的警察不肯答应，说："我们会通知你的亲属。"

琲琲被带到警局，审讯随之开始。

白警官要她交代犯罪事实。可珧珧一头雾水，这莫须有的东西，何来事实？白警官说她态度不好，像她这样的嫌疑人他见得多了，没有一个不是不见棺材不落泪，不撞南墙不回头。珧珧要白警官指出来，白警官却对她说："我们是要给你一个主动交代的机会。因为你是常琪的女朋友，我们才给你一个争取宽大处理的机会，等我们把事实说出来，你就没机会了。"

珧珧也是搞法律的，她知道这是警察的审讯策略，先给你喝迷魂汤，叫你晕头转向，再从中找到破绽，一举突破你的防线。然而，她不是不想交代，是不知道交代什么。她平时很讨厌"隐私"这个词，办案时就屡屡因它而遭到掣肘，但她懂得"隐私"在法律上的地位，知道没有事实的话是不能随便乱说的。犯什么样的错，自己也不会去犯诽谤诬陷他人的错。

双方僵持了一个上午后，珧珧被关进了看守所。

2

珧珧被推进牢房，铁门关了。背后传来"哐当"的一声巨响，珧珧的心随着那个响声颤了一下，整个人都石化了。

监室的四壁是用鹅卵石砌成的，每块石头都像鳄鱼的嘴巴，张得大大的在等待猎物，让你随时都有被吞噬的感觉。珧珧凝视着高高的墙上唯一能够透进阳光的方形小孔，光线从那个方形孔中射进来，形成光束，一直射到她的床上。纷纷扬扬的细微的灰尘在那光束里飞舞、跳跃。

监室里面还有两个女人，可谁也没理她。

珧珧站了很久，这才两腿像灌了铅似的走到水泥床边，坐了下来。她不知道现在自己该做些什么，也没有人告诉她。我现在是犯人了，犯人……她想着，泪水便掉了下来。带着苦味的眼泪经过她的嘴唇，她也没有去擦掉。

我是真的不知道自己到底犯了什么错，要是知道，我会坦白交代的，全都交代。她心里想着，我是律师，我是律师……这一想，心更酸，泪更流，像开闸放水，汹涌澎湃。

她想放声大哭，号啕一阵，却发现身边的那两个女人都是一副不屑一顾的冷笑模样，于是她忍住了。她需要有人来安慰她，可现在……一股绝望的情绪向她袭来，她的胸膛里面开始结冰。

不知道还有谁知道自己现在的处境。她希望常琪能知道这件事，她想，如果他知道，他一定会来救自己出去的。这是她心中唯一的希望，就像高高的墙上那方形的小孔里射进来的那束光，唯一的。

突然传来“吱呀”的一声响，虽然声音不大，可在珧珧听来，犹如平空的一声闷雷，她感觉整个房子都震颤了起来，她的身子也随之跳了起来。

同室里的两个女人看她这个样子，相视一笑，然后慢吞吞地朝铁门走去。

铁门正中的那个方形的口子被打开，一份盒饭从洞口塞进来，一个狱友接了，另一份又塞了进来，第二个狱友又接了过去，当第三份盒饭塞进来时，却没人接。

“208 号，过来拿饭。”一个沙哑的声音从那个方形的小洞飘进来。

珧珧没有动，别说是一盒饭，眼前就是金山银山，对她也毫无意义。

“208，吃晚饭了，快过来拿饭。”

方形的小洞里露出一张满是皱纹的男人的脸，两只猫一样的眼睛在牢房里搜索了好一阵子，然后落在她的身上。

吃什么晚饭？现在就是山珍海味她也吃不下，没胃口。

“听到了没有，208，叫你过来拿饭。”方形的小洞再次出现那张满是皱纹的脸，这张脸已经没有了刚才的柔和，火气冲冲，一对虎威虎威的眼睛直瞪着她。

珧珧这才不情不愿地走了过去，把盒饭接了过来。

我现在没有名字了，只剩下208这个代号。她心里想着，眼泪又掉了下来。

她回到水泥床前，把盒饭搁在床沿，然后爬上床躺下，拉过被子把整个身子裹了起来。

“你不想吃？不吃就让我们吃了？”那个年纪稍稍大一点的狱友问。

“嗯。”珧珧拉开被子，露出脸，点了下头。

两个狱友拿了那盒饭，一人分一半，三下五除二，就把它给消灭了。

“我说208号，其实你也不用这样，”年纪较轻的那个吃完盒饭后伸手抹了下嘴，说，“到这里来的人，心情都不好，别人想折磨我们，我们何必自己折磨自己呢？”

“是啊，”年纪较大的那个接着说：“刚进来的时候，我也和你一样，痛苦啊，可痛苦又有什么用？现在我想通了，这里多好啊，吃公粮不花钱，什么都可以不去想，不去做。在外面多操心、多纠结啊。在这里可以把自己养得白白胖胖的。女人不操心就漂亮，漂亮了就是本钱。我就觉得，三两年能进来休养一次，多好啊！我都进来三次了。”

珧珧不想介入她俩的谈话，她在想着自己的心事。她想常琪，不知道常琪现在是不是已经知道了自己的事。她想父母，刑事拘留是要通知家属的，父母肯定会在第一时间知道自己的事。两位老人要是知道了，不知能不能承受得住……他们可千万别出事，千万……

3

常琪这些天一直在寻找珧珧。他给她打了好几次电话，可手机一直关机。他以为珧珧在忙着办案。她是律师，有她自己要办的案子，手机没有接，他也没太在意。直到第三天，常琪终于坐不住了，难道她失踪了，人间蒸发了？

常琪赶到珧珧的律师事务所，问了袁所长。袁彬很惊讶地说："你还不知道啊？她被警察给带走了。来了两个警察，一男一女，把她带走了。"

"你说什么？"常琪一时反应不过来，又问了一遍。

"她被刑事拘留了。"袁彬回答。

"因为什么事？哪里的警察？什么时候？关在哪里？"常琪一连抛出好几个问题。

袁彬摊开双手，耸了耸肩："你的这些问题我都无法回答，因为我什么也不知道。"

常琪很无奈，只好离开律师事务所。走出大楼，他便开始给同行打电话，一个接一个地打。万吉市警察队伍他熟人很多，可打了十几二十来个电话，回答都是：不知道，帮你问问吧。

常琪失望了，心如死灰。会不会是外地的警察？他心里想着，又去了陆连仲家。

陆连仲和魏红素也不知情，两人听了都是张大着嘴巴说不出话。

常琪只得返回荆县。

入夜了，他躺在床上辗转反侧无法入眠。窗外天空黑沉沉的，他的心比天还暗，还沉。

折腾了大半宿，他累了，迷迷糊糊地刚要进入梦乡，突然听到敲门声，睁眼开灯，墙上的挂钟显示现在是下半夜三点四十四分。

“这么晚了，会是谁啊?”他心里想着。

三更半夜被人叫醒，对他来说是家常便饭的事，可叫醒他的大都是手机的铃声，从来没有敲门声。

他从床上爬起来，披上衣服，走去开门。

门外有两个人，好像是一男一女，打着手电筒，两束光直射在常琪的身上。他看不清对方是谁，便问：“你们找我吗?”

“常队长，常琪，求你了，求你救救我慧儿。”

常琪听出声音来了，他们是珧珧的父亲和母亲。

“阿姨、叔叔，快进来，快进来，进来坐。”常琪把他俩扶进屋，“我也不知道怎么回事，我也在找她，找了一个下午。你们是怎么知道的?”

“通知，一张通知单。”珧珧的父亲从怀里拿出一张“被刑事拘留人员家属通知书”，递给常琪，说，“下午四点多接到陆栋梁送来的这个东西，栋梁说，慧儿被公安抓了，我和她妈一听脑袋都炸了，不知如何是好，是栋梁提醒了我，要我赶快来找你……”

“慧儿她爸就赶紧用摩托车载我出来，”珧珧妈见丈夫泣不成声说不下去，就接着告诉常琪，“到联桥，天黑了，她爸又浑身发抖，抖得厉害，我怕半路出事，就叫他把摩托车丢到联桥，我们走路过来……”

珧珧妈是想解释为什么会三更半夜来打扰他，可珧珧爸并没领会妻子的意思，以为老婆子太啰唆，就打断了妻子的话：“常队长，你是慧儿的朋友，你和她好，你说，这事怎么办？我们能见见慧儿吗?”

“没事的，绝对不会有什么事的。”常琪瞥了一眼那张“通知书”，看到“涉嫌诽谤”四个字，赶紧安慰两位老人说，“珧珧她做事谨慎，她是学法律的，绝对不会犯这样的错，肯定是误会了。”

他仔细地又看了一遍那张“通知书”，知道拘留珧珧的是江滨分局，罪名是涉嫌诽谤诬陷他人，他心里有底了，珧珧绝对、肯定、百分之百不会犯这样的错，这里面必定另有原因。他给两个老人一人端来一杯水，“叔叔、阿姨，你们放心，我保证，珧珧她不会有事的。”

珧珧妈长长地吐了一口气，珧珧爸也频频点头。

这时，天已经亮了。

4

办案有办案的纪律，有些事不到时候是不能说的。

话虽是这样说，事并非都是如此。常琪在万吉市警界还是有面子的，有面子就好办事。为了洗清女朋友的不白之冤，他也顾不了什么纪律不纪律了。

他先是去找负责这个案子的白钟黄。

白钟黄就是原来紫荆山派出所的那个所长，是易柏露到江滨分局当局长后才把他调到分局治安大队当大队长的。

白钟黄见到常琪，把一些原本还不应该说的全说了。

常琪这下才知道，珧珧在网上发了帖子，列举出邓培树的几个地下情人，宫芹、欧阳玉、袁晓红、单东东、吕延珠，全都有名有姓。

白钟黄说：“这几个女人我们大部分都问过了，她们一个也没承认。这关系到市领导的名誉，能不立案吗?”

“说的也是。”常琪颇感意外，珧珧怎么会做这样的事呢?应该不会吧，可他看了白钟黄给的证据，确确凿凿，无可辩驳。他还是不甘心，反问道，“诽谤诬陷他人，属于上诉了才处理的案件，应该由当事人诉诸法院，怎么会由你们治安大队来立案呢?”

“这我就不知道了，你去问易局长吧。”白钟黄回答，“易局原本就是你的上司，你和他熟，直接去问他好了”。

常琪明白了，这下他更坚信，珧珧是冤枉的，她不会做出这种事的，是易柏露寻机打压珧珧，这里面肯定有阴谋。他没有去找易柏露，而是直接去了看守所。他要问一问珧珧，这到底是怎么回事。

按照规定，未结案件的家属和亲友是不能面见在押人员的，可常琪有面子，他又一次“违反了纪律”。

见到珧珧，常琪真有点不敢相信自己的眼睛。才几天时间，她老了许多，她两眼凹陷，颧骨突起，鼻梁显得高出了不少。

常琪有许多话想说。他想问她，手上没有证据为什么要在网上发帖子?他想问她，那几个女人的名字是从哪儿来的?他甚至还想问她，网上的帖子真的是你发的吗?

然而，他没问，所有想问的话都没说。因为事先已经和看守所的所长说好了，“见面可以，不谈案情”。他不能食言。

“你自己多保重。”他说。

“我没事，你放心好了。”珧珧反倒安慰起常琪来，还朝他笑了笑。她笑得很甜、很美。她的笑是发自内心的。常琪来看她，她心里高兴，如果不是隔着铁窗，她还真想拥抱他呢。

“你真的没事?”

“我真的没事，我都准备好了。”珧珧又是一笑。

“不许谈案情。”站在旁边负责监督的狱警还很年轻，不认识常琪，尽职尽责地警告了一句。

“没事就好，”常琪说，“你爸妈都在我那边，我会照顾他们的，你放心。”

“那就好。”珧珧很开心地说了一句，两眼一直没离开常琪的脸。能够在这个特殊的时候特殊的地方见到他，她已经很满足了，知道自己的父母没事，她就更开心了。

可常琪心里的那几个问题没说出来，憋得慌。他哪里知道，昨天晚上，白钟黄提审珧珧，已经把那几个问题挑明了。珧珧一下子就明白过来，这事不是自己干的，是魏彤，是魏彤看了她姐姐留在电脑里的信后，一时激愤，在网上发了帖子。她也清楚，魏彤是害怕吃官司，才用了她珧珧的名字。但珧珧并没有向白钟黄他们说出真相，她承认了，都承认了，承认帖子是她发的。魏彤人太单纯，她不想让她受到伤害。知道了被抓的原因，珧珧就有把握洗刷自己的罪名，刚进来时的那种沮丧、忧伤、愁闷全都烟消云散。在号房里待上几天，对人生也是一种历练。

她是这样想的。

5

魏彤得知珧珧被刑事拘留，关进了看守所，深感内疚。

网上的帖子确实是她发的，当时因为害怕，不敢用自己的真名实姓。她以为珧珧也知道这件事，她不是也一直想把邓培树拉下马吗？一时没考虑清楚，就用了珧珧的名字。现在后果如此严重，魏彤慌了，不知怎么办才好，她害了珧珧，实在是不应该。灵魂被拷问到疲惫不堪时，魏彤给邓培树打了电话。

“老邓，我是彤彤，”魏彤已经换了一部新手机，不得不先自我介绍，“有件事，我想求你。”

“不要用‘求’字，多不好听啊。你要想我，就回到怡欣花园去。我也想你啊，这么多天没见到你，都想疯了。”邓培树的声音穿过时空厚厚的尘土，从魏彤的手机里钻出来，灌进她的耳朵里。

“你去死吧。”魏彤一听便火冒三丈，“我要你马上、立即把珧珧从看守所里放出来，不然，你等着瞧吧。”她说完便关了手机。

邓培树以前也领教过魏彤发火，可那个时候他怜香惜玉，在这个小美人面前总是像小羊羔似的顺从，过几天哄一哄她就没事了。习惯成了自然之后，就变成了一种适应，适应了就什么都不当回事了。可今天不一样，他心里嘀咕了起来：魏彤怎么会关心珧珧的事？她俩是什么关系？难道珧珧在网上说的那些事是从魏彤那边听来的？魏彤不应该知道啊？自己一直很小心的，难道是她姐姐？可她姐姐已经死了。要不就是陆连仲？可陆连仲就算知道一些，那七八个女人的名字他也不可能全都知道……

想到这些，一股寒气朝邓培树袭来，他的脊梁骨都要结冰了。

他原本以为魏彤离开自己，真的是因为陆想需要有人照顾，现在看来并非如此。他可以不把珧珧放在眼里，可他不能不对魏彤严加防范，得罪谁也不能得罪魏彤。包二奶就像坐飞机，具有一定的风险，虽然风险的概率极小，但万一出事，后果不堪设想。他与魏彤相处四年有余，魏彤无疑会知道很多自己不想让人知道的事，如果她也成为珧珧和常琪他们的人，自己可能就完了。

邓培树已经没什么好再想的了，当务之急，就是赶紧把珧珧放了。他掏出手机，给易柏露打了电话。

两个小时后，白钟黄就办完了取保候审手续，把珧珧从看守所放了出来。

突然被抓，又突然被放，像翻日历似的，让珧珧颇有些适应不过来。她原本已经做好思想准备，要在号房里多待些日子的。

走出看守所，她立即给常琪打电话，说自己出来了，要常琪赶紧转告自己的父母。然后，她就去找魏彤，想问问网上的那个帖子到底是不是她传上去的。

魏彤见到珧珧，还没等她开口，就扑了上去，搂住她泣不成声："珧姐，我浑，我糊涂，我不明事理，我害了你，都是我不好，你打我骂我吧。你不打我骂我，我心里难受……"

珧珧也不用再问什么了，所有的一切，都在自己原先的估计之中："不，妹子，以后你就是我的好妹子。我没怪你，真的，我早就猜出来了，可我从一开始就没怪你。你单纯，做事有时会想不周全，我以前也是这样。可你的心是善良的，你没做错什么。发帖子的事，我向他们承认了，就说是我发的，现在最要紧的是我们必须赶紧找到真凭实据，证实你姐在信中说的那些话是真的。"

"可我们怎么去证实啊?"

魏彤松开双臂，用一双迷茫的眼睛盯着珧珧，脸上还挂满泪痕。

"公安局的常队长他们会有办法的。"

"你是说你那个男朋友?"

珧珧点了点头："只要警察找到真凭实据，我们就会没事，什么事也没有。"

"真的?"魏彤欣喜地笑了。

第二十七章　金条露馅儿

1

常琪果然找到了真凭实据。在邓培树的 N 个地下情人中，他决定首先从东南度假村的那个大堂经理陈洪莉入手。

东南度假村在荆县管辖的范围内，肮脏得很，群众早就有很强烈的反映。只因为保护伞林立，打击了几次始终没能伤其筋骨。这一次，常琪征得贺东局长的同意，组织了一次扫黄打非，在度假村里面抓了几个卖淫女，借此机会直扑陈洪莉的房间搜查，在她的私人电脑里发现了数十张艳照和几段视频，拍的就是陈洪莉与邓培树激情奔放时的镜头，全都不堪入目。

常琪把那些证据拿给贺局看。

贺局瞠目结舌，想了很久才说："这事一定要保密，不得声张，直接去向市纪委的谭书记汇报，要慎重。"

常琪给珧珧打电话，要她去问谭明，看谭永红书记什么时候能回来。

珧珧以为他要汇报魏萍信中说的事，她并不知道陈洪莉的那些照片和视频的事。她没问，常琪也没说。因为贺局有交代，这事一定要保密，办案纪律还是要有的。

珧珧就去问了谭明。谭明告诉她，她爸明天晚上七点到家。

第二天，常琪下午四点多赶去市区。他想先在珧珧那里吃一顿番薯粥。两人一起吃番薯粥时，总会有那么一种"小两口"样的气氛，常琪最喜欢那样的气氛。他准备吃过番薯粥，就去找谭永红书记。他相信找过了谭书记后，所有需要解决的问题都能很快地得到解决，所有该晒晒太阳的事也就能搬到阳光底下曝晒了。

感到曙光依稀，常琪怀揣着希望，开车直奔市区。然而就在离市区仅剩七八公里的路上，常琪看到了易柏露。

易柏露开一辆私家车，朝他迎面驶来。常琪一眼就认出他来。

他怎么会独自一人开车出门呢？他以前很少自己开车的。像他这样的人物，出行总是前呼后拥，就算是轻车简从，至少也得有人开车拎包啊。他要去哪儿，干什么？一连串的问号在常琪的脑子里蹦了出来。

常琪将车停在路边，思考着这事如何处置。没有立案，就去跟踪一个副处级干部，显然不妥。可直觉在告诉他，易柏露肯定是去干什么见不得阳光的事，要不然，他不可能自己开车，更不可能开私家车。他没有自己的车，这辆私家车肯定是向谁借的。如果不去看个究竟，以后肯定要后悔的。为了这无意中的发现，也管不得立案不立案了。

可他又不能马上掉转车头。自己开的是警车，被易柏露发现有人跟踪，那等于是在打草惊蛇。他想到给珧珧打电话，叫珧珧开车追上来。可他知道珧珧的开车技术不好，她的标志207也跑不过易柏露的奔驰，从市区开过来，肯定迟了。

这时，他突然想起陆连仲。对，陆连仲的别克虽然无法同易柏露的奔驰相提并论，可他的开车技术要比易柏露略胜一筹，只要他能争分夺秒立即出发，就一定能追上易柏露。

于是，常琪立即给陆连仲打了电话。

陆连仲这些日子闲来无事，此时正载着老婆魏红素兜风游玩。接到常琪的电话后，他要妻子下车自己搭公交车回去，而他则直接将车开了过来。从接电话到见到常琪，他只用了三分钟。

常琪随即跳上陆连仲的车，朝易柏露离开的方向追了上去……

2

追了二十来分钟，一直没能看到易柏露的黑色奔驰。

陆连仲有点泄气："会不会被他溜了？"

"不会的，这条路要到县城环城路才有岔口，我们一定能在红绿灯那边碰上他。"常琪信心满满。

果然，离交叉路口还有一百多米的地方，他们看到了易柏露的那辆黑色奔驰。等别克车来到交叉路口，正好左拐的绿灯亮了，易柏露的黑色奔驰向左边的岩新方向开了过去。陆连仲正想加大油门跟上去，可是已经来不及了，红灯亮了，陆连仲只好来个急刹车，把车停了下来。等到绿灯再亮起来时，陆连仲打了个左转，也朝岩新开去，可黑色奔驰早已跑得无影无踪。

“不要紧，知道了方向，一定能追上他。”常琪很自信地说。

别克车开到了吾宅，那里是个墟，公路两旁的小商小贩们正在收摊，人来车往，宽阔的马路只剩下中间的单行道能通行，车速只能减下来。等过了吾宅墟，车又重新加速，可黑色奔驰早就不见了踪影，直开到岩新县，也没看到它。等进了县城，大街小巷纵横交错，想要知道黑色奔驰在什么地方，就更难了。

“刚才吾宅墟的墟口有好几条村道，黑色奔驰会不会拐进村道溜哪儿去了？”陆连仲颇有些丧失了信心地说。

“有可能。”常琪也不再信心满满了，“我们在城里转一圈，真要是找不到，就返回吾宅那边。”

“只能这样了。”陆连仲沮丧地说。

车子在县城里胡乱走了一阵子，始终没发现黑色奔驰，只好返回吾宅墟。

此时，天正在渐渐地暗下来，刚才热闹喧哗的吾宅墟此时变得冷冷清清，没剩下几个人，店铺也大都关门歇业，几间还没关的也是灯光暗淡，门可罗雀。

“去路边店吃晚饭吧。”常琪说。

陆连仲选择了一间店面比较大，看上去比较整洁高雅的路边店，正要将车子拐进去，常琪却指着往前的另一间说：“去那一间。”

陆连仲以为常琪选择小店是想节省几个钱，就说：“难得一起出来一趟，吃好一点。”还是想把车子拐进去。

“不是钱的问题。”常琪说，“你看，那间店正好在村道路口，对面是另一条村道，抬头就能看到车子进出。我们去那里吃，顺便问问他们有没有见到一辆黑色奔驰。”

“嘿，毕竟是当警察的，还是你想的周到。”陆连仲由衷地夸了他一句，将车子倒了回来，开到前面的那一间路边店门口停了下来。

点了菜，两人开始吃饭，常琪问店老板：“半个小时前，你有没有看到一辆黑色的奔驰车从这里经过？”

“黑色奔驰？哎呀，翻了，出事了。”店老板颇有点幸灾乐祸的样子，指着店门口的那条村道，“喏，就在里面，离这里大概五百米的地方。路面不好，刚填不久的新土，松，驾驶员可能是没经验，避车时开得太偏了，地基软，就翻下去了，还好是慢慢地往下翻，不是一下子就掉下去。驾驶员爬出来了，车子掉到了水沟里。我们很多人要帮他将车子抬起来，可那个男人哪像个男人，怕我们敲诈他，硬是不肯让人帮他，就一个劲儿地打电话，也不知他在找谁，直到现在也没人来帮他。”

“那么说，黑色奔驰还在？”

“还在，活该他倒霉。”店老板回答说，便转身忙他的事去了。

“我们赶快随便吃点，吃完了就去看看。”常琪对陆连仲说。

3

此时的易柏露显得十分狼狈，坐在路边的地上抽烟。看得出来，他搬的救兵未到，正心焦如焚。见到常琪，他先是大吃一惊，紧接着是惊慌失措：“你，你们两个……”由于恐惧，他连话都说不出来了。

“易局长，你怎么会在这里？你很少自己开车啊，你要去哪儿？这路不窄啊，车怎么会翻了呢？”

常琪见他刚抽完一支烟，把烟蒂丢了，知道他烟瘾很大，常常是一根接着一根地抽，赶紧掏出烟来，抽出一支递给了他。

易柏露手一挥，把常琪的烟给打掉在地。

在易柏露听来，常琪的话很刺耳，简直就是幸灾乐祸、落井下石："没你的事，不用你管。"他吼叫着。

"我哪能不管啊，"常琪说，"易局长你曾是我的领导，我们共事多年，你现在有麻烦，我怎能袖手旁观?"

"你走吧，办你的事去，我的事我自己能处理。"易柏露的口气软了下来。他眼下最担心的是车里的东西，那些见不得人的东西，要是被常琪看到，麻烦就更大了。他一心想让常琪他俩赶紧走，不想与常琪斗气，"是我自己不小心，你走吧，真的，我会处理的，你还是忙你的事去吧。"他掏出一包大中华香烟，抽出一支递给常琪。他为自己刚才一时性起大发脾气感到后悔，后悔不该在这个时候激怒常琪，他甚至想说声"对不起"。可这话他说不出口，常琪曾是自己的下属，他是不会对自己的下属说"对不起"的，永远也不会。

"那不行，我得帮你。"常琪接过他的烟，点燃。他已经发觉易柏露态度的变化，心里更有底了，可为了麻痹对方，他依然像刚才那样，表现出十分关心的样子，"我打了交警的电话，让他们派一部吊车过来。天都快黑了，等天黑……"

"常琪，你这是干什么?"易柏露忍不住又发火了，"我叫你赶快走，你今天是怎么了？狗抓老鼠!"

"不，不，"常琪固执了起来，"我不能走，领导有事，我哪能不帮，我不能撒手不管。"他转身对陆连仲说，"连仲，你把车头掉过来，打开大灯，让我看看怎样才能帮易局长把车弄上来。"

陆连仲马上掉转了车头，强烈的灯光直射那辆腹部朝天的黑色奔驰，水沟里顿时映射出两处耀眼的金光。

常琪跳了下去，从水里捞出两根金条，走到易柏露跟前：

“怎么会有金条？易局长，这是你的吧？”

“不，不，不，这不是我的。”易柏露两条腿都软了，强撑着没让自己瘫倒在地，心里一个劲儿地在说：完了，完了，这下完了。他后悔极了，后悔刚才没有检查一下车里掉出来的东西，要是查看了，先把那些东西收藏起来就好了。

他这次出来正是为了转移财产。他准备去漳苹村，那里有他一个相好，交往十来年了，虽说是个寡妇，没文化，可长相不错，更可贵的是对他死心塌地，从无二心。他易柏露这辈子最信得过的人就是她。自从邓培树存放在欧阳玉家的那些东西被常琪给暂扣了之后，易柏露就开始担心自己的财产。他心里很清楚，自己与邓培树的关系是见不得人的，要是邓培树出事了，自己也就栽了，并且会栽得很惨。他考虑了很久，才想到漳苹村的那个她。没人知道她，把东西存放在她那里最最安全。车里的东西一共是四根金条、五本房产证、三本存折和十几万元的现金，总共有上千万的价值，就算什么也没暴露，单单一条“来历不明”就够他受了。

“这个该死的常琪。”易柏露心里恨恨地骂了一句。

骂过了之后，他连正面再看一眼常琪的勇气也没了……

4

易柏露当晚就“进去”了，前来把他带走的是万吉市检察院的人。

常琪也跟着检察官忙碌了一宿，回到局里时已经是下半夜三点多了。他喝了杯牛奶，身子都没洗就一头钻进被窝里，直睡到第二天的上午九点。

醒来时，常琪才想到陆连仲，昨天事太多，把陆连仲给撂了，也没安排他吃顿夜宵，都不知道他是什么时候走的。他赶紧掏出手机，给陆连仲打电话。

陆连仲说："没事，我看你们忙，又没我的事，没告诉你就开车返回万吉了。我也是刚刚起床。"

"没事就好。"常琪也安心了。他走出宿舍，心想食堂肯定没饭了，就准备去街上吃早点。刚走到院子门口，碰到了警队的内勤邹琼。邹琼告诉他："早上一上班，贺局就找你了，到你的宿舍看了三四次，见你睡得香，就没好意思打扰你。"

"真的？他有什么事找我？"

"我也不知道，"邹琼摇了摇头说，"他没说。"

常琪草草吃了碗粉丝，便去找贺局。

贺局对他昨晚的行动大加赞赏，说了不少大多数人听起来都会觉得很舒服的话。可常琪却颇有些不大习惯。自从警以来，他一直在易柏露的手下做事，易柏露从不当面赞扬别人，常琪也就从没有听到过表扬的话。日久成自然，常琪所做的每一件事都是在自己良心的驱使下自自然然地去做的，他认为需要这样干就去做，觉得不能那样干就不去做，从来就没有想过要得到领导的夸奖。偶尔听到别人夸他，他会别别扭扭的像个腼腆的小女孩，连手脚都不知往哪放。

贺局夸完了，话锋一转，说："有件事，还得你去办。"

"什么事？"常琪听贺局说那些话时，思绪都散开了，这下听到有事要他去办，马上又集中了起来。

"是这样的，"贺局给了他一支烟，接着说，"省城的宫芹知道吗？"

"知道，她是邓培树的妹妹，但不是亲生的，我听珧珧说过。"

"珧珧，就是你那女朋友吧？"贺东又打开了另外一个话匣子，“她也是搞法律的，帮了你不少忙，是吧？等这起案子完全水落石出，我们一定要好好奖励她，报个见义勇为什么的。”

常琪急于知道贺局要他干什么事，不想与贺局谈论这个话题，便沉默不语地等着贺局把刚才的话继续说下去。

贺东也看出来了，心里在说：这个工作狂，就想谈工作。

“怎么，你不想与我谈谈你的女朋友吗？”他盯着常琪的眼睛说。

常琪都快要忍不住了，心里在说：这个贺东，岁数还不大，怎么就那么多话？他到底要我办什么事？便说：“女朋友的事以后再说吧。贺局，你刚才说有件事要我办，到底是什么事？”

“你看你看，你就是急性子，好了，不谈别的了。”贺东喝了口水，“是这样的。宫芹有个雇员，是帮她开车拎包的，喏，你看”。贺东拿出一张照片，递给常琪。

“原来是他？”常琪若有所思，微微地点着头。

“你认识他？”

“不认识。”常琪回答，“当初珧珧去了一趟云南，拍了段视频回来……”他把珧珧在坐动车返程途中被人骗下车，之后视频被删，还有他们在音乐喷泉前看到宫芹、邓培树和易柏露他们一伙人进入时代大酒店的事全说了。

“他叫尢焕新，”贺局在听完了常琪所说的那些事后，说，“前些日子在省城一家酒吧里与人打架，被派出所行政拘留十五天。之后，当地公安机关又发现了他有倒卖文物的嫌疑，便对他改了刑事拘留。出了事后，这个尢焕新以为自己为宫芹鞍前马后，忠心耿耿，宫芹一定会来救他。可已经过去了二十几天，不见宫芹有任何动静，尢焕新在看守所里发火，说要把宫芹的所有肮脏事都抖出来。办案的民警问他什么事，他又不说了。

你叫个人一起去提审尢焕新，看看能不能从他的嘴里得到些新线索。”

“行，我这就去。”常琪站了起来，又问，“哪个派出所？”

“我看看，”贺局拿出笔记本，看了一眼，才说，“厢洪区，水尾派出所。”

第二十八章　去省城提审

1

常琪并没有马上去省城，而是先去了市局刑警支队，调出陆仰贵坠楼事件的卷宗。在那个卷宗里，常琪发现了一对脚印，还有勘查现场时收集到几根人的毛发和一团面巾纸。这些东西当时并没有引起足够的重视，原因就是找不到相关的承载体，说白点就是没有发现与陆仰贵坠楼事件相关的嫌疑人，因而没能确定这些东西是不是与陆仰贵的坠楼事件有关联。但支队的内勤是个四十来岁的女同志，从警二十几年，心很细，经验也丰富，习惯于考虑“可能”。她强烈要求法医对那团面巾纸上的汗液做血型鉴定，自己还将那一对脚印做了石膏模型，毛发也还保存着。

经鉴定，那对脚印是一个身高一米七二左右，体重大约一百三十斤的男人的。这让常琪十分欣喜。他在音乐喷泉那边用珧珧给的镜子见过尢焕新与宫芹一起走进时代大酒店，体重与身高基本相符，如果毛发和面巾纸上的汗液也是他的，那就OK了，陆仰贵的坠楼之谜也将解开。

随后，常琪兴冲冲地带着他的助手去了省城，找到当地的办案民警。

果然，猜测变成了事实。脚印就是尢焕新的，毛发与汗液也是他的。由此可见，陆仰贵坠楼时，尢焕新在现场出现过。极有可能是他用欧阳玉的手机给陆仰贵打电话，骗取了陆仰贵的信任。等陆仰贵从窗口探出头来，他再将冰块从楼顶推下去，砸在陆仰贵的身上，致使陆仰贵坠楼身亡。

做了这么多的功课，常琪这才与当地的办案民警一起去同尢焕新正面交锋。

“知道我是从哪里来的吗?”常琪问。

“我管你从哪里来的。”尢焕新死皮赖脸地说道。

“那我告诉你，我是万吉市荆县公安局的，我负责查清陆仰贵在万吉时代大酒店坠楼的事，我已经找你很久了。”

“我不明白你在说什么，我也不认识陆仰贵。”尢焕新依然一脸赖皮相。

“你死到临头了还嘴硬。”常琪直视着他的眼睛，“你这样的人我见多了。”

尢焕新也盯着常琪，与他四目对峙。

“你不是说要把宫芹的所有肮脏事全抖出来吗？我这趟来，就是要给你一个将功赎罪的机会。”

“别来这一套，这一套我尢某人也领教多了。”尢焕新以攻为守，“我不知道她的什么事，我当时只是想叫她来救我出去，乱说而已。你们当真了？哈哈，哈哈哈……”

尢焕新发出一阵傲慢的狂笑，笑声听起来非常刺耳。

“那我问你，去年十二月十七日，也就是陆仰贵坠楼的那天，你去时代大酒店做什么？”

“我没去，我没去什么大酒店，你们说话要有证据。”

“没证据我会来找你吗？”常琪说，

“那你说啊，有什么证据你说出来，说出来我就服你，行了吧？”

“那我就说了，”常琪站了起来，在他的身边来回走了几圈，说，“我们在陆仰贵的死亡现场发现了你的脚印，是一双四十码的祥运牌皮鞋的脚印，我们昨天在你的家里找到了这双皮鞋。还有，我们在大酒店的楼顶上发现了你的毛发和你擦汗的面巾纸，你说你那天没去时代大酒店，那这些东西是怎么回事？”

“我不知道。”尢焕新先是愣了一下，随之低头沉思了片刻，尔后又抬起头来，说，“我是去过万吉的时代大酒店，去过好多次，都是跟我的老板宫芹一起去的，什么时候我忘了。可我不知道我什么时候在那里留下了毛发和脚印，也不知道陆仰贵坠楼的事，更没看过什么尸体……”尢焕新没把话说完就停了下来。他已经很得意了，嘴角上露出了嘲讽的笑。眼睛是心灵的窗口，透过他的眼睛，能够很明显地看出他在挑衅。

再审下去是不会有什么结果的。常琪与身边的同伴对视了一眼，然后宣布结束审讯。

2

尢焕新遗留在现场的脚印、毛发和汗液，真的与陆仰贵的坠楼事件无关吗？从审讯时他的面部表情来看，显然不是这样，他的嫌疑是存在的。那又是什么力量支持着他死撑硬拗？是抗拒还是侥幸？常琪更相信是后者。那他的侥幸心理又是从哪儿来的？是幻想宫芹能够“疏通官道”救他出去吗？杀人可是死罪啊，谁能救得了他？要不，就是他知道自己只是个帮凶，不是主犯，他心里清楚主犯还没落网，警方尚未掌握真凭实据，所以他才如此斗胆，要与警方周旋到底。

常琪回到警官接待站，思前想后反复考虑，觉得要想突破尢焕新的心理防线，还得再下一番功夫，需要找到一个新的突破口。

琢磨了一个晚上，抽了半包烟，常琪突然发觉，有两个路径，一是宫芹，二是欧阳玉。擒贼先擒王。就算不能掌握宫芹违法犯罪的事实，至少应该知道宫芹与尢焕新到底是怎样的一种关系。当初尢焕新在动车站招呼珧珧，骗珧珧离开动车车厢，再由宫芹删掉珧珧手机里的视频。显然，他俩唱了双簧。能有如此默契的配合，肯定有着筋骨相连的关系。

尢焕新到底还知道宫芹多少肮脏事，目前不得而知，这就很难突破他的心理防线。而欧阳玉那个尾号688的联通手机，现在无影无踪，还是个待解的谜，这个谜不解开，尢焕新是什么也不会说的。

常琪将审讯尢焕新的详细情况用手机向贺局作了汇报，没想到贺局却说：“易柏露交代了不少事，电话里说不清楚，你回来我再让你看材料。我叫人马上把法律手续传过去，你把人带回来，慢慢再审。尢焕新会投降的，我们有证据，不怕他不就范。”

常琪便去找了当地的办案民警，他们很配合。尢焕新倒卖文物的事至多只能判三四年，而涉嫌杀害陆仰贵的案件显然更大，更重要，他们没有不让带走的理由。常琪顺利办妥了带走尤焕新的法律手续。

临走时，当地的民警告诉常琪一个最新的消息，说宫芹涉嫌行贿，也进去了。但不是在本省，是在外地。初步掌握的情况她是贿赂几个高官，非法得到数百亩的城市用地，案件大着呢，恐怕一两年没办法查清楚。

“原来是这样。”常琪恍然大悟，“怪不得她一直没有叫人来过问尤焕新的案子，让尤焕新苦苦地等候了这么长的时间，以她的人脉关系和行事风格，我早就觉得不正常了。”

“就是嘛。”那个民警继续说，“三个月前她就暴露了，泥菩萨过河都自身难保了，哪能还去想他尤焕新？”说得大家都笑了起来。

随后常琪到看守所要带走尤焕新。尤焕新听说要将他带去万吉，出人意料地突然“扑通”一声，跪在常琪的面前，磕头如捣蒜：“我说我说，常队长，你不要带我去那个地方，我就在这里向你交代，我全都交代，求你不要带我到那个地方去。”

3

尤焕新的态度来了个一百八十度的大转弯，既然他愿意“全部交代”，常琪相信他，便开始了第二次审讯。

这一次，尤焕新果然十分配合，说起话来像竹筒倒绿豆似的。

“我承认，我参与谋杀了陆仰贵。”他说，“杀害陆仰贵是邓培树的主意。邓培树与宫芹商量这件事时，我也在场。宫芹的意见是赶紧把陆仰贵调到外地做官，可邓培树认为调走了也不能从根本上解决问题。因为陆仰贵已经暴露了，他收的那些钱，颜冬虹都详细记了账，那个账本已经落到警察的手上。这件事是易柏露告诉他的，绝对属实。易柏露还告诉他，陆仰贵杀害颜冬虹和他的前妻魏萍，警察也已经掌握了线索。邓培树说，陆仰贵死定了，狗急了是要咬人的，只有把狗杀了，人才会平安。宫芹同意了他的意见，要我去帮邓培树做这件事。邓培树这么大的官要亲自动手，我这个小人物也没什么说的。邓培树将他的计划详细地对我说了。他要我找一家酒店，还得准备个冰块，说至少要有二三十斤才够。我跑了万吉市的十几家酒店，发现时代大酒店的楼顶上有个小冰库，里面存放着不少冰块，就告诉了邓培树。之后，不知道他用什么借口，就把陆仰贵骗到了802号房间。他在楼下用手机给陆仰贵打电话，陆仰贵手上握着手机边说话边从后窗探出头来东张西望。我在楼顶上看到了，就将冰块推了下去。虽然下面是草地，可八层楼二十多米高……事情的经过就是这样。”

“很好，”常琪说，“往下说，继续说。”

“这件事之前大约两个月左右，我还去了一趟云南。”尢焕新交代，“是宫芹叫我去的。她告诉我，有个叫珧珧的女律师要去云南，不知去做什么。她给了我一张那个女律师的照片，要我跟踪她，还要我把那个女律师的行踪和她所做的事及时打电话通报她。女律师从万吉坐火车来到省城，宫芹告诉了我火车到站的时间和班次，我就去火车站盯上了她。从火车站出来，她又改乘长途大巴，我跟踪她到了一个非常偏僻的小山村时，天已经全黑了。我看她找到一个老妇人，也不知她要干什么，就打电话告诉了宫芹。宫芹要我搞清楚她在做什么。我就躲到后窗偷听她们说话，看她还用手机拍了录像，就将情况向宫芹详细地说了。宫芹要我继续跟踪。我就一直盯着她。她不认识我，对我毫无戒备。我一直跟踪她回到省城。她去排队买动车票，我赶紧打电话对宫芹说了。之后，宫芹就来了，她买了一张动车车票，要我开车先行赶到岩龙的动车站等候。她教我，要我等动车停下来后，就在车窗外喊‘珧珧、珧珧’，并向女律师招手，其他的事不用我管。我就照着她说的办了。”

“还有吗?”

“还有，万吉江滨公园绿化工程的事，我也知道些情况。”尢焕新继续说，“那个工程开始花了一个亿，后来又追加了三千万，其实根本就不需要那么多。邓培树是分管城市建设的副市长，他有权，工程想给谁就给谁。本来是要给宫芹的，我知道后向宫芹要过这个工程。我说芹姐，你把工程要来了后让我来做，我也好发笔财。可她说，你发财了，以后还会听我的?没答应我，却给了我二十万现金，说，这些钱你拿去花吧，你不用操什么心，白白得了二十万，不是更舒服吗?我想也是，就收下了她给的钱。后来，她就把工程转给了钱钟同。钱钟同当然是要打点的，他向我透露过，他说其实这个工程他没赚多少，灰色成本就达两三千万。他给邓培树、宫芹和陆仰贵送了多少钱我不知道，但我亲眼见过一次，给的是银行卡。当时有七八个人在时代大酒店的小餐厅里喝酒，公安的那个叫易柏露的副局长也在场。钱钟同拿出五张银行卡出来，每张四十万，同一个密码，两个八两个零再两个八，交给了陆仰贵。陆仰贵当场就分了，邓培树、易柏露、陆仰贵每人一张，还有一张要给宫芹，可她不要，就给了我。”

“还有吗?”

“还有，当然还有，不过我还得再想想，想到了我再告诉你们，我会老实交代的。”

“那好，你就好好再想想，想清楚了，下次再问你。”常琪说，“我还得问你一个问题，你为什么害怕被带到万吉?”

“那个地方是邓培树的天下，他公安局里有人，他们都是些心狠手辣的人，我怕不明不白死在看守所里，倒不如让政府该怎么处置就怎么处置。”九焕新说，“常队长，我求你把我关在这里好了，不要带我去那个地方，我会好好与政府配合的。”

常琪请示了贺局长，贺局长同意了，就没把九焕新带回万吉。

4

从省城回来，常琪决定先去看看珧珧。

那天本来与珧珧约好要一起吃番薯粥的，没想到半路看到易柏露的车，就去跟踪易柏露了，约好的事没有兑现。接下去就忙着协助检察院的人办事，之后又到了省城，就把珧珧给忘了。今天正好路过，便又想起了她，不知她这几天都在干些什么。

走出动车站，常琪叫助手先回了荆县。他掏出手机，给珧珧打电话。

“噢，你还记得我？我以为你都不记得我了。”珧珧逗了他一句。

“不，不，不，我实在是太忙，我……”常琪显得笨嘴笨舌，只想解释这几天为何没去见她，可又不知怎样说才好。

“好了，不用解释了。”珧珧说，“没把我忘了就好。”

“我想你，都快想死了。”

珧珧沉默了。她从没听他说过这样叫人感动的话，今天是第一次。她心里泛起阵阵涟漪，如果他这时就在自己的眼前，说不定自己会扑向他的怀抱，一定会。沉默了一阵子后，她故作矜持：“好了，不要说这么肉麻的话。你找我有事吗？”

“我刚从省城回来，刚走出动车站，顺便……”

“是顺便啊？我还以为你是真的想我，急着要见我一面呢。”

“不，不，珧珧，我……”常琪想解释清楚，可电话里真的很难说清楚，越是想说清楚越是说不清楚。

珧珧见他语无伦次，也不再逗他了。“很不巧，琪琪，我现在不在市区，不能马上见到你。”她第一次这样称呼他，说得倒是很顺口，字与字之间毫无缝隙，一气呵成。

“你在哪里？”

“我在山竹崎村。”

“山竹崎村？你去那里做什么？是与红素一起去的吗？”常琪知道山竹崎是魏红素的娘家。也是珧珧母亲的娘家，他不知道珧珧为什么要去山竹崎，但突然想起以前好像曾听她说过，准备什么时候与魏红素去一趟山竹崎看看自己的舅舅。

“不，我与魏彤在一起。”珧珧说，“我来这里找一件东西，一件能帮你破案的证据。”

“什么证据？”

“我们现在还没找到，说不清楚，等我们找到了，我再打电话告诉你好吗？”

常琪听她这么一说，也就没再继续往下问了。这一年来，从刘箩村碎尸案开始，珧珧为自己做了不少事，甚至掉进陷阱、遭受威胁、蒙冤入狱……常琪从内心里十分感激她。也正是因为这起案子，才让自己认识了她，了解了她，从而爱上了她。

“你怎么不说话了？”珧珧许久没听到他的回音，焦急地问了一句。

“珧珧，我爱你。”

这下转到珧珧不说话了。她这时心里泛起的不再是涟漪，而是波涛。她也想说一句“我也爱你”，可她没说出口，她已经兴奋得眼泪都掉下来了。

“珧珧，你怎么不说话了？真的，珧珧，我爱你，我喜欢你。”

珧珧真不知说什么好，她兴奋，她高兴，她激动，她感觉天上的云彩一朵朵都在向自己祝贺。她突然发觉自己很幸运、很幸福，被那么多的人喜欢：父母、冇婆、红素、阿涛、连仲、谭明……可那些人的爱与常琪的爱不一样，只有常琪爱她，那才是最甜蜜的。她想把“我也爱你”这句话留在哪个温馨的夜晚再说。

第二十九章　又是自杀

1

手机没有挂断，常琪却一直没听到珧珧的回话，他接连喊了几声“珧珧、珧珧”，可珧珧还是不说话。常琪颇有些纳闷：是她不高兴了还是她太激动了？是她身边有人不便说话还是她没想好怎样说？他又叫了几声，始终没听到回话，只好关了手机。

回到荆县，常琪直接就去找了贺局长，向他汇报了省城审讯亢焕新的详细情况。贺局听了很高兴。刘箩村碎尸案是陆仰福兄弟和管有水等人实施的，现在又有了亢焕新的供词证明邓培树参与了策划，这下可算是真相大白了。这起案子，贺局也没料到会牵涉到这么多人，会有这么多人因此而丧命。山村迷雾、都市魅影、官场黑手，现在全都暴露在阳光底下了。贺东哪能不高兴？他大大地赞扬了常琪一番，紧接着就对常琪说："我也有好消息告诉你。"

他从抽屉里拿出一沓材料，递给常琪说："易柏露什么都交代了，喏，还写了一份《忏悔书》。市检察院复印了一份给我，你拿去仔细看看，蛮有意思的，只是太迟了。"

"我可以拿到我办公室慢慢看吗？"常琪问。

"当然可以。"贺东说，"看了以后，你把整个案情理一理，然后抓紧时间去向市纪委的谭书记汇报，是该对邓培树动手的时候了。"

常琪回到自己的办公室，拿起那份《忏悔书》坐在转椅上读了起来，其中有段话很耐人寻味：

> 我真的不知道为什么会走到今天，我很痛心，要恨，只能恨我自己。
>
> 我小时候家境很好，爷爷是资本家，在万吉市区开了一家做迷信品的工厂，手下有几百号工人，万吉市的中山路有半条街的房子是我们家的。新中国成立后，我父亲继承了我爷爷的财产，后来成了公私合营的资方代表，而且还是县政协常委。我出生的时候，虽然家境一日不如一日，昔日的辉煌渐渐在消失，但即使在国家最困难的时候，我们家还是衣食无忧，要什么就会有什么。别人家的孩子没吃没穿，刮树皮挖草根充饥，穿得破破烂烂，可我们一家依然是有鱼有肉、绫罗绸缎。因为我们家还藏着很多的金条和珠宝，况且还有两个姑姑不断地从东南亚寄来"番钱"。家里的钱仿佛永远也花不完。

我小时候受到了很好的家庭教育。因为我们家历来就有“劳心者治人，劳力者治于人”的家训，知道读书的好处，所以我读书很刻苦，很顺利地读完了小学和中学，而且学习成绩总是名列前茅。不过我的家庭成分不好，那个时候家庭成分比什么都重要，我没能考上我喜欢的大学，只好去了一所师范院校，学的又是最冷门的地理专业。毕业后，我到荆县一中教书，当了四年的地理老师。我这才发觉，我受到了社会的歧视。以我的才华和能力，我应该是学者、官员，应该是社会名流，而不应该只是一所县级中学的地理老师。于是，我的心理开始不平衡，我四处托关系找人情，终于认识了当时在县革委会做事的邓培树，通过他的关系，我进入了县公安局。从此，我的命运就与邓培树捆绑在一起了。

那一年全国“严打”，公安需要人才，在邓培树的引荐下，我参加了专案。我要比那些从工厂里抽来的人能干百倍，专案结束后，我就成了公安的人。后来，我当了副股长，再后来就是股长、副局长。

我在副局长的岗位上一干就是二十一年，我的心理又不平衡了。

我第一次收人家的钱是因为一起凶杀案。经办案件的民警说是伤害罪，可死者的家属不同意：人都死了，怎么能说是伤害呢？家属来找我，给了我一个五千块的红包，说一定要定性为杀人罪。我收了钱，就去找办案的民警，要他们定性为杀人罪。办案的人听了我的话，改了定性，移送检察机关。虽然最后检察机关把罪名又改回来了，凶手后来只判了十年，可我毕竟为死者家属做了事，红包收的也心安理得。从那以后，我才觉得当这个副局长还是蛮不错的，升不了官，就捞钱呗，堤外损失堤内补。当然，我还是有些怕，怕哪一天东窗事发。邓培树面授机宜，他告诉我：吞得下去的才吃，吞不下去的千万别吃，还有一个办法可以让你做到安不忘危，保你不会出事。我问他是什么办法，他说要我新年伊始的时候拿出一部分钱来交公，十分之一即可，也不要说钱是哪里来的，就说是人家送的礼，以后要真有什么事暴露了，就把收的钱算到那些交了公的账上，如果什么事也没有，还能得到一个廉洁干部的好名声，说不定什么时候会得到表彰甚至升迁呢。

……

总之，一切都是在习以为常了的不知不觉中发生、发展起来的。就像一棵小树，你天天蹲在它的身边，盯着它，守着它，就是看不到它在长高，只有你把它忘了，过些日子你再来看它，就会发现它变得叫你认不出来了。

流出西湖载歌舞，回头不似在山时。

今天突然从一个公安局的副局长变成了一个阶下囚，这下才明白什么叫防患未然，什么是防微杜渐，只是太晚了……

2

常琪全神贯注地看着易柏露的那份《忏悔书》，一边看，一边在心里发笑，还不停地摇头，喃喃自语地说着什么。

珧珧来找他，用手指头轻轻叩门，他都没有听到，目光始终停留在那份《忏悔书》上。

琺琺的身后还跟着魏彤，两人走到他的身边，琺琺问：“你在看什么啊，这么聚精会神？”

常琪听到说话声，打了个激灵，猛抬起头，说：“吓我一跳。”随手把那份《忏悔书》搁在桌面上。

“什么东西叫你这么专心致志？”

“是易柏露的一份《忏悔书》，”常琪说，“以前没发觉他有这么好的文笔，我都看得入神了。找我有事吗？”

“没事就不能找你？”琺琺嗲声嗲气地说，说得自己脸都红了。

“那就坐吧，我来泡茶。”

三个人一起走到沙发边上坐了下来，琺琺才说：“是这样的，我和魏彤刚从山竹崎村回来，就到你这里来了。我们找到了魏彤的姐姐魏萍留下来的证据，其中有支录音笔，录的都是邓培树与陆仰贵的谈话，有几次还有易柏露参与，声音不是很清晰，很可能是偷录的，但谈话的内容基本能听得出来，也能分辨出是谁在说话。魏萍极有可能就是因为偷录了他们的谈话才引来杀身之祸。”

“他们都谈了些什么？”常琪显然极有兴趣。

“有几次谈到案子的事，从他们的谈话中可以证实，刘箩村的碎尸案、颜冬虹的车祸，邓培树都知道，不仅知道而且杀人的主意还是他出的。他就是陆仰贵背后的黑手。”

“这太好了，”常琪说，“贺局长要我赶紧去找谭书记，把案件反应上去，你们俩找到的这个证据，再加上易柏露的交代，我们就人证、物证都有了，邓培树落网指日可待。贺局长也说了，该是对邓培树动手的时候了。录音笔呢？让我听听”。

琺琺从随身携带的小坤包里拿出录音笔，递给他。

常琪把它插进电脑，一边听，一边点头，有时还拍着手说：“好，太好了。”

听完了，他对珧珧和魏彤说：“你们俩先在这里坐一会儿，我去把这件事告诉贺局长，十五分钟就回来，然后我们就去市里向谭书记汇报。那次约好要一起吃番薯粥，我突然去了省城，没吃成，今天补上。”

“快去吧，还啰唆什么？”珧珧看了他一眼，感觉他说的话对自己还是很受用的。

常琪去了，时间一分一秒地过去，已经不止十五分钟了，都过去二十分钟了。

“他怎么去那么久啊，不是说十五分钟吗？”魏彤急了，站起来在屋子里走来走去。

珧珧当然也急，但她知道他肯定有事，不好说什么，便安慰魏彤说：“再等等吧，他会回来的。”

然而，又过了几个十五分钟，都快要一个小时了还是没见常琪进来。魏彤坐不住了，她不高兴地说：“这个人怎么这样，把我们俩撂在这里，自己干什么去了，连个交代也没有。”

魏彤的话音刚落，珧珧的手机就响了。拿起来接听，正是常琪打给她的。

常琪告诉她：“你们俩先回去吧，事情来的太急了，没能及时告诉你俩。贺局在楼下，我下楼去找他，他连我要说的话都没听，就要我出警。”

“到底是什么事啊？”珧珧早就猜到肯定是有急事，不然他不会一去不返的。干刑警的，都是这样，食言毁约是他们的家常便饭，要是连这点都不理解，是很难同他们这些人交朋友的。

“邓培树死了，死在欧阳玉的屋子里，是自杀还是谋杀现在还不清楚，我们正要赶去看现场。”常琪说，“你和魏彤就先回去吧，找谭书记的事过后再说。”

果然是件大事。堂堂的副市长非正常死亡，能不是大事吗？魏彤也理解了。两人到街上吃了午饭，便返回了市区。

3

负责现场勘查的法医和技术员们都在忙着，欧阳玉被叫到了派出所。

她满脸泪痕，目光呆滞，痛不欲生。

县局去的人赶到派出所时，所长沈小冰已经审过她一次了，常琪把笔录拿过来看。大致情况是：

昨天晚上九点零二分，邓培树突然来找欧阳玉。自从邓培树调到市里当副市长后，他就再也没来过联桥，八年多了，都是欧阳玉到市区去找他，有时是欧阳玉到东南度假村和他幽会，也有几次是邓培树到县里来开会，打电话叫欧阳玉到县城会面。这一次邓培树突然在联桥出现，让欧阳玉很吃惊。欧阳玉问他：“怎么跑到这里来了？”邓培树没告诉她实情，只是淡淡地说了句：“想你，就来了。”

他是自己开车来的，开的就是给陆连仲的那辆保时捷。来了后，他说想喝酒，欧阳玉就炒了几盘菜，开了瓶圣米歇尔葡萄酒，两人就一边喝酒一边交谈。邓培树看上去情绪很低落，不大爱谈话。欧阳玉说那些金条、现金、存折和房产证被公安扣了，说自己没处理好，很抱歉，问他怎么办。邓培树却回答说：“算了，扣了就扣了。”欧阳玉很吃惊，五六千万的财产，他怎么就那么轻松，那么不当回事？谈着谈着，又谈起这事，邓培树说：“反正也用不着了。”欧阳玉这才知道，他是遇到麻烦了，恐惧顿时弥漫她的整个心窝。她追问他到底发生了什么事。但他一直没有回答她，却对她说："我有好几个女人，但对我最好的只有你，现在也只剩下你了。"邓培树的这句话让欧阳玉很感动，日久见人心，人总是在最失意时才会发现真正的知己，就安慰他说，不管发生什么事，我都会与你在一起的。邓培树也被她的话给感动了，把她搂到怀里，在她的脸上吻了一下，后来就将她抱上床。上了床后，欧阳玉要脱他的衣服，邓培树却不肯脱，说，"咱俩就这样搂着睡一个晚上吧。什么事也别做。"欧阳玉也没强求。很快就听到了邓培树的鼾声。欧阳玉没能睡得着，还是忍不住去抚摸他。摸着摸着，发现他的身体冰凉，起先还没怎么在意，后来推了他一下，才发现他的身子已经僵硬。再使劲地摇，怎么也摇不醒。欧阳玉慌了，就赶紧给派出所打了报警电话。

如果欧阳玉说的是实话，邓培树更像是自杀。

常琪看完询问笔录，便去了欧阳玉家。现场勘察还在有条不紊地进行。法医告诉他说："是中枢神经系统机能障碍引起的呼吸循环衰竭。死者睡觉前喝过酒，可能还吃了安眠药，剂量是不是足以致死，要等解剖了尸体才能知道。但如果平时不吃安眠药的人，喝过酒后，两三片巴比妥类安眠药就足以致死。"

"尸体还没解剖，你怎么知道他吃了安眠药？"常琪问。

"我们在餐桌旁的地上发现了一片安眠药，估计是死者生前吃药时害怕被人发现，慌忙中没把手里的药全部放进嘴里，掉出来的。"法医说，"还有，死者死得很安详，脸上没有痛苦的表情，也没有任何挣扎的迹象，且瞳孔散大，是典型的安眠药致死的症状。"

"嗯。"常琪点了点头，"还有什么发现？"

"暂时没有。"法医回答。

常琪走到餐桌旁，看到靠背椅上挂着一个棕色的皮包，问：

“这应该是死者的吧？检查过了吗？”

“检查过了，”技术员小庄跑了过来，“里面有一个塑料空瓶，可能就是装安眠药的。还有身份证、银行卡、两百多元现金、一部手机和几片没拆封的安全套。”

常琪拿出手机，问：“本来就处于关机状态？”

“是的，”小庄说，“我们看它处于关机状态，就没再动它。”

常琪开了手机，发现死者接到的最后一个电话是昨天晚上八点零五分四十九秒打来的。欧阳玉说他是九点零二分到的，如果欧阳玉说的时间准确，也就是说，邓培树接了那个电话后就直接从万吉市区赶来了，一刻也没耽搁。

这个电话会是谁打的呢？看那号码，应该是市区的固定电话。这个电话与他急匆匆地赶到联桥来，有没有必然的联系？还有邓培树开来的那辆保时捷。那辆车原来在陆连仲那里。陆连仲一定知道邓培树离开市区的准确时间。

常琪立即给陆连仲打电话。

陆连仲回话说，邓培树给他打电话时是八点零五分五十二秒。邓培树要他开着保时捷去他家。陆连仲以为他要用车，一刻也没耽误就去了。到了邓培树的住处，他早已在楼下等候。他要陆连仲回去，说是车他要自己开。由此看来，邓培树是接到了那个市区的固定电话后马上给陆连仲打电话要的车。显然，这个市区的固定电话与邓培树急匆匆赶到联桥镇有必然的联系。那个电话到底是谁打的？打电话的人又对邓培树说了什么？

4

现场处理基本结束后，尸体也解剖完毕了，结论是自杀。常琪便赶回了市区，他想查查那个市区的固定电话。这时，天已经黑了下来，他去找珧珧，想在珧珧那里吃顿番薯粥，吃完了再办事。

珧珧知道他不是专程来吃番薯粥的，就问起了邓培树。常琪把那神秘电话说了。

珧珧一听，大笑不止："这还用查吗？我知道是谁的电话。"

"真的？是谁的电话？"常琪着急地问。

"纪委谭书记，谭永红办公室的电话。"珧珧说，"谭书记的女儿谭明经常在事务所里给她的父亲打电话，这个号码我再熟悉不过了，你不用查了。"

常琪纳闷了，眼睛里充溢着迷惘，心里自个儿对自个儿说，邓培树接到谭永红的电话后，就立马赶到欧阳玉家自杀，他们在电话里到底说了些什么？难道是谭永红向他透露了什么……

他不敢往下想了，要真的是自己想象的那样，事情可就复杂了。可这个想法又在他的脑中挥之不去。

珧珧见他不发一语，心事重重的样子，端在手上的番薯粥也忘了吃，就知道他在想什么了："你认为谭永红与邓培树同流合污，是谭永红打电话逼邓培树去自杀，是吧？"

"你觉得呢？有没有这种可能？如今的官场……"常琪的心里就是这样认为的，只是他不愿意说出来，因为没有证据。

"绝对不可能，"珧珧口气很坚定地说，"以我对谭永红的了解，他这个人是真正的清廉，他与邓培树不是一路人。"

"那他打邓培树的电话说了些什么？为什么邓培树接到他的电话就立即跑到欧阳玉那里自杀了？"

"他打电话肯定有他的理由，你的问题，只能去问谭永红本人了。"珧珧说，"安心吃饭吧，吃过了晚饭，我就和你一起去谭永红家，问问就清楚了。"

两人吃完了一锅番薯粥，便一起去了谭永红家。

谭永红不在家，家里只有谭明和她的母亲。

谭明见到他俩便兴奋了起来："你俩终于一起来了，手牵手来的是吧？是要来分喜糖呢，还是要送婚宴请柬？"

"死丫头，"珧珧瞪了谭明一眼，"我都还没吃你的喜糖，你倒先想吃我的喜糖了。再等半个世纪吧。"

"半个世纪？我的天啊，那时我可就奔八了。不行，不行，一万年太久，只争朝夕。你们俩必须给我张时间表，到底什么时候结婚？"

"别逗了，我们是来找你爸的，有正经事要谈。"珧珧躲避了谭明的话题，"你爸呢？"

"他在开市委常委会，"谭明听说是来找她爸爸的，不再闹了，开始正经起来，"找我爸有事吗？"

正说着，谭永红回来了。寒暄过后，谭明和珧珧躲进谭明的房间，只留下常琪和谭永红在客厅里单独交谈。

交谈中，谭永红一直默不作声地听着常琪介绍情况，当他听常琪说起那个导致邓培树跑到联桥镇自杀的电话后，哈哈大笑了起来……

第三十章　尾声

1

常琪与谭永红一直谈到了凌晨三点。

珧珧早就熬不住了，就在谭明的房间里睡了。

而常琪则在与谭永红交谈结束后，跑到珧珧的公寓楼休息了。

一觉醒来，常琪感觉整个人异常的轻松。他伸了个懒腰，见窗外早已阳光明媚，又听到厨房里有响声，便叫了一声："珧珧，你回来了。"

"噢，你醒了？"珧珧也大声回话，"起来漱漱口刷刷牙洗洗脸，吃早饭。"

常琪洗漱完走进厨房，见珧珧早就盛好了两碗稀饭、一小碟子酱菜和一盘炒蛋花，一并放在餐桌上，连筷子都摆好了。他坐了下来，并没有立即动手端饭，而是静静地盯着珧珧的脸看，突然说："珧珧，我们真的很像两口子。"

这话常琪已经说过N次了。以前珧珧听到这话时会佯装生气，可今天不一样，她不仅没有生气，还嘻嘻地笑着。

常琪胆子大了起来，伸出手，隔着餐桌要抓珧珧的手。

珧珧猛然把手抽了回去，问："昨晚与谭书记谈得怎么样?"

"那个电话确实是在谭永红的办公室里打的，但不是谭永红亲自打的，是他叫办公室主任打的。他还给了我办公室主任的手机号码，说要是我不相信，可以去问问。当时在场的除了他与办公室主任外，还有一个姓单的女科员。女科员的手机号码他也一并给了我。但我相信他，不想去问了。"

"那电话里说了什么?"珧珧焦急地问。

"电话里说……"常琪见她如此着急，有意逗逗她，把后半句话咽了下去。

"快说啊。"

常琪见她急得这个样子，也不忍心再卖关子了。"是这样的，"他说，"谭永红从京城回来，有个老领导，曾经是谭永红的上司，同时也是邓培树的直接领导，平时都有来往。邓培树向老领导求过一幅字，这个老领导就托谭永红把那幅字带回来给邓培树。谭永红回来后，忙于汇报京城会议精神，就把这件事给忘了，那天晚上突然想起来，就叫办公室主任给邓培树打电话，要邓培树马上到他的办公室去一趟。邓培树也答应了，但并没去，而是直接去了联桥镇，自杀了。你猜猜，那幅字写的是什么?"

"那还用猜，当然是'清正廉明'之类的。"珧珧说。

“对啊，你怎么能猜的这么准，就是写的‘清正廉明’四个字。”

“不就是为了打肿脸皮充胖子吗?”珧珧说，“骨瘦如柴的人，听到别人说他‘你发福了’会很高兴，正在减肥的胖子，听到别人说他‘你这些天苗条了’，也同样会很高兴。像邓培树这样的人，捞多了、贪多了，自然就需要别人夸他‘清正廉明’，所以就求了这四个字。谭永红叫办公室主任打电话，一定是没说清楚要他去拿横幅，要不然，邓培树隔些天就会把这幅字挂到自己的办公室的。”

“对，就是因为没说清楚，邓培树误会了。这些天来，先是他藏在欧阳玉家的那一大笔财产被扣，紧接着是东南度假村的大堂经理陈洪莉电脑里的艳照曝光，还有魏彤离开他，并威胁他要把他的肮脏事全抖出来，特别是易柏露被抓。这一连串事件的发生，早叫他惶惶不可终日了。谭书记要他去他的办公室，他以为纪委要找他谈话了，觉得自己完了，这一去也许就回不来了，所以……”

“所以那个电话就成了压倒他心理防线的最后一根稻草。”珧珧开心地说，“真没想到结局会是这样。吃饭吧，现在你我总算可以宽宽心了。吃完饭，你陪我去超市买点东西。我们准备一顿丰盛的晚餐，把连仲、红素和魏彤都叫过来，大家好好聚一聚，喝几杯，庆贺庆贺。哎……要是阿涛也在，多好啊!”

2

常琪见她想起阿涛如此伤感，为转移她的情绪，催促她赶紧吃饭。吃过了早饭，两人便开车去了沃尔玛。

这是一次疯狂的采购，一次“小两口生活”的预演，两人都不曾经历过，却能在琳琅满目的货架前配合默契，在熙熙攘攘的购物群里旁若无人地游走，在货架与货架间的通道里穿梭。她看上的，他也想买，他目光所及之处，她就会马上把那东西抓过来放进小推车里。两人都很久没有这么放松、这么开心过了。

不管他俩心里是怎么想的，周围的人——男人或女人，老人或小孩，成双成对的或孤身一人的，全都把他俩当成小两口，不是新婚燕尔的夫妇便是热恋中的情侣。

不一会儿，小推车里就堆起了花花绿绿的一座小山，可她与他，谁也不愿说“够了”。一辆小推车不够用，再推过来一辆，直到两辆小推车都装满了，再也装不下了，这才一人推着一辆去结账。

结账时，常琪拿出自己的银行卡递给收银员，说：“多少钱，刷卡。”他本以为珧珧会拒绝、会推辞，偷偷地瞟了她一眼，见她一副心安理得坦然接受的样子，心里暗自欢喜：我们已经是真正的两口子了。

付了账，两人提着大袋小袋走出自动玻璃门，把买来的东西装进了珧珧的那辆红色标志 207 的后备箱。珧珧突然问：“琪，带身份证来了吗？”

常琪大惑不解：“有啊，干吗用？”

珧珧没有回答，指着对面说：“那我们就进去一趟。”

常琪抬眼一瞅，珧珧手指的方向是一块红色的有机玻璃牌匾，上面醒目的白色楷书写着：万吉市婚姻登记处。

常琪明白了，灿烂地对她一笑，抓住她的手快速飞奔过去……

待二人拿着一本红色的《结婚证》从里面出来，常琪贴着珧珧的耳朵小声地问她：“回去以后，我是不是就可以把你抱上床了？”

珧珧没有回答，只是一脸幸福地对着他笑。